RAIN MITCHELL

Die Yogaschwestern

GOLDMANN
Lesen erleben

Buch

In Los Angeles tummeln sich Yogastudios und -lehrer, die mittlerweile einen regelrechten Star-Status erlangt haben. Trotzdem zieht es viele in das kleine Edendale Studio beim Silver Lake am Rande der Stadt. Das Edendale ist ein Geheimtipp, eine Ruhe-Oase, geführt von der außergewöhnlichen Lee. Mit wunderbarem Einfühlungsvermögen schafft sie es immer wieder den Körper und Geist ihrer Schüler gesund zu halten und zu heilen.

»Loslassen« ist dabei ein Yoga Prinzip, das sie und vier weitere Frauen besonders beschäftigt: Katherine, die im Studio Massagen anbietet, verliebt sich in einen charmanten Feuerwehrmann. Doch bevor sie einen neuen Lebensabschnitt beginnt, muss sie zunächst ihre traurige Vergangenheit hinter sich lassen. Stephanie steht in ihrer Produzentenkarriere an einem toten Punkt. Tänzerin Graciela wird bewusst, dass sie ihrem durch hartes Training geschundenen Körper Zeit zum Heilen geben muss. Die berühmte Schauspielerin Imani ist voller Trauer über ihr verlorenes Kind. Und Lee selbst kämpft mit Eheproblemen, seitdem ihr Mann sie überraschend um eine Beziehungspause gebeten hat.

»Loslassen« fällt manchen Frauen leichter, manchen schwerer. Doch eine Sache stellen alle Yogaschwestern mit der Zeit fest: Auch wenn die Jahrhunderte alten Yogalehren zweifelsfrei der Seele guttun, ist doch nichts so heilend wie die Kraft der Freundschaft, die sie miteinander teilen.

Autorin

Rain Mitchell praktiziert Yoga seit sie ein Teenager ist – ihre Lieblingsübung ist Savasana. »Die Yogaschwestern« ist ihr erster Roman.

Rain Mitchell

Die Yogaschwestern

Roman

Übersetzt
von Sonja Hagemann

GOLDMANN

Die Originalausgabe erschien 2011 unter dem Titel
»Tales from the Yoga Studio«
bei Plume, a member of Penguin Group (USA) Inc.

MIX
Papier aus verantwortungsvollen Quellen
FSC® C014496

Verlagsgruppe Random House FSC-DEU-0100
Das FSC®-zertifizierte Papier *München Super* für dieses Buch
liefert Arctic Paper Mochenwangen GmbH.

1. Auflage
Deutsche Erstveröffentlichung April 2012

Umschlaggestaltung: UNO Werbeagentur, München
Umschlagmotiv: © FinePic, München;
Getty Images / John Lund / Sam Diephuis
Redaktion: Anita Hirtreiter
MR · Herstellung: Str.
Satz: DTP Service Apel, Hannover
Druck und Bindung: GGP Media GmbH, Pößneck
Printed in Germany
ISBN: 978-3-442-47594-0

www.goldmann-verlag.de

Für Denise Roy,
Lektorin der Extraklasse und wahre Inspiration,
Dir widme ich meine Asanas der Dankbarkeit

Teil eins

Ausgerechnet in solchen Momenten überkommt sie das Verlangen. Wenn die Gruppe ihrer Schüler erschöpft zurück auf die Matten sinkt und sie ein Gefühl von Frieden, Erfüllung und tiefster Entspannung vereint, wenn auf den Körpern zart der Schweiß glänzt und die Nachmittagssonne auf der Bucht des Silver Lake Reservoir glitzert, den sie durch die Glaswand an der Südseite des Studios sehen kann, wenn die ganze Welt für eine Weile im Einklang scheint – dann sehnt Lee sich plötzlich nach einer Zigarette.

»Atmet durch die Nase ein«, unterweist sie die Gruppe, »hinein in die letzten Verspannungen, an die ihr euch noch klammert. Und dann lasst einfach los, lasst alles durch den Mund raus.«

Dieser Drang ist ein Fluch aus alter Zeit, der sie gelegentlich heimsucht, ein Überbleibsel der Jahre fehlgeleiteten Studiums an der Medizinischen Fakultät der Columbia University, wo sie wie etwa ein Viertel der Studenten nach einer Vorlesung über Emphyseme, abnormes Zellwachstum oder Herzerkrankungen auf die 165te Straße hinauseilte, sich eine ansteckte und an die Hauswand gedrängt der grauen Nässe jener New Yorker Nachmittage trotzte.

»Atmet noch einmal genüsslich ein, und dann wieder tief aus.«

Und das war damals noch nicht das Schlimmste, was sie sich zugemutet hat. Zum Glück sind jene Tage des stumpfsinnigen Paukens, in denen sie versuchte, ihrer unmöglichen Mutter etwas zu beweisen, schon lange passé. Längst vorbei ist die Zeit, als sie ständig das Gefühl hatte, im falschen Flieger zu sitzen und ein unbekanntes Ziel anzusteuern. Zum Glück!

Der Abend, als Alan seinen Kram bei einem Kumpel unterbrachte mit der notdürftigen Erklärung, er brauche mal Zeit für sich, ist für sie noch immer ein rotes Tuch. Sie will nicht zu hart mit sich ins Gericht gehen, weil sie ja wirklich neben sich stand, aber an dem Abend hat sie auf dem Weg nach Hause doch tatsächlich eine Schachtel Marlboro Lights gekauft. »*Om shanti*, Yoga Lady«, hat der indische Verkäufer ironisch gefeixt, was sie zu der Lüge »Die sind für eine Freundin« hinriss. Und das machte es irgendwie noch schlimmer.

Sie hat nur zwei davon geraucht und wollte den Rest schon entsorgen, als sie daran dachte, wie teuer die Dinger in den letzten zehn Jahren geworden sind. (Wer hätte das je gedacht?)

So eine Verschwendung, nein, da schloss sie sie doch lieber im Handschuhfach ein. Oder sie verschenkte sie an Obdachlose. Und Lungenkrebs gratis dazu, wo wir gerade bei schlechtem Karma sind. Also blieb es erst mal dabei, sie außer Reichweite zu verwahren, bis sich eine Lösung fand.

Wie lange liegen die Schüler jetzt schon in Savasana da?

Lee betrachtet die fünfzehn Brustkörbe, die sich in der zauberhaft goldenen Nachmittagssonne einträchtig heben und senken, ignoriert den unpassenden Steifen auf Seiten von Brian – »Ständer«, wie ihn Katherine und einige Schüler nennen, den Herrn der weißen Leggins – und schließt dann selbst die Augen. Wenn sie sich jetzt konzentriert, kann sie noch die Ekstase-Erfahrung der Gruppe teilen. Tief einatmen und dann langsam ausatmen. Sie muss daran denken, dass ihr Leben, auch wenn es zur Zeit nervt, selbst wenn es sich gerade verkompliziert, dennoch um Längen besser ist als jene dunklen Tage in New York und ihr Scheitern als Medizinstudentin – vor Alan, vor den Zwillingen, vor Los Angeles. Vor Yoga.

Sie schlägt die Augen wieder auf und bemerkt, dass sie sieben Minuten über der Zeit ist. Zum vierten Mal diese Woche. Oder vielleicht schon zum fünften Mal?

Erfüllt von der Wärme und Zärtlichkeit, die sie an diesem Punkt des Unterrichts stets überkommt, holt sie die Gruppe zurück in den Schneidersitz und spricht zum Abschluss die Worte: »Nehmt dieses Gefühl mit, egal, wohin ihr jetzt geht. Diese Ruhe ist für euch, nutzt sie, wenn ihr sie braucht. Lasst euch nicht den Wind aus den Segeln nehmen, wenn's mal anders läuft als erwartet. Ihr könnt eure Mitmenschen nicht ändern. Eure Reaktion auf sie liegt allerdings ganz in eurer Hand. Ihr könnt nicht vorhersehen, was zum Teufel sie auf einmal anstellen werden, aus heiterem Himmel, ohne jede Vorwarnung, genau dann, wenn man denkt, dass alles perfekt ist und wie am Schnürchen läuft, und dann ...« *Oh-oh.* »Einen schönen Nachmittag noch, Leute. Lasst euch nicht verbiegen. *Namaste.*«

❁

Habe ich dir nicht versprochen, dass sie in L.A. die Beste ist?«, ruft Stephanie in ihrer lauten und sympathisch übertriebenen Art zu der Freundin hinüber, die sie heute mitgebracht hat. Sie kann einfach nicht anders, aber mit ihrer frechen Großspurigkeit hat sie es in der Filmproduktion weit gebracht. Behauptet sie jedenfalls immer. Wenn es ums Showgeschäft geht, hat Lee gelernt, die Superlative auszusortieren, von Behauptungen erst mal fünfundachtzig Prozent abzuziehen, das durch zwei zu teilen und den Rest auch nur dann zu glauben, wenn sie den Film mit eigenen Augen im Pay-TV gesehen hat.

Stephanies Freundin liegt noch immer da und räkelt sich wie eine Katze. Sie ist eine junge dunkelhaarige Schönheit mit langen Beinen und perfektem Muskeltonus. Die unübersehbaren Anzeichen früherer und aktueller Verletzungen kennt Lee von anderen Schülern nur zu gut. Tänzerin, kein Zweifel.

»Stephanie, bring mich nicht in Verlegenheit«, murmelt Lee.

»Ach Quatsch«, antwortet Stephanie. »Du liebst es doch, das zu hören.«

»Stimmt. Aber tu mir den Gefallen, und sag es nicht ganz so laut.«

»Bescheidenheit wird überbewertet! Du bist fantastisch.«

Lee stapelt die lila Styroporblöcke ordentlich im Regal. Alan hat im Studio ein paar Kirtan-Workshops abgehalten und sie zusätzlich zu dem Schmerz, den er ihr mit seinem unerklärlichen Auszug zugefügt hat, auch noch beleidigt, indem er sich über angebliches Durcheinander im Studio aufregte. Die Matten sind nicht ordentlich gestapelt, die Decken nicht vernünftig gefaltet, die Bänder ein einziges Durcheinander. »Ich versuche hier, durch Musik einen heiligen Ort zu erschaffen«, hat er vor ein paar Tagen getönt, »und es hilft mir nun wirklich nicht, wenn im Studio so ein Chaos herrscht.«

Gerne hätte sie ihn angeschrien: »Ist das dein verdammter Ernst? *Unordentliche Decken* sind das Letzte, was mich zurzeit interessiert. Erzähl mir lieber, was hier eigentlich los ist! Sprechen wir über das Chaos, das du in unsere Ehe bringst!«

Stattdessen hat sie tief Luft geholt, für Ordnung gesorgt und versucht, ihm seinen geheiligten Raum zu geben, damit er den Kopf endlich freibekommt.

»Ich meine, Chloe und Gianpaolo sind auch gute Lehrer«, plappert Stephanie weiter, »aber du bist die reinste Zauberin, Lee. Wenn ich nur Matthew dazu überreden könnte, mal mit mir hierherzukommen, der würde gar nicht genug davon kriegen, das kann ich dir garantieren.«

Letztes Mal hatte sie von »Zac« gesprochen, und die Woche davor war es »Jen«. Vornamen, die wohl zeigen sollen, dass Stephanie mit Hollywoods *A-List* auf Du und Du steht – und ihr Wort bei ihnen Gewicht hat. Was ja vielleicht sogar stimmt.

Womöglich hat Stephanie mitbekommen, dass es in Lees Ehe kriselt, wer weiß schon, was die Stammkunden so aufschnappen. Alan trainiert hier im Studio und übernimmt auch Reparaturen – als Tischler ist er fantastisch, wenn er sich dazu herablässt, und er hat bei kleinen Problemen auch ein Händchen fürs Klempnern –, das und seine Musikworkshops bringen es natürlich mit sich, dass ihn hier jeder kennt. Lee hat Alan gebeten, die Sache nicht rumzuerzählen (der Auszug ist ja nur vorübergehend!), aber seit der Lektüre von *Eat, Pray, Love* hat er auf einmal dieses nervige Bedürfnis, seine Gefühle zu »verarbeiten« und »darüber zu reden«, was durchaus heißen könnte, sich bei völlig Fremden über sie zu beklagen. Sie hätte ihm nicht vorschlagen sollen, den Roman zu lesen. Das war ja, als drücke man einem Kind eine Schusswaffe in die Hand. Eigentlich hat sie damit bezweckt, dass er sie besser versteht, und nicht, dass er das Buch benutzt, um sich vor seinen Pflichten zuhause und im Studio zu drücken und sich wieder den Klagen über seinen Frust als Songwriter und Performer hinzugeben.

Wie so viele Frauen hier im Studio sieht auch Stephanie Lees Ehe ziemlich verklärt. Alan und Lee, das perfekte Paar, mit perfekt abgestimmten Arbeitszeiten, perfekten Körpern und perfekten Kindern. Das war Lee weniger peinlich, als sie selbst so ähnlich dachte. Ihrer Einschätzung nach kommt Stephanie zum Teil auch hierher, um die (in ihrem Leben wohl eher seltene) Aura von Glück und Beständigkeit in sich aufzusaugen, die im Studio noch bis vor kurzem herrschte. Lee gibt ihr Bestes, um die gedeihliche Stimmung aufrechtzuerhalten und sicherzugehen, dass die Kurse nicht unter der Krise leiden. Keine subtilen Anspielungen mehr während der Sitzungen! Wie *konnte* das bloß passieren?

Lee sieht Stephanie in Richtung Rezeption davongehen. Noch bevor sich die Tür hinter ihr schließt, konsultiert sie bereits ihr BlackBerry.

Lee macht sich Sorgen um Stephanie. Sie wirkt nämlich wie jemand, der Tag und Nacht pausenlos arbeitet und ständig am Telefon hängt, um Meetings zu arrangieren, weil sie ein Filmprojekt anleiern will, das sie ziemlich oft erwähnt, wobei sie meistens zu viele bekannte Namen ins Spiel bringt. Wenn sie hier zur Stunde kommt, macht sie häufig den Eindruck, als müsse sie sich erst einmal richtig ausschlafen, und es würde Lee nicht wundern, wenn Stephanie nach einem langen Arbeitstag zur Entspannung nicht nur auf Yoga zurückgreift. Sie behauptet, sie sei achtundzwanzig, aber Lee kommt sie eher vor wie dreiunddreißig, ein schwieriges Alter. Wenigstens hat sie noch kein »Standbild« aufgesetzt, Lees Bezeichnung für jene Gesichter, die im Unterricht seltsam glatt bleiben, wenn die Löwenposition an der Reihe ist und Lee ihre Schüler bittet, die Zunge herauszustrecken und die Stirn zu runzeln. Oder es wenigstens zu versuchen.

Das ist hier schließlich L.A. Sie will niemanden verurteilen. Als sie das letzte Mal auf einer Yogakonferenz war, beklagte sich die Hälfte der Lehrer über dreißig, weil Fitnesscenter und Studios ihnen dazu rieten, ihr Aussehen »um jeden Preis« zu bewahren. Denn ihre Schüler glauben, dass Yoga jung hält, von innen wie von außen. Und wenn man es *nur* von außen sieht, ist das für einige auch okay.

In den Yogasitzungen verlangt Stephanie sich eigentlich zu viel ab. Sie ist zwar in Form, von Natur aus aber nicht sonderlich gelenkig, und irgendwann wird sie sich noch verletzen. Sie ist klein, mit kurz geschnittenem Haar, das eher dem Zweck zu dienen scheint, morgens schnell aus dem Haus zu kommen, als ihrem Gesicht zu schmeicheln. Wenn Lee beobachtet, wie sich Stephanie durch eine Stunde bei ihr quält, dann sieht sie einen Körper, der mit drei, vier Kilo mehr auf den Rippen natürlicher wirken und sich wohler fühlen würde. Stephanie kommt seit etwa sechs Monaten, und Lee hat sich einen Plan zurechtgelegt – nicht, dass sie Stephanie davon erzählen würde. Sie hat vor, ihr Tempo ein wenig zu drosseln, die innere Stimme zum Schweigen zu bringen, die ihr zuflüstert, dass sie sich noch mehr anstrengen, noch lauter reden muss, nur um gegen das Alter anzukämpfen, oder welche Dämonen sie auch immer heimsuchen.

Lee hat für viele ihrer Schüler so einen Plan im Hinterkopf. Berufskrankheit. Und einfacher, als einen für sich selbst zu erstellen.

❁

Als die Tänzerin aufsteht und die Matte einrollt, stellt Lee sich ihr erst einmal vor. Von Nahem sieht die dunkelhaarige Schönheit noch viel umwerfender aus – smaragdgrüne Augen, ein (von Natur aus) üppiger Mund, seidig braune Haut und natürliche Anmut bei jeder Bewegung. Außer, wenn sie vor Schmerzen zusammenzuckt.

»Seit wann plagt dich denn die Achillessehne?«, will Lee von ihr wissen.

Die junge Frau – Graciela – starrt sie ungläubig an. Es erstaunt Lee immer wieder aufs Neue, wenn die Leute wirklich denken, sie kommen mit solchen Sachen so leicht davon.

»Woher weißt du das?«

»Beim ersten herabschauenden Hund bin ich schon stutzig geworden. Deine linke und rechte Körperhälfte leben in verschiedenen Welten. Aber dich halten Schmerzen wohl nicht auf, was?«, kommentiert Lee mit einem Lächeln. Sie hat gelernt, so etwas anzusprechen, ohne missbilligend zu klingen.

»Nicht gerade meine Stärke. Du weißt sicher, wie das ist. Stephanie hat mir erzählt, dass hier viele Tänzer trainieren. Zurückhaltung zahlt sich für uns nicht aus.«

»Modern Dance?«, fragt Lee.

Graciela spreizt die Hände seitlich ab. »Zeitgenössisch, vor allem Hip-Hop.« Bei ihren muskulösen Armen und kräftigen Schultern hat Lee das bereits vermutet. Da Graciela offensichtlich Latina ist, wollte sie jedoch nicht als jemand dastehen, der voreilige Schlüsse zieht. »In drei Wochen habe ich ein Vortanzen für einen wichtigen Videodreh. Eine Riesensache. Ich darf noch nicht einmal verraten, für wen das Video ist.«

Sie verstummt, setzt ein schalkhaftes Grinsen auf und hofft augenscheinlich darauf, dass Lee sich jetzt aufs Raten verlegt.

»Beyoncé?«, fragt die.

Graciela quietscht los. »Oh mein Gott! Kannst du das fassen? Kannst du dir vorstellen, was das für mich bedeutet?« Sie macht einen kleinen Satz, fährt aber schmerzverzogen zusammen. »Das muss entweder schnell in Ordnung kommen oder … na ja, es gibt kein ›Oder‹.«

Graciela versucht, locker-flockig rüberzukommen, aber den falschen Optimismus, der in ihrer Stimme mitschwingt, kennt Lee nur zu gut. Der gehört zu den Dingen, die sie auch an der Medizinischen Fakultät der Columbia zurückgelassen hat, zusammen mit dem Schnee, dem Hungern und den Antidepressiva.

»Versprichst du mir, dass du keine Dummheiten machst, um wieder ›in Ordnung zu kommen‹?«

»Na ja, ich denke, das kommt darauf an, wie man ›Dummheiten‹ definiert. Eine Wahrsagerin in Venice Beach hat mir versichert, dass alles gut laufen wird, also halte ich mich daran. Mein Hausarzt sieht eh immer alles nur schwarz. Ich wollte im Fitnessstudio ein bisschen Yoga mitmachen und auch eine von diesen Hot-Yoga-Sitzungen ausprobieren. Doch dann hat Stephanie darauf bestanden, dass ich mit ihr hierherkomme. Ich übernehme manchmal ein paar Schichten in ihrem Stammcafé.«

»Schön, dich an Bord zu haben«, heißt Lee sie willkommen.

Graciela wirft ihre Tasche über die Schulter. Ihre dunkle Mähne ist wirklich toll, wallende glänzende Locken. Während sie die im Nacken zusammenbindet, sieht sie zu Lee hoch und fragt: »Meinst du wirklich, ich bin bis zum Casting wieder fit? Ich mache mir doch nichts vor, oder?« Auf einmal ist das Quirlige, das sonnige Draufgängertum aus ihrer Stimme verschwunden. Stattdessen hört Lee die typische Verzweiflung der Tänzer heraus, die sie so gut von einigen Schülern kennt.

Lee betrachtet Graciela eingehend. Zum Teil ist das Tänzerdasein die reinste Hölle, weil Gracielas ganze Kraft und Schönheit, all die Trainings- und Übungsstunden durch so ein Problem mit einer Sehne oder eine ähnlich schmerzhafte und entscheidende Kleinigkeit plötzlich nichts mehr wert sind.

»Mach einen Termin mit Katherine aus«, rät sie schließlich. »Das ist unsere Masseurin, und die kennt tausend kleine Tricks. Und dann will ich dich hier mindestens vier Mal die Woche sehen. Wir fangen mit Ruheposen an. Aber eines sage ich dir gleich, ich werde dich im Auge behalten. Du schaltest erst einmal auf Sparflamme, und wenn ich dich dabei erwische, dass du dich zu hart rannimmst, dann kriegst du von mir die rote Karte.«

Lee nimmt Graciela in den Arm und drückt sie ein wenig länger, als sie eigentlich vorhatte. Nachdem sie sich wieder von ihr gelöst hat, stehen Graciela Angst und Traurigkeit ins Gesicht geschrieben, so sehr, dass Lee sich fragt, was sie ihr wohl verschwiegen hat. Über das Leben ihrer Schüler außerhalb des Studios wird sie so vieles nie erfahren. »Oh Schätzchen«, seufzt Lee, »ich weiß. Aber vertrau mir, du musst einfach einen Gang herunterschalten, das Ziel nicht aus den Augen verlieren und zuversichtlich sein. Wir werden unser Bestes geben, okay?«

»Ich bin im Moment ein bisschen knapp bei Kasse«, erklärt Graciela. »Aber ich werde versuchen, so oft wie möglich zu kommen.«

Es kommt Lee in den Sinn, wie häufig Alan sie daran erinnert, dass das Studio keine Hilfsorganisation ist. Ihn ärgert ihre flexible Einstellung zu diesen Dingen, aber was ist schon eine Person mehr in den Kursen? Und wenn Graciela es sich nicht leisten kann, dann wird sie eben einfach nicht kommen, und das wäre irgendwie auch für Lee ein Verlust. Sie mag dieses Mädchen. Zum Teufel mit Alan. Sie hat das Studio gegründet, es gehört ihr.

»Zahl mir einfach, was du geben kannst. Und wenn das heißt, dass du im Moment gar nicht bezahlst, dann ist das auch in Ordnung.« Lee verlässt den Raum in Richtung Empfang, da fällt ihr allerdings etwas ein, und sie steckt den Kopf noch einmal zur Tür herein. »Erzähl das nur bitte niemandem. Vor allem nicht einem gut aussehenden Typen mit langen Haaren, der hier manchmal mit einem Harmonium oder Werkzeugkasten auftaucht. Meinem Ehemann.«

Zu Alans Verbesserungen im Studio gehört die Lounge, die sogar Platz für einen kleinen Ladenbereich hat. Dafür hat er den Raum ausgebaut, der als Lager diente, als das Studio noch der Ausstellungsraum eines Teppichhändlers war. Die Schüler können dort auf gemütlichen Sofas und Sesseln die Zeit zwischen zwei Stunden totschlagen, und es gibt ein paar Regale, die Tina mit yogaspezifischen Produkten gefüllt hat. Was Lee betrifft, so ist die Lounge eine der besten Neuerungen bei Edendale. Gut, das Ganze ist nicht sehr konventionell gestaltet (Was würde sie nur ohne die Möbelanzeigen im

Internet machen?), aber es hat viel dazu beigetragen, das Gemeinschaftsgefühl aufkommen zu lassen, das Lee sich immer für das Studio gewünscht hat. Abgesehen von den Freundschaften, die dort geschlossen wurden, haben die Schüler den Raum und die gute Stimmung dort genutzt, um Spendenaktionen für lokale Projekte und internationale Naturkatastrophen zu organisieren.

Der Ladenbereich ist allerdings ein ganz anderes Thema. Lee wollte nicht die Verantwortung auf sich nehmen, die Waren zu ordern und ein Auge auf die Finanzen des letztendlich (wirklich!) kleinen Lädchens zu haben, aber Tina hat sie überredet, sich darauf einzulassen, mit dem Argument, die Schüler bräuchten doch eine Anlaufstelle, wo sie Matten, Stirnbänder und ein paar andere praktische Dinge erwerben können. Sie würde sich für Lee um alles kümmern, sich den Erlös mit dem Studio teilen und außerdem jeden Monat eine Freikarte für den Unterricht bekommen. Das Problem ist nur, dass jedes einzelne Produkt, egal wie banal und unkompliziert, eine Riesendebatte auslöst.

Als Lee den Loungebereich betritt, steht Tina hinter dem Tresen und winkt sie zu sich.

»Ich muss mal mit dir reden«, beginnt Tina.

»Ich habe es gerade ziemlich eilig …«

»Es dauert nur eine Minute.«

Jetzt kommt's, denkt Lee. Tina ist eine von diesen jungen, superfitten Yoginis mit viel zu viel nervöser Energie, und sie neigt dazu, unruhig zu werden, wenn sie im Unterricht die Stellung des Kindes einnehmen soll, Lee ihr rät, den Handstand ein wenig abzuwandeln oder eine der extremeren Drehungen lieber nicht zu versuchen. Sie ist absolut ehrgeizig – und vor allem hart zu sich selbst. In der Highschool war sie Turmspringerin, und Lee muss sie immer wieder daran erinnern, dass ihre Figuren hier nicht benotet werden. »Ich bin kein Punktrichter«, erklärt sie ein ums andere Mal, »ich möchte, dass du daran arbeitest, die Übungen zu genießen.« Soweit sie es beurteilen kann, wurde bislang viel gearbeitet und wenig genossen.

»Es geht um den Tee«, verkündet Tina und stellt sich so hin, dass die anderen in der Lounge sie nicht hören können. »Ich habe diese neue Biomarke bestellt, von der alle so schwärmen, und ohne groß darüber nachzudenken habe ich zusammen mit dem Kräutertee fünf Packungen *hiervon* auf die Liste gesetzt.«

Sie hält ein Päckchen Earl Grey hoch.

»Okay«, murmelt Lee und fragt sich, was für eine Diskussion eine Schachtel Tee wohl auslösen kann. Tina hat vor kurzem ihren Abschluss an der UCLA gemacht und wohnt jetzt wieder bei ihren Eltern, also vermutet Lee stark, dass sich das Problem im Prinzip auf zu viel Freizeit reduziert.

»Da ist Koffein drin«, erklärt Tina gerade. »Darüber habe ich mir in dem Moment nicht groß Gedanken gemacht, aber Isabella Carolina Paterlini – die war heute in Chloes Sieben-Uhr-Kurs – hat mir gesagt, dass sie gerade versucht, sich den Kaffee abzugewöhnen, und dass der koffeinhaltige Tee im Regal sie nervös macht. Ich wusste nicht so recht, was ich sagen sollte, also habe ich ihr versprochen, mit dir zu reden.«

»Nur gut, dass du nicht auch Red Bull bestellt hast«, entgegnet Lee.

Tina schaut angespannt und gequält drein und findet den Kommentar offensichtlich nicht sehr witzig. So lustig war er auch nicht, zugegeben. Viele Leute führen sich bei Sachen wie Ernährung und Alkohol furchtbar selbstgerecht auf, wenn sie ins Yogastudio kommen, Lee weiß hingegen nicht so recht, ob sie aus Überzeugung so handeln oder einfach glauben, das würde hier so von ihnen erwartet. Im Großen und Ganzen lebt sie selbst eher enthaltsam, doch sie ist sich nicht zu schade für einen gelegentlichen Puten-Burger mit Fritten (und die eine oder andere sehr sporadische Zigarette), und sie findet, dass die meisten Menschen um einiges glücklicher und gesünder wären, wenn sie diese Dinge lockerer sähen, statt sich derart strikten Grundsätzen zu verschreiben. Und was soll das überhaupt heißen, »Perfektion«?

»Hast du ihn probiert?«, erkundigt sich Lee.

»Nein. Aber die Tees von denen sind alle unglaublich lecker.«

»Weißt du was«, beschließt Lee, »ich kaufe dir die fünf Packungen ab. Ich liebe Earl Grey, und im Notfall kann ich meiner Mutter ein oder zwei Packungen zum Geburtstag schicken.«

»Oh Lee, das wäre toll. Ich habe sie ins Büro gelegt. Hast du noch Zeit, kurz ein anderes Thema anzusprechen?«

»Ich muss zur Schule, die Zwillinge abholen. Worum geht es denn?«

»Jemand wollte wissen, ob wir Zubehör für Kegelübungen haben. Ich wusste nicht einmal, was das ist, und hab's im Internet nachgeguckt. Ich habe mich gefragt …«

»Lass uns lieber morgen darüber reden.« Wenn eine Packung Tee schon so viel Gesprächsstoff bietet, will sie sich gar nicht ausmalen, was es darüber alles zu sagen gibt. Manchmal würde sie den kleinen Laden am liebsten zumachen – viel zu viel Ärger –, aber einige der Schüler fanden die Idee super. Lee macht sich auf den Weg zum Büro, dreht sich dann aber noch einmal um. »Du machst das wirklich gut, Tina«, lobt sie.

Das macht sie weitestgehend ja auch wirklich, und es erstaunt Lee immer wieder, wie glücklich die Menschen über ein wenig heißersehntes Lob sind. Positive Verstärkung. Warum bloß, fragt sie sich, hat Alan das noch nicht begriffen?

❀

Vom Studio bis zur Schule der Jungen braucht Lee etwa zwanzig Minuten. Alan hat die beiden morgens hingebracht und ist dann in die Stadt gefahren, um mit seinem Songwriter-Kumpel an dem Lied zu feilen, das sie an eine neue Reality-Show über Sucht und Abhängigkeit auf VH1 verkaufen wollen. Eigentlich sollte er das Auto für sie dalassen und zu Fuß zu seiner neuen Wirkungsstätte laufen. Aber sie könnte wetten, dass der Wagen nicht auf dem Parkplatz steht. Zum Glück ist sie keine Spielerin, also konzentriert sie sich einfach nur darauf, was im Moment wichtig ist.

Lee ist in einem Vorort in Connecticut aufgewachsen und hätte sich niemals vorgestellt, dass sie mal in L.A. leben würde. Kalifornien kam für sie nie in Frage, Punktum. Sie hatte immer davon geträumt, schließlich in Vermont zu landen, in irgendeiner niedlichen kleinen Stadt, in der sie als Hausärztin praktizieren, eine Familie gründen und ein paar Monate im Jahr auf dem See Schlittschuh fahren könnte. Quasi ein Leben wie im Bilderbuch. Als sie das letzte Mal in Vermont war, stand sie im Stau direkt vor einer dieser Einkaufsmeilen, mit einem Outlet-Store neben dem anderen. Na ja. Jetzt kann sie sich gar nicht mehr vorstellen, Silver Lake zu verlassen. Hier herrscht genau die richtige Mischung aus cool, alternativ und elegant. Und ja, in dieser Gegend sind die Leute tatsächlich auch zu Fuß unterwegs oder fahren mit dem Rad zur Arbeit und sitzen in Cafés am Straßenrand, um eine Tasse Kaffee (mit Koffein!) zu trinken. Heute ist es wohl so zwanzig Grad warm, und während sie vom Studio aus die Straße hinunterläuft, blickt sie auf den Stausee, der sich vor ihr wie ein schimmernder Spiegel erstreckt, umrahmt vom Grün der Palmen und den verputzten Häusern mit roten Ziegeldächern.

Sie nimmt das alles in sich auf, atmet es ein und versucht,

ein wenig von dieser Ruhe in sich aufzusaugen (dieses Gefühl ist für dich da, wenn du es brauchst), bevor die Zwillinge wieder in ihr Leben stürmen und jede Minute zu der Herausforderung wird, das nicht Akzeptable zu akzeptieren. Pläne? Ordnung? Keine Chance, wenn zwei achtjährige Jungen das Kommando übernehmen. Trotzdem hätte sie sich keinen besseren Ort aussuchen können, um ihre Kinder großzuziehen, selbst wenn Silver Lake bei genauerem Hinsehen ein wenig rau erscheinen mag, selbst wenn die Luft hier oben manchmal nicht so toll ist. Sie selbst hätte ihren Weg im Leben viel früher und mit größerer Klarheit erkannt, wenn sie an einem so facettenreichen und kurzweiligen Ort statt in Darien aufgewachsen wäre.

Als sie den Uferweg erreicht, kommt eine leichte Brise auf, erfrischt die Luft und lässt sie einen Moment lang hoffen, dass alles wieder in Ordnung kommt. Alan führt sich nur ein wenig launisch und kindisch auf, das hat er eben manchmal. Das ist der Charakterzug, der ihr bei ihm am wenigsten gefällt, doch sie kommt damit irgendwie klar. Wenigstens hat er angefangen, an ein paar neuen Songs zu arbeiten. Das wird sein Selbstwertgefühl steigern, bis er schließlich wieder eine von den Absagen bekommt, die ihn regelmäßig an sich selbst zweifeln lassen. Dann ist er auf alles und jeden wütend. Es war ihre Idee, dass er es mal mit dem Harmonium versucht und im Studio einige Kurse mit Live-Musik begleitet. Er hat ein erstaunliches Gespür dafür, und die Schüler finden es toll. Gut, er hatte sich sein Leben als Musiker ein wenig anders vorgestellt, aber so hat er wenigstens Publikum, und Lee hat für ihn auch ein paar Auftritte in anderen kleineren Studios der Stadt organisiert. Sie kann damit umgehen, dass er ein wenig Zeit braucht, um sich auf seine Absichten zu besinnen und alles zu überdenken. Er hat ihr erklärt, dass es dabei nicht um sie geht und er *ganz bestimmt* keine Affäre hat. Im Moment ist es am einfachsten, ihm zu glauben. *Es kommt alles wieder in Ordnung. Alles wird gut.*

Sie biegt um die Ecke und kann die Schule jetzt bereits sehen. Die gesamte Schülerschaft ist auf dem Gehsteig aufgereiht, ein Heer von Polizeiwagen steht mit Blaulicht vor der Tür, und in der Ferne hört man die Sirene der Feuerwehr.

Lee rennt los.

Das mit dem Fasten war echt Wahnsinn«, erklärt die Frau, während Katherine ihr die Waden knetet. »Nach dem dritten Tag hatte ich überhaupt keinen Hunger mehr. Und während der ganzen zehn Tage, nach zehn Tagen ohne einen Bissen habe ich noch immer … na, du weißt schon, und zwar ein paar Mal am Tag. Unglaubliche Mengen. Ich bin so froh, dass *das* aus meinem Körper raus ist.«

»Das wäre wohl jeder«, antwortet Katherine.

Cindys Monolog, der bereits eingesetzt hat, noch bevor sie auf Katherines Massagetisch lag, gehört eindeutig in die Kategorie »Dinge, die niemand wissen wollte«. Auch das ist nichts Neues. Katherine hatte so was schon befürchtet, als Cindy den Termin bei ihr gemacht und erwähnt hat, dass sie ihr unbedingt von einer »unglaublichen Erfahrung« erzählen wollte, die sie während einer zehntägigen Reinigung gemacht hatte. Das ist Cindys fünfte Massage bei Katherine, und jedes Mal berichtet sie ihr in allen Einzelheiten von irgendeiner neuen fantastischen Erfahrung; meistens geht es dabei darum, irgendetwas in ihren oder aus ihrem Körper zu bekommen. Eine neue Diät, eine Nasen- oder Darmspülung, ein Besuch in der Schwitzhütte.

Katherine ist immer aufs Neue erstaunt, wie langweilig es doch ist, den Ernährungs- und Verdauungsabenteuern anderer Leute zu lauschen. Das alles ist Katherine gar nicht so fremd (mit »gesunden« Marotten zu experimentieren hat ihr geholfen, die gefährlicheren Süchte in den Griff zu bekommen), und sie muss zugeben, dass Cindy gut aussieht, sie hat straffe Haut und einen strahlenden Teint. Aber manchmal überlegt Katherine, ein Schild aufzustellen, um ihre Kunden daran zu erinnern, dass sie über ihre Toilettenerlebnisse nicht ganz so genau Bescheid wissen muss. Sie streckt die Hand aus und stellt die Musik ein wenig lauter. Vielleicht wird dieser Wink ja verstanden.

»Du hast dich bestimmt gefragt, was ich nach dem Fasten als Erstes gegessen habe, oder?«

Eigentlich nicht.

»Das fragen normalerweise alle sofort.«

Wenn du sie überhaupt zu Wort kommen lässt.

»Ich sollte den Tag eigentlich mit so einem grünen Saft anfangen. Ich weiß nicht genau, was da drin war, doch geschmeckt hat es wie flüssiges Heu. Und davon wurde mir dann so schlecht, dass ich nach dem Erstbesten gegriffen habe, was halt da war, nur um den Geschmack loszuwerden. Und das war ausgerechnet ein Bagel mit Schokostückchen. Den hat Henry auf dem Küchentresen liegen lassen.«

Und da haben wir dann auch den obligatorischen Seitenhieb auf Henry.

»Na, vielen Dank, oder? Ich meine, er wusste ganz genau, dass das mein erster Tag nach dem Fasten war. Er muss einfach immer alles sabotieren. Aber was soll's, ich liebe ihn trotzdem. Mein Gott, dieser Hintern, wie in Stein gemeißelt. Die Ehefrau stört zwar ein wenig, allerdings war er immerhin so taktvoll, ihr nicht zu erzählen, dass es in seinem Leben noch eine andere gibt, das finde ich irgendwie süß. Der Bagel war also nicht geplant, doch ich habe mir gedacht, wenn ich ihn schon esse, kann ich ihn auch genießen, und dann – kennst du die neue Bäckerei in der Hyperion …?«

Bei einigen der Kunden, die auf ihrem Massagetisch landen, kann Katherine ein seltsames Missverhältnis beobachten. Einerseits bezeichnen sie ihren Körper als Tempel der Reinheit, den sie durch Massagen, Yoga und ausschließlich biologisches Essen würdigen wollen. Gleichzeitig verbringen sie, wenn sie nicht gerade schlafen, jedoch die Hälfte der Zeit damit, ihr System zu leeren und es von ganz normalen Körpersäften und Ausscheidungen zu befreien, als führten sie einen Feldzug gegen ihre grundlegendsten und gesündesten Körperfunktionen.

Das Gute an den Laberern ist, dass man sie einfach ausblenden und sich auf seine eigenen Obsessionen konzentrieren kann. Zum Beispiel, oh, sagen wir mal, wie man den rothaarigen Feuerwehrmann kennenlernen könnte, der seit Neuestem in der Feuerwache die Straße runter arbeitet. Knallrote Haare. Da lohnt sich die Besessenheit wenigstens.

Als Katherine mit Cindy fertig ist, legt sie ihr ein duftendes Augenkissen auf die Lider, mahnt sie, sich Zeit zu lassen, und tritt hinaus in den Rezeptionsbereich. Sie umrundet den Tresen und stolpert beinahe über Alan. Der kniet hinter dem Tisch und geht die Anwesenheitslisten der vergangenen Woche durch. In letzter Zeit ist es ihm immer wichtiger, die Teilnehmerlisten mit den Quittungen zu vergleichen, um nachzuweisen, dass Lee nicht bei allen kassiert oder einigen Schülern gestaffelte Tarife anbietet. Was das betrifft, hält Katherine lieber den Mund.

»Hey, Babe«, grüßt Alan.

Diese Begrüßung löst bei Katherine leichte Übelkeit aus. Es gibt tausend Gründe dafür, dass sie von Alan nicht »Babe« genannt werden will. Übertrieben sexy antwortet sie »Heeeey« und hofft, dass ihn das ärgert.

Sie hat Alan nie ganz über den Weg getraut – dieser Wahnsinnskörper, die lange Mähne, das zu makellose, wie in Stein gemeißelte Gesicht, wie er sich vor der Gruppe in die Brust wirft, wenn er in den Kursen Live-Musik spielt – als würde es immer nur *um ihn* gehen. Und seit Lee ihr anvertraut hat, dass er bei ihr und den Jungen ausgezogen ist, traut sie ihm noch viel weniger. Lee ist ohne Alan viel besser dran, aber er hat nun wirklich nicht das Recht, sie einfach so sitzen zu lassen. Was die Gründe für seinen Auszug angeht, so hat Katherine ihre ganz eigene Theorie, doch in der Hinsicht hält sie auch lieber den Mund.

»Weißt du zufällig, wie viele Leute sich für meinen Kirtan-Workshop nächste Woche angemeldet haben?«, fragt Alan.

»Drei«, erwidert sie.

Wenn er sich um seinen eigenen Kram kümmern würde, statt Lees Belege zu zählen, dann wüsste er das. Katherine hat ihre Massageräume bei Edendale gemietet, und da sie dort auf ihre Kunden wartet und zwischen zwei Terminen die Zeit totschlägt, hält sie sich letztendlich mehr im Studio auf als alle anderen, Lee eingeschlossen. Weil sie Lee gernhat, versucht sie, dort auf alles ein Auge zu haben, aber unauffällig – sie hat sich geschworen, sich aus dem Leben anderer herauszuhalten. Trotzdem haben hier viel zu viele Stümper ihre Finger mit im Spiel – vor allem die Assistenten, die Dienst an der Rezeption schieben, da sie dafür gratis an Kursen teilnehmen dürfen. Abgesehen davon, dass sie von den Computerprogrammen nur herzlich wenig Ahnung haben, wollen sie immer schnell zum Unterricht und lassen deshalb Bargeld auf dem Tresen liegen, Kreditkartenbelege fliegen irgendwo herum und überall kleben kleine gelbe Zettel mit Fragen, Bitten und allen möglichen Details über angefangene Aufgaben, die allerdings nicht zu Ende geführt wurden. Letzte Woche hat Katherine ein Post-it mit folgender Aufschrift entdeckt: »Wusste nicht, wie man Quittung ausstellt, also habe ich alle umsonst reingelassen. Hoffe, das ist O.K. :-) Tara.«

»Drei«, murmelt Alan. »Perfekt. Ich hatte auf eine kleine Gruppe gehofft. Das erleichtert die Arbeit enorm.«

Katherine sagt dazu mal nichts, die beste Art und Weise, ihm zu verstehen zu geben, dass sie ihm das so gar nicht abkauft. Er ist ein guter Musiker und hat eine schöne Stimme, aber nach dem letzten Workshop haben sich viele der Teilnehmer beschwert, weil er sich vor allem selbst in Szene setzt und sie wenig singen lässt.

Katherine weiß auch, dass Alan heute eigentlich das Auto für Lee an der Schule stehen lassen sollte, und trotzdem hat sie es gerade vor dem Studio entdeckt. Typische unterschwellige Aggressivität, noch eine Angelegenheit, in die sie sich nicht einmischen wird.

Er verschwindet im Trainingsraum, und Katherine kann ihm durch die Glastüren beim »Stretching« zusehen, seinem persönlichen Programm, bei dem es scheinbar unumgänglich ist, mehrmals auf und ab zu stolzieren, den Bizeps mit ein paar Liegestützen in Gang zu bringen und dann fast eine Minute lang einen Handstand zu halten. Angeblich war er im College Läufer oder so was, und *natürlich* ist er durchtrainiert, aber das wäre alles noch viel imponierender, wenn er damit nicht so eindeutig beeindrucken wollte.

Lee und Alan sind wegen seiner Musikkarriere hierhergezogen. Dass daraus nichts geworden ist, muss nicht heißen, dass er kein Talent hat. Die meisten Einwohner dieser Stadt sind am Showbusiness gescheitert – sie selbst inklusive. Katherine hat genug seiner Vorstellungen in Cafés oder im privaten Rahmen über sich ergehen lassen, um zu wissen, dass er ein erfahrener Musiker und ein fähiger Songwriter ist. Doch er neigt leider dazu, sich vor Publikum zu angestrengt zu vermarkten oder aber sich verbittert zu zeigen, weil nur so wenige Zuhörer da sind, so dass man sich letztlich selbst wie ein Idiot vorkommt, sich herbemüht zu haben. »Für heute Abend hatte ich Zusagen von vierzig Leuten«, hat er mal vor einer Gruppe von zehn Zuhörern verkündet. »Die hatten vermutlich alle was Besseres zu tun.«

Was Katherine betrifft, so ist Alans Benehmen Lee gegenüber nur jede Menge unschönes Theater. Der verwöhnte kleine Junge, der immer im Mittelpunkt stehen will, braucht ein wenig Zeit, um sich die Wunden zu lecken. Und was sie da vor zwei Wochen im Büro beobachtet hat … nur noch mehr Getue.

Sie sammelt die Anwesenheitslisten ein und geht in Lees Büro, schaltet den Computer ein und holt die Quittungen für diese Woche hervor. Weil sie Masseurin und ein Ex-Junkie ist, nimmt jeder an, dass sie nur minimale Computerkenntnisse hat.

Das Letzte, was Lee jetzt gebrauchen kann, ist Alans Theater wegen der Freikarten, die sie manchmal verteilt, und wegen des Tauschhandels, auf den sie sich mit einigen der Stammkunden einigt, und der Nachlässigkeit der Assistenten. Wenn sie Gelegenheit dazu hat, macht sich Katherine deshalb daran, die gelben Klebezettel auszusortieren und ein wenig Ordnung in die Buchhaltung zu bringen. Alan würde sich vermutlich furchtbar aufregen, wenn er das wüsste, aber es ist ja nicht etwa so, dass er sich selbst darum kümmern würde.

Katherine ist so in ihre Aufgabe vertieft, dass sie die Sirenen kaum wahrnimmt. Nachdem sie sie endlich bemerkt hat, läuft sie raus auf den Bürgersteig und sieht gerade noch die Feuerwehrautos den Hügel hinunterfahren. Bestimmt wieder irgendwo ein Waldbrand. Den Rotschopf konnte sie auf dem Einsatzwagen nicht entdecken.

❀

Als Lee über die Straße rast, fängt Lorraine Bentley sie ab.

»Keine Panik«, beruhigt sie sie, »das ist nur wieder falscher Alarm.«

Doch Lee hört gar nicht richtig zu. »Wo sind die Zwillinge? Hast du sie gesehen? Was ist hier bloß los, Lorraine?«

Die beiden laufen die lange Schlange von Schülern entlang, von denen die meisten sich eher über den ausfallenden Unterricht freuen. Eine leise Stimme in ihrem Kopf flüstert Lee zu, dass alles in Ordnung ist und dass sie zu heftig reagiert, aber eine andere, lautere Stimme in ihrem Inneren brüllt: Wo sind sie? Die Anspannung schnürt ihr fast die Kehle zu.

Und dann entdeckt sie vier Jungen, die ganz allein auf dem Spielplatz herumturnen, wo sie jetzt nun wirklich nichts zu suchen haben. Sie sieht, wie Michael ein anderes Kind vom Klettergerüst schubst. Marcus schießt herbei und hilft dem Jungen wieder auf die Beine.

Lorraine packt sie am Arm und warnt: »Dir steht die Angst ja ins Gesicht geschrieben, lass sie das bloß nicht merken. Die müssen sich nicht auch noch Sorgen machen.«

Als sie den Spielplatz betreten, rennen die Jungen auf sie zu und klammern sich an sie. Selbst Michael. »Jemand hat versucht, die Schule in die Luft zu sprengen«, erklärt er, eher stolz als ängstlich, aber da er sie so gar nicht mehr loslässt, wittert wohl auch er die Gefahr.

Miss Marquez biegt um die Ecke, sie sieht noch gehetzter und erschöpfter aus als sonst. »Es tut mir so leid, Lee«, beteuert sie und versucht, erst mal wieder zu Atem zu kommen. »Eigentlich sollten alle auf dem Gehsteig bleiben. Ich weiß auch nicht, wie die Jungen hierhergekommen sind. Habt ihr denn die Durchsage nicht gehört? Und habt ihr gar nicht mitbekommen, dass ich euch gerufen habe?«

Die beiden hängen noch immer an Lees Beinen und lassen sich nicht einmal zu einer Antwort herab. Miss Marquez hat auch das letzte bisschen Autorität und Kontrolle über die Jungen verloren. »Was ist denn passiert?«, erkundigt sich Lee.

Miss Marquez kann nicht viel älter als fünfundzwanzig sein. Die Lehrer bewerben sich an dieser Schule, weil sich das gut im Lebenslauf macht. Zwei oder drei Jahre hier, dann sind sie wieder raus, mit Auszeichnung, und suchen ihr Glück woanders. Auf Miss Marquez' Stirn stehen Schweißperlen, wie kleine Bläschen. Sie spricht leise, so dass nur Lee sie verstehen kann. »Ein anonymer Anrufer behauptete, jemand würde mit einer Waffe vor der Schule stehen. Das war eine reine Vorsichtsmaßnahme. Wir waren uns von Anfang an ziemlich sicher, dass das nur ein schlechter Scherz ist.«

Das ist seit Januar schon der dritte nervtötende »Scherz«. Und jetzt ist erst März. Es gab einen Bombenalarm, Gerüchte über eine neue Supergrippe, die eine zweitägige Schulschließung zur Folge hatten, und nun das. So läuft das heutzutage eben, doch es macht Lee wirklich Sorgen, dass die überforderten Lehrer und die Schulverwaltung die Situation nicht unter Kontrolle zu haben scheinen. Sie hat dem Rektor schon das ganze letzte Jahr über damit in den Ohren gelegen, dass sie nur zu gerne in die Schule kommen und dem Personal Yogaunterricht geben würde, einige Lehrer haben hingegen eingewandt, das würde »in Konflikt mit ihrem Glauben« stehen. »Atmen steht in Konflikt mit ihrem Glauben?«, hat sie gefragt. Der heutige Vorfall verstärkt nur ihre Überzeugung, dass sie in der Hinsicht noch einmal Druck machen sollte. Vielleicht könnte sie im Studio eine Woche kostenlosen Unterricht für Lehrer anbieten. Alan wäre begeistert.

Auf dem Bürgersteig hält Lorraine inzwischen Birdy an der Hand. Birdy ist ein liebes kleines Mädchen, das Lorraines seltsamer Namenswahl gerecht zu werden scheint. Blass, dünn und winzig wie ein kleiner Spatz. Wie abzusehen war, nennen die Zwillinge sie »Blödy«. Lee hat es noch nicht geschafft, sie davon abzubringen, aber wenigstens sagen sie es ihr jetzt nicht mehr ins Gesicht. Und mal im Ernst, dieses Kind ist wirklich ein wenig ... anders?

»Garth und ich, wir haben mit so ziemlich jedem gesprochen, der uns noch einen Gefallen schuldet«, erklärt Lorraine Lee. Sie ist die einzige echte kalifornische Blondine in Lees Bekanntenkreis, und bei ihren Joni-Mitchell-Farben und -Wangenknochen hat Lee jedes Mal die ersten Takte von *Ladies of the Canyon* im Ohr, wenn sie sich sehen. »Mit seinen Eltern und meinen, und mit jedem Verwandten, der uns noch so eingefallen ist. Inzwischen ist mir echt egal, wie teuer das wird, oder dass ich eigentlich das öffentliche Schulsystem unterstützen sollte. Irgendwann ist es nämlich kein falscher Alarm mehr.«

Birdy starrt Lee mit ihrem übernatürlichen Blick an, ihre wasserblauen Augen sind einfach zu klar und ätherisch für eine Achtjährige. Sie gehört wirklich nicht in diese Schule. Wenigstens ist Michael ein harter Bursche. Marcus zwar nicht, aber er hat seinen Zwillingsbruder, der ihn (hoffentlich) aus allem rausboxt.

»Du siehst traurig aus«, sagt Birdy.

»Nein, nein, Schätzchen«, widerspricht Lee. »Ich bin nur erleichtert, dass alles in Ordnung ist, das ist alles.«

Birdy bedenkt Lee mit einem dieser unheimlichen schweigenden Blicke, und ihr ist klar, dass ihre Lüge durchschaut wurde.

Garth und Lorraine sind beide Künstler und haben hinter ihrem modernen Haus an der Shakespeare Bridge ein großes Studio. Sie spielen eine aktive Rolle in der lokalen Galerie-Szene, und Lee kann schon nicht mehr so genau sagen, auf wie vielen Vernissagen der beiden sie bereits war. Die Maler gehören zu diesen Paaren, die ihre gesamte Zeit gemeinsam zu verbringen scheinen und ständig Händchen halten. Lee hat einmal mitbekommen, wie Garth Lorraine auf eine Art und Weise »Mami« nannte, die sie ein wenig gruselig fand.

Sie kann mit Lorraines großen, schlammigen Leinwänden nichts anfangen und findet sie unschön, allerdings macht sie das noch wesentlich reizvoller als Garths peinlich homoerotische Selbstporträts. Die beiden stellen es gerne so hin, als seien sie brotlose Künstler, die von der Hand in den Mund leben, doch es ist ein Von-der-Hand-in-den-Mund-Leben auf hohem Niveau. Lee nimmt an, dass sie wohl ein paar Mal im Jahr ausstehende Gefallen einfordern.

»Hast du schon eine andere Schule im Auge?«, fragt Lee.

»Wir haben uns bei dreien beworben«, erklärt Lorraine. »Alle haben Interesse signalisiert, aber wir warten noch auf eine konkrete Zusage.«

Mit anderen Worten: Sie haben das schon seit Monaten geplant, schon vor den jüngsten Vorfällen an der Schule. Einerseits verspürt Lee auf einmal unerklärliche Wut auf Lorraine, andererseits fühlt sie sich auch wie eine Rabenmutter, weil sie selbst diese Alternativen noch nicht in Erwägung gezogen hat. Doch sie war sowieso immer eher der Typ, der sich einem Problem stellt, statt davor wegzulaufen.

Sie geht mit den Jungen zum Parkplatz und sucht das Auto. Wie sie schon vermutet hat, ist es nicht da. Sie ist versucht, Alan anzurufen und ihm die Leviten zu lesen, aber sie hat die Erfahrung gemacht, dass man solche Sachen besser allein regelt. Vor allem im Moment. Sie hat Angst, dass Alan sich nur noch weiter von ihr entfernt, wenn sie ihre Abhängigkeit von ihm zu sehr zeigt.

Michael schubst seinen Bruder, und als sie zurück zu Lorraine laufen, muss sie ein paar Mal dazwischengehen, bevor die beiden endlich Ruhe geben. Lorraine trägt einen lässigen

Fetzenrock aus hauchzartem Stoff und eine leuchtend blaue Bluse. Lorraine hat Stil. Vielleicht sollte Lee sich auch welchen zulegen.

»Ich habe ganz vergessen, dass Alan heute den Wagen hat«, schwindelt die Yogalehrerin. »Im Studio ist so viel los, ich bin noch zerstreuter als sonst, und das will schon was heißen.«

»Soll ich euch mitnehmen?«

»Wenn es dir nicht zu viele Umstände macht.«

Lorraine wirft einen Blick auf die Jungen. »Dann fährt Birdy am besten vorne mit«, überlegt sie. »Wenn es dich nicht stört, hinten zu sitzen.«

»Ich bestehe sogar darauf.«

Schließlich sind die Kinder endlich angeschnallt, und Lee hat den Platz in der Mitte eingenommen, um die Jungen voneinander zu trennen. Michael fängt augenblicklich an, nach Marcus zu schlagen, und sie sieht ihn warnend an.

»Also, ich wollte euch gerne zu einer Vernissage einladen, die Garth in ein paar Wochen hat.« Lorraine nennt das Datum, während sie vom Parkplatz fährt. Sie ist eine von diesen übervorsichtigen Fahrerinnen, die aus Sicherheitsgründen an jeder Biegung halten, damit jedoch eigentlich eher eine Gefahr darstellen. »Er ist gerade mit ein paar neuen Arbeiten fertig und die Galerie ist total begeistert, also haben sie ein wenig umdisponiert, um seine Sachen ausstellen zu können. Es wäre toll, wenn Alan und du es einrichten könntet, was meinst du?«

»Ich bin mir ziemlich sicher, dass wir in der Woche noch nichts vorhaben.« Lorraines Tonfall lässt Lee befürchten, sie könnte Gerüchte über Alans Auszug gehört haben. Oder bildet sie sich da was ein? Sie haben den Kindern erzählt, dass Alan nur bei Benjamin wohnt, damit sie mit der Arbeit vorankommen, und dass sie das anderen gegenüber nicht zu erwähnen brauchen, aber man weiß ja nie, was in deren Köpfen vorgeht. Was die Vernissage betrifft, so wird Lee schon ganz schlecht, wenn sie nur daran denkt. Die Leute werden in Grüppchen um Garths Bilder herumstehen, über seine Technik sprechen und dabei so tun, als würden sie die penetranten Darstellungen seines Geschlechtsteils nicht bemerken, das immer ganz vorne und mittig im Bild prunkt. Andererseits bewundert und mag Lee so vieles an diesem Paar, und es tut Alan und ihr bestimmt auch gut, sich mal zusammen in der Öffentlichkeit zu zeigen.

»Ich schicke dir eine Mail«, verspricht Lorraine. »Allerdings muss ich damit bis Donnerstag warten. Den Mittwoch haben Garth und ich zum technikfreien Tag erklärt. Kein Handy, kein Computer, kein Fernsehen. Das solltet ihr auch mal probieren. Das ist immer einer der romantischsten Tage der Woche, wenn du verstehst, was ich meine.«

»Klingt gut«, murmelt Lee. Sie spielt nervös an ihren Haaren herum, denkt an Alan, den Feueralarm und an das letzte Mal, dass ihr Mann und sie einen romantischen Tag in der Woche hatten. (Und »einer der« heißt ja auch, dass es bei denen *mehr als einen* romantischen Tag in der Woche gibt!) Sie ermahnt ihre Schüler immer, sich nicht mit anderen zu vergleichen und ihr Ego zurückzuschrauben, aber wenn sie mit Lorraine redet, hat sie manchmal das Gefühl, dass ihr eigenes Leben völlig aus den Fugen gerät.

»Alles klar bei dir, Mom?«, fragt Marcus. Er ist ihr Sensibelchen.

»Oh Süßer«, seufzt sie. »Natürlich. Ich habe mir nur Sorgen gemacht, als ich euch nicht auf dem Gehsteig finden konnte.«

Michael fängt an, gegen Birdys Sitz zu treten und zu skandieren: »Eisessen, Eisessen, Eisessen!«

Sie streckt die Hand aus und legt sie ihm mahnend auf die Hüfte. Geht Alan etwa mit ihnen Eis essen, wenn er sie von der Schule abholt? Sie dachte eigentlich, sie hätten eine Abmachung, was die Ernährung der Jungen angeht, doch in letzter Zeit läuft vieles ja nicht so wie geplant. »Wir haben zuhause noch Tofueis im Kühlfach«, gibt sie zu bedenken.

Selbst Marcus reagiert mit empörtem Geschrei auf die Bemerkung und stimmt in den Gesang seines Bruders mit ein.

Zum Teufel damit, denkt sie sich. Ihr würde es auch ganz guttun, sich mal was zu gönnen. »Was meinst du, Lorraine? Ich lade euch ein.«

»Dann lass uns zu dieser neuen Gelateria fahren«, schlägt Lorraine vor. »Birdy verträgt nämlich keine Laktose, und die haben auch Sorbets.«

Michael erzeugt mit dem Mund Furzgeräusche auf dem Handrücken, aber hoffentlich nicht so laut, dass Lorraine es vorne hören kann.

❀

Was Katherine an ihrem neuen Hollandrad aus dem Internet am besten gefällt, ist die Farbe: rosa. Es stimmt schon, sie hat viel zu viel dafür bezahlt – und noch mal extra für die Designer-Farbe –, doch in den letzten Monaten ist ihre Massagepraxis so richtig in Gang gekommen, und deshalb wollte sie sich auch einmal verwöhnen. Sie ist jetzt zwei Jahre clean und hat es sich zu ihrem Jahrestag geschenkt. Warum auch nicht?

Es ist robust und stabil, und wenn sie damit in Silver Lake herumkurvt, fühlt sie sich richtig cool. Manchmal winken ihr dann wildfremde Leute zu. Es hat ein tolles, klassisches Design, und sie orientiert sich zwar nur bedingt an der Farbe, kleidet sich jetzt allerdings manchmal so, dass ihr Stil besser zum Rad passt – retro und mädchenhaft, ein bisschen in Richtung Zooey Deschanel. Sie hat wieder angefangen zu nähen, und ein paar Vintage-Kleider, die in ihrem Schrank vor sich hin vegetierten, herausgekramt, auseinandergenommen und neu zusammengenäht. Es stimmt schon, dass das Rad vermutlich ein Magnet für Diebe ist, aber das erhöht in ihren Augen nur seinen Wert. Und sie hat ein ziemlich gutes Schloss.

Blöd findet sie an dem neuen Drahtesel eigentlich nur, dass man darauf ihren Hintern kaum erkennen kann.

Was ja in den meisten Fällen von Vorteil wäre. Sie hat im Leben nämlich weitaus mehr als nur die ihr zustehende gewollte und ungewollte Aufmerksamkeit erregt, und sie kann nicht leugnen, dass etwa ein Drittel ihrer Massagekunden zu ihr kommen, weil sie sie scharf finden (ein, zwei Frauen inklusive). Nach der Beziehung zum unmöglichen Phil (um mal großzügig darüber hinwegzusehen, dass diese Geschichte eher eine Übung in geringem Selbstbewusstsein war) hat sie vor etwa einem Jahr beschlossen, von Männern, Dates und Sex erst mal die Finger zu lassen. Dieser Zeitraum gehörte zu den entspanntesten Phasen ihres Lebens, und sie hatte endlich mal Muße, sich auf sich selbst zu konzentrieren. Wenn sie hingegen in letzter Zeit die Hillhurst Avenue runtergeradelt und an der Feuerwache vorbeigekommen ist, hat sie dort öfter mal den Rotschopf entdeckt – einer seiner Kollegen hat ihr vor ein paar Tagen verraten, dass der Neue Conor heißt. Und in diesen Momenten hat sie dann plötzlich das Bedürfnis, sich über den Lenker zu beugen und das Resultat all der Utkatasanas zur Schau zu stellen, die sie in den letzten zwei Jahren so gemacht hat.

So wie sie die Sache sieht, besteht eine dicke, fette Verbindung zwischen Sex und Yoga (na ja, eigentlich zwischen Sex und allem anderen im Leben, aber lassen wir da mal fünf gerade sein), die die meisten Menschen nicht wahrhaben wollen. Viele Schüler, die sie kennt, kommen ins Studio, weil sie ihren Körper in Form bringen wollen (Sexappeal), außerdem wegen der Gelenkigkeit (Bereicherung des Sexuallebens) und der Kontrolle über die Muskulatur (ach was!). Auch ihr letzter Freund vor Phil hatte sich als ziemliche Niete herausgestellt

(Schauspieler eben!), nach einem Monat in Lees Kursen hat seine Standfestigkeit jedoch dramatisch zugenommen.

Und wenn Lees Schüler Yoga nicht brauchen, um ihr Sexleben etwas aufzupeppen, dann benutzen sie es als Sexersatz nach der Scheidung oder einer üblen Trennung (was sie bei Stephanie ganz stark vermutet) oder während einer langen Durststrecke. Wie erklärt sich sonst, dass Gianpaolos Kurse so beliebt sind? Das meiste, was er sagt, versteht man bei seinem starken italienischen Akzent ja sowieso nicht. Aber es ist einfach Wahnsinn, wie er die Haltung korrigiert, vor allem bei Paschimottanasana, wo er sich quasi rückwärts über den Schüler drapiert, damit der mit der Stirn näher an die Knie kommt.

Es gibt da ein paar tragische Gestalten, wie Brian/Ständer, die eigentlich nur zum Unterricht kommen, um ihre Ware zur Schau zu stellen, doch die werden mit der Zeit einfach zur hauseigenen Witzfigur. Diese enge weiße Hose, die geradezu nach Aufmerksamkeit schreit: Seht her, ich nehme Yoga echt total ernst – und beschnitten bin ich auch! Vermutlich wird er irgendwann mit der Masche Erfolg haben und dann nie wieder auftauchen, oder er merkt endlich, dass ihm das niemand abkauft, und wechselt dann zu einem der größeren Studios mit Single-Bar-Atmosphäre. An denen fehlt es hier in der Stadt ja nicht.

Der Morgen ist absolut perfekt, und da sie vor Lees Mittelstufen-Vinyasa-Kurs um halb zehn noch etwas Zeit hat, fährt sie ein paar Runden um den Block, in der Hoffnung, Conor zu entdecken oder von ihm entdeckt zu werden. Sie trägt ein gelbes Baumwollkleid, das mit ihrer hellen Haut super harmoniert, sie hat nämlich endlich gelernt, wie man mit einem Rock Rad fahren muss. (Vorsichtig, aber nicht allzu sehr.) Sie ist versucht, kurz zu halten, den Korb an ihrem Lenker zurechtzurücken und abzuwarten, ob Conor vielleicht rauskommt, aber das wäre wohl viel zu auffällig. Sie hat einem der Typen gesteckt, dass es ihr nicht unrecht wäre, wenn Conor sich mal bei ihr melden würde, das muss reichen. Und außerdem bleibt ja noch die Mittagspause.

Als sie das Rad hinter dem Studio ankettet, kann sie Lee durchs Bürofenster sehen. Sie telefoniert mit gesenktem Kopf. Katherine hat immer schon vermutet, dass in dieser Ehe etwas faul ist, sie hat nie in die allgemeine Bewunderung für dieses ach so perfekte Paar mit eingestimmt. Als ob es so etwas überhaupt gäbe. Katherine weiß, wie der Hase läuft, man hat ihr etwas zu oft das Herz gebrochen, und sie hat zu häufig einen Blick in die dunklen Abgründe von Männerseelen geworfen, um solche Märchen zu glauben.

Ehrlich gesagt geht Lees Ehe Katherine auch gar nichts an. Das weiß sie. Doch wenn Lee nicht gewesen wäre, dann würde Katherine vermutlich noch immer Drogen nehmen. Sie würde nach wie vor für den Begleitservice arbeiten. Falls sie überhaupt noch am Leben wäre. Das war eine Zeit lang gar nicht so klar. Wie viel Lee genau über dieses üble Kapitel in ihrem Leben weiß, kann Katherine nicht sagen. So schockierend ist das Ganze allerdings auch wieder nicht. Nur eine Geschichte wie so viele andere in L.A.: toughe, aber ahnungslose junge Frau aus Detroit zieht mit halbgaren Ideen über die Schauspielerei gen Westen, landet dann schließlich beim »Tanzen«, was zu einem Job beim Begleitservice führt, was zu Selbstekel führt, was wiederum zu Selbstmedikation führt und in einer langen Talfahrt der Selbstzerstörung endet. Was wäre bloß aus ihr geworden, wenn sie Lee nicht begegnet wäre? Wenn die sie nicht in ihrem Studio willkommen geheißen hätte, obwohl sie die Kurse nicht bezahlen konnte? Wenn Lee ihr nicht das Geld für die Massage-Ausbildung geliehen hätte? Genauer gesagt, wenn Lee nicht unerschütterlich daran geglaubt hätte, dass sie ein Talent zum Heilen hat und fähig ist, clean zu bleiben?

Im Rezeptionsbereich des Studios verrät ihr die Anzahl der Schuhe in den Fächern, dass es ganz schön voll wird. Das ist Lees beliebtester Kurs, aber selbst für ihre Verhältnisse ist er heute überfüllt. Katherine geht rüber zum Massageraum, streift das gelbe Kleid ab, hängt es in den Schrank und schlüpft in das alte Trägershirt und die Baumwollhose mit Tunnelzug, die sie mal auf einem Straßenmarkt in Venice Beach erstanden hat. Sie weigert sich strikt, bei dieser neuen Mode der supertrendy Yogalooks mitzumachen. Selbst wenn sie insgeheim neidisch darauf ist, wie praktisch diese teuren Outfits doch sind.

An der Rezeption läuft sie Lee in die Arme.

»Sieht aus, als wäre da drin ganz schön was los, Miss Lee. Bist du bereit?«

»Ich kann's kaum erwarten.«

Katherine streift sich ein Stirnband über. Nicht, dass sie mit ihrem aktuellen Haarschnitt wirklich eins bräuchte. Vor einem halben Jahr hat eine Kundin ihr einen Gutschein für einen sündhaft teuren Haarschnitt in Hollywood geschenkt, der letztendlich so aussah, als hätte sie da selbst Hand angelegt. Und genau das macht sie seitdem. Schere, Spiegel und fertig. Vielleicht ein bisschen zu punky, aber es passt zu ihr, und mit den Retroklamotten und den wirbelnden Röcken ist der Gesamteindruck ziemlich originell. Lee hat dunkle Ringe unter den Augen, völlig untypisch für sie. Ob sie wohl müde ist? Oder geweint hat? So beiläufig wie möglich fragt Katherine: »Alles in Ordnung?«

Lee lächelt. »Im Moment bin ich nur ein bisschen durch den Wind. In der Schule der Jungen gab es letzte Woche schon wieder einen Vorfall. Und die ganze Alan-Sache nimmt mich mit.« Sie sieht Katherine nicht an und fragt mit so viel Aufrichtigkeit, dass es einem das Herz bricht: »Kat, findest du, dass ich eine gute Mutter bin?«

»Was soll das denn heißen? Warum solltest du so was auch

nur fragen müssen? Und was Alan angeht, der macht gerade bloß eine frühe Midlife-Crisis durch, das geht auch wieder vorbei.«

»Ich versuche nur, mir alle Möglichkeiten offenzuhalten, das ist alles.«

Damit scheint sie irgendwas ganz Konkretes zu meinen, doch Katherine hat keine Ahnung, worum es geht. Sie würde ja gerne fragen, aber es ist schon halb zehn und Lees Kurse fangen immer pünktlich an.

❀

Wenn Katherine Malerin wäre, würde sie eine Reihe Porträts anfertigen, die die Yogaschüler zu Beginn der Stunde auf ihren Matten zeigt. Unglaublich, wie sich das wahre Ich hier in wenigen Minuten zeigt. Wenn Hieronymus Bosch noch leben würde, würde er genau das auf die Leinwand bringen, da hegt sie keinen Zweifel – einen Mikrokosmos der Welt, mit so vielen verschiedenen Charakteren auf engstem Raum.

Fünf Teilnehmer liegen auf dem Rücken, zwei davon benutzen Styroporblöcke als Kissen, eine andere Frau hat die Hände auf dem Bauch gefaltet und schnarcht doch tatsächlich vor sich hin (wenn auch ganz leise). Tina, die mit dem ewigen Waren-Drama, hält angespannt die Lotusposition und späht nach links und rechts, um zu sehen, wer noch alles da ist und wie viel Platz sie für ihren Spagat hat. Und dann ist da auch dieses Pärchen, das von Zeit zu Zeit kommt. Die beiden liegen Seite an Seite, haben den Kopf aufgestützt und unterhalten sich im Flüsterton. Sie haben sich hier kennengelernt, er ist verheiratet, und falls zwischen ihnen noch nichts laufen sollte, ist die Affäre aber vorprogrammiert, und zwar lange bevor sie den Handstand beherrschen. So wie die sich ansehen, würden sie es wohl kaum bemerken, wenn die Sitzung später anfängt oder ganz ausfällt.

Brian/Ständer hat sich mit Blick auf die Gruppe an vorderster Front platziert und lockert gerade sein Kreuz, indem er die Hüften (etc.) nach vorne schiebt. Eine Frau im lilafarbenen Body, die mindestens fünf Mal die Woche kommt, bittet jemanden »höflich«, seine Matte doch »ein winzig kleines bisschen« zur Seite zu schieben. Und zwar mit angespanntem Lächeln, so hart, dass man Glas damit schneiden könnte. Und dann absolvieren da zwei Kerle, die Katherine hier noch nie gesehen hat, ein spektakuläres Aufwärmtraining. Ihr Sonnengruß schreit geradezu: »Schaut her, sind wir nicht toll?« Einer der beiden ist klein und muskulös, der andere schlanker, so dass sie entfernt an Pat & Patachon erinnern. Was sind das bloß für Typen?

Wie immer fragt Lee zunächst nach eventuellen Läsionen. Der lila Body hebt die Hand, und noch bevor Lee den Mund aufmachen kann, legt er auch schon los:

»Ich bin nicht sicher, ob das als Verletzung gilt, aber ich habe da so ein Knacken im Genick, wenn ich aufwache. Wirklich unangenehm. Vielleicht hat das gar nichts damit zu tun, doch mein Freund ist gerade bei mir eingezogen, und wir benutzen noch immer mein Doppelbett. Seine Möbel sind nämlich in New York eingelagert. Wir planen ja schon seit Jahren, dass er herzieht, und seit letztem Monat ist er endlich da. Hurra! Es ist so toll, ihn hierzuhaben. Ich hätte ja anfangs nicht gedacht, dass ich meinen Lebensraum wirklich teilen will …«

Lee unterbricht sie sanft: »Herzlichen Glückwunsch! Pass bei den Drehungen auf, und sieh auf die Matte, wenn die anderen nach oben schauen. Dann wollen wir mal anfangen. Oder gibt es noch etwas?«

»Ich war letzten Montag in Chloes Kurs«, wirft eine näselnde Stimme ein, deren Besitzer Katherine nicht ausmachen kann. »Und da hat eine Frau unterrichtet, die ich gar nicht kannte.«

Katherine nennt diesen Teil der Stunde gerne »optische Asanas«, weil sie so viel Zeit damit verbringt, mit den Augen zu rollen.

»Das war Melissa«, erklärt Lee. »Die ist wegen Chloes Wurzelbehandlung im letzten Moment eingesprungen. Hat dir die Stunde denn gefallen?«

»Es gab nur drei Sonnengruß-Durchgänge, und bei Chloe machen wir doch immer fünf, das hat mich total verwirrt. Nicht nur während der Stunde, sondern den ganzen Tag. Das hat mich echt aus dem Konzept gebracht.«

»Mir ist das auch aufgefallen«, wirft Tina ein. »Das war komisch.«

»Wie auch immer«, fährt die näselnde Stimme fort. »Ich denke jedenfalls, dass man hier Richtlinien einführen sollte, damit die Stunden einheitlich sind und wir wissen, was uns erwartet.«

Katherine fragt sich jedes Mal, warum Lee sich das antut. Die Hälfte der Zeit reden die Leute ja doch nur über Privates, geben irrelevante Kommentare ab oder haben was zu meckern. Wer wirklich Beschwerden hat, nimmt sie meistens vor der Stunde kurz beiseite. Der Grund ist wohl Lees Wunsch, das Gemeinschaftsgefühl zu fördern. Und die Schüler fühlen sich so in der Tat als Teil des Ganzen, wenn ihr Beitrag auch nervtötend sein mag.

»Melissa ist eine tolle Lehrerin«, erwidert Lee. »Ich lasse ihr und den anderen Lehrern lieber die Freiheit, ihre Stunden zu gestalten, wie sie mögen. Ihr solltet euch nicht an Erwartungen klammern, sondern so viel wie möglich von dem mitnehmen, was euch geboten wird. Sonst riskiert ihr, das Beste zu verpassen. Kann es jetzt losgehen, seid ihr bereit?«

Eine Viertelstunde später erlebt Katherine einen dieser Augenblicke, den sie gerne als Ich-bin-dann-mal-weg-Moment bezeichnet. Auch wenn es viel mehr ist als nur das Gefühl, dem Alltag zu entkommen. Irgendwie scheint sie über dem Boden zu schweben und verspürt eine seltsame Mischung aus körperlicher Anstrengung und völliger Befreiung. Das macht Lees Magie aus. Sie zelebrieren zunächst intensiv den Sonnengruß, ein ums andere Mal. Wie lange man die Position halten muss, weiß man bei Lee vorher nie, also muss man sich von Erwartungen lösen und ihr völlig vertrauen.

Katherine hat nicht mitgezählt, aber beim zweiten Sonnengruß hat sie bereits das Gefühl zu tanzen, und der Atem ist die Musik. Nicht *ihr* Atem, sondern der Atem der ganzen Gruppe. Lee reichen Minuten, um dreißig Menschen zur Atmung im Gleichtakt zu führen. Diese sinnliche Erfahrung birgt eine seltsame Macht. Lee kann Menschen dazu bringen, sich auf kleinste Veränderungen und Regungen des Körpers zu konzentrieren und dennoch mit der Gruppe eins zu sein.

Auf den Sonnengruß folgt der Krieger, der Balance erfordert. Katherine fühlt sich stark und erdverbunden, und etwas später kommt der Halbmond an die Reihe. Lees tiefe, melodische Stimme treibt sie an, die Dehnung noch zu verstärken, als Katherines Blick auf die Frau an ihrer Seite fällt. Wie ist ihr das bloß entgangen? Das ist ja Imani Lang, *die* Imani Lang, da gibt es keinen Zweifel! Es kann auf der Welt unmöglich *zwei* Frauen geben, die so unfassbar schön sind.

Aber nichts kann den Zauber stören, und nicht einmal die Nähe eines wahrhaftigen Fernsehstars (oder nach den jüngsten Ereignissen eher »früheren Fernsehstars«) hält Katherine davon ab, diesen seltsamen Ort voller Schönheit aufzusuchen, an dem nur das Hier und Jetzt zählt und wo sie die Regeln der Zeit und alle Nöte und Sorgen hinter sich lässt. Dieser Moment und Lees Fähigkeit, ihn immer wieder heraufzubeschwören, haben Katherine damals beim Kampf gegen die Sucht geholfen. Und jetzt helfen sie ihr, auf dem richtigen Weg zu bleiben. Sie überkommt eine kraftvolle Mischung aus

Dankbarkeit, Glück und Respekt und anderen Emotionen, die sich zu dem einen großen Gefühl vereinen, dass nichts anderes mehr existiert. Außer vielleicht noch … nein, sonst ist da nichts, denn den Rotschopf kennt sie ja gar nicht. Hier und jetzt ist schon perfekt.

❀

Nach zehn Minuten Yoga macht sich Imanis Unterwäsche auf einmal selbstständig. Als alle auf dem Bauch liegen, um sich nach hinten zu dehnen, nutzt sie die Gelegenheit, greift nach unten und rückt ihren Slip wieder zurecht. Keine schöne Geste, aber das muss jetzt sein. Beim nächsten Mal – falls es denn ein nächstes Mal gibt – denkt sie hoffentlich an einen Tanga. Doch wer weiß, was der wieder für Probleme mit sich bringt.

Ganz vorne verrenken sich zwei Damen, die bei Bedarf morgen beim Cirque du Soleil einsteigen könnten. Imani fragt sich, was die wohl drunter tragen. Ein toller innerer Monolog, schilt sie sich selbst, so richtig spirituell. Dann lässt sie es allerdings mit der Selbstkritik gut sein. Bestimmt ist die Hälfte der Leute hier im Raum von ihrer Unterwäsche besessen, und die andere Hälfte starrt vermutlich den Typen da vorne an, der ganz offensichtlich keine trägt.

»Ihr müsst die Brust gar nicht anheben«, erklärt die Lehrerin. »Stemmt einfach die Fersen in den Boden und spürt, wie ihr sanft aufsteigt, als ob euch das Herz vor Liebe und Mitgefühl aufgeht.«

Sie kommt zu Imani herüber und redet weiter, während sie behutsam ihre Arme bewegt, und die fühlt sich plötzlich so, als würde ihr Oberkörper schweben.

»Das machst du super«, lobt Lee leise. Was bestimmt heißen soll, dass sie wirklich schlecht ist und ihre ungeschickten Versuche hier allen verraten, wie taufrisch ihre Bekanntschaft mit dieser Gummimatte ist.

Als am Ende der Stunde alle in der »Totenstellung« daliegen – welch fröhliche Metapher –, beschließt Imani, dass sie dieser Erfahrung, wenn sie sie benoten sollte, wohl eine Drei minus geben würde. Oder vielleicht sogar eine dicke, fette Vier für »ausreichend, mehr aber nicht«. Noch eine Enttäuschung, die sie so gar nicht gebrauchen kann.

Das eigentliche Problem: Die Stunde war viel besser als erwartet, und sie ist jetzt tatsächlich locker und ruhig und entspannt. Was aber heißt, dass sie allen recht geben muss, die sie schon ewig zum Yoga schleifen wollten – Cameron, Drew, Becky Antrim. Und das ist doch wirklich enttäuschend.

Als sich der Raum nach und nach leert, bleibt sie noch liegen und macht ein paar Sit-ups. Wahrscheinlich total anti-Yoga, tja, was soll's. Und so erregt sie auch weniger Aufmerksamkeit. Sie hasst es, wenn man sie erkennt und dann einen Riesenwirbel macht, aber sie hasst es noch viel mehr, wenn keiner sie beachtet. Wie es läuft, läuft es falsch.

Seit sie vor acht Monaten das Kind verloren und sich einer wohlverdienten Depression hingegeben hat, lag ihr jeder damit in den Ohren. Probier's mal mit Yoga, probier's mal mit Yoga, probier's mal mit Yoga. Wieso bloß? Macht das etwa meine Fehlgeburt rückgängig? Das erinnert sie an die Brustkrebsdiagnose ihrer Mutter und all die schwachsinnigen Reaktionen. Deine Mutter sollte viel grünen Tee trinken. Auf Zucker sollte sie ganz verzichten. Wie wär's mit Aromatherapie? Am liebsten hätte sie losgebrüllt: Das sind keine Kopfschmerzen, wir reden hier über Krebs!

Das gute alte L.A. Hier hat wirklich jeder auf alles eine Antwort, sie wünschte nur, man würde nicht immer und immer wieder beim gleichen New-Age-Hokuspokus-Ganzheitlichkeits-Scheiß landen. Nichts hört sie lieber als einen Rat über Kräuterkuren gegen Krebs und Klagen über die Gräuel der westlichen Medizin (so ein unmenschliches System!), vor allem von einer Frau, deren äußere Attribute verraten, dass sie mehr Zeit in Kliniken verbracht hat als Dr. Kildare.

Inzwischen hat sie hundert Sit-ups gemacht und wird noch mal hundert dranhängen.

Silver Lake ist da ganz anders. Sie kannte die Gegend vorher nicht, obwohl sie ganz in der Nähe in Los Felix wohnt, aber vor zwei Wochen ist sie durch Zufall hier gelandet, als sie einfach so ins Blaue fuhr – die Nachmittage können sich ganz schön hinziehen, wenn man nicht arbeitet und der Ehemann Arzt ist. Sie konnte kaum fassen, wie locker hier die Atmosphäre ist, so eine verrückte Mischung aus Hippiestyle, altmodischem Rock 'n' Roll und kalifornischer Coolness, mit Gehsteig-Cafés, Vintage-Kleiderläden und verrückten Wandmalereien, erstaunlicherweise ganz ohne die üblichen großen Ladenketten. Und alle scheinen hier jede Menge Zeit zu haben. Wie sie selbst, nur dass diese Leute das nicht zu stören scheint. Als sie am Yogastudio vorbeikam, beschloss sie, das mal im Hinterkopf zu behalten. Vielleicht war es genau das, was sie jetzt brauchte. Ein abgelegenes Studio voll exzentrischer, ambitionsloser Künstler, die nie fernsehen und sie nicht wegen ihrer glorreichen *X.C.I.A.*-Zeiten wiedererkennen. Leider ganz falsch. Der Klassenraum war gerammelt voll, die Hälfte der Schüler sah aus, als wäre sie dem Cover der *Vogue* oder des *Yoga Journals* entstiegen, und ein paar starrten in ihre Richtung und fingen an zu tuscheln, sobald sie hereinkam. Und zugegeben, das gibt ihr wie eh und je einen Kick, aber sie hatte deshalb nicht vor, sich hier zum Affen zu machen und einen Kopfstand zu versuchen. (Wer hätte gedacht, dass der so einfach ist?)

Im Rezeptionsbereich wird es ruhiger, doch die Schönheit mit schwarzen Strubbelhaaren und Tribal-Tattoos am Oberarm, die im Unterricht neben ihr lag, ist noch da und plaudert mit einem Grüppchen, zu dem auch die Lehrerin gehört.

Die, wie Imani zugeben muss, ebenfalls toll aussieht. Ihr aschbraunes Haar umrahmt ebenmäßige Züge, und sie strahlt Güte und Intelligenz aus.

Die Tattoo-Lady – Katherine – stellt sich vor. Und sie ist so nett, dass es Imani gar nichts ausmacht, als sie erklärt: »Ich habe dich auch gleich erkannt. Deine Padangusthasana war übrigens toll.«

Imani muss lachen. »Meine Padawas?« Die meisten Yogastellungen waren offensichtlich nach Tieren benannt, und die restlichen Namen entstammten einer seltsam pompösen Sprache, die wohl Sanskrit sein oder zumindest so klingen sollte.

»Moment mal! Willst du etwa behaupten, das war deine erste Yogastunde?«, fragt Katherine.

Ihr ungläubiger Tonfall ist vielleicht das Schmeichelhafteste, was Imani zu Ohren gekommen ist, seit ein Fernsehkritiker der *L.A. Times* sie als Halle Berry bezeichnet hat – »wenn Halle Berry schauspielern könnte«.

»Erwischt.«

»Oh mein Gott! Du warst fantastisch!« Das kommt von der kleinen dunkelhaarigen Frau mit den großen Ambitionen. Offensichtlich ein kleines Licht in der Filmproduktion. »Du hast richtig Talent. Und eins kann ich dir sagen, seit deinem Ausstieg bei *X.C.I.A.* ist der Donnerstagabend nicht mehr das, was er mal war. Das hier ist übrigens Graciela, eine ganz, ganz tolle Tänzerin.«

»Wenn ich nicht gerade auf Sparflamme schalte«, wirft die ein.

»Wir arbeiten daran«, ergänzt Stephanie. »Und morgen nimmt Katherine sie mal so richtig in die Mangel.«

Katherine gestikuliert übertrieben, wie ein verrückter Professor, der Brot knetet. Masseurin, keine Frage. Und so wie die aussieht, kriegt sie auch immer ein fettes Trinkgeld.

Stephanie plappert gleich weiter: »Was für ein Zufall, dass

wir uns hier treffen. Vor ein paar Tagen habe ich noch mit David Caruso gesprochen, dessen Gastauftritt bei euch war ja wirklich super. Er kann es gar nicht erwarten, bei dem Projekt mitzuwirken, das ich gerade auf die Beine stelle.«

»Hm-Hm.« Ein typisches Development-Girl, diese Drehbuch-Scouts wollen sich doch immer profilieren. Mit anderen Worten: Ich flehe Carusos Agenten schon ewig an, mal einen Blick in dieses üble Manuskript zu werfen, das seit fünf Jahren überall abgelehnt wird. Und doch ist sie ihr irgendwie sympathisch, und wenn es nur an der gemeinsam absolvierten Yogastunde liegt.

Imani ist ein wenig enttäuscht, dass die Lehrerin sie gar nicht beachtet. Sie war immer ein Liebling der Lehrer und spielt noch heute gerne die Musterschülerin, will Regisseuren gefallen, Geld für ihre Agentin verdienen und ihrem Arzt die beste Patientin sein. Zwei von dreien ist ja auch nicht schlecht. Die Lehrerin steht hinterm Empfangstresen und wirkt jetzt schwer beschäftigt. Als sich ihre Blicke treffen, lächelt sie und erklärt: »Du hast dich wacker geschlagen. Und ich komme dir damit ja nur ungern, doch vor dem Studio lungert ein Typ mit Kamera herum. Ich vermute, dem geht es um dich?«

»Oh, Mist. Ich hätte ja nie gedacht, dass die mich hier oben aufspüren.«

Das mit den Paparazzi und ihr war immer schon eine Hassliebe. Als der *X.C.I.A.*-Hype am größten und sie im Geschäft noch recht neu war, fand sie die ganze Aufmerksamkeit ja sogar toll. Lärm und Blitzlichtgewitter bildeten plötzlich eine spannende Hintergrundkulisse für die banalsten Tätigkeiten, und auf einmal wirkte das ganze Leben wie ein packender Film. Und sie war der Star darin. Sie hatte es wirklich geschafft, wer hätte das je gedacht?

Aber seit sie das Baby verloren hat, sind die ihr ständig auf den Fersen – waren da, als sie das Krankenhaus verließ oder tränenüberströmt vom Therapeuten kam. Und so hat sie angefangen, die Typen als Aasgeier zu bezeichnen. »Bitte«, hat sie oft gefleht, »lasst mich doch bitte in Ruhe!« Was es natürlich noch schlimmer macht, ein weiteres tolles Motiv abgibt. Hollywoods dunkle Seite, noch ein Klischee, in das sie hineingeraten ist. Aus diesem Grund war sie auch einen Monat bei ihrer Familie in Texas und hat Glenn hier allein zurückgelassen. Bei der Rückkehr hat sie sich geschworen, sich von denen nicht kleinkriegen zu lassen. Ihre Agentin hat zwar angedeutet, ein wenig Aufmerksamkeit von der Klatschpresse würde ihrer Karriere ganz guttun, so wäre sie wenigstens in aller Munde. Aber sie legt wirklich keinen Wert darauf, zehn Minuten nach schweißtreibender körperlicher Ertüchtigung vor die Kameras zu treten. Sie ist ja nicht einmal geschminkt.

»Wo steht denn dein Auto?«, fragt Katherine.

»Das habe ich die Straße rauf geparkt. An dem Typen komme ich nicht vorbei.«

»Wir haben da so unsere kleinen Tricks«, verrät die Masseurin und greift nach ihrer Hand. »Komm mit!«

Sie nehmen den Hinterausgang, wo Katherine ein rosa Fahrrad von einem Pfosten loskettet. »Fahr hier einfach die Gasse entlang, dann einmal um den Block und am Midnight Café scharf links. Gib mir Tasche und Autoschlüssel, und wir treffen uns vor der Kunstgalerie neben dem Blumenladen.«

»Ein Gutes hat das ja: Auf dem Rad bin ich besser als beim Yoga«, grinst Imani.

»Und da warst du schon toll!«

Erst als die Schauspielerin die Gasse entlangradelt, wird ihr auf einmal klar, dass sie gerade ihren Rucksack – mit Portemonnaie – und ihre Autoschlüssel einer Wildfremden in die Hand gedrückt hat. Sie muss lachen. Verrückt, verrückt. Aber sie traut Katherine aus irgendeinem Grund, sie hat schon lange niemandem mehr so sehr vertraut. Die wirkt nämlich wie das typische böse Mädchen, das auf den Pfad der Tugend zurückgefunden hat, und das sind meistens die ehrlichsten Leute, die man sich vorstellen kann. Und ihr Fahrrad ist der Hammer, eine Mischung aus einer alten Kiste wie aus Kindertagen und modernster De-luxe-Effizienz. Vielleicht war der Schlüssel zum Fahrradschloss hier der größere Vertrauensbeweis. Und wer auf einem rosa Rad durch die Gegend saust, kann einfach nicht Trübsal blasen. Vielleicht war das ihre erste und auch ihre letzte Yogastunde, die Note sollte sie jedoch noch mal überdenken. Der Tag verwandelt sich zusehends in eine Zwei plus.

❁

Katherine muss sich eingestehen, dass es sie diebisch freut, hier gerade *Imani Lang* aus der Klemme zu helfen und mit *Imani Langs* Auto um den Block zu fahren. Die ist zwar seit gut einem Jahr in der Versenkung verschwunden (Perez Hilton hat ihre Fehlgeburt ja ausführlich breitgetreten), sieht aber noch immer genauso umwerfend aus wie früher, und Promis trifft man im Studio ja nur selten. Dass ich mich gerne von der Welt der Stars und Sternchen blenden lasse, macht mich bestimmt zu einem oberflächlichen Menschen, überlegt Katherine. Na ja, das und alles andere. Die Regenbogenpresse stellt Lang immer als eine absolute Diva mit eisernem Willen hin. Nichts da. Sie war ja eher wie ein kleines Mädchen, als Katherine ihr Komplimente über ihre Haltung gemacht hat. Das war natürlich ein wenig übertrieben, aber schließlich fängt jeder klein an.

Heute Mittag hat Katherine einen Kunden für eine Warmsteinmassage, einen Polizisten, der dabei ständig blöde Sprüche klopft, so nach dem Motto »jetzt bring den Stein mal ins Rollen« etc. Sie findet seine Anspielungen völlig übertrieben und hat vielmehr den Eindruck, dass da eher ein Comingout fällig wäre, wenigstens hat er sie allerdings noch nie begrapscht. Statt ein paar weitere Runden um den Block zu drehen und nach Conor Ausschau zu halten, radelt sie doch lieber direkt zum Studio zurück. »Der ist erst einen Monat in der Stadt«, hat ihr gestern einer seiner Kollegen grinsend erklärt. »Und nein, eine Freundin hat er nicht.« »Ich habe ja gar nicht gefragt«, hat Katherine protestiert. »Oh doch«, meinte er. »Das hast du.«

Auf der Straße vor dem Studio entdeckt sie die beiden Pat & Patachon-Typen, die sich beim Aufwärmen so in Szene gesetzt haben. Sie steigen in ihren Wagen, und als sie die Türen schließen, kann Katherine das YogaHappens-Logo erkennen. (Ein Prius, auch das noch.) Sie wusste doch, dass mit den beiden irgendwas faul war. Diese selbstgefälligen Paschimottanasanas, diese protzige Ujjayi-Atmung.

YogaHappens ist das Starbucks der Yogastudios, ein Großkonzern, der nach und nach die kleinen Studios auffrisst oder direkt nebenan ein Riesencenter eröffnet und sie so in den Ruin treibt.

Katherine klopft an Lees Bürotür und rauscht einfach herein, zu aufgebracht, um sich mit Formalitäten abzugeben.

»Weißt du, wer diese beiden Typen sind, die da eben im Kurs so angegeben haben? Der Große und der Kleine, aalglatt und geschniegelt? Die reinsten Stepford-Yogis. Rate mal, woher die kommen – von YogaHappens! Kannst du das fassen? Das sind wahrscheinlich Scouts, die auskundschaften, welches Geschäft sie als nächstes in den Ruin treiben können. Warum ändern die ihren Namen nicht gleich zu Walmart, bringen wir's doch hinter uns! Mein Gott.«

Lee bricht in Gelächter aus, nicht gerade das, was Katherine erwartet hätte.

»Ich komme mir vor, als würde ich gerade dabei zusehen, wie neunzig Minuten Tiefenatmung den Bach runtergehen.«

»Du findest das übertrieben? Du weißt doch, wie mich so was aufregt. Ich hasse es, wenn plötzlich diese großen Ketten auftauchen und aus allem *ein Geschäft* machen. Und was haben die bloß mit diesem Logo? Das sieht ja aus wie eine riesige Titte. Vermutlich eine unterschwellige Botschaft. Musst du die denn hereinlassen, wenn sie wiederkommen?«

Auf einmal lacht Lee nicht mehr. Sie sieht eher ein wenig gequält aus.

»Tut mir leid, Lee. Vergiss es.«

»Nein, das ist es gar nicht, Kat.« Sie fährt sich mit der Hand durch die Haare. »Ich habe sie eingeladen.«

»Du hast *was*?«

»Könntest du bitte mal die Tür zumachen?«

Katherine tut wie ihr geheißen und setzt sich auf den Stuhl vor Lees Schreibtisch. Sie hat gar kein gutes Gefühl bei der Sache. Man darf nie voreilige Schlüsse ziehen, das sollte sie inzwischen gelernt haben.

»Die haben sich vor ein paar Monaten bei mir gemeldet. Sie hätten von mir gehört, und ich sollte bei ihnen ›vorsprechen‹ oder irgend so was Verrücktes. Ich habe ihnen nicht groß Beachtung geschenkt.«

Komm zum Punkt, liegt Katherine auf der Zunge. Sie hat Hintergrund-Storys schon immer gehasst, wie notwendig sie auch sein mögen.

»Jetzt zieh doch nicht so ein Gesicht, Kat. Ich versuche nur, mir alle Möglichkeiten offenzuhalten, okay? Ich habe zwei Kinder, und die Schule, auf die sie gehen, steht kurz vorm Desaster.«

Katherine konnte es noch nie leiden, dass Kinder als Argument alles andere übertrumpfen. Was soll sie denn jetzt dazu sagen? Vergiss die beiden? Die werden's schon überleben? Ich bin auch auf eine öffentliche Schule gegangen – und sogar in Detroit, meine Güte –, und aus mir ist doch auch was geworden – nachdem ich mit dem Heroin aufgehört habe. Katherine würde Lee gerne daran erinnern, dass sie doch eigentlich mit der Schule zusammenarbeiten und sie nicht einfach im Stich lassen wollte, aber als sie ihr jetzt so gegenübersitzt, wird ihr plötzlich klar, dass es vermutlich nicht nur um die Kids, sondern genauso sehr um Alan geht und darum, was jetzt mit ihm wird. Und Lee hat diesen Bereich ihres Lebens mit einem großen »Gefahr – Betreten verboten!«-Schild abgeschottet.

»Es wäre ja noch immer Yoga«, erklärt Lee gerade. »Das sind keine schlechten Menschen, die haben nur etwas andere Vorstellungen davon, wie man ein Geschäft aufzieht.«

»Ja, Marktstudien, Nullachtfünfzehn-Kurse und kaufen, kaufen, kaufen. Weißt du denn nicht, dass du was ganz Besonderes bist, Lee? Du hast mir das Leben gerettet. Und die Hälfte der Leute, die hierherkommen, empfinden das ebenso, auch wenn die Gründe bei ihnen nicht ganz so dramatisch sind. Ich bin sicher, dass dir das was bedeutet.«

»Ich würde noch immer unterrichten. Das ist die Abmachung.«

Die Abmachung? So weit ist es also schon? »Ich garantiere dir, in einem halben Jahr wirst du denen schon nach dem Mund reden. Die haben fünfundvierzig Studios zwischen San Francisco und hier, sie wollen auf nationaler Ebene expandieren und haben genug Anwälte, um dich nach Strich und Faden über den Tisch zu ziehen.« Okay, da hat sie sich jetzt sprachlich verrannt, aber im Prinzip stimmt es ja, was sie sagt.

»Und ich muss auch an Alan denken«, fügt Lee hinzu. Katherine wusste ja, dass das kommen musste. Die Kinder und der Ehemann. Eine unschlagbare Kombination. »So etwas hat ihn schon lange gereizt. Für ihn wäre da nämlich auch was drin. Ich lote nur alle Möglichkeiten aus, okay?«

Katherine steht auf und öffnet die Tür. »Es ist dein Studio, Lee. Und es ist deine Entscheidung. Ich habe mich nur leider viel zu sehr daran gewöhnt, dass wir hier wie eine große Familie sind.«

»Im Moment sondiere ich nur das Terrain. Und die auch. Sie wollen einen Blick in unsere Unterlagen werfen und sehen, was der Laden wirklich abwirft.«

»Mit dieser Buchhaltung haben sie sicher jede Menge Spaß«, murmelt Katherine. »Ich habe in ein paar Minuten einen Kunden.«

Als sie die Tür schon hinter sich zuzieht, ruft Lee ihr hinterher: »Das hätte ich fast vergessen ...«

Katherine steckt den Kopf noch einmal zur Tür herein. »Schieß los!«

»Da hat jemand für dich angerufen, als du unterwegs warst.«

»Ein Termin?«

»Nein. Eine Nachricht von einem gewissen Conor. Ich soll dir ausrichten, dass er dein Fahrrad toll findet.«

❁

Die Voraussetzungen für das Projekt sind einfach ideal«, erklärt Stephanie. »Der Roman hat die besten Kritiken des Jahres eingeheimst, man vergleicht den Autor mit dem jungen Bret Easton Ellis, und er schreibt das Drehbuch auch höchstpersönlich. Was will man mehr?«

Der Produzent, Lon Borders, ist ein gut aussehender junger Mann mit feinem hellem Haar und diesem sommersprossigen Teint, mit dem er für bösartige Hautkrankheiten noch vor seinem vierzigsten Lebensjahr prädestiniert ist. Stephanie hatte immer schon eine Schwäche für solche Typen mit Schwimmerfigur und sonnengeplagter Haut. Nicht, dass sie im letzten Jahr auch nur in die Nähe eines Strandes gekommen wäre, nicht seit Preston und sie sich getrennt haben. (Cheeseburger, Cheeseburger, murmelt sie lautlos vor sich hin, wie jedes Mal, wenn sie an ihren Ex denken muss.) Lon hat ein paar mittelmäßige und sehr ertragreiche Horrorfilme produziert, aber es war *Hello, Pretty!*, ein Indie-Hit von vor zwei Jahren, der ihm das Büro auf dem Paramount-Gelände verschafft hat. Ein amerikanisches Mädchen geht nach Tokio und gerät in die Welt japanischer Schönheitswettbewerbe. Der Film hatte die zwei Nominierungen, die er später bekam, zwar nicht verdient, aber er war süß und hatte viel mehr Köpfchen als die meisten Streifen dieser Art. Lon wäre für ihr Projekt ideal. Er hasst Schubladendenken und braucht jetzt etwas, das so richtig einschlägt. Ein weiterer Grund dafür, dass er perfekt ist? Er ist der letzte hochrangige Produzent auf Stephanies Liste möglicher Kandidaten. Wenn sie ihn nicht kriegt, muss sie auf Verzweiflungsmodus umschalten und versuchen, private Investoren und Mäzene in Kanada und ähnlich abwegigen Gegenden aufzutreiben. So hat sie sich den Frühling eigentlich nicht vorgestellt – ganz zu schweigen von den nächsten anderthalb Jahren. Ihr geht in genau dem Moment die Luft aus, als sie sie am nötigsten braucht.

Die Option für *Above the Las Vegas Sands* hat sich Stephanie in der Zeit gesichert, als Preston und sie sich gerade trennten. Sie hat dafür mehr bezahlt, als sie eigentlich sollte, doch sie hatte wirklich großes Interesse an dem Projekt und es war auch eine Frage der Ehre. Preston hat ihr versichert, sie würde es niemals schaffen, sich die Rechte unter den Nagel zu reißen. Er hatte gerade ein Drehbuch verkauft, und sie war gerade in Christine Vachons Produktionsfirma wegrationalisiert worden.

»Unsere Karrieren entwickeln sich in unterschiedliche Richtungen«, hat er verkündet. »Wir sollten uns nicht in die Quere kommen.« So ein Arsch.

Aber sie hat es ihm (Cheeseburger) gezeigt, auch wenn sie dafür Regel Nummer eins gebrochen und die Rechte aus eigener Tasche bezahlt hat. Fast die ganzen 150 000 Dollar, die sie von ihrer Mutter geerbt hatte. Das nennt man wohl »alles auf eine Karte setzen«. Sie war zu diesem Zeitpunkt ganz schön deprimiert. Und obwohl sie ziemlich sicher ist, dass sie bei Vertragsabschluss nicht betrunken war, kann sie sich trotzdem nicht mehr genau erinnern, wie es schließlich zu dieser viel zu hohen Summe gekommen ist.

Lons Assistentin ist eine kleine Brünette, die aussieht, als käme sie frisch von der Highschool. Sie nickt zu jedem von Stephanies Worten eifrig und mit weit aufgerissenen Augen und macht sich vorgeblich auf dem Laptop Notizen zum Gespräch. Es würde Stephanie aber nicht wundern, wenn sie in Wahrheit ihre Mails beantwortet.

Der Einzige, der sich wirklich ins Zeug legt, ist Brady, ein staksiger Typ mit engen Jeans und kahlrasiertem Schädel. Seine Kommentare lassen vermuten, dass er den Roman vor diesem Treffen tatsächlich gelesen hat. Unglaublich. Er hat die Essenz des Buches eindeutig erfasst und begriffen, dass man daraus einen fantastischen Film machen könnte. Nur schade, dass er hier offensichtlich nichts zu sagen hat.

Lon, der Schwimmertyp, trommelt mit den Fingern und sieht auf die Uhr. Eine kleine Geste, die nur allzu viel aussagt.

»Mit dem Autor an der Adaptation zu arbeiten ist immer schwierig«, murmelt er. »Meiner Erfahrung nach.«

Ach, tatsächlich? Sie hat die Rechte nur bekommen, indem sie Christine Vachon ausgestochen hat, und zwar eben mit dem Versprechen, dass der Verfasser das Drehbuch selbst erarbeiten darf, und mit der Summe, die wir jetzt besser nicht noch einmal erwähnen. Und das nur, um dann festzustellen, dass der Kerl eine verwöhnte Diva ist, ein Typus, an den sie sich noch gut aus der Zeit erinnert, als sie in Iowa Kreatives Schreiben studierte. Bis jetzt hat er fünfzig Seiten hingeschmiert, bei denen es sich im Prinzip um die ersten Kapitel des Buches handelt, nur mit anderer Zeichensetzung.

»Ich glaube, Diablo Cody hätte bestimmt Interesse an diesem Material«, wirft der kahle Brady ein, die gute Seele.

»Ich habe ihr das Buch schon geschickt«, erklärt Stephanie. »Und sie hat versprochen, dass sie es dieses Wochenende liest.«

Stephanie hat vor zwei Monaten mit Codys Agenten gesprochen, und der hat ihr versichert, dass Cody für die nächsten zwei Jahre ausgebucht ist und nicht einmal Zeit hat, auch nur einen Blick in irgendetwas anderes zu werfen. So läuft das nach einem Oscar eben. So dreist zu lügen hilft ihr wirklich nicht weiter, aber da regt sich bei ihr schon wieder dieser gefährliche Stolz. Sie hat den Eindruck, dass Lon ihre Zeit vergeudet, dass er nur mit ihr spielt. Und zwar, weil es ihn anturnt, wie sie sich vor ihm ins Zeug legt, wie sie ins Schwitzen gerät, wenn er sie glauben lässt, er *könnte vielleicht* Interesse haben, falls sie nur oft genug durch den Reifen springt. So was hat sie schon häufig erlebt. Seit in Hollywood das Geld knapp ist, gibt es hier ungefähr 43 207 Freiberufler, die wie Stephanie die Stadt unsicher machen und versuchen, irgendwie Fuß zu fassen. Und die meisten davon verschwenden nur ihre Zeit. Sie weiß das, Lon weiß das, und dennoch müssen sie diesen kleinen Tanz aufs Parkett legen.

Aber wer weiß, vielleicht ist er *ja doch* interessiert. Man sollte sich keine Möglichkeiten verbauen.

»Und nicht nur das«, improvisiert sie. »Letztens habe ich noch mit Imani Lang gesprochen – wir gehen ins gleiche Yogastudio –, sie ist ein Riesenfan des Romans und würde so gerne die Sängerin spielen.«

»Ich dachte, die arbeitet gar nicht mehr«, entgegnet Lon trocken und öffnet wahllos eine Schreibtischschublade.

Beim Thema Tratsch wird auch die junge Assistentin wieder munter und rattert einen Monolog über Imani herunter, der mit Fakten (in Anführungszeichen) gespickt ist, von denen Stephanie viele noch gar nicht kannte. Dass sie mit einem Kinderchirurgen verheiratet ist, der ihr geraten hat, *X.C.I.A.* zu verlassen, als sie schwanger wurde. Dann kam die Fehlgeburt und die in der Öffentlichkeit ziemlich breitgetretene Depression. Wenn sie so recht darüber nachdenkt, wäre Imani *tatsächlich* die ideale Besetzung für die Sängerin, eine Figur mit so vielen Höhenflügen und Tiefschlägen, dass man in Disneyland eine Achterbahn nach ihr benennen könnte.

»Interessant«, murmelt Lon. »Aber Imani wird mit Sicherheit nicht die Massen ins Kino locken.«

»Sie hat eine tolle Stimme«, behauptet Stephanie. Könnte doch durchaus sein. »Ursprünglich wollte sie mal Sängerin werden. Sie wäre absolut perfekt für den Soundtrack und das Video dazu. Und überhaupt ist *Above the Las Vegas Sands* doch eher ein Ensemblefilm, den die Gruppe trägt.«

Sie beschließt, von sich aus zu gehen, bevor Lon sie rauswirft. Je mehr sie darüber nachdenkt, desto besser gefällt ihr diese Idee. Selbst wenn der Autor eine Nervensäge ist, der Roman ist brillant, und daraus *muss einfach* ein fantastischer Film werden. Wenn Lon kein Interesse daran hat, dann wird sie hier nicht eine Minute länger ihre Zeit vergeuden. Man soll sich keine Möglichkeiten verbauen, doch ein wenig Schadensbegrenzung ist schon vonnöten.

Als der kahle Brady sie zur Tür begleitet, meint er zu ihr: »Das hat absolut Potential. Ich rede noch mal mit Lon.«

»Danke«, sagt Stephanie. »Das wäre super. Mit diesen Figuren könnten wir für die Besetzung tolle Leute bekommen. Und glaub mir, man könnte das relativ günstig machen.«

»Mich musst du nicht überzeugen. Übrigens fand ich *Silver Linings* spitze. Meine Freunde und ich lieben den Film. Ich habe ihn schon vier Mal gesehen.«

Das wagt sie zwar zu bezweifeln, aber warum sollte man es sich nicht einmal leicht machen und ihm einfach glauben? »Hört auf, ständig alles zu kritisieren, und fangt lieber an, etwas zu empfinden«, hat Lee letzte Woche im Kurs gesagt. »Was würden wir spüren, wenn wir die Dinge einfach akzeptieren, statt sie zu verurteilen?«

Sie würde es sich niemals anmerken lassen, wenn sie allerdings Brady so zuhört, wie er den Film über den grünen Klee lobt, dann würde sie am liebsten losheulen. *Silver Linings* kam vor fünf Jahren heraus, ein kleiner, intelligenter Film über eine Problemfamilie. Sie hat das Projekt für den Produzenten ausfindig gemacht, und obwohl sie dafür keinen Cent gesehen hat, erschien ihr Name im Abspann. Der Film war ein großer Erfolg in Sundance, und wenn man den Rezensionen glaubt, dann hat das viel mit ihrer inoffiziellen Drehbuchbearbeitung zu tun. Die Szenen, die überall gelobt werden, sind ausgerechnet die, die sie von Anfang bis Ende umgeschrieben hat.

Leider folgten auf die ganze Aufregung, all die Lorbeeren und die vielen Versprechungen jede Menge Probleme mit den Filmverleihern, Verträge, die nicht zustande kamen, und ein mieser Kinostart. Durch diesen Film hat sie auch Mr Cheeseburger kennengelernt. Trotz allem öffnet das Projekt ihr bis heute viele Türen, wenn auch nicht mehr so sperrangelweit wie anfangs.

Draußen scheint die Sonne viel zu hell, und die Luft ist irgendwie trocken und stickig. Sie ist heute Morgen schon mit Kopfschmerzen aufgewacht und hat sich eingeredet, dass das Treffen mit Lon endlich ihre Pechsträhne beenden wird, obwohl sie ja schon wusste, wie gering die Chancen sind. Es ist toll, mal wieder auf dem Paramount-Gelände zu sein, das fand sie immer schon inspirierend. So eine Umgebung verleiht wohl jedem neuen Schwung. Außer, man ist gerade schwungvoll abgewiesen worden. Dann geht einem die ganze klassische

Hollywood-Kulisse – die typischen verputzten Gebäude, die niedlichen kleinen Golfwägelchen – gehörig auf die Nerven.

Im Auto herrscht glühende Hitze, und als sie die Klimaanlage einschaltet, erklingt wieder dieses komische tickende Geräusch, das der Motor schon seit ein paar Wochen macht. Als ob sie jetzt noch zusätzliche Ausgaben gebrauchen könnte. Ihren vorsichtigen Berechnungen nach kann sie von ihrem Ersparten noch etwa zwei Monate leben. Wenn sie gut aufpasst. Aber danach …

Sie hat keine Ahnung, was die Zukunft bringen wird, will sich mit solchen Grübeleien hingegen nicht verrückt machen. Sie *wird* das Geld irgendwie auftreiben. Sie wird diesen Film machen. Sie wird es … Cheeseburger zeigen, verdammte Scheiße!

An diesem Nachmittag ist Stephanie eigentlich mit Graciela verabredet, doch wenn auf den Straßen auch nur ein bisschen was los ist, kommt sie sowieso zu spät. Sie ist sich nicht ganz sicher, ob sie heute schon was gegessen hat. Sie war so nervös wegen des Treffens und der ganzen Hetzerei. Seltsamerweise hat sie aber gar keinen Hunger. Was sie jetzt wirklich braucht, ist ein Drink. Hier ganz in der Nähe kennt sie ein Restaurant, in dem es nicht nur Salate gibt, sondern auch diese lustig schäumenden Cocktails, bei denen man sich einreden kann, dass es eigentlich Smoothies sind.

Als sie allerdings weiter die Melrose Avenue entlangfährt, kann sie die Sonne und den ganzen Glitzer immer weniger ertragen und verspürt schon wieder die ersten Anzeichen von Kopfschmerzen. Sie beschließt, den Santa Monica Boulevard zu nehmen und nach West Hollywood zurückzukehren. Sie hat eine Liste mit einem Dutzend Namen von Leuten, die keine Referenzen, aber ein paar Dollars zu viel in der Tasche haben, die sie gerne dazu nutzen würden, um sich ins Filmgeschäft einzukaufen. Sie hätte nie gedacht, dass sie einmal so tief sinken würde, doch so sieht es eben aus. Also kann sie sich genauso gut kopfüber hineinstürzen. Sie wird sich eine Flasche Wein besorgen, nach Hause fahren, die Jalousien herunterlassen und anfangen, die Liste abzutelefonieren.

❁

Dass Alan mit zu Garths Vernissage kommt, hält Lee für ein gutes Zeichen. Sie selbst kann sich schlecht davor drücken, da sie Lorraine fast täglich in der Schule sieht. Allein dort aufzutauchen wäre Anlass für Klatsch und Tratsch und ziemlich erniedrigend. So geben sie wenigstens nach außen ein harmonisches Bild ab. Es wundert Lee, dass der schöne Schein ihr überhaupt so wichtig ist – aber im Moment sieht es eben so aus. Der Auszug ist nur vorübergehend und muss wirklich nicht aufgebauscht werden.

Der Abend der Ausstellungseröffnung ist so kühl und wunderschön, dass sie beschließen, zu Fuß zu gehen, als Alan sie zuhause abholt. Noch ein gutes Zeichen. Sie brauchen so ungefähr dreißig Minuten. Barrett, eine der Assistentinnen im Studio, hat sich bereit erklärt, auf die Zwillinge aufzupassen. Sie studiert Frühkindliche Erziehung am College. Früher hat sie Gymnastik gemacht, bis sie vor ein paar Jahren zu alt fürs Turnen wurde und dann klugerweise zum Yoga wechselte. Sie studiert zusammen mit einer anderen Ex-Gymnastik-Yogini und ist wirklich gut, wenn vielleicht auch ein wenig zu athletisch. Sie wird irgendwann mal eine tolle Lehrerin. Und die Zwillinge mögen sie. Lee auch, obwohl sie ihr nicht immer über den Weg traut. Barrett hat manchmal so eine Art, andere Menschen um ihr Leben zu beneiden – Katherine um ihre Massagepraxis, Chloe um ihr Talent fürs Unterrichten –, bei der Lee kein gutes Gefühl hat.

»Katherine hat letztens die YogaHappens-Leute bei uns im Studio bemerkt«, erklärt sie Alan unterwegs.

»Dann weiß es in einer Woche das ganze Studio«, knurrt der.

»Katherine ist doch die Diskretion in Person«, protestiert Lee. »Ich habe sie nicht einmal darum gebeten, dass die Sache unter uns bleibt. Das versteht sich schließlich von selbst.«

»Es versteht sich von selbst, bis sie irgendwann beschließt, es auszuplaudern«, behauptet er. »Leute wie sie können vielleicht lernen, im Leben besser klarzukommen, aber wirklich ändern tun die sich nie.«

Lee sagt dazu lieber nichts. Alan ist vierunddreißig, zwei Jahre jünger als sie, und treibt sich seit etwa fünfzehn Jahren im Dunstkreis des Musikbusiness herum. Obwohl er selbst absolut sauber ist, hat er ohne Frage viel Zeit mit Trinkern und Drogies verbracht, aber die Tatsache, dass es hier um *Musiker* geht, scheint in seinen Augen den Missbrauch von Rauschmitteln irgendwie zu rechtfertigen, selbst wenn wir da von Langzeitkonsum reden. Und es hilft natürlich auch, dass es sich um Männer handelt. Auf diesem Level ist das Musikgeschäft stark von Sexismus geprägt – Jungs unter sich, sozusagen –, und wie so manche der Typen, mit denen er zusammen spielt, empfindet auch er kaum verhohlene Missgunst, wenn Frauen die Aufmerksamkeit bekommen, die seiner Meinung nach eigentlich ihm zusteht. Dieselben abgedroschenen Sprüche darüber, dass Frauen nicht wirklich Gitarre spielen können, als ob man dafür – hallo? – einen Penis braucht. (Nur widerwillig geben sie zu, dass es durchaus weibliche Pianisten und natürlich Violinisten gibt.) Wenn Katherine ein Mann wäre, würde Alan ihre Vergangenheit und ihre Läuterung ganz anders bewerten.

»YogaHappens ruft eben viel Antipathie hervor«, erklärt sie. »Zu groß, zu aggressiv.«

»Aber es geht hier doch um uns, Lee. Das hat nichts mit Katherine zu tun. Es ist gut für uns beide.«

Sie empfindet Dankbarkeit dafür, dass er ihre Beziehung anspricht. »Lass uns heute Abend einfach nur ein paar schöne Stunden verbringen«, schlägt sie vor. »Und wo wir gerade von Diskretion sprechen, es wäre mir lieb, wenn du unsere momentane Wohnsituation nicht erwähnen würdest.«

»Du solltest mich wirklich besser kennen«, entrüstet er sich.

»Wie läuft denn die Arbeit an den Songs?«, wechselt sie schnell das Thema.

»Mein Gott, Lee, weißt du eigentlich, wie misstrauisch du klingst, wenn du mich so löcherst? Als würdest du von vorneherein davon ausgehen, dass es eben nicht gut läuft.«

»Ich gehe von gar nichts aus. Ich habe mich nur nach deiner Arbeit erkundigt.«

»Aber dein Ton! Es geht hier um das Wie.« Er rückt ein wenig von ihr ab. »Und es läuft super. Wir haben schon drei Songs fertig. Einer davon passt auf jeden Fall perfekt zum Soundtrack dieser neuen Reality-Show. Bens Agent schickt ihn bald los.«

»Ich kann es kaum erwarten, die Sachen zu hören.«

Er schüttelt langsam den Kopf, wieder ein Hinweis darauf, dass ihm ihr Tonfall nicht passt. Vielleicht hat sie sich irgendwie verraten. Wenn sie Alans Songs hört und bei einem seiner Auftritte dabei ist, dann kann sie zweifellos sein Talent erkennen, das ist gar keine Frage, doch sie hat auch immer das Gefühl, dass da ein entscheidendes Puzzleteil fehlt. Vielleicht weiß er das ja selbst und regt sich deshalb immer gleich so auf. Das Beste ist wahrscheinlich, einfach den Mund zu halten.

Die Kunsthandlung liegt am Rande der Innenstadt von Silver Lake, in einem ehemaligen Gardinenladen, der von oben bis unten weiß gestrichen wurde, und mausert sich, wenn man Lorraine und Garth Glauben schenken darf, so langsam zu einer der wichtigeren Galerien in einer Gegend, die für die vielen Künstler bekannt ist. Drinnen warten schon dreißig oder mehr Leute, überwiegend in Jeans und schicken gemusterten Kleidchen, halten ihr Weinglas umklammert und lauschen eifrig.

Als sie hereinkommen, stellt der Galeriebesitzer, ein rundlicher Typ mit riesiger schwarzer Brille, die fast das ganze Gesicht verdeckt, gerade den Künstler vor.

»... und so sind wir gefangen in diesem Miasma tertiärer Malignität. Die Frage ist nicht, *ob* der Künstler darauf reagiert, sondern *wie*. Und Garth tut dies, indem er das Obliegende ... das Lüsterne ... das Feierliche des brennenden Stroms kontextualisiert. Und daher ist diese Reihe von Bildern so wichtig, nicht nur innerhalb seines Gesamtwerkes, sondern wichtig für unser aller Dasein. Beim Betrachten seiner Werke verspüren wir die Vermählung mit dem Maliziösen, die uns ausrufen lässt: Ja!«

Vereinzelt erklingt höflicher Applaus, und jetzt ist Garth an der Reihe. Lorraine und er tragen identische Outfits – dunkelblaue Hemden, die locker über weiße Jeans fallen. Birdy steht neben ihnen und ist farblich auf ihre Eltern abgestimmt. Garth hebt die Hände und senkt den Kopf. Er ist attraktiv, vermutlich so Ende vierzig. Das leicht ergraute Haar klebt ihm förmlich am Schädel.

»Ich empfinde tiefe Demut, wenn ich Tonys Worte höre«, beginnt er. »Dieses Lob habe ich offensichtlich nicht verdient« – er wirft die Hände in die Luft –, »aber wenn meine Arbeit dazu beiträgt, dass sich unser Planet auch nur zehn Sekunden länger auf seiner Umlaufbahn dreht, dann erfüllt mich das mit Zufriedenheit. Und ich bin dankbar dafür, dass ihr alle hier seid und mir so die Gelegenheit gebt, mit dieser Arbeit etwas in euch zu bewegen, und sei es auch nur ein winzig kleines bisschen. Und jetzt amüsiert euch endlich, verdammt noch mal!«

Manchmal fragt sich Lee, ob ihr Problem vielleicht daher rührt, dass sie Kunst einfach nicht zu schätzen weiß. Stilistisch liegen Garths Gemälde irgendwo zwischen David Hockney und Schwulenpornos. Kühles kalifornisches Blau und Grün, viel Wasser und viel nackte Männerhaut. Die Serie der etwa zwanzig Bilder zeigt ihn, wie er sich (natürlich!) nackt in zahlreichen Posen auf einem grünen Gartenstuhl räkelt. Sie weiß nicht so genau, was »Vermählung mit dem Maliziösen« heißen soll, aber es hat sicher nichts mit der Scham und dem leichten Ekel zu tun, die seine Gemälde in ihr auslösen. Was hält Lorraine wohl von all den grellen Darstellungen seines nackten Hinterns, die wie eine Einladung wirken? Und was ist mit Birdy? Sie trägt ein weißes Spitzenkleid und dunkelblaue chinesische Pantöffelchen und betrachtet eins der Gemälde, während ihr Vater neben ihr kniet und sie auf irgendetwas auf der Leinwand hinweist. Auf eine Palme, wollen wir mal hoffen.

Als sie Alan etwas davon zuflüstert, antwortet der: »Jetzt sei mal nicht prüde, Lee. Du bist doch den ganzen Tag von halbnackten Körpern umgeben. Und du wolltest mal Ärztin werden.«

»Es geht mir ja nicht um die Nacktheit«, protestiert sie leise. »Es geht darum, dass man so tun soll, als würde man die gar nicht bemerken, und stattdessen die Boshaftigkeit oder was auch immer kommentieren soll.«

»Vor einer Minute hast du mich noch darum gebeten, so zu tun, als wäre ich nicht ausgezogen.«

Lorraine kommt herüber und nimmt beide überschwänglich in den Arm. Sie riecht süßlich und nach Zitronen, aber nicht so, als hätte sie Parfum aufgelegt, sondern als würden ihr goldenes Haar und ihre Haut von Natur aus diesen betörenden Duft ausströmen.

»Wir sind so froh, dass ihr kommen konntet«, beteuert sie. Und wieder unterstreicht sie die Worte auf eine Art und Weise, die Lee fürchten lässt, dass sie etwas weiß oder ahnt. »Ist seine Arbeit nicht fantastisch? Die Ausstellung macht wirklich Furore. Und du schaust so umwerfend aus wie immer, Alan. Lass ihn besser nicht aus den Augen, Lee!«

Obwohl Alan (verdientermaßen) ziemlich eitel ist, klagt er häufig darüber, dass man ihm immer nur Komplimente über sein Aussehen macht. Die Leute fragen schon gar nicht mehr, wie es musikalisch so läuft. Lee würde ihm das nie sagen, aber sie fragt sich manchmal, ob es vielleicht daran liegt, dass ihre Freunde höflich sein und nicht noch mehr Salz in die Wunde streuen wollen, eben weil er manchmal so feindselig reagiert wie vorhin bei ihren Fragen.

»Lee, ich möchte dich gerne ein paar Leuten vorstellen, die sich für Yoga interessieren.« Lee nimmt ihr Glas Wein mit, greift nach Alans Hand und folgt Lorraine. Im hinteren Teil der Galerie stehen drei Frauen, vermutlich in den Vierzigern, in einem Grüppchen zusammen. Aus irgendeinem Grund sind sie gerade in schallendes Gelächter ausgebrochen, vielleicht sind sie auch einfach nur ein bisschen beschwipst. Lorraine stellt Lee vor, und der erste Kommentar lautet: »Sie trinken Alkohol?«

»In Maßen«, nickt Lee.

»Das ist ja wirklich witzig. Und ich dachte immer, ihr Yogalehrer seid so pur und rein.«

Oh-oh. Der herablassende Tonfall ist kaum zu überhören, als hätte Lee gerade Stunden damit verbracht, ihr Enthaltsamkeit zu predigen.

»Ich denke, das kommt darauf an, wie man Reinheit definiert«, lächelt Lee. Sie würde nur zu gern die Zigaretten im Handschuhfach erwähnen, allerdings wäre es ihr doch lieber, wenn Alan nichts davon erfährt. »Das ist Alan, mein Mann.«

»Na, der sieht aber so gar nicht rein aus.«

»Alan ist Musiker«, fährt Lee fort. »Und Songwriter.«

»Wie interessant. Irgendwas, das wir kennen?«

Diese Frage ist für Alan immer wie ein Schlag ins Gesicht. Die meisten denken, dass man nur dazugehört, wenn man im Supermarkt über die Lautsprecher dudelt. Lee rattert den Titel eines Songs herunter, der vor fünf Jahren im Abspann eines Films benutzt wurde.

»Das sagt mir nichts«, murmelt eine der Frauen.

Bei den jungen Leuten war der Song ein Hit, würde Lee gerne erwidern, allerdings käme das erstens ziemlich zickig rüber und stimmt zweitens leider auch gar nicht.

»Machen Sie sich denn keine Sorgen«, fragt eine Frau mit Armreifen, »dass diese Sache mit dem Yoga wie damals die Aerobic-Welle ist und in ein oder zwei Jahren im Sande verläuft?«

Das schon wieder.

»Diese Übungen gibt es schon seit Tausenden von Jahren«, erklärt Lee, »die haben Jane Fonda längst überlebt.«

»Ach, tatsächlich? Ich habe ja gehört, die Inder hätten das alles zusammengeschustert, nachdem sie englischen Soldaten bei der Gymnastik zugesehen haben. Aber ich würde nur zu gerne einen Kopfstand hinlegen, wenn ich danach so aussehe wie Sie beide. Sie sind ja dermaßen *fit*.«

Irgendwie bekommt das Wort bei ihr einen obszönen Beiklang. Lee ist an all das längst gewöhnt, an den offensichtlichen Neid und daran, dass man sie gewissermaßen als Spinner hinstellt. Es fällt ihr nicht schwer, das zu ignorieren, und irgendwie gleicht es die Schmähung Alan gegenüber etwas aus.

»Und ich wette, es ist auch super für Ihre *Ehe*«, grinst eine der Frauen anzüglich.

»Sie sind herzlich eingeladen, jederzeit im Studio vorbeizuschauen«, versichert Lee. »Probieren Sie's einfach mal aus. Und bringen Sie Ihre Männer gleich mit.«

»Na, Sie sind lustig«, wirft eine andere ein. »Zum Yoga kriege ich meinen Mann genauso wenig wie zum Tragen eines Tutus.«

Lee lächelt und greift nach Alans Hand. Sie gehen rüber zu Birdy und Garth und gratulieren ihm zur gelungenen Ausstellung. Er legt Lee auf eine Art und Weise den Arm um die Hüfte, die allen unangenehm ist.

»Und, gefällt euch der ›brennende Strom‹?«, fragt er.

Lee antwortet nicht, und Garth zwinkert ihr zu. »Das ist alles Showbusiness, Leute. Irgendwie muss man ja seine Rechnungen bezahlen. Wer was verkaufen will, muss ordentlich auf die Pauke hauen!«

Lee ist erleichtert. Er hat gerade zum ersten Mal durchblicken lassen, dass ihm sehr wohl klar ist, wie pompös das Gerede über seine Arbeit klingt. Diese Selbstironie hat sie vorher noch nie bei ihm bemerkt. »Wie findest du denn die Bilder von deinem Daddy?«, fragt sie Birdy.

Das Mädchen starrt sie aus hellen, ätherischen Augen an. »Mommy sagt, ihr lasst euch scheiden. Wieso seid ihr dann zusammen hier?«

Lee versucht zu lächeln und schaut zu Alan hinüber. Es ist definitiv an der Zeit, etwas zu verändern. Wenn die Gespräche mit YogaHappens Alan früher nach Hause zurückholen, dann kann sie es kaum erwarten. Sie wird morgen einen Termin mit denen ausmachen.

❁

Imani kurvt mit dem Wagen durch Beverly Hills und beschließt, bei einer Cupcake-Bäckerei vorbeizuschauen, die letzten Monat aufgemacht hat, und sich vielleicht den einen oder anderen Leckerbissen zu gönnen. Diese neue Cupcake-Hysterie ist zwar ziemlich nervig – aber auch genial. Sie würde nie in eine Konditorei gehen und ein ganzes Stück Schokoladenkuchen kaufen, doch so eine klitzekleine mundgerechte Köstlichkeit wirkt viel weniger dekadent. Sie wird ein zweites Küchlein für Glenn mitnehmen, rechtfertigt sie sich vor sich selbst. Dabei weiß sie genau, dass sie das unmöglich durchhält und der Cupcake es niemals bis nach Los Feliz, geschweige denn bis nach Hause schafft.

Die Bäckerei (Cookie's Cakes) gehört Cookie, einem superdünnen weißen Mädchen, das beim Backen vermutlich einen Mundschutz trägt, falls sich irgendwann herausstellen sollte, dass Gerüche Kalorien haben. Der Laden ist komplett in Weiß gehalten, und Cookie trägt einen weißen Laborkittel. Man kommt sich vor wie in einer Schlankheitsklinik und nicht wie in einem Genusstempel. Cookie (die auf diesen Namen wohl genauso wenig getauft wurde wie sie auf »Imani«) hat sich den Schädel rasiert und die verbleibenden Stoppeln platinblond gefärbt. Damit sieht sie zwar noch dürrer aus, jedoch auch seltsam mädchenhaft und feminin.

Imani zwingt sich zu einem Lächeln und bestellt einen Banana Daiquiri und einen Dulce de Leche und weil der Name irgendwie leicht und kalorienarm klingt und die Glasur darauf in zartem Lila lockt noch ein weiteres Törtchen mit dem Namen »Lavendelbrise«.

»Oh, mein Lieblingskuchen«, verrät Cookie.

»Echt? Schlagen Sie da auch mal richtig zu?«

»Ich probiere eher kleine Fitzelchen.« Sie hält Daumen und Zeigefinger hoch, um etwa die Dicke einer Kreditkarte anzudeuten. »Ich bin total neurotisch mit meinem Gewicht. Mit Backen habe ich vor allem angefangen, um mir zu beweisen, dass ich der Versuchung widerstehen kann. Ich weiß, total essstörungsmäßig, aber nicht riskant oder lebensgefährlich.«

Was sie da vom Stapel gelassen hat, ist so brutal ehrlich und aufrichtig, dass Imani Cookie auf einmal gar nicht mehr nervig findet, sondern gerührt ist und bewundernd dabei zusieht, wie sie die Cupcakes mit gekonnten Handgriffen in eine kleine weiße Schachtel packt. »Irgendwann«, verspricht Imani ihr, »stellt man dann fest, dass ein paar Kilo mehr oder weniger eigentlich auch egal sind.«

»So weit bin ich noch lange nicht. Aber ich arbeite daran.« Cookie reicht der Schauspielerin die Schachtel, die sie mit einer silbernen Schleife zugebunden hat.

»Toll, wie Sie den Laden dekoriert haben«, lobt Imani. »So klinisch, da hat man direkt das Gefühl, dass das Zeug gut für einen ist.«

»Ich weiß. Clever, nicht? Ist Ihnen die Temperatur aufgefallen? Die gleiche Geschichte. Kühl wie im OP-Saal. Und ich hoffe, es stört Sie nicht, wenn ich das sage, doch mit *X.C.I.A.* ist es echt abwärtsgegangen, seit Sie nicht mehr dabei sind.«

»Stören? Mich wundert eher, dass sie Sie nicht dafür bezahlt, so was von sich zu geben!«

Imani fährt herum und entdeckt eine strahlende Becky Antrim. Sie umarmen sich herzlich und haken sich unter, während sie auf den Gehsteig treten. »Verdammt, du siehst so gut aus«, stöhnt Imani. »Wie machst du das bloß?«

»Ich kaufe keine Cupcakes«, grinst Becky und wirft ihre weltberühmte Mähne über die Schulter. »Was aber nicht heißt, dass ich sie nicht esse. Stattdessen stolziere ich lieber vor diesem Laden auf und ab, bis ich irgendeinen Bekannten entdecke, der gerade welche ersteht. Jetzt rück endlich einen von diesen kleinen Mistkerlen raus.«

Gab es eigentlich Zeiten, als Becky noch nicht der Liebling der Massen war? Imani kann sich kaum noch erinnern, so lange hält ihre Freundin diesen Titel schon. Ihr kometenhafter Aufstieg begann mit *Mitbewohner*, einer dieser Fernseh-Kultserien, die das ganze Aufsehen aber tatsächlich verdiente. Imani hat Becky kennengelernt, als die mit einem der Typen von *X.C.I.A.* zusammen war und oft am Set rumhing. Zwei Dinge konnte Imani damals kaum fassen: Erstens sieht Becky noch viel toller als auf der Leinwand aus, wenn sie höchstpersönlich vor einem steht. Und zweitens ist sie, obwohl die Presse sie seit fünfzehn Jahren immer und immer wieder in den Schmutz tritt, obwohl sie mehr Geld hat als Gott *und* Oprah zusammen, obwohl ihr die schönsten (weißen) Männer des Planeten in aller Öffentlichkeit das Herz gebrochen haben, noch immer einer der nettesten Menschen, die Imani je getroffen hat.

Sie gehen zum Starbucks um die Ecke, lassen sich an einem Tisch auf dem Bürgersteig nieder, öffnen die Schachtel, sehen sich an und fangen an zu kichern.

»Und ab in die Hölle!«, verkündet Becky. »Los geht's, *mon amie*!«

Als schließlich auch der letzte Cupcake verspeist ist, hat Becky sie längst über die neusten Katastrophen in ihrem Liebesleben unterrichtet, nicht voller Selbstmitleid, sondern mit dem ironischen »Was gibt's sonst noch Neues«-Gleichmut, den sie stets zur Schau trägt. Im Moment steht keine neue TV-Serie an, erklärt sie, doch sie hat großes Interesse daran, noch mehr schräge kleine Independent-Filme zu drehen. »Das verleiht mir Tiefgang«, erläutert sie. »Was auch immer das heißen mag. Außerdem macht es Spaß, und ich habe dabei mehr übers Schauspielern gelernt als in all den Jahren bei *Mitbewohner*.«

»Aber schadet das nicht deiner Karriere?«

»Für jemanden wie mich gibt es in dieser Stadt zwei Möglichkeiten, sich Respekt zu verschaffen«, meint Becky. »Die eine ist, ordentlich Kohle für einen Blockbuster abzusahnen, und die andere, für lau bei einem intelligenten kleinen Independent-Film mitzuwirken, der bei Sundance ganz groß rauskommt. Und ich pendle zwischen beiden Extremen hin und her.«

Sie leckt sich den letzten Rest Glasur von den Fingern

und stützt das Kinn auf. »Und wie sieht's bei dir aus, Süße? Kommst du klar?«

Beckys sanfter, behutsamer Tonfall lässt keinen Zweifel daran, dass sie nach der Fehlgeburt und dem anschließenden Zusammenbruch fragt. Wonach auch sonst?

»Es geht mir schon viel besser«, beteuert Imani. Was zwar nicht stimmt, allerdings kann es sicher nicht schaden, es zu behaupten. Denn acht Monate nach »alldem« wird immer deutlicher, dass die Leute so langsam von ihr erwarten, sich wieder zu fangen. Also gibt sie ihr Bestes und tut einfach so, bis sie dann irgendwann wirklich wieder klarkommt.

»Weißt du was?«, wechselt Imani das Thema, »ich habe endlich mit Yoga angefangen.«

Becky schnellt aus ihrem Stuhl hoch und gibt einen kleinen Jubelschrei von sich. Sie ist eine absolute Yogafanatikerin. Von der Straße aus macht jemand mit dem Handy ein Foto von ihr, und sie schenkt ihm erst ein albernes Grinsen und zeigt ihm dann den Finger. Sie hat sich mit den Gaffern eindeutig abgefunden, da könnte sich Imani ruhig eine Scheibe abschneiden.

»Und, bist du auch so begeistert? Wo trainierst du denn? Hast du überhaupt eine Ahnung, wie lange ich auf diesen Tag gewartet habe?«

In Wahrheit war Imani ja nur ein einziges Mal in einer Yogastunde. Und es hat ihr zwar gefallen, aber allein schon der Gedanke daran, woran sie da alles denken muss, hat sie davon abgehalten, wieder hinzugehen. Zu überlegen, wann sie am besten was isst und duscht, und anschließend herauszufinden, welcher Kurs für sie am geeignetsten ist, und später die Matte und die Handtücher und das alles ins Auto zu packen, schon allein die Vorstellung macht sie völlig fertig. Und dann hat man sie so herzlich willkommen geheißen, sie hat Angst, dass sie da in ein soziales Umfeld hineingezogen wird, bei dem sie nicht sicher ist, ob sie überhaupt dafür bereit ist oder Lust darauf hat. Es fiel ihr leichter, nicht wieder hinzugehen.

»Ich bin jetzt noch nicht gerade fanatisch«, wiegelt sie ab.

»Egal. Das kommt noch. Welcher Stil?«

Mist. Woher soll sie das denn wissen? »Masala?«, klammert sie sich an das einzige indisch klingende Wort, das ihr in den Sinn kommt.

Ihrem Blick nach zu urteilen versucht Becky gerade zu erkennen, ob ihre Freundin Spaß macht oder nicht. Es wird schon länger gemunkelt, dass Becky oft bekifft ist, doch Imani hat auf die Gerüchte nie viel gegeben. Wenn sie jetzt gerade stoned sein sollte, dann vergisst sie den Kommentar vielleicht einfach wieder. Oder sie hat womöglich durchschaut, dass Imani ein wenig übertrieben hat.

»Na ja …«, winkt sie ab. »Der Stil ist ja eigentlich auch egal. Gut sind die alle. Ich habe heute Nachmittag noch nichts vor. Lass uns doch den Tag zusammen verbringen. Ich würde dir so gern tausend Sachen zeigen. Wie gut, dass wir uns mit einem eiweißreichen Snack gestärkt haben!«

❀

Becky nimmt Imani mit in einen Laden in Beverly Hills, wo sie, wie sie ihr erklärt hat, jetzt all ihre Sachen kauft. Die Kunden drängen sich darin, und zwar nicht nur Frauen, und Imani hat schon lange nicht mehr so fitte und attraktive Verkäufer gesehen. Aber das Verrückte ist, dass sie dabei auch noch wirklich nett sind. Imani hat große Lust zu fragen, was die eigentlich genommen haben, ob sie davon nicht auch eine große Portion abhaben dürfte und ob man das nicht vielleicht in der ganzen Stadt verteilen könnte.

»Was trägst du denn im Unterricht?«, erkundigt sich Becky.

Imani ist drauf und dran, ihr zu erzählen, dass sie in ihrer ersten und einzigen Yogastunde ein Trägershirt und ein paar

Seidenboxershorts anhatte, die sie für Glenn besorgt hat, die der allerdings nie trägt. Sie hatte gehört, dass man keine allzu engen Klamotten anziehen soll, und die saßen nun wirklich ziemlich lose!

»Oh, eben das Übliche«, antwortet sie.

Becky schürzt die Lippen. »Wir bräuchten also die komplette Montur«, sagt sie. »Lass uns mal mit der Hose anfangen.«

Sie hält etwas hoch, was für Imani wie eine Caprihose aussieht. »Die hier sind unglaublich. Die halten alles zusammen, engen dich jedoch nicht ein oder so. Für Ardha Chandrasana sind die zum Beispiel total praktisch.«

»Und guck mal.« Sie zeigt auf ein Schildchen. »Ein ›Anti-Muffin-Top‹. Nicht dass du's brauchen würdest. Aber ist das nicht Wahnsinn?«

Am meisten fällt Imani hier auf, dass all diese Frauen um sie herum ganz unabhängig von Alter und Figur so eine unglaubliche Selbstsicherheit ausstrahlen, während sie die Klamotten anprobieren, selbst bei den ganz engen Hosen und Tops. Ganz anders als das, was man sonst so in Sportgeschäften sieht. Fast so, als würden sie ihren Körper lieben …

Und sie hat noch etwas anderes bemerkt, dass nämlich nicht wie sonst bei Beckys – und in geringerem Ausmaß auch bei ihrem – Anblick heftig gestarrt und gekichert wird. Stattdessen liegt hier ein fast greifbares Kameradschaftsgefühl in der Luft. Die Leute reden ganz einfach mit ihnen. »Haben wir uns nicht letzten Monat beim Rodney-Yee-Workshop gesehen?« »Habt ihr schon das neue Ashtanga-Studio in Brentwood ausprobiert?« »Ihr müsst unbedingt mal diesen Lehrer im Sports Club austesten. Der ist der absolute Hammer!«

Eine Stunde und wesentlich mehr Geld als vorgesehen später verlassen sie das Geschäft mit so viel Ausrüstung, dass Imanis Rücksitz darunter fast völlig verschwindet. Hosen,

Tops und Unterwäsche, die garantiert nicht verrutscht. Vielleicht hat sie es ein wenig übertrieben, aber es ist sicher gut angelegtes Geld, wenn die Sachen sie dazu motivieren, tatsächlich zum Unterricht zu gehen (nur, um mit dem ganzen Mist anzugeben).

Becky bittet sie, ihr zu folgen, und Imani fährt im Schlepptau hinter ihr her, den Santa Monica Boulevard entlang. Mit Blinken hat es Becky nicht so, und als sie plötzlich scharf nach rechts abbiegt, wäre Imani fast nicht hinterhergekommen. Sie landen in einer ruhigen Gasse. Imani hätte eigentlich erwartet, dass Becky sie zu einem extravaganten Kurs in irgendeinem Yogapalast mitnimmt, doch sie biegt auf den Parkplatz einer kleinen verputzten Kirche ein.

»Ich weiß«, sagt sie, als sie aus dem Prius steigt, »das sieht jetzt nicht gerade chic aus, aber sag bitte nichts und warte ab bis nachher. Ich bin da auf so einer E-Mail-Liste, und die schicken Nachrichten rum, wenn neue Kurse anfangen. Der hier soll einfach super sein. Der Lehrer ist ein Nachkomme von Swami Soundso oder wie auch immer. Das wird zumindest gemunkelt.«

Durch einen Seiteneingang betreten sie einen kleinen Versammlungsraum, in dem es so riecht wie bei den Wohltätigkeitsbasaren, auf die Imanis Mutter sie in ihrer Kindheit in Texas immer mitgenommen hat. Etwa zwanzig Personen liegen im Raum verteilt auf ihren Matten, weitestgehend unglaublich dünne Frauen, die ihr irgendwie bekannt vorkommen. Models, nimmt sie mal an. Und die eine oder andere alternde Vorzeige-Ehefrau. Dieselbe Figur und Grundausstattung wie bei den Models, allerdings ein wenig matter und verbrauchter. Ein paar Leute lächeln ihnen zu, doch auf eine Art und Weise, die klarmachen soll, dass sie so gar nicht beeindruckt sind.

Becky hilft ihr dabei, ihre Matte an einer Wand auszurollen, und lässt sich dann mit geschlossenen Augen und im Schneidersitz auf ihrer eigenen nieder. So langsam wird Imani nervös. Diese Frauen umgibt eine nur schwer zu beschreibende Intensität, die fast greifbar ist und die sie als ein wenig bedrohlich empfindet. Sie ist kurz in einer der muffigen Toiletten verschwunden und hat eins der neuen Outfits angezogen, aber jetzt sieht sie an sich herunter und muss feststellen, dass daran noch die Preisschilder hängen. Seht mich nur an, ich habe das schließlich vorher noch nie gemacht! Warum hat sie Becky nur den ganzen Tag etwas vorgeflunkert? Was sollte das bloß? Sie hat plötzlich das Gefühl, dass man sie inmitten eines riesigen Sees ausgesetzt hat und sie jetzt allein zum Ufer schwimmen soll.

Sie lehnt sich zu Becky hinüber und flüstert: »Mit dieser Yogasache habe ich ein bisschen übertrieben. Ich habe nur eine einzige Stunde ausprobiert. Und dabei war ich nicht einmal gut. Ich denke, ich sollte vielleicht besser gehen.«

Becky berührt sie an der Hand. »Du bleibst schön hier. Konzentrier dich einfach auf die Atmung, dann kommt der Rest schon von allein.«

❀

Als Lee im Studio den Loungebereich betritt, packt Tina gerade Trägertops und kurze Hosen in einen Karton. Die stammen von einer kleinen Firma aus der Gegend, die schlichte, schön gestaltete Sportklamotten aus Baumwolle herstellt. Sie haben Lee schon länger damit in den Ohren gelegen, dass sie ihre Kollektion hier vermarkten wollen, und angesichts der Qualität der Ware tut es Lee leid, dass sie sie wieder zurückschicken müssen.

»Kein Interesse?«, fragt sie Tina.

»Nicht an denen.«

Lee nimmt ein Trägershirt aus dem Karton. Der helle Blauton ist einfach zauberhaft, und das Shirt geht bis über die Hüften, so dass man bei Übungen, in denen man sich nach hinten streckt, nicht plötzlich bauchfrei dasteht. »Wirklich schade«, seufzt Lee. »Die sind doch schön.«

»Daran sind die selbst schuld«, betont Tina. »Ich habe ihnen immer wieder gesagt, dass sich das nicht verkaufen wird, aber sie haben die Sachen trotzdem geliefert und jetzt muss ich sie wieder zurückschicken.«

»Und das ist ihre eigene Schuld, weil ...«

»Weil die alle in Größe M sind. Meinst du wirklich, hier würde irgendwer M kaufen? Die sollten das mit den Maßen wirklich in Ordnung bringen.«

Das stimmt Lee nachdenklich. Sie ist stolz darauf, dass zu ihren Kursen sowohl Männer als auch Frauen kommen, und zwar Menschen jeder erdenklichen Größe und Statur. »Ich bin mir sicher, dass die einer Menge Leuten passen würden.«

»Bestimmt. Doch ich habe ihnen schon gesagt, dass Frauen, die Yoga machen, nichts kaufen, wo M drinsteht. Das wäre ja wie ein Schlag ins Gesicht. Selbst S wird nicht mehr so gern gesehen. Es sollte bei XXXS losgehen. Manche Firmen haben sogar 4XS.«

Es gab Momente im Leben, denkt Lee, da habe ich mir über solche Sachen auch Gedanken gemacht. Zum Glück sind diese Zeiten längst vorbei.

Sie geht in ihr Büro und versucht sich zu konzentrieren. So langsam wird der Tag doch ziemlich anstrengend. In zwanzig Minuten hat sie Unterricht, und danach muss sie schnell nach Hause, um sich mit Alan und den Vertretern von YogaHappens zu Vorgesprächen zu treffen.

Früher hat sie sich auf die Sitzungen vorbereitet, indem sie Notizen auf Karteikarten machte und sich für die folgende Stunde die geplanten Asanas aufschrieb, dazu die Metaphern, die sie benutzen wollte, und das eine oder andere Zitat beziehungsweise ein paar Gedichtzeilen, die sie vorlesen wollte. Sie hat in New York bei einer Yogini gelernt, verfügt von der Medizinischen Fakultät her über das anatomische Hintergrundwissen und hat zu Collegezeiten semiprofessionell getanzt. Dennoch ist sie davon überzeugt, dass es etwas anderes ist, was sie zu einer guten Lehrerin macht, nämlich ihre erstaunliche Fähigkeit, einen Menschen nur anzusehen und zu erkennen, welche Muskeln seines Körpers verspannt sind, wo bei ihm die Angst sitzt und wie er beides wieder loswerden kann. Inzwischen macht sie sich keine Notizen mehr, stattdessen zieht sie es vor, einen groben Entwurf der Sitzung im Hinterkopf zu haben, vor die Schüler zu treten und dann einfach zu tun, was ihr in diesem Moment richtig erscheint.

Heute sind nur acht Schüler gekommen, unter ihnen Graciela. Lee war klar gewesen, dass sie Potential hat, aber so viel Fleiß und Disziplin hatte sie nicht erwartet. Lee setzt sich vor der Gruppe auf den Fußboden, lässt die Hände auf den Knien ruhen und fragt: »Hat irgendwer Probleme oder Verletzungen, über die ich Bescheid wissen sollte?«

In der darauf folgenden Stille erklingt plötzlich eine Stimme in Lees Kopf, die schreit: »Ich! Ich bin verletzt! Das solltest du wissen. Ich will, dass man sich um mich kümmert! Mach bitte, dass es aufhört, lenk mich bitte in die richtigen Bahnen! Hier, ich, ich!« Doch sie tut ihr Bestes, diese Stimme zu ignorieren, und fährt fort: »Denkt immer daran, das ist euer Training. Ich diene euch nur als Wegweiser, und bin hier, um euch beizustehen, wenn ihr Hilfe braucht. Lasst uns also anfangen.«

❀

Unter Lees Anleitung hat sich Graciela in den letzten Tagen auf Ruheposen beschränkt. Was bedeutet, dass sie eine Haltung einnimmt – eine, die am Anfang ganz leicht aussieht – und sie dann für *lange Zeit* hält. Während der Rest der Klasse etwas anderes macht (sich zum Beispiel bewegt!), sieht Lee nach Graciela, um sicherzugehen, dass sie sich auch wirklich … erholt. Das Merkwürdigste an der ganzen Sache: Diese Übungen sind in körperlicher Hinsicht das Leichteste, was Graciela seit Jahren gemacht hat, aber gleichzeitig findet sie es auf einmal so unglaublich schwierig, sich zu entspannen, nichts zu tun und geduldig zu sein. Jetzt liegt sie auf der Matte, stützt die Hüfte auf einer Rolle und die Stirn auf einem Block ab, den Lee dort platziert hat. Im Prinzip macht sie einfach nur gar nichts. Sie musste nicht einmal etwas tun, um diese Position einzunehmen, weil Lee ihre Arme und Beine bewegt hat. Und trotzdem fällt es ihr so unendlich schwer, still liegen zu bleiben, dass sie Angst hat, gleich in Tränen auszubrechen.

»Was auch immer dich bei diesen Übungen überkommt«, erklärt Lee, »lass es einfach raus. Vielleicht Angst? Vielleicht Trauer? Oder Wut? Das sind nur Gedanken. Lass sie gehen. Die können dich nur kontrollieren und manipulieren, wenn du sie lässt. Sie sind wie Parasiten – allein können sie nicht überleben.«

Inzwischen fragt sich Graciela, ob Lee vielleicht hellsehen kann. In mancher Hinsicht kann sie Gracielas Laune und Gefühle besser einschätzen als die Wahrsagerin, die ihr die Karten legt.

»Erinnert ihr euch noch an den *Zauberer von Oz*? ›Dein Zauber hat hier keine Macht. Hinfort!‹ Negative Gedanken? Angst? Selbsthass? Die haben hier nichts zu melden. Weg damit!«

Was Graciela überkommt, ist der Gedanke an Daryl, genauer gesagt daran, was wirklich passiert ist, als sie sich die Achillessehne verletzt hat. Wie er sie gestoßen hat, dass das mit ziemlicher Sicherheit kein Versehen war, wie sich seine Miene verzerrt hat, kurz bevor es passierte, und wie sie plötzlich am Boden lag. Oder bildet sie sich das vielleicht alles ein?

Ist sie doch gestolpert? Hat er nur versucht, ihr zu helfen, wie er behauptet? Sie hat das Knacken in ihrem Knöchel gespürt, und dann überkam sie plötzlich diese Mischung aus Schmerzen und der Gewissheit, was das für ihre Karriere bedeuten würde, und dann wurde alles ein wenig unscharf.

Lee kommt zu ihr herüber und legt ihr die Hand auf den Rücken. Schon allein diese Berührung – warm und beruhigend – löst bereits die Anspannung in Gracielas Schultern. Sie lässt sich mit dem ganzen Gewicht auf die Rolle unter ihren Hüften sinken. Okay, schießt es ihr durch den Kopf, dann soll doch die Schwerkraft die Arbeit übernehmen, soll mein Körper doch zerfließen. Es ist so verrückt, sich mit Menschen in einem Raum zu befinden, die sich körperlich betätigen (der Rest der Gruppe tut das zumindest), und dabei nicht mit ihnen konkurrieren oder sich beweisen zu müssen, nicht einmal die *Möglichkeit* zu haben, anzugeben oder sich mit seinem Können zu brüsten, das ist für sie beinahe verwirrend. »Yoga hat etwas mit Vereinigung zu tun«, hat Lee einmal erklärt. »Der Vereinigung von Körper und Geist. Aber nicht der deines Geistes mit dem Körper eines anderen.« Und das war für sie wie eine Offenbarung. Und ist das jetzt wirklich *alles*, was man von ihr erwartet? Zu sinken? Sich fallen zu lassen? Loszulassen?

Wenn sie so darüber nachdenkt, erfüllt sie auf einmal übermächtige Dankbarkeit, und als Lee auf ihren Rücken sanften Druck ausübt, kommen ihr plötzlich die Tränen. Und noch bevor sie es so recht realisiert hat, heult sie richtig los. Schluchzt wahrhaftig vor sich hin. Das kann Lee gar nicht entgangen sein, aber irgendwie vertraut Graciela ihr genug, um einfach alles rauszulassen.

»Hattest du Schmerzen?«, fragt Lee sie nach der Stunde.

»Nein«, entgegnet Graciela. »Ich meine, ich hatte schon seit fast einer Woche keine Schmerzen mehr – zumindest keine großen. Es ist einfach so über mich gekommen.«

Lee sieht sie lächelnd an und neigt den Kopf zur Seite, fast so, als würde sie sie auffordern, doch mehr zu erzählen. Oder sie kann vielleicht wirklich Gedanken lesen und zeigt so ihr Mitgefühl. Lee ist so schön, auf eine seltsame, irgendwie kerngesunde Art und Weise – die helle Haut, die leuchtenden Augen, die zarte Knochenstruktur. In ihr brennt ein Feuer, und es ist schwer, die Augen von ihr abzuwenden. Man sieht Lee an, dass sie aus Connecticut stammt, wie Stephanie ihr verraten hat. Nicht, dass Graciela irgendwas über Connecticut wüsste. Sie hat ihr ganzes Leben in L.A. verbracht.

»Das kommt vor«, lächelt Lee. »Das ist überhaupt nicht schlimm. Lass es einfach raus.« Sie berührt Gracielas Haar und zwinkert ihr zu. »Es hilft deinem Knöchel bei der Heilung.«

Graciela würde ihr am liebsten von Daryl erzählen, doch sie hat jetzt schon ein blödes Gefühl dabei, Lees Großzügigkeit so sehr in Anspruch zu nehmen. Sie will ihre Freundlichkeit nicht noch weiter ausnutzen, indem sie ihr das aufbürdet.

Lee wirft einen Blick auf die Uhr und muss vor Schreck gleich noch mal hinsehen. »Mist«, murmelt sie. »Ich muss los. Ich soll die Kinder in einer halben Stunde von der Schule abholen, und ich will auf keinen Fall zu spät kommen.«

»Ich kann dich mitnehmen«, schlägt Graciela vor. »Bitte.«

»Fährst du denn in die Richtung?«

»Ist doch egal, lass mich dir den Gefallen tun.«

Vor dem Yogaunterricht hat Graciela sich nie groß in Silver Lake aufgehalten, vielleicht ist sie sogar noch nie hier gewesen. Sie teilt sich mit Daryl ein Loft in der Innenstadt, in einem großen alten Gebäude, in dem sie weit mehr Platz haben als die meisten ihrer Freunde. Sie wohnt dort schon fünf Jahre und hat Daryl bei sich einziehen lassen, als einer seiner Mitbewohner geheiratet hat. Es sollte eigentlich nur eine Übergangslösung sein, das Zusammenleben läuft aber ziemlich gut. Sie mag den rauen Charme und Glamour der Innenstadt von L.A., aber sie muss auch zugeben, dass es dort nirgends so entspannt und einladend ist wie hier.

Graciela fährt noch immer den klapprigen Golf, den ihr mal eine Freundin vor ihren Umzug an die Ostküste für 200 Dollar verkauft hat. Sie weiß nicht einmal so genau, wie alt der eigentlich ist. Während sie die Tür aufschließt, wirft sie einen Blick ins Innere des Wagens.

»Das Chaos tut mir leid«, entschuldigt sie sich. »Mein Freund ist DJ und lässt zwischen Auftritten oft seinen ganzen Kram hier liegen.« Sie wirft einen Stapel CDs auf den Rücksitz. Vielleicht hat sie Lee doch zu vorschnell angeboten, sie zu fahren.

»Das nennst du Chaos?«, fragt Lee. »Was soll ich denn sagen, ich habe Zwillinge.«

»Kinder dürfen ja auch unordentlich sein. Und es riecht auch noch so, als hätte er hier Popcorn gegessen. Tut mir leid.«

»Du bist so hart zu dir selbst, Schätzchen. Kannst du mal bitte damit aufhören?«

Selbst dafür würde Graciela sich am liebsten noch entschuldigen, kann sich aber schließlich am Riemen reißen.

»Wie lange seid ihr beiden schon zusammen?«, fragt Lee.

Graciela erzählt der Lehrerin die ganze Story, während sie das Silver Lake Reservoir umrunden. Die Sonne schimmert auf der silbrigen Oberfläche, die Luft ist warm und diesig. Während sie so über Daryl redet – Mutter mit Drogenproblemen, hat sich aus dem Nichts eine Karriere aufgebaut, nur mit Talent, Charme und viel Energie –, ist sie plötzlich so stolz auf ihn und verspürt eine tiefe Zuneigung, gleichzeitig hat sie jedoch auch das ungute Gefühl, dass sie bei ihrer Schilderung die wichtigsten Details auslässt.

Als sie an der Schule ankommen, fragt Lee, ob sie gerne ihre Jungen kennenlernen würde.

»Das wäre super«, erklärt Graciela, »aber ich muss weiter, zu meiner Mutter. Da ich beim Training ja eine Zwangspause habe, versuche ich, ihr ein bisschen unter die Arme zu greifen. Sie macht gerade eine harte Zeit durch. Mein Stiefvater ist letztes Jahr gestorben, und sie versucht noch immer, mit der neuen Situation klarzukommen.«

»Das tut mir leid«, sagt Lee. »Und, Graciela, ganz im Ernst, ich bin so stolz auf das, was du da machst. Es wird alles gut. Glaub mir. Und dein Auto finde ich toll! Inklusive Popcorn und allem!«

Graciela fährt davon und ruft vom Wagen aus Stephanie noch einmal an. Sie versucht schon seit zwei Tagen, sie zu erreichen, doch ihr Handy ist immer aus. Dabei klebt sie sonst geradezu am Telefon. Außerdem macht es ihr Sorgen, dass ihre Freundin seit fast zwei Wochen nicht mehr im Studio war.

❀

Also, was macht ihr denn da in diesem Yogakurs?«, will Conor wissen. »Ist das wie Aerobic oder Tae Bo oder so?«

»Mach doch einfach mal eine Stunde mit und find es selbst raus«, schlägt Katherine vor. Sie schaut ihn über den Restauranttisch hinweg an und lächelt, dann beißt sie sich auf die Unterlippe. Sie hat bei diesem Typen solche Lust zu flirten, dass es schon fast peinlich ist, aber andererseits ist das auch wieder cool. Sie kommt sich vor wie in der Highschool. Das hat was mit seiner Mischung aus stämmigem, hochgewachsenem Machismo und Schüchternheit zu tun.

Als er im Studio vorbeigekommen ist, um sie auf einen Kaffee einzuladen, hat er ihr die Hand geschüttelt und verkündet: »Du hast da ein tolles Fahrrad«, und als sie dann entgegnete: »Ich hatte eher gehofft, du würdest mir Komplimente über meine Schenkel machen«, da wurde er doch tatsächlich rot, fast so knallrot wie seine Haare. Katherine fand es zauberhaft, so niedlich, vor allem bei einem Typen, der fast eins neunzig groß ist, und hat sich seitdem so gut benommen wie selten zuvor.

»Erzähl mir doch nicht, dass keine von deinen Freundinnen drüben in Boston Yoga gemacht hat«, neckt sie ihn.

»Was glaubst du denn, wie viele Freundinnen ich schon hatte?«

»Ich wette, Sie haben schon so einige Herzen gebrochen, Mr Ross.«

»Vielleicht hat man ja auch mir das Herz gebrochen.«

Er wirft einen Blick über seine Schulter, während er das sagt, und Katherine hat den Eindruck, dass ihm genau das passiert ist. Er sieht so wehmütig aus, dass sie leiser hinzufügt: »Bist du deshalb nach L.A. gezogen?«

»Bleiben wir doch lieber bei ›ich hatte die Nase voll vom Schnee‹«, sagt er. »Ein Kumpel von mir ist vor ein paar Jahren hierher gezogen, und ich habe beschlossen, ihn für ein paar Wochen zu besuchen.« Er zuckt mit den Achseln. »Und dann führte eins zum anderen.«

»Und, wie gefällt es dir bis jetzt?«

»Das kommt auf den Tag an.«

»Und heute, zum Beispiel?«

»Oh Mann«, seufzt er und starrt sie mit seinen großen blauen Augen an. »Der heutige Tag ist echt wunderbar.«

Bei den meisten Männern würde so ein Spruch Katherine erschaudern lassen. Aber bei Conor klingt es so wahrhaftig, dass es ihr völlig den Wind aus den Segeln nimmt. Er hat nämlich diesen lustigen Bostoner Akzent, der alles so ehrlich klingen lässt, und dieser unschuldige Blick aus blauen Augen überzeugt Katherine davon, dass er einer von diesen aufrichtigen Typen ist, die völlig unfähig sind zu lügen. Und ihr wird plötzlich klar, dass er denkt, sie sei eigentlich eine Nummer zu groß für ihn. Nachdem sie sich mit einer ganzen Reihe von Schauspielern und Sportlern getroffen hat, die umherstolzierten, als würden sie ihr damit einen Gefallen tun, wenn sie sich mit ihr abgaben – und Kerlen wie Phil, die noch mal in eine ganz andere Kategorie des Lächerlichen fallen –, ist es doch nett, sich mal mit einem Typen zu verabreden, der ihr wirklich ins Gesicht sieht. Zum Glück kann man Menschen nicht alles ansehen. Sie ist nicht sicher, wie er wohl auf ihre Vergangenheit reagieren würde. Wenn aus der Sache also was werden soll, hält sie besser erst mal den Mund, was so einige Dinge angeht. (Wie zum Beispiel jene fünf Jahre voller Fehler und falscher Entscheidungen.)

»Wolltest du immer schon Feuerwehrmann werden?«, fragt sie.

»Ich mag die Autos«, erklärt er. »Ich war ein paar Jahre in der Nationalgarde und hatte deshalb schon eine Ausbildung in der Richtung.«

»Warst du auch im Irak?«

»Ich liebe es ja, ausgefragt zu werden«, wirft er ein, »allerdings hast du mir noch gar nichts über dich erzählt. Ich weiß ja nicht einmal, woher du kommst.«

Die meisten Männer würden gar nicht auf die Idee kommen, sich für so was zu interessieren, aber jetzt, wo die Frage erst mal im Raum steht, ist Katherine plötzlich vorsichtig und zurückhaltend.

»Komm mit zurück ins Studio«, lenkt sie schnell ab. »Dann zeige ich dir, wo ich arbeite. Und wenn du nett zu mir bist, dann kriegst du auch eine kleine Rückenmassage.«

»Ein wirklich netter Typ würde eher dich massieren.« Er greift über den Tisch hinweg nach ihrer Hand. Er hat riesige, schwielige Pranken, in denen ihre Hände völlig verschwinden. »Lass uns gehen«, grinst er. »Dann können wir unsere Techniken vergleichen.«

Lee hat das Gespräch mit den Leuten von YogaHappens nicht im Studio, sondern bei sich zuhause einberufen. Sie will nicht riskieren, noch mehr Gerüchte in Umlauf zu bringen, vor allem, weil sie sich ja noch gar nicht entschieden hat, nicht einmal nah dran ist. Noch ist nicht so ganz klar, was man ihr anbietet. Alan hat natürlich oft vorbeigeschaut, um die Kinder abzuholen oder wegzubringen und so um ihretwillen den Anschein von Normalität aufrechtzuerhalten, aber seit er quasi in einer Rauchwolke verschwunden ist, sind die beiden nicht mehr im Haus allein gewesen. Die längste Zeit, die sie zusammen verbracht haben, war der Ausflug zu Garths Vernissage, und das ist ja nicht so besonders gelaufen. Lee muss sich eingestehen, dass sie jetzt schon gereizt ist.

Sie bringt die Zwillinge im Studio vorbei, wo Barrett ein Auge auf sie haben wird. Barrett verkündet oft, dass sie »Kinder liebt«, doch ihre Klamotten, die Frisur und die Stimme lassen eigentlich eher vermuten, dass sie sich einfach gerne selbst noch wie ein Kind benimmt. Aber sie ist verlässlich, und die Jungen tollen gerne im Studio herum und spielen mit den Iyengar-Blöcken, und Barrett hat versprochen, mit ihnen zum Spielplatz zu gehen, damit sie sich dort noch ein wenig austoben können.

Lee ertappt sich dabei, wie sie das Wohnzimmer aufräumt, Spielzeug verstaut, Brettspiele in Schubladen packt oder in die Regale links und rechts vom Kamin legt. Neben dem Kamin, der Lee und Alan damals davon überzeugt hat, dass dieser zauberhafte kleine Bungalow einfach für sie bestimmt war, selbst wenn das bedeutete, Lees Mutter um ein Darlehen zu bitten, um die Anzahlung zusammenzubekommen. Natürlich räumt sie für die YogaHappens-Leute auf. Und nicht für Alan.

Sie verstaut zwei genau gleiche Rucksäcke in einem Schrank, und als sie sich wieder umdreht, steht Alan hinter ihr und begutachtet den Raum.

»Das sieht hier ja ziemlich ordentlich aus«, bemerkt er.

»Du hast mich erschreckt. Kannst du nicht anklopfen?«

»Tut mir leid, Lee, aber weißt du, das ist auch noch immer mein Haus.«

»Richtig. Aber es ist auch noch immer deine Entscheidung, im Moment nicht hier zu wohnen. Deshalb wäre es mir wirklich lieber, wenn du beim nächsten Mal klingeln würdest.«

Er seufzt und lässt sich mit ausgebreiteten Armen aufs Sofa fallen. Er trägt ein dunkelblaues T-Shirt und die wadenlange Yogahose, die sie ihm zum Geburtstag geschenkt hat, weil sie genau wusste, wie scharf er darin aussehen würde. Selbst schuld. Er hat die Haare zu einem Pferdeschwanz zusammengebunden und sieht, leider, unglaublich gut aus. Wie meistens. Eine ihrer Freundinnen von der Medizinischen Fakultät, die brillanteste, verrückteste und schönste Frau, die Lee je kennengelernt hat – eine Russin –, hatte sich damals mit einem dicken Mann verlobt, der – um es mal nett zu formulieren – eher ein unauffälliger Typ war. »Heirate besser einen hässlichen Mann«, riet Irina ihr mit ihrem starken Akzent. »Neben dem siehst du nämlich fantastisch aus, und er wird immer dankbar dafür sein, dass er dich hat.«

Vielleicht war die Idee doch nicht ganz so abwegig.

»Ich weiß gar nicht, was dieses Feindselige soll, Lee. Ich habe dir doch erklärt, dass ich nur ein bisschen Freiraum brauche. Es geht überhaupt nicht um dich.«

»Ja, aber da du auch nicht vorhast, mir zu erzählen, worum es eigentlich geht, muss ich ja das Gefühl haben, dass es … etwas mit mir zu tun hat. Ich meine, wir sind ja bloß verheiratet. Wie kann es da denn *nicht* um mich gehen?« Genau das wollte sie ja eigentlich nicht – die Sache aufbauschen. Seit er hier ist, versucht sie, genau das tunlichst zu vermeiden. Na ja. Wenn man sowieso schon nasse Füße hat, kann man sich auch gleich kopfüber hineinstürzen. »Und was soll das überhaupt heißen, dass du ›Freiraum brauchst‹? So etwas hätte meine Mutter vom Stapel gelassen, als sie damals ihre BHs verbrannt hat.«

»Okay, hör zu«, erklärt er. »Plötzlich sieht unser Leben, genauer gesagt mein Leben, ganz anders aus, als ich mir das vorgestellt hatte. Ich bin eines Tages aufgewacht und habe gemerkt, dass wir hier oben ein Leben im Abseits führen. Du führst dein Yogastudio, und das nimmt all meine Zeit in Anspruch. ›Kannst du nicht noch einen Schrank für mich bauen?‹, ›Kümmerst du dich um die Webseite?‹, ›Wir haben da eine Schlange in der Toilette, kannst du mal gucken?‹ Ich singe nicht mehr, ich nehme mir gar nicht mehr richtig Zeit für meine Musik. Scheiße, Lee, ich bin hier doch nur noch der Hausmeister. Mir ist klar geworden, dass ich da auf den falschen Zug aufgesprungen bin und dass ich ein wenig Abstand gewinnen muss, um mal zu verschnaufen.«

Lee sieht ihn scharf an. Ist das wirklich alles, was dahintersteckt? Damit kann sie leben, wenn es wirklich nur eine momentane Auszeit ist. Wenn er nur mal abschalten will. Ihr ist klar geworden, dass Yoga ihre Bestimmung ist, dass sie damit ihren Wunsch, die Menschen zu heilen, mit einer körperlichen und seelischen Komponente verbinden kann, die sie manchmal sogar selbst überwältigt. Ihr fällt aber trotzdem auf, dass ihr Mann ihr nicht in die Augen sieht.

Selbstverliebte Kerle wie Alan denken, dass sie mit allem davonkommen, also geben sie sich nicht einmal Mühe, glaubwürdig zu lügen. Auf der anderen Seite sind sie gut darin, einige Aspekte ihrer Gefühle zu unterdrücken, so dass sie zum Teil selbst glauben, was sie sagen, und deshalb sehr überzeugend sein können.

»Die Leute im Studio lieben dich, das weißt du. Deine

Workshops laufen gerade so richtig an, und die Kurse, die du mit Live-Musik begleitest, sind immer voll. Falscher Zug oder nicht, es ist ja nicht gerade so, als ob du den ganzen Tag Kohle in den Kessel schaufeln würdest.«

»Oder anders ausgedrückt, du zahlst die Rechnungen, und ich soll gefälligst dankbar sein?«

»Das habe ich nicht gesagt.« Und trotzdem stimmt es. Alan hat vor ein paar Jahren einige Songs für eine Serie an WB verkauft, und dann gab es da noch das Filmprojekt, für das er weiterhin Tantiemen bekommt. Aber damit könnte er noch lange nicht ihre Stromrechnungen bezahlen.

»Darf ich denn mal fragen, wann du zurückzukehren gedenkst?«

»Lass uns die Sache langsam angehen, eins nach dem anderen, okay?«

»Mir bleibt ja nichts anderes übrig.«

Plötzlich schenkt er ihr ein Lächeln. »Du siehst richtig heiß aus in diesem Top. Wann kommen die Typen noch mal?«

»Lass den Quatsch!«, knurrt sie. Doch sie liebt dieses Lächeln, und sie wünscht sich jetzt nichts sehnlicher, als neben ihm im Bett zu liegen und die Schritte auf der Veranda zu ignorieren.

❀

Offensichtlich sind die YogaHappens-Typen immer zu zweit unterwegs. Wie Nonnen oder diese Mormonen-Missionare oder die netten Damen, die (ausgerechnet!) bei ihr im Studio vorbeikommen, um den *Wachtturm* zu verteilen.

Vor der Tür stehen die beiden Männer, die in ihrem Unterricht waren, blitzblank herausgeputzt und in Topform – groß und sehnig der eine, bei dem sich jede Vene auf den glatten Armen abzeichnet, der andere ein muskulöser kleiner Hydrant. Der war früher bestimmt mal Ringer, überlegt Lee. Der Sehnige dürfte nicht einmal vierzig sein, trägt aber einen graumelierten Bürstenschnitt, der die ganze Aufmerksamkeit darauf lenken soll, wie attraktiv und faltenfrei sein Gesicht doch ist.

»Oh, wow«, sagt der Sehnige, als sie vor dem Kamin Platz nehmen. »Ihr kleines Heim ist wirklich fantastisch. Ich wünschte, ich könnte mich auch hier oben ansiedeln. Also, wissen Sie, Silver Lake ist wirklich wunderschön.«

Genau das kommt immer von Leuten, die West Hollywood um nichts in der Welt verlassen würden.

»Ja, es ist eine tolle Gegend«, nickt Lee.

»Möchtet ihr was trinken, einen Saft vielleicht?«, fragt Alan.

Sehnig und Hydrant winken gleichzeitig ab, so als hätten sie die Nummer vorher geübt.

»Also, Alan«, beginnt der Hydrant, »ich nehme an, Ihre Frau hat Sie bereits darüber informiert, was wir besprochen haben.«

»Vielleicht sollten wir es doch besser noch einmal durchgehen, Chuck«, schlägt Sehnig vor.

Es ist faszinierend, ihnen beim Sprechen zuzusehen, wie sie ihre Sätze gegenseitig beenden und genau wissen, wann ihr Einsatz ist. Und dann reißen sie diese einstudierten Yogawitze, die wohl keinen zum Lachen bringen und von den übelsten Klischees Gebrauch machen, sie selbst allerdings zu amüsieren scheinen.

Sehnig: »Wir wissen alle, was sich beim Yoga in den letzten Jahren so getan hat, oder?«

Hydrant: »Hoch, Hündchen, hoch.«

Sehnig: »Genau, Chuck. Der war gut.«

Hydrant: »Und es läuft doch so, es gibt inzwischen eine derartige Nachfrage, dass die kleineren Studios …«

Sehnig: »… die immer das Herzstück (*klopft sich auf die strammen Brustmuskeln*) dieser Industrie waren …«

Industrie?, schießt es Lee durch den Kopf. Wirklich?

Hydrant: »... diesem Ansturm nicht mehr gewachsen sind.«

Sehnig: »Mal ganz abgesehen von den hohen Erwartungen, vor allem in einer Stadt wie L.A.«

Hydrant: »Die Leute wollen mehr als nur Unterricht. Was sie jetzt wollen, ist ...«

Sehnig: »... ein ganzheitliches Erlebnis.«

Diese letzten Worte bringt er in einem falschen, ehrfürchtigen Flüsterton hervor, als enthüllte er ihr gerade den Sinn des Lebens, und plötzlich wünscht sich Lee, sie hätte die beiden nie hereingelassen. Das sind ja vermutlich zwei vernünftige junge Männer, und sie machen auch nur ihre Arbeit, aber ihre kriecherische, perfekt einstudierte Präsentation erinnert Lee an die Mary-Kay-Kosmetikparty, auf die eine Freundin sie vor Jahren mal eingeladen hat. Die beiden machen noch ein paar Minuten weiter und rühmen die Schönheit dessen, was ja im Prinzip auf nichts weiter als noch eine Firmenübernahme durch ein Großunternehmen hinausläuft. Immer wieder werden Zhannette (sie buchstabieren doch wahrhaftig ihren Namen!) und Frank erwähnt, offensichtlich die Eigentümer. Sie muss sich wieder in Erinnerung rufen, dass es den Zwillingen nicht zu einer besseren Schule verhilft, wenn sie hier die Puristin gibt, und ebenso wenig wird es Alan helfen, sich geschätzter und weniger überlastet zu fühlen.

Auch Alan scheint es schwerzufallen, den beiden Typen zuzuhören, und zum ersten Mal seit Wochen hat sie das Gefühl, dass sie endlich wieder gleich ticken. Vielleicht war es doch eine gute Idee, die beiden einzuladen.

»Also, wie viel bietet ihr uns für das Studio?«, fragt Alan geradeheraus. Sehnig und Hydrant geraten ins Stocken und schauen sich an. Das stand offensichtlich nicht in ihrem Drehbuch.

»Wir haben kein Interesse an Ihrem Studio«, erklärt der Hydrant. »Unsere YogaHappens-Erlebniscenter sind alle mindestens siebenhundert Quadratmeter groß.«

»Da bin ich mir jetzt nicht so sicher. Ich glaube, in Santa Monica sind es nur knapp sechshundert Quadratmeter.«

»Das kann durchaus sein. Was weiß ich schon? Ich bin ja nur der Finanztyp.«

»Was Zhannette und Frank interessiert«, verkündet Sehnig, »sind Sie, Lee. Und Sie, Alan. Wir möchten Ihnen gerne …«

»… einen Exklusivvertrag anbieten.«

Sehnig: »Und es ist Ihnen vielleicht schon zu Ohren gekommen …«

Hydrant: »… dass Zhannette und Frank darauf bestehen, jeden bei YogaHappens ausgesprochen gut zu bezahlen.«

Sehnig: »Es geht ihnen nicht um ihren eigenen Profit.«

Ohne sich zu ihm zu wenden oder sich zu rühren, ohne ihn auch nur anzusehen, spürt Lee, wie Alan neben ihr auf dem Sofa erstarrt.

»Aber bevor wir die Details besprechen«, fährt der Hydrant fort, »würden wir gerne noch einmal auf die Unterlagen zurückkommen, die Sie uns zur Verfügung gestellt haben. Ihre Buchhaltung ist ja ziemlich abenteuerlich, Lee.«

❁

Katherine kam vor zwei Jahren das erste Mal in Lees Yogastudio und hat ihren Massageraum dort ein Jahr später gemietet. Sie liebt die Atmosphäre bei Edendale und das Gefühl, das sie verspürt, sobald sie zur Tür hereinkommt – sie scheint dort vor der harten Realität geschützt zu sein –, doch nach all der Zeit nimmt sie das gar nicht mehr richtig wahr. Und das ist das Tolle daran, Conor mit herzubringen; sie sieht jetzt alles durch seine Augen, und es ist fast so, als würde sie es zum ersten Mal betrachten.

In einem früheren Leben beherbergte das Gebäude den

Ausstellungsraum eines Teppichverkäufers. Als Lee und Alan den Laden gekauft haben – damals, als Häuser in Silver Lake noch erschwinglich waren und Alan gerade einen Song für einen Film verkauft hatte –, gab es jede Menge große, offene Räume und fast überall lag Teppichboden. Den haben Lee und Alan komplett herausgerissen (Katherine hat die Vorher-Nachher-Fotos gesehen) und darunter einen Holzfußboden vorgefunden, den Alan dann neu lackiert hat. Er ist wirklich ein guter Tischler und Handwerker und hat an dieser Tätigkeit gelegentlich sogar Spaß. Warum er sich nicht ausschließlich darauf konzentriert, ist Katherine ein Rätsel. Hier im Studio fällt allen als Erstes der warme Honigton des Fußbodens auf, vor allem, wenn die Sonne scheint.

»Cool«, bemerkt Conor. »So einen Fußboden hatte ich in meiner Wohnung in Boston auch. Ich will gar nicht darüber nachdenken, was ich meiner Lunge mit der Schleiferei und dem Lack angetan habe.«

Da ist er wieder, der Akzent. »Ich habe mir schon gedacht, dass du ein kleiner Heimwerker bist.«

»Ich habe gerne das eine oder andere Projekt. Wenn man genug zu tun hat, macht man keinen Unsinn.«

Katherine fragt sich, wie sie das wohl interpretieren soll. Wer sich von Schwierigkeiten fernhalten will, hat meistens irgendwann gewaltige Schwierigkeiten gehabt. Wenn Conor dem Stereotyp des großen, kräftigen Iren aus Boston entspricht, dann bedeutet das vermutlich, er hat sich viel zu oft in Sportkneipen betrunken und sich nach der Sperrstunde auf dem Weg nach Hause geprügelt. Obwohl er so etwas Sanftes ausstrahlt – unglaublich sexy bei jemandem, der so riesig ist. Man kann sich eher vorstellen, dass er Streit schlichtet, statt ihn anzufangen.

»Fällt es dir schwer, keinen Unsinn zu machen?«, erkundigt sie sich.

»Du stellst ganz schön viele Fragen, weißt du das eigentlich?«

»Ich weiß. Ist eine blöde Angewohnheit. Und du weichst mir ganz schön oft aus, weißt du *das* eigentlich?«

Er zwinkert ihr zu und legt ihr die Hand auf den Rücken. »Also, wo betreibst du nun deine Zauberkünste?«

»Ich will dir erst noch das Studio zeigen.«

Chloe steht hinter dem Empfangstisch und telefoniert lautstark übers iPhone. Chloe unterrichtet drei Mal die Woche den »Sunshine Flow«-Kurs morgens um sieben. Am Wochenende steht sie in einem Club in West Hollywood hinter der Theke, und weil ihre Mutter ein exklusives Immobilienbüro in Los Feliz betreibt, lässt sie sich nebenbei noch zur Maklerin ausbilden. Diese Mischung von Interessen und Berufen ist so verrückt, dass am Ende doch wieder alles zusammenpasst. Sie ist eine erstklassige Lehrerin mit einem treuen Gefolge von Frühaufstehern, ihr Diskurs im Unterricht ist allerdings durchsetzt von Metaphern, die ihren anderen Tätigkeiten entstammen. »Beugt euch von der Hüfte an vor und ergießt euren Körper über die Beine, bis all die Anspannung und der Stress zerfließen.« »Nehmt die Schultern nach hinten und öffnet euren Brustkorb weit, als würdet ihr eure Haustür aufschließen und das Universum willkommen heißen. Ich nenne diese Haltung ›offenes Haus‹.« Eine Zeit lang hatte sie einen Freund, dann eine Freundin. Jetzt ist sie Single, und sie gehört wohl zu diesen wirklich bisexuellen Menschen, die sich ohne jede Geschlechterpräferenz verlieben. Das macht das Leben vermutlich furchtbar einfach, oder vielleicht auch furchtbar kompliziert.

Komisch, dass sie um diese Uhrzeit hier ist, aber es hat gar keinen Zweck zu unterbrechen, was nach einer angeregten Unterhaltung mit ihrer Mutter klingt. Ihre Mutter, die ab und an mal im Studio auftaucht, ist eine von diesen Getriebenen, die erst einmal abwägen, wie viel von ihrer Zeit du ihnen wert bist, bevor sie sich mit dir abgeben. Trotzdem muss man sie dafür bewundern, was für eine erfolgreiche Firma sie aufgebaut hat. Chloe und sie benehmen sich eigentlich eher wie Schwestern, und Katherine beneidet die beiden manchmal dafür, wie nahe sie sich stehen. Sie selbst hat seit sechs Jahren nicht mehr mit ihrer Mutter gesprochen.

Conor wirkt im Yogaraum so fehl am Platz, dass es beinahe komisch ist. Er steht fast ein bisschen krumm da, als wäre er eingeschüchtert, wie viele Männer, wenn sie zum ersten Mal so ein Studio betreten. »Tolle Aussicht«, bemerkt er. »Zeig mir doch mal ein paar von deinen Tricks, Lady.«

»Das sind doch keine Tricks, Mr Ross. Das sind Übungen. Oder Asanas, wenn Sie's ganz chic ausdrücken wollen.«

Nachdem sie das klargestellt hat, sieht sie ihm einmal tief in die Augen und lässt sich dann zu Boden sinken. Plötzlich schnellt sie in einem tadellosen Unterarmstand wieder hoch, lässt ihre Füße hinter den Kopf sinken und stützt die Arme ab, so dass ihr Körper eine perfekte Brücke bildet. Und schließlich kann sie der Versuchung nicht widerstehen, sie geht mit den Händen auf ihre Füße zu und richtet sich dann ganz langsam auf, bis sie wieder steht.

»Wow!« Conor lacht und hält sich die Augen zu. »Mach das bloß nicht noch mal. Da krieg ich ja Angst!«

»Ein kräftiges Kerlchen wie du? Du bist aber leicht zu erschrecken!«

Während sie auf ihn zugeht, stolpert sie plötzlich über ihre eigenen Füße, wohl die Rache für die ganze Angeberei. Er ist im Bruchteil einer Sekunde bei ihr und hält sie am Arm fest.

Sie blickt ihm in die Augen. »Das habe ich mit Absicht gemacht«, behauptet sie. »Um zu schauen, ob du mich auffängst.«

»Ich habe tolle Reflexe«, erklärt er. »Und es freut mich ja zu sehen, dass du doch ein menschliches Wesen bist. So wie du dich da eben verrenkt hast, sind mir schon Zweifel gekommen.«

»Ich bin nur allzu menschlich«, murmelt sie. »Wenn du wüsstest.«

Er lässt seine Hand abwärts wandern, bis sie auf ihrer Hüfte ruht. »Menschlich find ich gut.«

Das ist doch wirklich bescheuert. Sie kennt ihn ja kaum. Weiß im Prinzip gar nichts über ihn. Aber sie sieht in diesen bezaubernden Augen eine gewisse Ehrlichkeit oder Vertrauenswürdigkeit, bei denen sie sich so glücklich und offen fühlt (willkommen, Universum!) wie schon lange nicht mehr.

»Ich kann nur wirklich, wirklich hoffen, dass du das ernst meinst«, murmelt sie.

Er beugt sich hinunter und küsst sie auf den Mund, seine Arme umschließen ihren Körper völlig, und Katherine empfindet solche Dankbarkeit, dass sie sich selbst seufzen hört, so wie sie normalerweise nach dem zehnten Sonnengruß seufzt.

Sie verliert sich so sehr im Augenblick, sie bekommt gar nicht mit, dass das leise Pochen nicht ihr Herz ist, sondern Chloe, die sacht an die Glastür des Übungssaals klopft. Als Katherine sie anschaut, öffnet Chloe die Tür nur einen Spaltbreit.

»Hmmm, tut mir leid, dass ich stören muss, aber in einer halben Stunde findet hier ein Kurs statt.«

Katherine lacht. »Keine Sorge. Wir wollten sowieso gerade gehen. Mr Ross ist ein Kunde. Das ist alles rein beruflich.«

»So sah es auch aus. Welcher Beruf?«

»Wo ist denn Barrett?«, fragt Katherine. »Hatte die nicht heute Dienst an der Rezeption?«

»Sie passt auf Lees Jungen auf. Sie sind auf dem Spielplatz, und sie hat mich angerufen, um zu fragen, ob ich für sie einspringen kann. Ich glaube, Lee und Alan treffen sich mit ihren Buchhaltern oder irgendwelchen Geschäftsleuten. So genau haben sie das nicht gesagt.«

Katherine spürt einen Stich in der Magengrube. Sie hat ganz stark das Gefühl, dass das irgendwas mit YogaHappens zu tun hat.

»Hat sie erwähnt, wann sie wieder zurück ist?«

»Sie meinte, sie würde mir Bescheid sagen. Das klang alles sehr geheimnisvoll.«

Was Katherine betrifft, nicht geheimnisvoll genug.

❀

Da Lee ihr so eine lange Ruhezeit verordnet hat, besucht Graciela in letzter Zeit häufiger ihre Mutter in Duarte. Je nach Tageszeit braucht sie für den Weg zwischen einer und anderthalb Stunden. Sie fährt zwar nicht besonders gerne Auto, aber so ist sie wenigstens in Bewegung und sitzt nicht zuhause rum, wo sie sich doch nur mit Daryl in die Haare kriegt oder all ihre Energie darauf verwenden muss, bloß nichts zu essen. Wenn sie jetzt auch noch zunehmen würde, ginge es ihr womöglich viel schlechter.

Sie redet sich ein, dass sie aus all diesen Gründen so viel Zeit bei ihrer Mutter verbringt, doch es steckt noch mehr dahinter. Ihr Stiefvater ist vor acht Monaten an Lungenkrebs gestorben und ihre Mutter, die noch nie ein besonders fröhlicher Mensch war, leidet seitdem unter Depressionen. Sie sitzt die meiste Zeit vor dem Fernseher, schaut sich bei Telemundo Seifenopern an oder schleudert den Klägern ihrer liebsten Gerichtsshow Kommentare auf Spanisch entgegen, so wie jetzt gerade.

»*Estás mintiendo, perra!*«, höhnt sie.

Graciela hat es sich zur Aufgabe gemacht, in dem kleinen Häuschen ihrer Mutter mal so richtig für Ordnung zu sorgen und sich bei jedem ihrer Besuche ein Zimmer vorzunehmen.

Sie hatte eigentlich gedacht, dass ihre Mutter sich am Ende ein bisschen gefangen hätte und ihr dann dafür dankbar sein würde. Und Sehnenprobleme hin oder her, das Großreinemachen ist einfacher, als sich mit ihr hinzusetzen und ihrer Nörgelei zuzuhören. Sie erzählt Graciela nämlich gerne, wie unmöglich ihre Klamotten sind, dass sie aussieht wie eine *puta* und mit Sicherheit in der Hölle landen wird. Ihre Mutter will, dass sie sich einen vernünftigen Job sucht, aufhört zu tanzen – für sie gleichbedeutend mit strippen – und endlich heiratet. Graciela hat zwei Brüder, die in den Augen ihrer Mutter nie etwas falsch machen. Wenn die beiden sie ab und zu mal besuchen würden, würde das ihre Mutter vielleicht ein wenig aufmuntern. Graciela bezweifelt, dass sich einer von den beiden seit der Beerdigung hier hat blicken lassen. Was eigentlich nicht zu entschuldigen ist, vor allem, da sie beide nicht Vollzeit arbeiten, wenn Graciela auf dem neuesten Stand ist.

Sie verstaut die letzten Putzutensilien im Küchenschrank und geht dann hinaus auf die verglaste Veranda, wo ihre Mutter die meiste Zeit verbringt.

»Ich muss jetzt gehen, Mama«, verabschiedet sie sich. »Ich will noch vor dem Berufsverkehr los.«

Ihre Mutter nickt in Richtung Bildschirm und verkündet: »*Esta mujer es una mentirosa.*«

Ihrer Mutter zufolge lügen im Fernsehen alle. Womit sie vielleicht gar nicht so unrecht hat, Graciela aber sieht es als einen Teil ihrer Lebensunlust und ihrer Masche, sich immer als Opfer hinzustellen.

»Heute habe ich im Gästezimmer sauber gemacht«, erklärt sie. »Den Schrank habe ich auch ausgemistet. Ich nehme ein paar von Hebertos Sachen mit, die kann ich in der Innenstadt bei einem Männerwohnheim abgeben.«

»Ich wollte doch, dass du in meinem Zimmer putzt«, nörgelt ihre Mutter. »Nie hörst du mir zu.«

Vielleicht liegt es am Yoga, doch in letzter Zeit kann Graciela diese Art von Kommentaren immer besser an sich abperlen lassen. Du kannst deine Mitmenschen nicht ändern, aber schon, wie du auf sie reagierst.

»Ich komme nächste Woche wieder und kümmere mich dann um dein Zimmer, okay, Mama? Ich habe dir auch was zu essen mitgebracht, das steht im Gefrierfach. Du musst es nur noch in der Mikrowelle aufwärmen.«

Ihre Mutter dreht sich langsam zu ihr um. »Du konntest noch nie so gut kochen wie ich.«

Graciela beugt sich vor und küsst sie auf die Stirn. »Ich sehe dich dann nächste Woche.«

In Duarte sehen alle Straßen irgendwie gleich aus, so dass es fast unmöglich ist, sich nicht zu verfahren, selbst nach all der Zeit. Auf dem Weg zur Schnellstraße biegt Graciela einmal falsch ab und landet in einer vom Schicksal wenig begünstigten Nachbarschaft, möglicherweise dem deprimierendsten Ort, den sie je gesehen hat. Die Sonne scheint zu grell, der heiße Wind bläst Abfall vor sich her, und sie hat keine Ahnung, wie sie hier wieder rausfinden soll. Direkt hinter den Häusern kann sie ein paar riesige Klötze erkennen, die Läden einer Einkaufsmeile. Jetzt bloß nicht schwach werden. Sie wird jetzt nicht aufgeben und zulassen, dass das spöttische Lächeln auf dem Gesicht ihrer Mutter alle bisherigen Erfolge zunichtemacht.

Sie holt einmal tief Luft und geht dann in Gedanken durch, wie sie hier gelandet ist und wie sie wohl wieder zur Schnellstraße kommt. Sobald sie zurück auf dem Weg in die Stadt ist, beschließt sie, noch einmal bei Stephanie anzurufen. Deren Handy ist noch immer ausgeschaltet, und die Mailbox ist voll. Sie wünschte wirklich, sie könnte jemand anderen anrufen, um sich nach Stephanie zu erkundigen, aber so gut kennen sie sich auch wieder nicht, und Stephanie hat nie irgendwelche anderen Freunde erwähnt. Graciela hat im Handy irgendwo ihre Adresse gespeichert. Das Beste wäre jetzt wohl, bei ihr vorbeizuschauen und zu sehen, was da los ist.

❁

Stephanie wohnt in der Sweetzer Avenue, in der Nähe von Melrose. Graciela hat ihr ganzes Leben in L.A. verbracht und sollte es eigentlich besser wissen. Doch sie nimmt trotzdem immer irgendwie an, dass jeder, der im Filmgeschäft arbeitet, auch ganz ordentlich verdient und ein Leben mit all dem schicken Firlefanz führt, den sie selbst sich nicht leisten kann. Vor allem eine Frau wie Stephanie, die es stets so aussehen lässt, als stünde sie mit all den Promis auf Du und Du. Nicht als wollte sie damit angeben, sondern als sei es einfach ein Teil ihres Lebens.

Kurz nachdem sie Stephanie kennengelernt hat, hat sich Graciela im Pay-TV *Silver Linings* angesehen. Sie hätte sich zwar etwas mehr Handlung gewünscht und dass wenigstens eine der Liebesgeschichten gut ausgeht, aber der Film konnte mit Ellen Page, Jean Smart, Sam Rockwell und dem Zwei-Sekunden-Cameoauftritt von Johnny Depp aufwarten. Es ging um eine WASP-Familie im mittleren Westen – ein Szenario, das Gracielas eigener Herkunft nicht ferner sein konnte –, doch mit der (natürlich problematischen) Beziehung zwischen Ellen Page und ihrer Mutter konnte Graciela sich so sehr identifizieren, dass ihr der Film tagelang nicht mehr aus dem Kopf ging. Er hat sie so tief berührt, dass sie Stephanie deshalb in den Himmel gehoben hat. Nicht superhoch, aber immerhin. Denn sie hat offensichtlich einen Großteil des Drehbuchs verfasst, und jemanden, der so etwas Anrührendes schreiben kann, den muss man einfach bewundern. Das nennt man Talent.

Also ist sie ziemlich überrascht, als sie bei Stephanies Adresse ankommt und ihr Wohnhaus sich als ziemlich schlichtes Gebäude herausstellt. Die Hibiskus- und Bougainvilleabüsche vor dem dreistöckigen weißen Ziegelbau verleihen ihm sogar ein leicht verwegenes Aussehen. Sie versucht es noch einmal auf Stephanies Handy, auch wenn sie schon weiß, dass eh niemand drangehen wird, und so ist es dann auch.

»Na, dann macht sie die Tür wohl erst recht nicht auf«, murmelt Graciela vor sich hin, steigt allerdings trotzdem aus dem Wagen.

Sie drückt auf Stephanies Klingel, aber – Überraschung! – keine Antwort. Wenn sie Stephanie wäre, überlegt Graciela, würde sie wahrscheinlich noch ein paar Mal läuten, und obwohl sie extra dafür hergekommen ist, käme ihr das doch sehr unhöflich vor. Sie bleibt noch eine Minute vor der Tür stehen, bringt es hingegen einfach nicht über sich. Soviel sie weiß, könnte Stephanie auch genauso gut in der Stadt unterwegs sein oder sich gerade wegen irgendwelcher Meetings abhetzen. Oder vielleicht erkennt sie auch Gracielas Nummer auf dem Display und geht deshalb nicht dran. Aber das würde nicht erklären, warum das Handy ausgestellt und die Mailbox voll ist, und außerdem hat Graciela einfach nicht das Gefühl, bei einer leeren Wohnung zu klingeln. Das spürt sie eben. Manchmal hat sie einen sechsten Sinn für solche Sachen, eine vage Ahnung, die sie nicht recht erklären kann.

Als sie gerade wieder gehen will, entdeckt Graciela durch die Scheibe eine junge blonde Frau, die aus dem ersten Stock die Treppe herunterkommt. Die Frau öffnet die Tür und tritt ins Freie, und Graciela stellt entgeistert fest, dass sie in Wahrheit überhaupt nicht jung ist. Vielmehr sogar ziemlich alt. Das blonde Haar ist eher bronzefarben, voluminös aufgetürmt und mit Haarspray fixiert. Es könnte auch gut eine Perücke sein, doch Gracielas Erfahrung nach versucht man im Allgemeinen, eine Perücke überzeugender aussehen zu lassen. Zwar wird ihr Gesicht von keiner einzigen Falte durchzogen, aber die nackte Haut an Armen und Dekolleté (dank Trägershirt weiträumig entblößt) ist voller Sommersprossen und zerknautscht wie ein benutztes Laken. Sie trägt auch jede Menge Schmuck, sozusagen in verschiedenen Lagen, so dass man kaum erkennen kann, wo ein Armband aufhört und das nächste anfängt.

»Suchen Sie jemanden?«, fragt die Frau. Zugegebenermaßen freundlich, gleichzeitig allerdings auch ein wenig misstrauisch.

»Eine Freundin von mir wohnt hier im Haus, doch sie macht die Tür nicht auf.«

»Na ja, dann ist sie vielleicht nicht da«, sagt die Frau, diesmal eher misstrauisch als freundlich. Sie schaut zurück, um sicherzugehen, dass sie die Tür hinter sich zugezogen hat, und in dem Augenblick bemerkt Graciela, dass sie eine Yogamatte dabeihat.

»Ihre Yogatasche finde ich toll«, schmeichelt sie ihr. »Ich habe mit dem Yoga gerade erst angefangen.«

Bei diesem Thema spitzt die alte Dame die Ohren und wird sofort gesprächiger. »Wie schön für dich, Schätzchen. Bleib am Ball, rate ich dir. Ich mache das jetzt schon seit zwanzig Jahren. Deshalb bin ich auch noch immer in Topform.« Sie lässt einen schlaffen Bizeps spielen. »Bikram, vier Mal die Woche, bei vierzig Grad. Damit halte ich mein Gewicht, seit ich zwanzig bin. Was glaubst du, wie viel ich wiege?«

In diese Falle wird Graciela nun wirklich nicht tappen. »Bei so was bin ich ganz schlecht«, beteuert sie. »Das ist so, als müsste man die Temperatur raten. Da liege ich auch immer daneben.«

»Einundfünfzig Kilo. Ein halbes mehr, wenn ich meine Tage kriege.«

Ihre Tage?

»Die Leute können es gar nicht glauben, wenn ich ihnen erzähle, dass ich schon siebenundvierzig bin.«

Tatsächlich kauft auch Graciela ihr das nicht ab. Wenn man die Ziffern umdreht, könnte es eher hinkommen.

»Die Freundin, die hier wohnt, hat mich zum Yoga gebracht«, erklärt Graciela. »Die geht ständig hin.«

Die Frau rückt all die verhedderten Ketten um ihren Hals zurecht. »Wenn es nach Bikram ginge, würde ich längst auch unterrichten, aber wer hat für so was schon Zeit? Und eins sag ich dir, ich habe drei Töchter, die ich seit Jahren ermuntere, Yoga auszuprobieren. Keine Chance. Die wohnen natürlich im Internat. Was das alles kostet!«

»Meine Freundin heißt Stephanie Carlson. Die kennen Sie nicht zufällig, oder?«

»Stephanie! Die wohnt direkt neben mir. Sie will unbedingt, dass ich bei einem ihrer Filme mitwirke, doch ich habe die Schauspielerei satt. Viel zu viel Druck. Ein tolles Mädchen. Nur gut, dass sie diesen Kerl endlich los ist.«

»Ach, wirklich?« Graciela kennt Stephanie jetzt seit vier Monaten, und ihr gegenüber hat sie nie einen Ex erwähnt. Vielleicht war es ja gar nichts Ernstes.

»Ja. Als der bei ihr gewohnt hat, war sie die ganze Zeit so glücklich, das war wirklich unerträglich. Ich habe die Nase voll von Männern. Und glaub mir, es ist nicht so, als hätte ich keine Gelegenheit. Der Vater meiner Mädchen war der letzte. Der hat mich für eine ältere Frau sitzen gelassen, stell dir das mal vor!«

»Sind Sie Stephanie in letzter Zeit mal über den Weg gelaufen? Die geht nämlich nicht ran, wenn ich anrufe.«

»Die habe ich seit Tagen nicht mehr gesehen.«

»Oh. Wollte sie denn wegfahren? Urlaub machen oder so was?«

»Ich mische mich aus Prinzip nicht in fremde Angelegenheiten ein. Ich bleibe schön für mich, mache mein Yoga. Jetzt, mit zweiundvierzig, habe ich wirklich gelernt, mich auf mich selbst zu konzentrieren.«

Wenn das so weitergeht, ist sie gegen Ende des Gesprächs ein Teenie. Wer wegen seines Alters schwindelt, sollte wenigstens die Zahlen im Kopf behalten.

»Kennen Sie eventuell Freunde von ihr, die wir anrufen könnten?«, fragt Graciela.

»Du bist vielleicht neugierig«, rügt die Frau. »So ein hübsches Ding, aber viel zu neugierig. Ich kenne niemanden. Doch eins kann ich dir sagen, wenn sie nicht bald auftaucht, dann rufe ich den Hausmeister. Der Gestank aus ihrer Wohnung wird nämlich unerträglich.«

❀

Im Massageraum stellt Katherine den kleinen Duftverteiler an. »Lavendel oder Bergamotte?«

Conor sitzt auf der Kante der Liege und betrachtet sie prüfend. »Ist Lee die Dame, der das Studio gehört?«, will er wissen.

»Genau. Und ›Dame‹ klingt gut. Sagt man das so in Boston?«

Conor zwinkert ihr zu. Vermutlich hat er beschlossen, nie wieder eine ihrer Fragen zu beantworten, und das wird jetzt ein Running Gag zwischen ihnen. Falls es überhaupt ein »zwischen ihnen« gibt.

»Kommt ihr miteinander klar?«, fragt er.

»Ja, bis auf die eine oder andere Unstimmigkeit. Aber eigentlich ist sie meine beste Freundin. Und da du zu dem Thema nichts zu sagen hast, gibt's jetzt Bergamotte.«

»Na, dann mal her damit. Was auch immer das sein mag. Egal, Gerüche unterscheide ich eh nicht gut.«

»Ein paar Mal zu oft eins auf die Nase gekriegt, Mr Ross?

Ich glaube, Sie sollten sich für die Massage besser frei machen.«

»Lass uns lieber mit dir anfangen. Sonst krieg ich bloß Hemmungen und Komplexe.«

»Ach, komm schon, du willst ja nur meine Titten sehen.«

»Das auch. Aber doch nicht jetzt. Das hier ist ganz professionell. Ich gehe einen Moment raus, und du machst dich fertig.«

Katherine knöpft ihre Bluse auf und legt sie auf den Stuhl, dann wirft sie noch einen letzten Blick in den Spiegel an der Tür. Sie hat genug Therapieerfahrung, um zu wissen, dass sie Männer als Bestätigung braucht, um sich attraktiv und begehrt zu fühlen, und irgendwie auch geliebt. Das gibt es recht oft bei Frauen, die als Kind sexuell missbraucht wurden. Manchen Leuten hilft die Erkenntnis, dass sie mit so etwas nicht allein sind – geteiltes Leid ist halbes Leid? –, aber Katherine hat es immer gehasst, berechenbar zu sein, und findet es furchtbar, in ein Schema zu passen, beinahe so, als ob ihr übler Stiefvater sie programmiert hätte. Sie ist doch Individualistin.

Seltsamerweise – oder vielmehr glücklicherweise – hat sie sich noch nie so attraktiv gefühlt wie jetzt, in ihrer sexuellen Verschnaufpause nach der Katastrophe mit Phil. Das war vermutlich zu erwarten gewesen. Sie hat so viel an ihrem Oberkörper gearbeitet, dass ihr Bauch richtig flach geworden ist und sich die Muskeln abzeichnen. Wenn Conor auf große Brüste steht, hat er zwar Pech gehabt, aber Katherine ist zum ersten Mal in ihrem Leben dankbar für ihren unglaublich wohlproportionierten Körper. Denn sie hat gar keine flache Brust, keine breiten Hüften, keinen all der Fehler, die sie immer zu entdecken glaubte. Ihr Körper ist absolut in Ordnung. Und mehr noch, durch Lees Kurse hat sie auch gelernt, ihm dafür dankbar zu sein, dass er ihr so treue Dienste leistet, trotz all der üblen Dinge, die man ihm angetan hat, von ihrem Stiefvater angefangen bis hin zu ihr selbst – anstatt sich nur auf die Äußerlichkeiten zu konzentrieren.

Es klopft an der Tür, sie liegt auf dem Massagetisch und wünscht sich insgeheim ein wenig, sie wären bei ihr zuhause, dann gefällt ihr allerdings das Spielchen auch wieder, das sie da gerade abziehen. Vielleicht treffen sie sich ja noch ein paar Mal, bevor sie es schließlich tun. Das wäre eine echte Premiere! Conor kommt herein und schließt sachte die Tür hinter sich. »Bereit für Ihren Termin, Miss …? Ich weiß gar nicht, wie du mit Nachnamen heißt.«

»Brodski«, murmelt Katherine.

»Also noch eine irische Dame«, witzelt er.

»Nur auf einer Seite der Familie. Drei Mal darfst du raten, welche.«

Als er ihren Rücken berührt, durchfährt es Katherine siedend heiß. Er drückt ihr die Hand ins Kreuz und beginnt, ihren Oberkörper rechts und links der Wirbelsäule mit seinen riesigen Daumen zu kneten. Entweder hat er das irgendwo gelernt oder er ist der begabteste Amateur aller Zeiten. »Und ich fürchte, Dame passt hier eher weniger.«

»Das lass mich mal entscheiden, okay?«

Als er bei den Schultern ankommt, ist sie bereits so ruhig und entspannt, dass ihr eigentlich alles egal ist. Im schlimmsten Fall kann sie ja noch immer irgendwo anders einen Raum mieten und weiter an Lees Kursen teilnehmen, wo auch immer die stattfinden.

Als Conor ihren Nacken bearbeitet, spürt sie seinen warmen Atem irgendwie in der Mitte des Rückens, und dann, fast wie ein Flüstern, das Kratzen der Bartstoppeln auf der Haut. »Wer hat dir das denn beigebracht?«, will sie wissen.

Sein Gesicht gleitet ihren Rücken hinauf, bis sein Atem sie schließlich am Ohr kitzelt. »Ich improvisiere einfach«, wispert er.

»Und das machen Sie im Moment wirklich gut, Mr Ross.«

»Schön, dass es dir gefällt. Du hast hier hinten ein paar wirklich interessante Tattoos.«

»Die machen dir doch keine Angst, oder?«

»Ich bin tougher, als ich aussehe, Brodski. Und ich wette, du bist in Wirklichkeit ein ganz braves Mädchen, auch wenn du gerne das Gegenteil vorgibst.«

»Ich wünschte, das wäre wahr, Mr Ross. Ganz im Ernst.«

Auf einmal meldet sich Katherines Handy in der Tasche. Es ist Lees Klingelton.

»Willst du da rangehen?«, fragt Conor.

»Das ist nur Lee, sozusagen meine Chefin.«

»Dann solltest du wohl besser mit ihr reden.«

»Wenn Sie versuchen wollen, eine rechtschaffene Frau aus mir zu machen, Mr Ross, dann haben Sie so einiges an Arbeit vor sich.«

»Ich will gar nichts aus dir machen«, flüstert er ihr ins Ohr. »Aber wenn du dich jetzt hinsetzt, kann ich deine Titten sehen.«

❀

Sie wollen uns also erzählen, dass da im Studio jemand Geld unterschlägt?«, hakt Alan nach.

Der Hydranten-Typ von YogaHappens – eigentlich heißt er Chuck und sein magerer Kollege Dave, und da die Sache mit einem Mal so ernst geworden ist, beschließt Lee, sie wohl besser auch in Gedanken so zu nennen – hebt die Hand, als wollte er einen Schlag abwehren.

»Hey, wow, niemand redet hier von Unterschlagung.«

»Wir wollen nur sagen, dass da einiges nicht so ganz stimmt.«

Alan steht vom Sofa auf und beginnt, auf und ab zu marschieren. Seit Jahren hat er Lee auf dem Kieker, weil sie Freikarten verteilt und den Assistenten beim Kassieren zu viele Freiheiten lässt. Er nennt sie »die Post-it-Brigade«. Wenn es um Geld geht, hat Lee immer in großen Kategorien gedacht – genug und nicht genug, zum Beispiel. Die Details haben sie nie groß interessiert, erschienen ihr einfach unwichtig. Sie ist sich darüber im Klaren, dass das vermutlich ein ineffizienter, wenig erwachsener Umgang mit ihren Finanzen ist. Auf der anderen Seite jedoch kann sie gar nicht anders, sie ist überzeugt, dass die Welt ein angenehmerer, freundlicherer und großherzigerer Ort wäre, wenn jeder so dächte.

»Ja, ich muss gestehen, dass ich ein wenig nachlässig bin, was Geld angeht«, gibt sie zu. »Aber schließlich sind Katherine und ich die Einzigen, die zu allem Zugang haben.«

Alan hat dazu natürlich wieder seine eigenen Ansichten.

»Meine Güte, Lee. Ich habe dir doch gesagt, dass diese Frau Probleme machen wird. Sie ist ein Junkie! Man gibt Drogenabhängigen nicht den Schlüssel zur Bargeldkasse.«

Lee würde gerne mit den Jahren dagegenhalten, die Katherine schon clean ist, und damit, dass man manchmal eben einen Neuanfang braucht, doch sie weiß, dass das nur zu einem kleinlichen Hin und Her führt und im Streit über Nichtigkeiten endet.

»Alan, Katherine ist meine Freundin, und ich will nicht, dass du so über sie redest.«

»Sie schleppt lauter Streuner an«, verkündet Alan.

Chuck und der sehnige Dave drehen sich nickend zu ihm um, und Lee wird klar, dass sie auf einmal einer geschlossenen Front gegenübersteht. Plötzlich heißt es »wir gegen sie«.

»Wer jetzt, Lee?«, fragt Dave.

»Genau, Lee«, bestätigt Alan. »Jedes flügellahme Vögelchen, das sie gerne pflegen will. Kein Geld? Hey, kein Problem, das Universum – oder besser gesagt, unser Reingewinn – wird's schon richten.«

»›Sie‹ schleppt keine Streuner an«, stellt Lee klar. »›Sie‹ hat Freunde und Schüler, und okay, wenn die gerade harte Zeiten durchmachen, dann ist ›sie‹ eben manchmal großzügig bei den Kursgebühren. Aber letztendlich festigt das den Kundenstamm, und die Leute sind uns treu ergeben. Und übrigens hat ›sie‹ seit der Eröffnung vor fünf Jahren noch jeden Monat schwarze Zahlen geschrieben.«

Lee fragt sich, was ihre Schüler wohl von ihr denken würden, wenn sie bei diesem Meeting einen Logenplatz hätten. Sie spricht in den Kursen oft darüber, wie man es vermeiden kann, sich provozieren zu lassen, und hier springt sie auf jeden Kommentar an. Allerdings wird ihr dabei plötzlich klar, dass sie auf den Vorschlag, mit denen einen Vertrag abzuschließen, auch nur reagiert hat, und zwar um Alans Ego zu schützen, während er vor allem an dieser kindischen Streiterei interessiert zu sein scheint. Wenn sie so recht darüber nachdenkt, war es unter all dem Getue und dem guten Aussehen doch ebendiese Facette des flügellahmen Vögelchens, die Lee an Alan so angezogen hat. Letztendlich ist das an ihm wohl am unwiderstehlichsten. Seltsam, dass gerade er ihr Vorwürfe macht, weil sie sich um andere kümmert.

»Vielleicht sollten wir lieber wieder über den Vertrag sprechen«, meint Lee. »Ich dachte, Sie wären daran interessiert, mich aus dem Studio auszukaufen?«

Die Typen kehren augenblicklich wieder in den einstudierten Staffellauf-Modus zurück – Sehnig und Hydrant –, fast so, als wären sie erleichtert, wieder festen Boden unter den Füßen zu haben.

Sehnig: »Wir haben unsere Scouts in alle Studios der Stadt geschickt ...«

Hydrant: »... wo sie leider immer den vollen Preis bezahlen mussten.«

Sehnig: »Haha, genau. Dabei sehen einige wirklich wie

Streuner aus, Lee! Wie auch immer, wir sind uns doch darüber einig, dass Sie einen Stil entwickelt haben, der … einzigartig ist.«

Hydrant: »Aus vielen Quellen schöpft.«

Sehnig: »Einfach eine runde Sache. Sie führen da eine ganze Reihe von Traditionen und Techniken zusammen und kombinieren sie mit einem geistigen Element, das geht weit über das rein Körperliche hinaus.«

Hydrant: »Und Sie bringen das alles auf so unauffällige, allgemein zugängliche Art und Weise rüber. So etwas ist wirklich selten.«

Sehnig: »Mit anderen Worten, Lee, Zhannette und Frank brauchen Sie.«

Hydrant: »Und Sie auch, Alan …«

Sehnig: »… und dazu kommen wir gleich. Lee, Sie können YogaHappens etwas geben, das wir nicht haben. Wir hingegen können Ihnen etwas geben, das Sie nicht haben – eine Plattform, von der aus Sie das Leben Tausender von Menschen verändern können. Zehntausender, wenn Sie erst einmal anfangen, auch Lehrer auszubilden.«

Hydrant: »Und wir kümmern uns um den ganzen Finanzkram. Hey, wir verstehen gut, dass das nicht jedermanns Stärke ist. Bei uns beziehen Sie ein festes Gehalt. Und die komplette Familie wird krankenversichert.«

Sehnig: »Darauf legen Zhannette und Frank großen Wert.«

Hydrant: »Sie müssen sich nur noch auf das konzentrieren, was Sie am liebsten machen und am besten können. Sicher haben Sie sich das schon immer gewünscht.«

Vielen Dank dafür, dass ihr mir jetzt auch noch sagt, was ich mir wünsche, denkt Lee. Aber sie haben ja recht.

Sehnig: »Wir würden Ihre Methode urheberrechtlich schützen. Niemand sonst kann so unterrichten oder Ihren Namen verwenden, wenn er nicht von Ihnen autorisiert wurde.«

Hydrant: »Sechswöchige Ausbildungsprogramme für Lehrer. Insgesamt zweiundsiebzig Stunden. 4800 Dollar.«

Sehnig: »Wir nennen die Technik ›Deep Flow Meditasana‹.«

Die reinsten Diktatoren. Aber der Name gefällt ihr.

»Wo ist der Haken an der Sache?«, erkundigt sich Lee. Wenn man sich mit Despoten einlässt, hat die Sache immer einen Haken, also kann sie das jetzt genauso gut ansprechen.

Die beiden schauen sich an, und dann rückt Sehnig damit heraus: »Wir sprechen hier von einem Exklusivvertrag. Sie könnten nur noch bei YogaHappens unterrichten.«

Hydrant: »Und natürlich lägen die Rechte für Deep Flow Meditasana bei uns.«

Sehnig: »Ich denke, das dürfte klar sein. Falls ein Buch oder Video rauskommt oder so.«

Hydrant: »Doch wir sollten uns jetzt nicht mit solchen Einzelheiten verzetteln.«

»Rechte« sind etwas, mit dem Lee noch nie viel anfangen konnte, genau wie mit Geld. Lauter juristische Spitzfindigkeiten, die nichts mit der Wirklichkeit oder den kleinen Problemen des Alltags zu tun haben, die ihr am Herzen liegen.

Es ist ihr wichtig, auf dem Teppich zu bleiben, aber sie hat trotzdem schon das Gefühl, dass ihre Kurse ungewöhnlich, vielleicht sogar außergewöhnlich sind. Es kommen so oft Leute zu ihr, die sich in anderen Yogastudios verletzt haben oder die die Asanas auf eine wahllose Art und Weise trainieren, die sie irgendwo aufgeschnappt haben und mit denen sie sich jedoch eher schaden als nützen. Sie hat durchaus mal darüber nachgedacht, sich einen Namen für ihre Methode zuzulegen, hat die Idee allerdings nie allzu ernst genommen.

Sie schaut zu Alan hinüber. Er hat sich wieder in die Sofaecke sinken lassen und die Arme vor der Brust verschränkt. Aus irgendeinem Grund sehen die sexy Klamotten und die glänzenden Haare plötzlich ein wenig albern aus. All der Stil und nichts dahinter. Aber sie konnte dem Drang, sich um ihn zu kümmern, noch nie widerstehen, und albern oder nicht, sie könnte den Gedanken an eine Trennung nicht ertragen.

»Was ist mit Alan?«, fragt sie. »Sie haben doch gesagt, dass auch an ihm Interesse besteht.«

»Natürlich«, bestätigt Sehnig. »Wir haben Ihre Arbeit im Studio mitverfolgt, Alan. Sie sind ein brillanter Musiker.«

»Fantastisch«, fügt Hydrant hinzu.

»Die Kurse mit Live-Musik sind immer voll«, wirft Lee ein.

»Genau. Und Zhannette und Frank haben schon lange nach jemandem gesucht, der ausgewählte Sitzungen musikalisch untermalt. Und in Ihnen haben sie diese Person gefunden.«

»Waren die beiden denn im Studio?«, fragt Alan.

»Nein, natürlich nicht.«

Natürlich nicht? »Also …?«

»Über das Privatleben der beiden reden wir nicht mit Angestellten«, erklärt Sehnig und lacht kurz auf. »Ich bin sicher, das können Sie nachvollziehen.«

Hydrant: »Also, es geht darum, dass auch auf Alan ein sehr, sehr gutes Angebot wartet.«

Sehnig: »Sobald der Vertrag mit Ihnen unter Dach und Fach ist, Lee.«

Lees Handy klingelt, und sie sieht auf das Display. Die Nummer kennt sie nicht. »Tut mir leid«, murmelt sie, »aber ich muss da rangehen. Wir haben zwei Kinder, und die sind beim Babysitter.«

»Die Zwillinge«, nickt Sehnig. »Nur zu.«

»Lee, tut mir echt leid, dass ich dich damit behellige.« Ein raues, leicht panisches Flüstern. Eine Stimme, die ihr bekannt vorkommt, die sie jedoch nicht sofort einordnen kann. »Die haben mir deine Nummer im Studio gegeben. Hier ist Graciela.«

»Hi, Graciela. Ich bin gerade mitten in einer Angelegenheit, also wenn …«

»Es tut mir leid, Lee, aber ich wusste nicht, wen ich sonst anrufen sollte. Ich bin in Stephanies Wohnung.«

»Ist alles in Ordnung?«

»Nein, ist es eben nicht. Überhaupt nicht. Ich brauche hier Hilfe.«

❁

Gestank?«, fragt Graciela die ältere Frau. »Was denn für ein Gestank?«

»Das habe ich dir doch erklärt«, versetzt die. »Ich mische mich nicht in fremde Angelegenheiten ein. Aber das riecht weder angenehm noch sonderlich gesund. Und dann hat sie ja diese Katzen. Vielleicht liegt es auch daran. Doch irgendwas muss man da wohl tun.«

Katzen, noch etwas, das Stephanie Graciela gegenüber nie erwähnt hat. Graciela hatte selbst zwei Katzen, aber Daryl ist allergisch, also musste sie vor seinem Einzug ein neues Zuhause für die beiden finden. Die Familie, die sie schließlich aufgenommen hat, war fürsorglich und lieb, und bei denen können sie jetzt auch nach draußen, doch es war so traurig, Martha und Chita nach Pasadena zu fahren, dass Graciela nur ungern daran zurückdenkt.

»Wohnt denn der Hausmeister hier im Gebäude?«, erkundigt sie sich jetzt.

»Hat er früher mal, aber heutzutage müssen sich schließlich alle einschränken. Er kommt jetzt drei Mal die Woche vorbei. Ich hatte damals ja Gelegenheit, bei Bernie Madoff zu investieren, nach einem Blick auf die Zahlen war mir allerdings klar, dass man davon besser die Finger lässt.«

»Hm … eine gute Entscheidung.«

Graciela ist klar, dass man bei so jemandem nur durchkommt, wenn man an seine Eitelkeit appelliert. Die Alte ist vielleicht ein wenig plemplem, doch im Moment ist sie Gracielas einzige Chance, ins Gebäude zu kommen.

»Eins habe ich mich immer gefragt«, beginnt sie. »Darf man beim Hot Yoga eigentlich seinen Schmuck anbehalten? Ich meine, diese Armbänder werden bestimmt siedend heiß. Aber die sind doch sicher ein Vermögen wert, wo sollen Sie die denn aufbewahren, wenn Sie sie abnehmen?«

»Wie schön, dass sie dir gefallen, du hast wirklich Geschmack. Meine Töchter sagen ja immer, dass ich wie eine Nutte rumlaufe. Diese Mädchen haben vielleicht ein Mundwerk! Ich nehme das ganze Zeug nie ab. Bikram würde mich auch gar nicht lassen. Er sagt immer, dass ich damit ein wenig Glamour in den Unterricht bringe.«

»Das auf jeden Fall.«

Irgendwie hat die Frau tatsächlich etwas Glamouröses an sich, wenn auch auf eine exzentrische und extreme Art. Graciela konzentriert sich auf ein paar Details im Gewirr der Ketten und Armreifen an den dünnen Handgelenken und macht ihr Komplimente darüber. Das hat den gewünschten Effekt, und nach ein paar Minuten Smalltalk fragt Graciela die Frau, ob sie sie ins Gebäude lässt, damit sie an Stephanies Tür klopfen kann. Die Alte schaut sie von oben bis unten prüfend an, als überlege sie, ob Graciela wohl irgendwo eine Waffe versteckt hat, willigt jedoch schließlich ein.

»Aber ich komme mit. Ich will hier nicht für irgendwelche Einbrüche verantwortlich sein.«

»Ich bin übrigens Graciela.«

Die Frau hat sich vorgebeugt und hantiert mit einem riesigen Schlüsselbund herum. Die Armbänder, Halsketten und Dutzende von Schlüsseln untermalen jede ihrer Bewegungen mit einer klirrenden Begleitmelodie. Falls sie Graciela gehört haben sollte, interessiert ihr Name sie wohl nicht im Geringsten. Das ganze Geklimper macht die Tänzerin nur noch nervöser.

»Sie haben aber eine Menge Schlüssel.«

»Ich sammle Schlüssel. Die bringen mir Glück, obwohl ich damit ewig brauche, wenn ich ins Haus will.«

Im Inneren des Gebäudes steigt Graciela der Duft von Knoblauch und Räucherstäbchen in die Nase, und die Frau bemerkt: »Hm, das riecht so, als ob Henrietta wieder ihr Brathähnchen macht. Und hier haben wir auch schon Stephanies Wohnung.«

An der Tür macht sich ein starker, unangenehmer Geruch bemerkbar, der zum Teil von Henriettas Knoblauchhuhn überdeckt wird. Für Graciela riecht es nach einer Mischung aus verfaultem Essen und Katzenklo. Sie klopft zaghaft an Stephanies Tür und lauscht dann daran. Keine Antwort, und es ist auch nichts zu hören. Sie versucht es noch einmal, diesmal ein wenig bestimmter. Noch immer nichts. Die Frau kommt von hinten heran und schiebt Graciela beiseite.

»So wird das nichts«, erklärt sie. Sie klopft so laut und beharrlich, dass auf dem Flur jemand den Kopf zu einer anderen Tür herausstreckt, ihn dann aber wieder zurückzieht.

»Stephanie!«, blökt sie. »Stephanie! Hier ist Billie. Mach auf. Ich muss mit dir reden.«

Keine Antwort. Sie macht unbeirrbar weiter. »Hier ist Billie, Stephanie! Mach auf, oder ich hol den Hausmeister!«

Wie durch ein Wunder rasselt in der Wohnung plötzlich eine Kette, und die Tür öffnet sich. Noch bevor Graciela auch nur einen Blick auf Stephanie erhaschen kann, umfängt sie auch schon die warme, abgestandene Luft aus der Wohnung, die noch viel mehr nach Katzenklo und unverkennbar nach Alkohol riecht. Eine dürre, schwarz-rote Mieze stolziert in den Flur hinaus, und dann erscheint Stephanie im Türrahmen und gibt sich ganz cool: »Graciela, was machst du denn hier?«

Nur klingt es in Wirklichkeit eher wie ein Lallen, weil ihr Mund so trocken ist, dass sie die Konsonanten kaum hinbekommt.

»Sie macht sich Sorgen um dich, deshalb ist sie hier«, erwidert Billie. »Und so wie du aussiehst, ja wohl zu Recht.«

Das kurze Haar klebt Stephanie an der Stirn, und ihre Lider sind so rot und geschwollen, dass es Graciela schon beim Hinschauen wehtut. Woher die ganzen Flecken auf ihrem schmutzigen Sweatshirt stammen, möchte Graciela lieber gar nicht wissen, und ihre fusselige schwarze Jogginghose ist mit Katzenhaaren und Krümeln übersät.

»Ich habe gearbeitet«, erklärt Stephanie schleppend. So einen wenig überzeugenden Spruch hat Graciela selten gehört.

»Das habe ich mir schon gedacht. Ich weiß ja, dass du viel um die Ohren hattest. Dürfen wir reinkommen?«

Noch bevor Stephanie antworten kann, hat Billie sich schon an ihr vorbei in die Wohnung geschoben, und durch ihr Beispiel ermutigt folgt ihr Graciela. Das Apartment sieht nicht besser aus als seine Bewohnerin – überall liegen Zeitungen und Fast-Food-Verpackungen herum, und auf dem Tischchen neben dem Sofa stehen so viele Weinflaschen, dass Graciela lieber nicht nachzählt. Auf dem Sofa türmen sich Decken und zerknautschte Laken, also hat Stephanie da wohl geschlafen. Der Fernseher läuft ohne Ton, und nach einer Minute erkennt Graciela den Film – *Silver Linings*.

Was sie am meisten beunruhigt, ist der riesige Haufen Streu mitten im Raum, der so aussieht, als hätte Stephanie sie auf halbem Weg zum Katzenklo einfach dort hingeschüttet.

Ein kleines graues Kätzchen schießt aus seinem Versteck unter dem Sofa hervor und reibt sich an Gracielas Beinen. Sie bückt sich und hebt das süße kleine Ding hoch.

»Oh Marlene, da bist du ja«, murmelt Stephanie. »Die habe ich schon überall gesucht. Tut mir leid, dass ich heute noch keine Gelegenheit hatte, ein bisschen aufzuräumen. Ich habe die ganze Zeit telefoniert, und jetzt wollte ich gerade eine Yoga-DVD einlegen.«

Graciela überlegt, wann sie Stephanie das letzte Mal gesehen hat. Ist das wirklich erst zwei Wochen her? Man sieht ihr so deutlich an, wie schnell sie in den letzten Tagen abgebaut hat, dass Graciela ganz flau im Magen wird. Zum Trost hebt sie das Kätzchen höher und reibt ihr Gesicht an seinem Fell.

»Stephanie«, sagt sie schließlich, »ich weiß nicht … was ist bloß passiert? Wie hast du …?«

Aber der Blick ihrer Freundin ist derart entrückt, sie ist so offensichtlich gar nicht richtig da, dass Graciela überhaupt keine Antwort von ihr erwartet. Selbst wenn sie dazu fähig wäre, eine vernünftige Frage zu formulieren. Billie hat sich in einem Lehnstuhl niedergelassen, auf dem nicht so viel Kram herumliegt. »Ich liebe diesen Sessel«, verkündet sie und tätschelt die Lehne. »Hast du den von Ikea?«

Was soll man in so einer Situation machen? Es wäre vermutlich leichter, wenn Stephanie besinnungslos wäre, dann könnte Graciela einfach einen Krankenwagen rufen. In Wahrheit würde sie jetzt am liebsten davonlaufen und vergessen, was sie gesehen hat. Doch das geht nicht. Sie ist Stephanie etwas schuldig. Sie setzt die Katze zu Boden und geht langsam auf eine Glastür zu. Sie schiebt sie zur Seite, und ein so kühler, sanfter Wind strömt herein, dass Graciela zum ersten Mal darüber nachdenkt, wie wenig sie die gute Luft in L.A. eigentlich zu schätzen weiß. Sie tritt hinaus auf den kleinen Balkon, holt ihr Handy hervor und ruft die einzige Person an, die ihr in den Sinn kommt.

Nach der ganzen ziemlich heftigen Lebenserfahrung der letzten Jahre dachte Katherine eigentlich, dass sie über Schüchternheit und Sittsamkeit längst erhaben ist. Die Liste der »Dinge, die sie noch nicht getan hat« wäre bei ihr genauso kurz wie die Liste der »Fehler, die sie noch nicht begangen hat«. Auf dem Index neuer Erfahrungen steht »sich mit einem anständigen, ehrlichen Mann treffen« allerdings ganz oben. Vielleicht fühlt sie sich deshalb plötzlich seltsam befangen, als sie sich nach zwanzig Minuten Massage von Conor halbnackt vor ihm aufsetzen soll, glücklich und mit glühenden Wangen.

»Drehen Sie sich doch bitte um, Mr Ross«, befiehlt sie. »Das gebietet das professionelle Taktgefühl. Ich weihe Sie hier gerade in unsere Berufsgeheimnisse ein.«

Er fährt ihr mit der Hand über die Wirbelsäule bis zum Po, schenkt ihr ein schräges Grinsen und setzt sich mit dem Rücken zu ihr auf den Rand der Massageliege. Sie stützt sich mit den Armen ab und schiebt sich hoch, dann lehnt sie sich mit dem ganzen Gewicht gegen ihn. Katherine kann sich vieles vorstellen, das weitaus unangenehmer wäre, als die Augen zu schließen und den Rest des Tages in genau dieser Position zu verharren. Ehrlich gesagt kann sie sich nicht allzu viel Schöneres vorstellen. Versau es bitte nicht, denkt sie. Doch sie ist nicht sicher, ob sie diesen Gedanken in Richtung Conor schickt oder ob er für sie selbst bestimmt ist, und sie ist noch nicht einmal sicher, ob es überhaupt schon ein »es« gibt.

»Ich bin so froh, dass du drangehst«, seufzt Lee. »Ich bin oben beim Haus.«

»Ich weiß«, erwidert Katherine. »Chloe hat erzählt, dass du irgend so ein Meeting hast.«

»Hatte ich auch, aber ich habe jetzt keine Zeit, darüber zu reden. Gerade hat mich Graciela angerufen. Sie ist in der Wohnung von Stephanie, und es klingt so, als wäre die in Schwierigkeiten. Sogar in ernsten Schwierigkeiten.«

Als sie von Lee die Neuigkeiten hört, wird Katherine augenblicklich klar, dass sie so etwas schon längst erwartet hatte. Stephanie hat diese unverkennbare fahrige Energie einer Süchtigen, die auf den Abgrund zusteuert.

»Alkohol?«, fragt sie.

»Das und vielleicht auch Tabletten. Graciela kennt sich mit solchen Sachen nicht besonders gut aus.«

Auch das ist nun wirklich keine Überraschung. Welche Dämonen Graciela auch heimsuchen mögen – denn jedem sitzt doch sein eigenes kleines Teufelchen im Nacken –, bei ihr haben sie sicher nichts mit Alkohol und Drogen zu tun.

»Ich soll mich da unten mit ihr treffen. Das ist jetzt wirklich kein guter Zeitpunkt, doch sie war ziemlich durch den Wind.«

»Kann ich irgendwas tun?«, fragt Katherine.

Conor spürt offensichtlich, dass etwas nicht stimmt, denn er dreht sich um und beginnt, ihr die Schultern zu massieren und seine Wange sanft an ihrem Nacken zu reiben, während sie Lee zuhört. Die bittet sie, Barrett anzurufen, damit sie mit den Zwillingen zurück ins Studio kommt. Sie soll sichergehen, dass für ein paar Stunden alle versorgt sind, und Barrett 30 Dollar geben, falls sie später mit den Jungen noch essen gehen muss. Und dann zum Silver Lake Reservoir kommen, wo Lee sie abholen wird. Denn sie ist nicht sicher, ob sie das allein durchstehen wird.

»Ich habe in dem Bereich einige Erfahrung«, versichert Katherine und hofft nur, dass Conor da später nicht nachhakt. »Ich komme so schnell ich kann«, fährt sie fort. »Im Moment ist gerade ein Freund von mir hier.«

»Oh, der Feuerwehrmann!«, wirft Lee ein. »Der war mir völlig entfallen. Vergiss es, Kat. Ich komme schon klar.«

»Nein, ich will nicht, dass du da allein hinmusst. Wir treffen uns unten am Silver Lake Reservoir.« Sie klappt ihr Handy zu.

»Probleme?«, fragt Conor.

Widerwillig rutscht Katherine vom Tisch und streift sich ihre Bluse über. »Eine von Lees Schülerinnen«, erklärt sie. »Es klingt, als hätte sie ziemlich über die Stränge geschlagen. Ich fahre mit Lee nach West Hollywood, um zu sehen, ob ich helfen kann. Barmherziger Samariter und so.« Sie dreht sich um, und da steht Conor vor ihr, die Arme vor der Brust verschränkt, und grinst noch immer. »Können Sie nicht wenigstens ein bisschen Enttäuschung darüber zeigen, dass ich losmuss, Mr Ross?«

»Könnte ich, wenn ich nicht mitkommen würde. Vergiss nicht, dass ich quasi von Berufs wegen barmherziger Samariter bin, Brodski.«

❁

Barrett ist zwanzig Jahre alt und im letzten Collegejahr. Sie ist eine kleine, zierliche Frau, und wie so viele frühere Turnerinnen sieht sie aus, als hätte sie das vierzehnte Lebensjahr nie überschritten. Sie trägt einen Pferdeschwanz, hat eine hohe Stimme und lispelt ein wenig.

Sie kommt mit den Zwillingen ins Studio gehüpft, und wenn Katherine es nicht besser wüsste, hätte sie sie wohl für ihre etwas ältere Schwester gehalten. Unter den gegebenen Umständen ein gruseliger Gedanke. Die Gesichter der Jungen sind mit Schokolade verschmiert, so wie sie Barrett kennt, vermutlich vom Kakaopudding aus dem Rohkostcafé die Straße runter. Barrett öffnet die Tür zum Yogaraum, und Michael und Marcus stürmen hinein.

»Niedlich«, meint Conor. »Die erinnern mich an die Kinder meiner Schwester.«

»Deine arme Schwester«, murmelt Katherine.

»Sag doch so was nicht«, protestiert Barrett. »Die haben sich heute wirklich gut benommen! Sie haben sich nur ein einziges Mal gezankt. Na ja, gut, es gab nur einen *größeren* Streit. Doch die Sache mit ihren Eltern nimmt sie wirklich mit.«

Wen nicht?

Marcus stapelt die Yogablöcke auf seine übliche sorgfältige Art. Katherine kann sich gut vorstellen, dass er mal Architekt wird, aber ehrlich gesagt hat sie nicht viel Ahnung von Kindern. Sobald der Turm etwa so groß ist wie er, hält Michael von der anderen Seite des Raumes aus direkt darauf zu und wirft ihn um. Marcus kreischt los und versucht vergeblich, sein Territorium zu verteidigen.

»Zu früh gefreut«, seufzt Barrett. Mit einem mühelosen Satz setzt sie sich auf die Theke der Rezeption.

Barrett unterrichtet samstagmorgens einen Yogakurs für Kinder. Zum halben Preis, weil sie noch nicht mit der Ausbildung fertig ist. Inzwischen hat sie einen loyalen Kundenstamm von Müttern, die ihre Kinder an ein Hobby heranführen wollen, das ihnen hilft, sich zu konzentrieren. Katherine hat einmal zugeschaut, war allerdings viel zu sehr von Barretts Stimme abgelenkt. Doch auf dieser Welt ist wohl für alles Platz. Conor betritt den Yogaraum, und die Glastür schließt sich hinter ihm. Wie die meisten Jungen, die gerne den starken Mann markieren, reagiert auch Michael sofort auf die Anwesenheit eines körperlich Überlegenen.

Sobald Conors wuchtige Gestalt in sein Blickfeld tritt, beginnt er einen vorsichtigen und stillen Rückzug. Conor kniet sich neben Marcus und hilft ihm dabei, die Blöcke wieder aufeinanderzustapeln. »Hey«, ruft er Michael zu. »Komm doch mal rüber. Wir brauchen hier deine Hilfe.«

»Clever«, kommentiert Barrett. »Genau so sollte man es machen – ihn miteinbeziehen. Auf die Art und Weise wirft er sie dann bestimmt nicht mehr um. Aber wenn ich ihn um Hilfe bitte, hört er mir ja nicht zu.«

»Es hilft, wenn man eins neunzig groß ist«, erwidert Katherine. »Und rothaarig. Und einen Schwanz hat.« Sie sieht Barrett an. »Sorry.«

»Ich bin doch kein Kind mehr«, mault die. »Ich weiß, was ein Schwanz ist.« Sie zieht die Beine zu sich heran und lehnt sich dann zur perfektesten Vorwärtsbeuge nach vorn, die Katherine je gesehen hat. »Ich habe sogar schon mal an einem gelutscht.«

»Das will ich gar nicht wissen«, wehrt Katherine ab.

Sie bringt Barrett kurz auf den neusten Stand, was Lees Pläne betrifft, ohne die wahren Gründe zu nennen. Je weniger Leute von Stephanies Problemen wissen, desto weniger Gerede wird es geben.

Conor kommt aus dem Yogaraum und schlingt Katherine die Arme um die Hüfte. Warum ist das plötzlich alles so einfach? »Das hast du ziemlich gut hingekriegt«, lobt Katherine.

»Ich weiß, ich habe noch nie im Leben so einen Hunde-Stand gemacht, aber meint ihr nicht auch, dass diese Jungen dringend einen Yogakurs nötig hätten?«

»Alan hat schon mal versucht, sie dazu zu bewegen«, murmelt Barrett in ihre Knie, »doch *Lee* will sie nicht zu irgendetwas zwingen, bloß weil das ihr Ding ist.«

»Na ja, klingt so, als würdest du da ins Spiel kommen«, sagt Conor. »Denn du bist doch hier die Kinderexpertin, oder nicht?«

Barrett schiebt sich hoch und schwingt sich von der Theke herunter. »Ich kann's ja mal versuchen. Selbst wenn ich keinen Schwanz habe.«

Ein paar Minuten später machen sich Katherine und Conor auf in Richtung Silver Lake Reservoir, um Lee dort zu treffen. Es ist ein warmer Spätnachmittag, und die Häuser glühen in der Sonne. »Bist du eigentlich in allem gut?«, fragt Katherine. »Bist du einer von diesen ach so netten Typen, die einfach alles können?«

»Ich habe auch meine Schwächen und genauso viele Dummheiten gemacht wie jeder andere, Brodski.«

»Ich weiß nicht, ob ich dir glauben soll. Gab's in deiner Vergangenheit etwa Drogen und Alkohol?«

»Ich habe im Leben so einige Bierchen zu viel getrunken. Aber keine Drogen genommen. Mit dem Scheiß hat sich mein Bruder kaputtgemacht. Ich habe jahrelang versucht, ihn davon wegzukriegen. Jedes Mal ist es erst besser geworden, und dann kam sofort der Rückfall.«

»Das tut mir leid. Wie geht es ihm jetzt?«

»Lass uns lieber über was anderes reden«, murmelt er.

Ja, das kommt auch ihr plötzlich wie eine ausgezeichnete Idee vor. »Wie lang arbeitest du hier auf der Feuerwache?«, fragt sie.

»Ich durchlaufe verschiedene Stadtviertel. Insgesamt bin ich hier wahrscheinlich nur ein paar Monate. Wir haben Glück gehabt, dass wir uns überhaupt über den Weg gelaufen sind.«

Katherine hofft, dass das stimmt. Sie will gerne glauben, dass es Glück war.

❀

Nach dieser Achterbahnfahrt der Gefühle verspürt Lee beim Anblick von Katherine und ihrem Feuerwehrmann am Silver Lake Reservoir eine willkommene Erleichterung. Er fläzt sich mit weit ausgestreckten Armen auf der Bank und trägt dabei eine beeindruckende Spannweite zur Schau. Er sagt irgendwas zu Katherine, und die lacht, lacht richtig laut, so wie Lee es bei ihr selten zu Gesicht bekommt. Es wäre schön, wenn es für sie in der Liebe endlich mal klappen würde. Nach all den Enttäuschungen und Katastrophen ist es das fehlende Puzzleteil in ihrem Leben. Die beiden strahlen geradezu, als sie zum Auto herüberkommen. »Tut mir leid, dass ich euch so den Tag vermiese«, entschuldigt sich Lee. Sie hätte beinahe »euer Date« gesagt, hat jedoch das Gefühl, dass Katherine darauf sauer reagiert hätte.

»Conor ist beruflich dazu verpflichtet, sich den Tag durch irgendwelche Krisen unterbrechen zu lassen«, erklärt Katherine und stellt ihren Begleiter vor.

»Ich würde gerne mitkommen und helfen, wenn ich kann«, sagt Conor. »Aber wenn das irgendwie komisch ist …«

»Natürlich nicht. Es ist bestimmt ganz gut, wenn du dabei bist.«

Irgendwie verbreitet Conor mit seiner mächtigen Statur ein Gefühl von Sicherheit, und deshalb lässt Lee ihn auch gerne nach West Hollywood fahren. Er hätte sowieso nicht gut auf den Rücksitz gepasst, und ihr gefällt die Idee, es sich dort hinten selbst gemütlich zu machen. Sie legt ihm und Katherine dar, was sie über die Situation weiß, und Conor versichert ihr, dass er bei solchen Sachen ziemlich gut ist. »Ich kenne jede Menge Leute, die sich immer wieder in die Scheiße geritten haben.«

Katherine wirft Lee einen besorgten Blick zu.

Trotz all der Fortschritte in den letzten Jahren, und obwohl sie sich nach außen gerne so tough gibt, was ja auch seinen Reiz hat, nimmt sie die Dinge noch immer viel zu persönlich. Vor allem, weil sie sich wegen all der Fehler in ihrer Vergangenheit so schlecht fühlt. Die typisch katholischen Schuldgefühle, die ihr von Geburt an eingetrichtert wurden. Man hat ihr immer wieder eingeredet, dass sie es nicht wert ist, geliebt zu werden, selbst wenn ihren Erzählungen zufolge wohl eher die anderen ihrer unwürdig waren.

»Was hältst du vom Studio?«, fragt Lee.

»Ich find's toll«, antwortet Conor. »Schön schlicht, das mag ich.«

»Conor hat sich für deinen Kurs nächste Woche angemeldet, die fortgeschrittenen Umkehrstellungen«, witzelt Katherine.

»Pass besser auf, was du da sagst«, grinst der. »Vielleicht komme ich ja wirklich. Ich hatte noch nie ein Problem damit, mich vor anderen zum Affen zu machen.«

Lee ruft Graciela noch einmal an, und als sie dann schließlich vor Stephanies Wohnhaus parken, steht die schon auf dem Gehsteig, die Arme um sich geschlungen, und sieht ziemlich mitgenommen aus. Als Lee zu ihr geht, sinkt sie an ihre Schulter und fängt an zu weinen.

»Es tut mir leid«, schluchzt sie. »Es tut mir wirklich, wirklich leid. Jetzt seid ihr meinetwegen extra den weiten Weg hier rausgefahren. Doch es war so ein langer Tag, und …«

»Vergiss es«, mahnt Lee. »Was ist da drin los?«

»Das weiß ich nicht mal so genau. Sie ist gar nicht richtig da, und die Wohnung ist das reinste Chaos. Ich glaube, sie ist dehydriert, und sie hat immer wieder Aussetzer. Und dann ist da noch diese verrückte Nachbarin … Aber egal. Als ich meinte, wir sollten besser ins Krankenhaus fahren, ist sie richtig aggressiv geworden.« Graciela sieht Katherine und Conor an. »Ich wollte wirklich nicht, dass ihr alle …«

»Ist schon in Ordnung«, winkt Katherine ab. »Wir wollten gerne helfen. Das ist übrigens Conor.«

»Hi. Tut mir leid, dass du hier rauskommen musstest.«

»Hat sie dich geschlagen?«, fragt Conor.

Graciela schüttelt den Kopf.

»Wie ist das dann passiert?« Er deutet auf einen kleinen Schnitt an ihrer Stirn.

»Sie hat mit ein paar Sachen um sich geworfen, allerdings hatte ich nicht den Eindruck, dass sie auf jemanden zielt. Es war bloß ein Unfall.«

»Ich kenne viele Rettungssanitäter«, erklärt Conor. »Ich kann einen von denen anrufen, und dann kommt umgehend ein Krankenwagen, wenn es das Beste ist. Wir bitten sie einfach, ohne Sirenen zu fahren, dann geht alles ganz unauffällig über die Bühne.«

Lee wird klar, dass die Gegenwart des tüchtigen Hünen Graciela viel mehr hilft als Katherine oder sie. Mit ihren dichten Locken, dem perfekten Teint und den dunklen Zügen ist sie jetzt, so erschöpft und voller Verzweiflung, noch schöner als sonst.

»Meinst du nicht, dass das alles noch schlimmer macht?«

»Dann übernehme ich dafür die Verantwortung«, verspricht Conor. »Lasst uns reingehen. Ist jetzt jemand bei ihr?«

»Billie, ihre Nachbarin. Aber die kann ganz gut auf sich selbst aufpassen.«

Graciela geht auf das Gebäude zu, Katherine gibt Conor einen Stups und sagt: »Geh du mit ihr rein. Sie ist ja völlig fertig.«

»Komm doch mit.«

»Vielleicht sollten wir sie nicht gleich mit so vielen Leuten überfordern. Wir klingeln in ein paar Minuten, lasst uns dann rein.«

Lee sieht zu, wie die beiden auf das Haus zugehen, und bemerkt dann den Ausdruck trauriger Resignation auf Katherines Gesicht. Sie wünschte wirklich, sie hätte sie nicht um Hilfe gebeten und so ihre Verabredung unterbrochen.

»Da hast du dir einen tollen Typen geangelt«, lächelt sie.

»Ja. Vermutlich zu toll für mich.«

»Niemand ist zu toll für dich, Kat.«

Katherine lacht auf. »Das ist so ein blöder Spruch, Lee. Und noch nicht einmal wahr. Eigentlich verdient er jemanden wie Graciela – so ein zartes Geschöpf ohne dunkle Vergangenheit.«

Lee legt Katherine die Hand auf den Arm. »Hör auf damit«, knurrt sie.

»Ich habe keine Ahnung, was du meinst.«

»Bitte. Tu's für mich. Hör einfach auf. Und jetzt lass uns da mal reingehen und sehen, was wir tun können.«

Teil zwei

❀

In den letzten drei Wochen hat Becky Imani jeden Dienstag- und Donnerstagmorgen zuhause abgeholt und ist dann mit ihr zu einem Yogastudio in L.A. gefahren, jedes Mal woandershin. Imani war zwar klar, dass das ein Riesentrend ist und dass »einfach jeder« Yoga macht, aber sie wusste nichts von diesem vielfältigen Angebot. Becky hat ihr erklärt, dass sie über die ganze Stadt verteilt etwa hundertzwanzig Studios kennt, und da sind die privaten Yogaclubs und die abseitigeren Kurse in Gemeindezentren, Schulen, Fitnesscentern und beim YMCA noch nicht mal mit eingerechnet.

»Woher weißt du das bloß?«, hat Imani sie gefragt.

»Über das gute alte Internet. Ich bin auf etwa drei Dutzend Webseiten angemeldet. Die veröffentlichen Kritiken über die Studios, sind immer auf dem Laufenden, was neue Kurse betrifft, und kennen den ganzen Klatsch und Tratsch über die Lehrer. Mit Fotos, falls dich das antörnt. Und Twitter ist einfach super, ich krieg jeden Nachmittag um fünf ein Tweet über die besten Kurse und Workshops am nächsten Tag. Da will jeder einen Platz ergattern, also muss man sich früh genug anmelden oder im Notfall jemanden schmieren. An Konzertkarten kommt man einfacher ran.«

Das klingt für Imani nicht sehr *om shanti*, doch sie ist schließlich der Neuling, und außerdem ist das hier noch immer L.A., Yoga hin oder her.

»Kannst du nicht einfach deinen Namen benutzen?«, erkundigt sich Imani. »Damit kommst du sicher überall rein.«

»Machst du Witze? Da gehen doch alle hin. Ein Oscar würde vielleicht weiterhelfen. Allerdings wäre es mir eh peinlich, meinen Namen so zu benutzen. Im Netz ist mein Nickname ›Yoga-Mitbewohnerin‹, das fand ich richtig clever.«

»Ja, süß.«

Offiziell hat Becky gerade Pause zwischen zwei Projekten und versucht, für einen anstehenden Dreh in Form zu kommen. In dem Film gibt es eine Sexszene mit viel nackter Haut, also will sie möglichst gut aussehen.

»Hast du denn kein Körperdouble?«, will Imani wissen.

»Doch, natürlich. Das steht bei mir in jedem Vertrag. Aber die sollen beim Dreh bloß nicht denken, ich wäre darauf angewiesen, deshalb muss ich noch besser ausschauen als die. Eigentlich wäre es also leichter, die Szene selbst zu machen.«

Imani ist froh, dass Nacktszenen im Fernsehen kein Thema sind. Und wenn Yoga ihr dabei hilft, Beckys Hüften und Bauchmuskeln zu kriegen, dann schaut sie auch gerne zu Beginn jeder Sitzung ein paar Sekunden ins Unendliche oder tut so, als würde sie den Weltfrieden herbeidenken. Am Anfang hat sie noch geglaubt, dass Becky sie nur anruft, weil sie immer Zeit hat (die meisten von Beckys Freunden arbeiten rund um die Uhr) oder weil sie ihr leidtut. Allerdings sind sie sich dadurch viel nähergekommen, und jetzt hat sie eher das Gefühl, dass sie wirklich gute Freundinnen sind.

Was Imani am tollsten findet, sind die Namen der Studios. Yogatempel, Yogaloft, Yogateam, Yogahaus. Ein halbes Dutzend clevere Wortspiele mit »Matte«, »Hund«, »rauf und runter« und endlose Variationen über Bäume, Äste und Körperteile. Jede Menge Dharma und Karma. Die Namen erinnern sie an Friseursalons, die auch immer auf neue, witzige Sprüche über Haare kommen, wenn man das Thema schon längst für erschöpft hielt.

An diesem Dienstag ruft Becky Imani um acht Uhr morgens an und verkündet, dass sie sich um elf treffen und sie ihr die Adresse von dem Studio in Santa Monica simst.

»Komm schon, Becky«, stöhnt Imani. »Gibt es denn nicht irgendwas hier in der Nähe?«

»Mein Gott, Imani. Wir reden hier von Taylor Kendall.«

»Sollte mich das beeindrucken?«

»Schätzchen, ich war um Punkt Mitternacht online, als die Reservierungs-Website freigeschaltet wurde. Ich habe die letzten zwei Plätze ergattert, und auf meiner Uhr war es da zwei Minuten nach zwölf. Ich meine, er ist ein Schüler von …«

Und dann rattert sie eine Reihe von Namen herunter, die Imani noch nie im Leben gehört hat, einige davon indisch klingende Zungenbrecher, andere wiederum diese seltsam geschlechtsneutralen Soap-Namen, die unter Yogalehrern so verbreitet sind, wie sie inzwischen feststellen konnte. Campbell Dylan. Chrysler Marks. Rand Bryce. Und die Leute kritisieren schwarze Frauen dafür, dass sie ihren Kindern afrikanisch klingende Namen geben! (Ihre Agentin hat »Imani« ausgesucht; von Haus aus heißt sie eigentlich Loretta, aber das weiß nicht einmal Becky.)

Was Imani noch entdeckt hat: Es gibt wohl ungefähr sechshundert Lehrer im ganzen Land, die absolut und ganz ohne Zweifel »der Allerbeste« sind. Wirklich komisch, dass die zufällig auch noch alle super aussehen.

Lange Anfahrt hin oder her, Imani trifft sich schließlich doch mit Becky. Sie hat das Gefühl, dass es Schicksal war, ihr im Cupcake-Laden zu begegnen. In den letzten Wochen mit Becky hatte sie mehr Spaß, seit … na ja, schon seit ziemlich langer Zeit. Das liegt an der ganzen Fahrerei in Stadtteile, die sie noch nie zuvor besucht hat, all dem Gehopse und Gespringe, bei dem sie immer besser wird, und selbst an den coolen neuen Klamotten, in denen sie sich sexy und sportlich fühlt. Sie war schon immer in Form, allerdings nie wirklich athletisch. In den Kursen kommt zwar unausweichlich der Punkt, an dem sie mit den Augen rollt (»atmet in tiefen, entschlossenen Stößen ein und schickt die Luft an die Stelle in eurem Körper, wo die Traurigkeit sitzt«), aber sie macht trotzdem mit. Und egal, wie albern das auch klingt, es bringt Resultate. Sie glaubt zwar nicht eine Sekunde lang, dass es ihr hilft, »Giftstoffe aus dem Körper zu winden«, wenn sie ihre Wirbelsäule verdreht, oder was auch immer das bringen soll. Doch es stimmt, dass sie das Gefühl hat, die düsteren Gedanken aus ihrem Körper auszuwringen. Vielleicht leert sie ja tatsächlich ihren »Ort der Traurigkeit«. Selbst Glenn hat die Veränderung bemerkt.

Noch Monate nach der Fehlgeburt konnte sie es nicht ertragen, wenn er sie anfasste. Irgendwie fühlte sie sich von ihrem Körper losgelöst und betrogen, als hätte er ihr Baby zurückgewiesen. Es war für sie etwas völlig Neues, sich ihrem Körper so fremd zu fühlen. Als Glenn und sie dann wieder Sex hatten, hat sie das Ganze eher ihm zuliebe mitgemacht. Er war so gut zu ihr, das war er immer schon. Wenn er bemerkt haben sollte, dass da mehr Schauspielerei als Leidenschaft im Spiel war, hat er es sich nicht anmerken lassen. Aber seit ein paar Wochen fühlt sie sich mit ihrem Körper wieder im Einklang, als hätte sie erneut das Kommando übernommen. Das ganze Balancieren auf einem Bein hat ihr den Glauben an ihr Gleichgewicht zurückgegeben, und nicht nur im körperlichen Sinne. Als Glenn sie vor kurzem nachts in die Arme geschlossen hat, kam es ihr vor, als würde sie auf eine Art und Weise reagieren, wie es schon lange nicht mehr vorkam.

Sie geht zum Schrank und zieht ein graues Shirt mit gelben Nähten an, aus einem anschmiegsamen Material, das Schweiß ganz traumhaft aufsaugt. Und das Beste daran: Der tiefe V-Ausschnitt trägt ihr Dekolleté vorteilhaft zur Schau, ohne dass es so wirkt, als wäre das der Sinn der Sache. Wie machen die das nur? Sie probiert ein paar Hosen an (inzwischen war sie noch fünf Mal in dem Laden, in den Becky sie mitgenommen hat!) und entscheidet sich dann für die schwarze. Die hat unten am Knöchel einen Reißverschluss, den man hochziehen kann, um die Waden zu zeigen. Selbst der zuckersüße Name der Firma gefällt ihr inzwischen ganz gut. Lululemon. Klingt irgendwie drollig und fröhlich, und genauso fühlt sie sich auch, wenn sie deren Sachen anhat.

❀

Das Studio befindet sich in einem großen weißen Gebäude, nur ein paar Blocks vom Strand entfernt, und als Imani dort um 11:14 Uhr auftaucht, geht die Schlange schon bis um die nächste Ecke. Das erinnert sie an die Kinobesuche im Texas ihrer Kindheit. Außerdem lauert da noch ein ganzes Rudel Paparazzi, die auf der Straße Fotos schießen. Beinahe wie bei einer Premiere. Verdammte Aasgeier, aber andererseits ist sie von sich ja ganz angetan, also wirft sie sich die Yogatasche lässig über die Schulter und hopst auf den Bürgersteig.

Becky steht ganz vorne und unterhält sich gerade mit Sue Holland, die nach ihrer Entwicklung vom Kinderstar zur Alkoholikerin und dann zum heiß geliebten Teenageridol schließlich in die Kategorie der ernsthaften Schauspieler aufgestiegen ist, und mit Faith, einem Co-Star aus *Mitbewohner*. Alle begrüßen sie mit einer innigen, schwesterlichen Umarmung, und es liegt die typische Wann-geht's-denn-endlich-los-Energie in der Luft. Imani kann das Klicken der Kameras hören. »Imani, schau doch mal rüber! Becky, wie läuft's denn so?« Ihr Manager wird begeistert sein, wenn diese Bilder im Internet auftauchen. Sie weiß, dass sie toll aussieht.

»Du hast mir ja gar nicht erzählt, dass heute Johnny Depp unterrichtet«, witzelt Imani und weist mit einer Kopfbewegung auf die lange Schlange.

»Ich war in Kauai mal auf einem Workshop mit Taylor«, erklärt Sue. »Und er hat uns so richtig rangenommen!«

Diese Bemerkung endet in einem Wettstreit zwischen Becky und Sue – wer hat den anspruchsvollsten und anstrengendsten Kurs absolviert, wer war wie oft einer Ohnmacht nahe. Imani hat eigentlich gedacht, dass es beim Yoga darum geht, sich nicht mit anderen zu messen, doch solche Szenen hat sie in den letzten Wochen oft mitbekommen. Erstaunlicherweise hat sie kaum Probleme damit, sich da rauszuhalten. Wer den Anspruch erhebt, ein Purist zu sein und sich nicht auf einen Wettbewerb einzulassen, stellt sich in gewisser Weise allerdings auch über die anderen, wenn man so recht darüber nachdenkt.

»Irgendwie fühle ich mich alt«, klagt Beckys Kollegin, »denn wer hier die wahren Stars sind, ist ja wohl klar.«

Irgendwer hinter ihnen bemerkt: »Taylor hat auf seiner Webseite darüber informiert, dass sein Agent im Moment über einen Workshop mit ihm im Staples Centre verhandelt.«

»Sein Agent?«, fragt Imani. »Im Ernst?«

»Das ist jetzt eine ganz große Sache«, erwidert Becky. »Die können inzwischen fantastische Verträge mit Studios und für Workshops in Freizeitanlagen auf der ganzen Welt aushandeln. Ich habe vor ein paar Monaten mit Yram Tild gesprochen …«

»Yram?!«, kreischt Sue. »Die ist der helle Wahnsinn! Ich versuche schon seit Monaten, in einen ihrer Workshops zu kommen. Und du *kennst* sie?«

»Ein bisschen. Wie auch immer, sie hat mir erzählt, dass sie jetzt immer erste Klasse fliegt, das hat ihr Agent durchgesetzt. Ist ja auch sinnvoll, immerhin fängt sie nach der Landung sofort an zu arbeiten. Und viele Lehrer schließen auch Fernsehverträge ab oder bringen DVDs raus, also …«

»Ich kann noch immer nicht fassen, dass du wirklich mit Yram geredet hast!«, wirft Sue ein.

Irgendwie hat Imani das Gefühl, dass sich früher eher Fitnesstrainer mit ihren Kontakten zu Film- und Fernsehstars gebrüstet haben, um sich wichtig zu machen. Verkehrte Welt.

Becky fährt fort: »Und das wirklich Coole daran ist: Sie hat im letzten Workshop *drei Mal* meine Haltung korrigiert!«

»Yram?«, quiekt Sue. »Oh mein Gott!«

»Wie schreibt man das eigentlich?«, erkundigt sich Imani.

»Y-r-a-m«, buchstabiert Sue. »Sie ist zauberhaft, so ätherisch, als wäre sie nicht von dieser Welt. Wie eine Märchenprinzessin. Ihre Eltern sind Amerikaner, aber sie wurde von Mönchen in einem Kloster im Himalaya aufgezogen. Die haben sie ausgebildet und ihr auch den Namen gegeben.«

Imani würde ja am liebsten darauf hinweisen, dass »Yram« »Mary« ist, nur rückwärts geschrieben, doch sie will niemandem den Spaß verderben. »Bei der würde ich ja gerne mal eine Sitzung mitmachen«, beteuert sie und hofft, überzeugend zu klingen. Das Innere des Studios ist unerwartet spektakulär, jede Menge dunkelrotes Holz und elfenbeinfarbene Wände. Es ist warm im Raum, beinahe heiß, und es gibt eine Menge höfliches, aber angespanntes Gedränge auf der Jagd nach den besten Plätzen. Imani ist aufgefallen, was die Leute für einen Blick aufsetzen, wenn sie mit ihrer Matte ihr Territorium abstecken. Sie platzieren ihre Unterlage mit intensivster Konzentration, ohne nach links oder rechts zu schauen, und beachten dabei niemand anderen, obwohl die Intensität eben gerade auf die anderen gerichtet ist und sie fernhalten soll. Vielleicht wäre es einfacher, ein Schild aufzustellen.

Heute ist es so voll, dass die Matten sich quasi stapeln. Die Hälfte der Leute sitzt kerzengerade im Lotussitz da und macht den Eindruck, dass sie explodieren werden, wenn jemand sie bitten sollte, sich auch nur ein kleines bisschen zur Seite zu bewegen. Trotzdem wagt es jemand. Eine forsche kleine Frau im Catsuit.

»Tut mir leid, Freunde, aber ich möchte euch alle bitten, ein bisschen zusammenzurücken. Draußen warten dreißig Teilnehmer, die auch noch reinwollen. Wenn wir ordentliche Reihen bilden, dann ist hier Platz für alle. Wir fangen in der linken Ecke an und rutschen alle ein wenig zusammen.«

»Du bist hoffentlich nicht klaustrophobisch veranlagt«, flüstert Becky. »Ich bin ja so froh, dass ich mir vorher noch eine Tüte reingezogen habe.«

Als Taylor Kendall den Raum betritt, wird er mit einem Beifallssturm und Jubel begrüßt, von dem Mick Jagger nur träumen kann. Sein Oberkörper ist nackt, und er trägt eine lose Baumwollhose, die am Po provokant tief sitzt. Er ist nicht groß und eindeutig kein Bodybuilder, doch sein schlanker, perfekt proportionierter Oberkörper und der stolze Schritt eines Balletttänzers sind definitiv sexy. Er drückt das Kreuz durch und streckt die Brust raus, als wollte er eine Tätowierung irgendwo oberhalb der Brustwarzen zur Schau tragen. Muskeln und Adern zeichnen sich auf seinen Armen ab.

»Okay, Leute. In diesem Moment befinden sich hier im Raum achtundsechzig Personen. Aber wisst ihr, wie viele noch auf der Warteliste stehen? Hundertfünfundzwanzig. Und wie viele wir ganz abweisen mussten? Mindestens noch einmal zweihundert.«

Seltsamerweise brandet gleich wieder Beifall auf.

»Also hoffe ich, dass ihr eure Zeit hier, das Geschenk eurer Teilnahme, gut nutzt.« Das ist das erste Mal, dass Imani 300 Dollar für ein *Geschenk* bezahlt hat. »Seid ihr bereit?«

Noch mehr Applaus, und diesmal klatscht auch Imani – Taylor spaziert durch den Raum und steht jetzt direkt neben ihr.

»Okay, bevor wir anfangen, möchte ich euch eins verraten. Ich weiß, dass ich rüberkomme wie eine Dumpfbacke. Doch ich bin nicht so blöd, wie ich aussehe, okay?«

Lautes Gelächter und Applaus, aber ehrlich gesagt ist Imani nach dieser Bemerkung ein wenig erleichtert. Denn für einen Hirnchirurgen hätte man ihn nun wirklich nicht gehalten.

»Ich weiß, dass viele von euch heute nur hier sind, weil irgendwer zu euch gesagt hat: ›Du musst unbedingt nach Santa Monica fahren und diese Sitzung mitmachen. Der Typ ist echt ein guter Lehrer.‹ Habe ich recht?«

Allgemeines Nicken. Er legt Imani die Hand auf die Schulter. »Habe ich recht, Schwester?«

Nur um das mal klarzustellen, hätte Imani am liebsten gefaucht, nicht jede schwarze Frau in Amerika will gerne »Schwester« genannt werden, und schon gar nicht von irgendeinem dürren weißen Typen, den sie noch nie zuvor gesehen hat.

Stattdessen antwortet sie, vielleicht ein wenig zu laut: »Ja, da hast du wohl recht, *Schwester*.«

Damit hat sie die Lacher auf ihrer Seite, und Kendall geht schnell weiter.

»Das Wichtigste: Vergesst nie, dass es hier nicht *um mich* geht. Es geht *um euch*. Okay? Es ist völlig egal, wie viele Leute versucht haben, hier einen Platz zu ergattern. Es total unwichtig, wie oft ich schon bei *Larry King Live* war. (Drei Mal, okay?) Es ist auch absolut unerheblich, dass ich bei der *Today Show* war und mich das *People Magazine* zum ›Sexiest Was-auch-immer‹ gewählt hat. Wen interessiert das schon? Vielleicht habt ihr gehört, dass ich bei QVC mehr DVDs verkauft habe als jeder andere Yogalehrer. In der ganzen Geschichte des Senders! Ja, ganz toll. Aber es geht hier um euch. Mein Unterricht ist nur so gut, wie ihr ihn euch macht. Und hey, die DVD könnt ihr auch draußen nach der Sitzung kaufen! Für einen Zuschlag von 25 Dollar signiere ich sie euch, davon gehen dann drei Prozent an die Taylor-Kendall-Stiftung.«

Vielleicht bildet sie sich das auch nur ein, doch Imani

könnte schwören, dass er einen eiskalten, gehässigen Blick in ihre Richtung wirft. Er sieht weg und reibt sich die Hände.

»Seid ihr bereit?«, ruft er in die Runde. »Ich habe gefragt: Seid ihr bereit? Okay, das ist schon besser. Bei mir kommt ihr heute so richtig ins Schwitzen. Ihr werdet euch öffnen und dann richtig in die Tiefe gehen. Ihr werdet ächzen und stöhnen wollen, also lasst es raus. Lasst los und lasst es raus. Dann mal los! Seid ihr bereit? Seid ihr bereit? Fantastisch. Jetzt dürft ihr euch erst mal zurücklehnen und eine kleine Demonstration von mir genießen.«

Imani gerät tatsächlich mächtig ins Schwitzen. Um genau zu sein, ist sie nach der Hälfte der Stunde klitschnass, der Schweiß rinnt ihr die Wangen hinab und rieselt ihr sogar von den Fingerspitzen. Da sie selbst so sehr schwitzt, macht es ihr nicht mehr so viel aus, dass die Leute links und rechts von ihr auf ihre Matten tropfen und sie etwas davon abbekommt, wenn die sich hin und her bewegen oder die Arme ausstrecken. Taylor hat lange Locken, die ihm bis über die Schultern fallen. Am Anfang des Workshops trug er einen Pferdeschwanz, und in den letzten fünfzig Minuten hat er seine Mähne mit einer Spange albern hochgebunden, und die Zotteln wehen locker um seine Schultern. Imani würde ihn am liebsten einfach als einen weiteren nervigen Narzissten abstempeln, aber er legt eine tolle Show hin, und in gewisser Weise ist das hier ja auch Showbiz.

Die meisten Schüler sind dünne Frauen Mitte zwanzig, die irgendwie die Kunst perfektioniert haben, wortlos die Aufmerksamkeit auf sich zu lenken, während sie gleichzeitig so wirken, als wären sie völlig in das vertieft, was sie da gerade tun. Die Männer sehen weitestgehend Taylor erstaunlich ähnlich, soweit sie sehen kann, haben alle eine ähnliche Figur und tragen ihr Haar entweder lang oder sind völlig kahl.

Während Taylor Beckys Haltung schon zwei Mal korrigiert

hat, und Sues einmal (wie schnell man auf so was zu achten beginnt), hat er Imani seit dem Vorfall zu Beginn völlig ignoriert.

Das wird sich jetzt leider ändern.

Soweit Imani das beurteilen kann, geht er mit der Gruppe dieselben Übungen durch, die sie bis jetzt in jedem Kurs gemacht hat, zu dem Becky sie mitgeschleppt hat. Seine große Neuerung besteht darin, dass er jede Asana umbenannt hat und jetzt die Körperteile im Vordergrund stehen. Nicht »herabschauender Hund« (»viel zu negativ und erniedrigend«), sondern »Hintern hoch«. Nicht »die Haltung des Kindes« (»Kinder nehmen täglich Tausende von Haltungen ein«), sondern »Knie auseinander«. Und die Übung, die sie jetzt gerade machen, nennt er nicht »Pflug«, sondern »Kopf zwischen die Beine«.

»Lasst eure Knie neben die Ohren sinken und schiebt euer Ding näher ans Gesicht«, weist er sie an. »Ihr seid verschwitzt, ihr seid locker, das ist eure Chance.«

Imani legt keinen Wert auf diese Chance. Ihr Rücken tut jetzt schon weh, und bei der Kombination aus Hitze, Schweiß und Taylors Bildsprache wird ihr ganz schwindlig. Sie verharrt mit gestreckten Beinen im Pflug. Das ist für sie tief genug.

Da kommt er plötzlich zu ihr herüber und kniet sich auf ihre Matte. Er presst seinen Körper gegen ihren Rücken und hat sein Gesicht praktisch zwischen ihren Beinen. Seit ihrer letzten Liebesszene in *X.C.I.A.* war sie noch nie so nah dran, Glenn zu betrügen.

»Nimm die Knie runter«, befiehlt er.

Sie schüttelt den Kopf, zu verrenkt, um auch nur ein Wort herauszubringen. Außerdem sieht er sie schon wieder so feindselig an. Soll er doch. Sie wird nicht nachgeben. Er legt die Hände auf die Unterseite ihrer Schenkel und fängt an zu drücken. Als sie sich nicht rührt, gibt er ihr einen kleinen Stoß.

In diesem Moment verspürt Imani ein Knacken im Kreuz.

Lees Asana des Monats April:

Marichyasana

Ich habe Marichyasana als Übung des Monats ausgesucht, weil sie, wie alle Drehungen der Wirbelsäule, entgiftend wirkt. Und weil es davon tausend Variationen gibt, so dass für jeden etwas dabei ist. Und mal ehrlich: Wer von uns kann ein wenig Entgiftung von Zeit zu Zeit nicht gebrauchen?

Wer versucht, sich den Genuss von chemischen Substanzen abzugewöhnen, bekommt durch diese Haltung Hilfe dabei, all das Gift in der Leber und der Milz auszuschwemmen. Damit sieht euer Körper nämlich eher aus wie ein Mülleimer, den nie jemand leert.

Drogen und Alkohol sind jedoch nicht das Einzige, wovon wir uns befreien müssen. Es gibt Beziehungen, die sind so voll von emotionalem und geistigem Gift, dass wir eine Reinigung tief in unserem Inneren brauchen. Und dabei hilft es uns, unseren Körper zu verdrehen und auszuwringen. (Genauso wie wir früher, als wir noch nicht zum Yoga gingen und noch auf aggressive Metaphern zurückgriffen, gelegentlich jemandem »den Hals umdrehen« wollten.)

Und manchmal müssen wir auch die selbstzerstörerischen Verhaltensmuster loswerden, die uns den Blick darauf verstellen, dass wir eine solide Beziehung, einen guten Job, oder einfach mal nur eine Verschnaufpause verdient haben.

Aber wenn wir vom Drehen und Entgiften sprechen, ist eins wichtig: Es geht bei dieser Übung nicht nur darum, etwas auszuwringen, sie wirkt auch erhebend. Darum hebt den Kopf, erhebt euer Herz und den Geist. Denn man kann Marichyasana oder die anderen Drehpositionen nicht einnehmen, wenn man nicht den Brustkorb weitet und das Herz öffnet und gewillt ist, sich darauf einzulassen.

Glaubt mir, man kann mit dem emotionalen und geistigen Großreinemachen nicht beginnen, wenn man nicht bereit ist, sich mit offenem Herzen und hocherhobenen Hauptes von alten Verhaltensmustern, wohlbekannten Reaktionen und der Angst zu scheitern freizumachen.

Erhebt euch, öffnet euch, dreht euch! Schamponieren, ausspülen, wiederholen. Denkt nicht zu lange darüber nach. Tut es einfach. Lasst euch nicht verbiegen.

Namaste

Lee

PS: Barretts »Braves Hündchen«-Kurs am Samstagmorgen kommt so langsam in Schwung. Erzählt all euren Freunden davon. Und vergesst nicht: Yoga ist nicht nur was für Mädchen! Meine Zwillinge haben jede Menge Spaß!

Lee klickt den Senden-Knopf auf ihrer Webseite an und schließt den Laptop. Selbst wenn sie lieber gar nicht zusammenzählen würde, wie viel Zeit sie online verbringt – meistens aus Notwendigkeit, wegen der Arbeit –, war sie nie ein großer Computer-Fan. Die »Asana des Monats« wird meistens zur »Asana jedes dritten Monats, wenn ich es schaffe«. Ist doch seltsam, dass sie als Yogalehrerin ein aktives Online-Leben führen muss, um mit ihren Schülern in Kontakt zu bleiben und ihr Geschäft auszubauen. Das widerspricht ihrer Intuition völlig. Dennoch ist es ja auch gemütlich, im Bett zu liegen, E-Mails zu checken und den Wocheneinkauf zu tätigen, wie sie es gemacht hat, seit Alan ausgezogen ist. Sie passt sich eben an.

Im letzten Monat hat sich in ihrem neuen Leben so langsam alles eingespielt. Dabei kann Lee nicht behaupten, dass sie Alan nicht vermisst, denn er fehlt ihr wirklich. Das würde sie aber nur ungern zugeben, da es schon erniedrigend genug ist, so von jemandem verlassen zu werden (der sich nur vage über eine mögliche Wiedervereinigung in der Zukunft auslässt), aber es ist noch viel schlimmer, unter seiner Abwesenheit so zu leiden wie sie. Durch den Vorfall mit ihm stellt sie sogar ihr ganzes Streben in Frage, keine Wut zu empfinden. Ein wenig gerechter Zorn würde hier vielleicht weiterhelfen. Vielleicht sollte sie sich ja doch mal bildlich vorstellen, wie sie ihm den Hals umdreht. Oder, wesentlich passender, sich nicht so schuldig fühlen, wenn sie es sich vorstellt.

Doch sie hat in solchen Momenten immer das Gefühl, ihre Schüler zu hintergehen. Sie kommt sich vor wie eine Heuchlerin.

Letzte Woche hat sie im Bett gelegen und sich vorgestellt, ihn zu schlagen. So richtig auf ihn loszugehen und ihn anzubrüllen. Allerdings kann sie da auf mildernde Umstände plädieren.

Er war vorbeigekommen, um mit ihr über den Vertrag mit YogaHappens zu reden und zu fragen, ob sie schon eine Entscheidung getroffen hat. Seit dem Treffen mit den »Jungs« vor drei Wochen hat er sie gedrängt, die Sache unter Dach und Fach zu bringen. Es sind noch ein paar Fragen über ihr tatsächliches Gehalt offen, doch es wird wesentlich mehr Geld sein, als jetzt reinkommt, und Alans neues festes Einkommen würde dann noch dazukommen.

»Ich denke noch darüber nach«, hat sie ihm erklärt.

»Ja, ich weiß. Aber du hast ja nicht ewig Zeit. Das wäre wirklich gut für dich, Lee, es ist eine tolle Chance.«

Es macht ihr nichts aus, dass Alan so hinter dem Plan steht, und es ist ja auch nicht so, als wäre sie absolut dagegen. Allerdings stört es sie, dass er nicht mit der Sprache rausrückt und zugibt, warum er *wirklich* dafür ist, dass es an den Vorteilen für *ihn* liegt. Stattdessen will er sie unbedingt davon überzeugen, wie toll es für sie und ihre Karriere ist. Warum kann er nicht ein einziges Mal die Wahrheit sagen? Ist das wirklich so schwer?

»Ich denke noch darüber nach, Alan.«

Sie saßen gerade im Esszimmer zusammen, und die Jungen waren in Barretts »Braves Hündchen«-Kurs. Alan hat sie über den Tisch hinweg angesehen, ein wenig traurig, ein wenig flehentlich. Und dann lag in seinen Augen auf einmal ein vertrautes Glitzern, und Lee wusste sofort, was ihm durch den Kopf ging. Einen Moment lang vergaß sie, dass in ihrem Leben jetzt alles anders war. Ganz plötzlich war da wieder dieser stillschweigende Einklang, dieses wortlose Verständnis, das sie immer verbunden hat. Sein offensichtliches Verlangen machte sie scharf, ohne dass er auch nur etwas sagen musste. Ihr wurde klar, wie sehr sie seine Berührung vermisste, wie befreiend der Sex mit ihm immer gewesen war, sie schaute auf seine dunklen, vollen Lippen und begehrte ihn so sehr. Als sie später Katherine davon erzählte – sie war die Einzige, mit der sie über so etwas sprach –, hat sie einfach behauptet, dass sie eben spitz war, das fiel ihr leichter, als über Einsamkeit und Sehnsucht zu reden.

An jenem Tag hat sie Alan angesehen und den Blick etwa eine Sekunde zu lang gehalten, und im nächsten Moment drückte er sie im Wohnzimmer aufs Sofa und fuhr mit den Händen über ihre Hüften. Sie sprang auf und schlang die Beine um seine Taille, und er trug sie so ins Schlafzimmer. Da gab es so viel mehr Hunger und Intensität als sonst, und während sich ihre Lippen trafen, konnte Lee hören, wie sie einen tiefen Seufzer ausstieß. Ihr Körper zerfloss auf eine Art und Weise, wie sie es schon lange nicht mehr erlebt hatte. In ihrem Kopf jubelte eine leise Stimme: Er ist zurück, er ist wieder da, ein ums andere Mal, als müsste sie sich selbst davon überzeugen. Selbst ihre Angst, dass es da noch eine andere gibt, verschwand in diesem Moment: Es konnte doch schlecht so eine Magie zwischen ihnen aufkommen, wenn er sich mit einer anderen traf.

Danach stand er allerdings sofort auf und fing an, sich anzuziehen. »Das war super, Süße.«

Super? Eine schwitzige neunzigminütige Sitzung Poweryoga kann »super« sein, aber diesen gemeinsamen Augenblick würde sie nun wirklich nicht so bezeichnen.

»Denk noch mal über den Vertrag nach, okay?«

Zwei Minuten später war er weg. Also überhaupt nicht zurück, sondern wieder verschwunden. Und in dem Moment setzten ihre Prügelfantasien ein.

Auf dem Nachttisch klingelt das Handy. Ihre Mutter. Für so einen Anruf ist Lee an einem Samstagmorgen um diese Uhrzeit noch nicht gewappnet. Aber sie greift trotzdem nach dem Telefon, aus Pflichtgefühl. Gut, es ist mehr als nur eine Pflicht, Lees kompliziertes Verhältnis zu ihrer Mutter ist von Liebe und Mitleid geprägt, und ein explosiver Cocktail aus Optimismus und Wunschdenken lässt sie stets hoffen, dass die eines Tages aufhören wird, während ihrer Gespräche ihre Selbstzweifel auf Lee zu projizieren, und dann die ganze Liebe zum Vorschein kommt, die sich unter all den oberflächlichen Feindseligkeiten versteckt.

In ihrer Jugend wollte Ellen Schriftstellerin werden. Sie hatte direkt nach dem College eine Einstiegsposition im Bereich Buchrecht und lebte mit einer Mitbewohnerin zur Untermiete in der Bank Street im West Village, in einer dieser billigen Wohnungen, die man in den späten Sechzigern noch finden konnte. Wenn man Ellens Version der Geschichte glauben darf, war es eine der glücklichsten Zeiten in ihrem Leben. Sie mochte ihren Job, schrieb abends am Küchentisch und bekam »ermunternde Absagen« vom *New Yorker*, *McCall's* und einigen anderen Magazinen, an die sie ihre Geschichten geschickt hatte. Sie war davon überzeugt, dass sich bald etwas tun würde und ihr das Leben offenstand.

Was dann wirklich geschah: Sie lernte Lees Vater kennen. Er war zwanzig Jahre älter als Ellen und ein legendärer Verleger bei Random House. Groß, attraktiv, intelligent – wie konnte sie da nein sagen, als er um ihre Hand anhielt? Sie würde ja auch viel mehr Zeit zum Schreiben haben, wenn sie ihren Job aufgab und mit ihm nach Darien zog.

Nur leider lief alles etwas anders. Vermutlich hat das so noch bei keinem funktioniert. Ellen verlor sich einfach im Leben ihres Ehemannes. Neben all den berühmten Autoren, mit denen ihr Mann zusammenarbeitete, von denen viele sie besuchten und übers Wochenende blieben, kamen ihr ihre eigenen schriftstellerischen Ambitionen albern vor, und all die »ermunternden Ablehnungen« schienen ihr jetzt nur noch zu bestätigen, dass sie kein Talent hatte. Sie wurde Mutter und Hausfrau.

»Oh, Lee – Lee, das klingt ja so, als hätte ich dich geweckt, tut mir leid, Schätzchen. Ich weiß nie so genau, wie dein Tagesablauf eigentlich aussieht.«

»Das ist schon in Ordnung, Mom. Ich bin schon eine Weile wach. Wie schaut's aus?«

»Oh, hier läuft alles wunderbar, Schätzchen. Wirklich, so glücklich wie jetzt war ich schon seit Jahren nicht mehr.«

»Das freut mich, Mom.«

Und das stimmt. Wenn ihre Mutter deprimiert ist, ergeht sie sich in Selbstmitleid oder wird aggressiv, geht auf Lee und jeden anderen in Reichweite los, macht ihnen Vorwürfe, weil sie ihre Probleme nicht verstehen oder nicht zu schätzen wissen, wie sie sich für ihre Familie aufgeopfert hat, und reagiert auf gute Nachrichten beleidigt, selbst wenn es dabei um ihre Enkel geht. Wenn sie glücklich ist, kann man mit weniger Sticheleien rechnen, oder sie werden zumindest netter verpackt.

»Willst du mich denn gar nicht fragen, warum, mein Schatz?«

Ich hatte eigentlich gehofft, dass du nach den Zwillingen fragst, verkneift sich Lee. »Das wollte ich ja gerade, Mom.«

»Oh Lee. Du wirst begeistert sein. Es ist wirklich eine logische Konsequenz, es führt so viele von meinen Interessen zusammen.«

In der Stimme ihrer Mutter klingt dieser Tonfall mit, den sie benutzt, wenn sie Kritik erwartet und die schon von vornherein abwehren will. »Erzähl, Mom, ich bin schon ganz gespannt!«

»Du wirst das bestimmt alles für ein wenig verrückt halten, aber ich glaube wirklich, dass es uns sogar noch näher zusammenbringen wird, mein Schatz. Du weißt, dass ich mir das immer gewünscht habe.«

»Ich weiß, Mom.« Genau das habe ich mir auch immer gewünscht, liegt Lee auf der Zunge. Wenn sie es wirklich aussprechen würde, würde ihre Mutter das als Kritik auffassen, und dann würde wieder eine halbe Stunde ihres Lebens dahingehen.

»Also, du weißt, dass du mich dazu inspiriert hast, mich beim YMCA für einen Yogakurs anzumelden.«

»Das hast du mir ja erzählt. Das finde ich toll, Mom.« Beim letzten Mal hatte ihre Mutter exakt zwei Sitzungen mitgemacht und dann beschlossen, dass das eine Geldverschwendung war. Vielleicht hat sie ja doch wieder damit angefangen. Lee wird langsam unruhig und wünscht wirklich, sie wäre nicht ans Handy gegangen.

»Ich bin sicher, dass du es gar nicht glauben wirst, doch ich bin tatsächlich ziemlich gut. Ich kann fast alle diese Übungen machen, bei denen man sich vorbeugen muss und das Ganze.«

»Du warst ja immer schon ziemlich gelenkig.«

»Das sagst du einfach nur so, aber es stimmt wirklich. Egal, jedenfalls habe ich mich mit Laurence, dem Yogalehrer, angefreundet, das ist dieser nette junge Mann, der immer so gut riecht. Und nenn ihn bloß nicht Larry! Wie auch immer, ich habe ihn für einen Abend hier zum Essen eingeladen, weil ich wollte, dass er das Haus sieht. Er ist mit seinem ›Kumpel‹ gekommen – Corey oder so –, wirklich nett. Und es hat Bob auch überhaupt nicht gestört, dass es zwei Männer waren. Ich weiß, dass du Bob für einen Republikaner hältst, aber er unterstützt Lieberman.«

So langsam beschleicht Lee ein altbekanntes Gefühl, als würde ihre Mutter mit einem riesigen Koffer bei ihr zur Haustür hereinspazieren und verkünden, dass sie für ein halbes Jahr bleibt. Oh Mom, würde sie am liebsten stöhnen, erzähl mir jetzt bloß nicht das, was ich befürchte.

Als Lee klein war und ihre Flötenlehrerin Ellen versichert hat, dass Lee ein »vielversprechendes Talent« sei, ging Ellen los, kaufte sich eine Tenorblockflöte und nahm ganz genau zwei Unterrichtsstunden. Das war noch vor der Scheidung, damals, als Ellen und Lees Vater noch Geld hatten. Ellen hat Lees Wunsch, Ärztin zu werden, nie unterstützt, aber sobald sie sich an der Medizinischen Fakultät einschrieb, kam Ellen plötzlich auf die Idee, sich nach der Ausbildung zur Krankenschwester zu erkundigen. Als Lees Schwester am Juilliard-Konservatorium angenommen wurde, fing Ellen an, Klavierstunden zu nehmen. Man hätte annehmen können, es sei der rührende Versuch einer Mutter, ihren Kindern näher zu sein und gemeinsame Interessen zu entdecken, doch am Schluss endete immer alles damit, dass Ellen über ihre eigene Unfähigkeit enttäuscht war und dann jedem anderen wegen seines Talents Schuldgefühle einredete. Dir geht ja alles so leicht von der Hand. Du hältst dich wohl für was Besseres. Ihr lacht sicher alle über mich, und tu jetzt bloß nicht so, als würde das nicht stimmen.

Und jetzt ging es damit schon wieder los.

»Laurence meint, ich würde eine tolle Lehrerin abgeben. Natürlich nicht auf deinem Niveau, Schätzchen. Keine Sorge, ich versuche wirklich nicht, dir Konkurrenz zu machen. Und ich bin hier schließlich an der Ostküste, wir sind ja nicht gerade hinter denselben Schülern her. Laurence sagt, es gäbe einen riesigen Markt für ›Alte-Damen-Yoga‹, wie er es nennt. Offensichtlich ist das wesentlich liebevoller und netter gemeint, als es klingt.«

Es stimmt, dass große Nachfrage nach besonders rücksichtsvollen Lehrern für ältere Schüler herrscht, die andere körperliche Voraussetzungen haben. Ihre Mutter ist zwar nicht supersportlich, aber doch in Form. Und von einem guten Mentor würde sie auf jeden Fall profitieren.

»Hat Laurence dir angeboten, dich als Lehrerin auszubilden?«, erkundigt sich Lee.

»Mit anderen Worten: Du machst dir Sorgen, dass er mich umgarnt, um mir Geld für die Ausbildung aus der Tasche zu ziehen. Die dumme Alte, die ihm ins Netz geht. Als Nächstes wirst du mir noch vorwerfen, dass ich mich in ihn verguckt habe! Als ob ich nicht wüsste, dass er schwul ist. Und selbst wenn nicht, würde er sich wohl kaum für mich interessieren. Ein bisschen mehr Vertrauen solltest du schon in mich haben, Lee!«

»Das habe ich doch gar nicht gemeint, Mom. Ich frage mich nur …«

»Egal, es geht mir auch hauptsächlich um etwas anderes.

Er hat sich nämlich ganz fürchterlich in unser Haus verliebt. Er sucht schon lange nach so einem Ort, um ein Yoga-Einkehrzentrum einzurichten, und unser bescheidenes Heim erscheint ihm dafür perfekt. Kannst du dir das vorstellen, Schätzchen?«

»Also, darauf wäre ich nie gekommen.«

»Oh, jetzt versuchst du mal wieder, mich zu entmutigen, aber ich glaube, er hat recht. Im Sommer könnten die Leute auf der seitlichen Veranda ihre Matten ausbreiten. Und er meint, er könnte die Scheune für unter 100 000 Dollar in ein großes Yogastudio oder so was umbauen lassen. Wir müssten ja sowieso noch eine Hypothek aufnehmen, um ein paar zusätzliche Badezimmer einzubauen.«

»Ich dachte, die Rezession würde Bob im Nacken sitzen.« Bob ist ein inkompetenter Typ, der sich genau im falschen Moment aus dem Versicherungsgeschäft zurückgezogen hat. Lee hat immer gehofft, dass er wenigstens so einiges von seinem Vermögen gut angelegt hatte und ein Großteil davon sicher verwahrt ist.

»Als du beschlossen hast, ins Yogageschäft einzusteigen, habe ich dich doch auch nicht entmutigt.«

Stimmt, wenn man »Yoga ist nur was für Spinner. Da geh doch besser zum Zirkus!« nicht als Entmutigung empfindet.

»Ganz im Ernst, Mom, wenn du das Ganze gut durchdacht hast und wirklich glaubst, dass es eine vernünftige Idee ist, dann stehe ich hundertprozentig hinter dir.«

»Mehr wollte ich gar nicht hören, Schätzchen. Ich will doch nur, dass du mich unterstützt. Ich brauche oder erwarte ja sonst nichts weiter von dir. Oh, eins noch: Laurence möchte hier ein Benefizwochenende veranstalten, um die Sache ins Rollen zu bringen und etwas Geld für Blöcke und Gürtel oder Bänder oder was auch immer zusammenzukriegen. Und er hat mich gefragt, ob Alan und du ihm dabei helfen könntet. Das würde uns einen Riesenauftrieb geben – eine wichtige Yogalehrerin und ihr Rockstar-Ehemann aus Hollywood. Wir könnten die Namen einiger Promis benutzen, die in deine Kurse gehen. Wer kann das schon nachprüfen? Das wäre einfach unglaublich. Er hat versucht, diesen Asiaten zu kriegen, den mit den langen Haaren. Ich habe seinen Namen vergessen. Aber der wollte doch tatsächlich bezahlt werden! Kannst du das fassen? Es geht schließlich gerade darum, dass es für einen wohltätigen Zweck ist. Und er wollte, dass wir ihm das Flugticket erstatten! Und dabei hatte ich seinem Agenten extra gesagt, dass er unser Schlafzimmer haben kann und wir im Gästezimmer übernachten würden. Ich habe ihm sogar versprochen, dass ich ihm Frühstück mache.«

»Ich denke darüber nach, Mom, allerdings ist das jetzt ehrlich gesagt gerade kein guter Zeitpunkt.«

»Ich weiß, ich habe in deinem Leben überhaupt nichts zu melden, Schätzchen. Aber ich habe dir doch auch ausgeholfen, als du Geld brauchtest. Ihr kommt ja ohnehin mal wieder zu Besuch, oder nicht?«

»Darüber wollte ich sowieso schon mit dir sprechen.« Sie hatte eigentlich gehofft, dass Alan wieder zurückkehrt, bevor sie ihrer Mutter seinen Auszug beichten muss.

»Stimmt irgendwas nicht?«, fragt Ellen. »Es ist doch nichts mit den Zwillingen, oder? Ich weiß, dass du mir das nicht glaubst, aber für so was habe ich einen sechsten Sinn.«

»Es hat nichts mit den Zwillingen zu tun, Mom. Denen geht's gut.«

»Gott sei Dank. Ich wusste, dass das nicht sein kann. Das hätte ich im Gefühl gehabt.«

Aber Lee kann es noch immer nicht über sich bringen, ihr alles zu beichten, also erzählt sie ihrer Mutter, dass man ihr ein tolles Angebot gemacht hat, ein Job in einem großen Yogastudio, mit Krankenversicherung und allem Drum und Dran, und dass sie L.A. am besten für eine Weile nicht verlassen sollte.

»Oder, anders ausgedrückt: Mein kleines Erholungszentrum ist dir jetzt zu schäbig. Gut, ich hatte auch nie erwartet, dass es für dich eine große Rolle spielt. Ein bisschen Vertrauen solltest du in mich aber schon haben, Lee.«

»Bitte, Mom. Darum geht es ja gar nicht. Es ist nur ... Mom, Alan ist vorübergehend bei uns ausgezogen.«

Am anderen Ende der Leitung herrscht einen Moment lang Schweigen, und dann spricht ihre Mutter in einem ganz anderen Tonfall weiter. Lee hat doch immer gewusst, dass sie zu Wärme und Mitgefühl fähig ist: »Das tut mir so leid, Schätzchen.« Es ist beinahe so, als ob das launische, unsichere Kind, mit dem sie vor ein paar Minuten geredet hat, den Hörer an einen Erwachsenen weitergereicht hat. »Was ist denn passiert?«

Lee gibt eine Version der Ereignisse zum Besten, die beinahe einen Sinn ergibt, wenn sie sie jetzt so erzählt. Sie betont, dass im Moment keiner drastischere Schritte plant, aber dass eben alles ein wenig kompliziert ist. Es ist nicht so, als würden sie sich trennen, das Ganze ist nur eine kleine Verschnaufpause. Ihre Mutter stößt ein laut vernehmbares Schluchzen aus. Sie murmelt irgendetwas über die Zwillinge, und Lee ist froh, dass sie es ihr erzählt hat. In diesem Augenblick geteilter Traurigkeit fühlt sie sich ihrer Mutter so nahe wie schon lange nicht mehr.

Ellen putzt sich die Nase. »Ich bin so froh darüber, dass du mir so etwas erzählen kannst, mein Schatz. Damit fühle ich mich dir viel näher. Also ... dann kann Alan ja vielleicht kommen und bei der Benefizveranstaltung spielen, während du bei den Kindern bleibst.«

❁

Stephanie nippt an ihrer zweiten Diätcola und kommt mit ihrem Abriss von *Above the Las Vegas Sands* für Sybille Brent so langsam zum Ende. Sybille scheint ihr auf dumpfe, weingeschwängerte Weise zu lauschen, sie hat sich in den Sofakissen der Sky-Bar im Mondrian Hotel zurückgelehnt und ihre dünnen Beinchen umeinandergeschlungen. Es wird schon fast dunkel, und von ihrem Platz aus kann Stephanie meilenweit über Los Angeles hinwegblicken, das in den zarten Gold- und Gelbtönen der Dämmerung vor ihr liegt. Die kränklichen Schattierungen der ungesunden Luft wirken auf einmal schön, sanft und irgendwie träge. Wie ein Bild aus einem Fiebertraum, so kommt Stephanie die Stadt in diesen schmerzlichen Stunden zwischen den Zeiten oft vor. Sie kann nicht so ganz entscheiden, ob Sybilles leichtes Nicken und die Art und Weise, wie sie als Reaktion auf ihre Worte manchmal die Augen aufreißt, wahres Interesse anzeigen oder doch eher herablassende Abwesenheit. Die Bar befindet sich auf einer großen Terrasse, und eine kühle, aber angenehme Brise fährt durch die Bougainvillea. Sybilles weiches weißes Haar bewegt sich sanft im Wind.

Stephanies Manager hat das Treffen arrangiert. Sybille ist eine Dame, die bereits ein gewisses Alter erreicht hat – auch wenn niemand so genau weiß, welches – und vor kurzem durch eine hässliche, spektakuläre Scheidung Besitzerin eines stattlichen Vermögens wurde. Ihr Exmann ist ein hochkarätiger New Yorker Bauunternehmer. Jetzt wohnt sie seit ein paar Monaten im Mondrian, weil sie aus New York wegwollte, und ist auf der Suche nach Projekten, in die sie investieren kann. Sie hat sich früher wohl mal als Schauspielerin versucht, und hier bietet sich ihr die Chance, sich in späten Jahren erneut in diesem Business zu betätigen, ohne sich lächerlich zu machen. Damit hätte sie endlich was zu tun, wäre an einem Film beteiligt, und ihre Freunde könnten bei der Premiere klatschen, wenn ihr Name im Abspann erscheint.

Das ist eine recht übliche Methode, Geld für einen Film aufzutreiben, aber nicht der einfachste Weg. In mancher Hinsicht verliert das Projekt dadurch an Wert – alle wissen, dass sie nicht die erste Wahl waren, was die Finanzierung angeht –, und außerdem erwarten diese Leute meistens eine Gegenleistung – eine Rolle für einen Freund, oder dass sie beim Dreh etwas zu sagen haben. In den letzten Wochen hatte Stephanie vier solcher Treffen, und die waren alle ziemlich frustrierend. Keiner hatte das Buch gelesen, niemand schien sonderliches Interesse an der Geschichte zu haben. Alle wollten nur über die Besetzung sprechen (ohne die Rollen wirklich zu kennen) und ließen Namen von Promis einfließen, die sie angeblich kannten, mit denen sie wohl schon mal zusammengearbeitet haben, oder von denen sie hofften, dass sie sie kennt. Einer der Typen hat sie sogar gefragt, ob in 3-D gefilmt wird.

»Darüber habe ich noch nicht nachgedacht«, lautete ihre Antwort.

Die ganze gegenseitige Heuchelei kommt ihr manchmal total verrückt vor, aber sie selbst fühlt sich nach dem peinlichen Vorfall in ihrer Wohnung klarer als je zuvor. Und da alles andere nicht geklappt hat, kann man es genauso gut mal probieren. Wenn sie zeigen kann, dass sie bereits einen Teil des Budgets zusammenhat, sind vielleicht auch andere bereit zu investieren. Und es ist auf jeden Fall besser, als mit leeren Flaschen und benutzter Katzenstreu in ihrer Wohnung herumzuliegen. Doch daran denkt sie jetzt besser nicht zurück.

»Es gefällt mir, wie Sie den Plot beschreiben«, sagt Sybille.

»Der Roman ist einfach toll, und der Autor hat wirklich Talent.«

»Ich habe das Buch letzte Woche gelesen, nachdem wir

dieses Treffen vereinbart hatten. Ich fand es interessant, und es steckt viel Leidenschaft darin, aber an manchen Stellen ist es zu dick aufgetragen. Der Autor ist jung und benutzt die Sprache wie ein neues Spielzeug. Er hört sich selbst ein bisschen zu gerne reden.«

»Da ist was dran«, gibt Stephanie zu. Das fand sie immer schon, doch es wurde in den Kritiken zum Buch nie erwähnt, also hat sie diese Beobachtungen für sich behalten. Sie ist beeindruckt, dass Sybille das Buch gelesen hat und direkt eine stilistische Schwäche ausmachen konnte. Sie hat eine samtige Stimme, ein wenig rauchig, wie Lauren Bacall, und eine akkurate und sorgfältig geschulte, fein modulierte Art und Weise, jedes einzelne Wort auszusprechen.

»Das klingt, als würden Sie viel lesen«, bemerkt Stephanie.

»Ja, aber das erzähle ich nicht herum. Heutzutage wirkt das immer gleich so weltfremd. Ich habe in Vassar Literatur studiert, noch eine Information, mit der ich nicht hausieren gehe. Mir steht ja so schon ›Dilettantin‹ auf die Stirn geschrieben. Vom Aufbau her ergibt für mich Ihre Zusammenfassung mehr Sinn als das Buch selbst«, fährt Sybille fort. »Es gefällt mir, dass Sie die Hochzeit der Schwester hervorheben. Ich denke, das könnte gut als Rahmen für die ganze Geschichte dienen. Man könnte es als das Ereignis darstellen, auf das sich alles von der ersten Szene an zubewegt.«

Als Stephanie genau diese Idee dem Autor gegenüber erwähnt hat, war der beleidigt und hat zwei Wochen lang geschmollt. »Ich fand immer schon, dass man es so angehen sollte, doch der Autor war leider anderer Meinung.« Sie trinkt ihre Diätcola aus, und im gleichen Moment erscheint wie aus dem Nichts ein Kellner und erkundigt sich, ob sie gerne noch eine hätte. »Bitte«, nickt sie.

Sybille beobachtet sie über den Rand ihres Weinglases hinweg, und Stephanie hat das Gefühl, dass sie genau die richtigen Schlüsse zieht. Das Schlimmste daran, nichts zu trinken, ist nämlich, dass jeder sofort annimmt, man wäre Alkoholiker. Noch vor ein paar Wochen wäre sie inzwischen beim dritten Glas Wein angekommen, und Sybille hätte nicht einmal mit der Wimper gezuckt. »Ich hätte gerne eine Diätcola« wird jedoch augenblicklich mit »Ich bin Alkoholikerin« gleichgesetzt. Na ja, das ist ja auch nicht ganz falsch. Und nachdem sie das ganze letzte Jahr mit ihrem Alkoholproblem gekämpft hat, das nach und nach immer schlimmer wurde, gibt sie das jetzt auch nur zu gerne zu. Das an sich war ja schon übel genug, das Schlimmste war für sie aber, irgendwann festzustellen, dass sie im Fernsehen *Silver Linings* angestellt hatte und der Film ohne Ton im Hintergrund lief. Ups, darüber sollte sie jetzt auch nicht mehr nachdenken.

Sybille hat das glatte, sorgsam gepflegte Haar einer reichen Dame und die Figur einer einstigen Vorzeigefrau. Von Zeit zu Zeit erscheint ein junger Mann namens Anderson, reicht ihr einen Zettel oder stellt eine diskrete Frage. Stephanie nimmt an, dass er ihr schwuler Assistent ist, schließt allerdings die Möglichkeit nicht ganz aus, dass sein Aufgabenbereich mehr als nur den Terminkalender mit einschließt. Sybille kommt ihr intelligent und einfühlsam vor, aber andererseits umgibt sie die Aura von veredelter Dekadenz, die man so oft bei Leuten spürt, die ebenso viel Geld wie Freizeit haben. Sie trägt ein zartes, betörendes Parfum, das ganz anders ist als alles, was Stephanie je gerochen hat. Das wird vermutlich aus den Drüsen irgendeines vom Aussterben bedrohten Tieres gewonnen und kostet sicher Hunderte von Dollar pro Fläschchen.

»Haben Sie schon mal überlegt, das Drehbuch selbst zu verfassen?«, fragt Sybille. »Sie haben gute Ideen, und dadurch hätten Sie mehr Kontrolle über das Projekt. Und Sie kommen mir verlässlich vor.«

»Der Autor will es selbst schreiben. Ich bin mir zwar nicht

sicher, ob das gut ausgehen wird, allerdings habe ich die Rechte nur unter dieser Bedingung bekommen, und es steht in seinem Vertrag.«

»Aber Sie könnten ihn doch sicher auszahlen.«

Könnte sie wahrscheinlich, wenn sie das Geld hätte. Ihre Diätcola wird gebracht, und Stephanie spürt Sybilles prüfenden Blick, als sie einen Schluck nimmt.

»Trinken Sie nicht?«, fragt sie.

»Nicht heute«, erklärt Stephanie. »Ich war eben beim Yoga und gehe heute Abend vielleicht noch mal hin.« Was ja auch stimmt.

»Das soll im Moment eine große Sache sein, habe ich gehört. Yoga. In New York auch.«

»Überall.«

Sybille zuckt mit den Achseln. »Überall« scheint sie nicht zu interessieren. Ihr reifer, schlanker Körper macht ziemlich deutlich, dass sie wohl mit einem Personal Trainer arbeitet, vermutlich zuhause. Pilates, kein Zweifel.

»Kennen Sie sich damit aus?«, erkundigt sich Sybille. »Mit Yoga, meine ich?«

»Ich bin schon eine Weile dabei«, bestätigt Stephanie.

»Na, das ist doch perfekt. Ich fände es gut, ein paar Yogaelemente in das Skript einzubauen.«

»Wirklich?«

»Ja. Und da wäre Ihre Erfahrung doch sehr nützlich.«

»Um ehrlich zu sein«, wendet Stephanie ein, »bin ich mir im Moment überhaupt nicht mehr sicher, was ich eigentlich weiß.«

Sybille lehnt sich vor, stellt ihr Weinglas ab und tätschelt Stephanie das Knie. »Manchmal braucht man solche Momente des Zweifelns. Ich vermute, Sie wissen über eine Menge Dinge viel mehr, als Sie sich eingestehen wollen.«

Plötzlich ist Stephanie von Dankbarkeit erfüllt und blickt

in die Ferne, in jene süße Melancholie der Dämmerung, ins schwindende Sonnenlicht, zu den glitzernden Gebäuden hinüber. Was hat Dorothy Parker noch gesagt? Wenn du es durch die Dämmerung schaffst, dann schaffst du es auch durch die Nacht. Irgend so was. Na ja, ein weiterer Tag, an dem sie es beinahe durchs Dämmerlicht geschafft hat. Ein dreifaches Hoch.

»Ich mag Sie«, erklärt Sybille. »Sie sind clever und haben Courage. Aber Sie sind auch verletzlich, und das ist ein gutes Gegengewicht. Ich habe mir *Silver Linings* angesehen. Anderson hat mir gesteckt, dass der Großteil des Skripts angeblich von Ihnen stammt.«

»Der Drehbuchautor hatte einen Zusammenbruch, als wir gerade dabei waren, einiges umzuschreiben, und da habe ich eben übernommen.« Es ist eine Erleichterung, es endlich mal auszusprechen, denn das hat sie seit Jahren verschwiegen, um den Autor zu schützen.

»Ich will offen zu Ihnen sein. Ich bin auf der Suche nach einem Projekt, und dieses gefällt mir gut. Und Sie sind mir sympathisch. Ich habe das Gefühl, dass ich Sie ein wenig treiben kann, auch wenn ich davon ausgehe, dass Sie Bescheid sagen, wenn ich zu weit gehe. Im Grunde genommen weiß ich nicht viel über dieses Geschäft, aber ich bin gerne bereit, mit dem Ausstellen von Schecks zu beginnen.«

»In Ordnung.« Der Vorteil daran, mit Neulingen in diesem Business zu arbeiten, liegt darin, dass sie noch nicht so genau wissen, womit sie durchkommen und was sie sich gratis unter den Nagel reißen können, da hier alle verzweifelt versuchen, überhaupt etwas auf die Beine zu stellen.

»Allerdings will ich schnell Resultate sehen. Ich habe keine Lust, zehn Jahre meines Lebens auf diese Sache zu verwenden. Mein Anwalt kann sich um den Autor kümmern. Allerdings möchte ich, dass Sie sich sofort an das Drehbuch setzen.«

»Dazu bin ich bereit.« Sie ist begeistert von der Idee, etwas Konkretes zu tun zu haben.

»Ich habe jedoch eine Bitte«, fügt Sybille hinzu.

»Natürlich.« Jetzt kommt es, denkt Stephanie.

»Der Vater ist doch geschieden, oder?«

»Stimmt.«

»Ich denke, es wäre interessant, wenn wir seine Rolle ein bisschen aufpeppen. Geben Sie ihm mehr Geld und Macht und lassen Sie ihn sozusagen den Bösen spielen. Anständig ist ja schön und gut, aber schließlich mag es jeder, wenn es einen Bösewicht gibt. Er kann zum Beispiel mit Yoga anfangen, jedoch auf eine völlig erniedrigende und seinem Alter unangemessene Art und Weise. Winzige, enge Hotpants, zu viel Geschwafel, das volle Programm. Die Sache sollte stellenweise mit etwas Humor aufgelockert werden, und das würde die Figur dann auch leisten.«

»Ich denke, das tut keinem weh.«

»Wir könnten zeigen, wie er versucht, seine ›spirituelle‹ Ader zu finden, was allerdings auf nichts anderes hinausläuft, als dass er nach vierzig Jahren der Täuschungen endlich seine Homosexualität akzeptiert. Das müssen wir ja nicht übers Knie brechen, wir sollten da niemandem auf den Schlips treten, aber vielleicht könnte er auf der Hochzeit am Ende mit seinem neuen Partner erscheinen, einem zarten Jüngling Mitte zwanzig, der Yoga unterrichtet. Die beiden geben ein peinliches Paar ab, doch der alte Knacker merkt es nicht einmal und ist sogar stolz auf seinen kleinen Freund.«

»Der sollte das Ganze aber irgendwie ausgleichen«, wendet Stephanie ein. »Warum geben wir ihm nicht ein paar nette Eigenschaften?«

Sybille lässt es sich durch den Kopf gehen und nippt an ihrem Wein. »Dann soll er eben eine Brille tragen. Ist ja keine Sprechrolle.«

Stephanie hat Schlimmeres befürchtet. Sie versucht sich einzureden, dass die Figur des Vaters sowieso noch ein wenig konturlos war und eine Prise Humor in die Sache bringen könnte.

»Damit kann ich arbeiten«, erklärt sie.

❁

Graciela wird in ihrem Loft im Zentrum von L.A. von den Sonnenstrahlen geweckt, die durchs Fenster fallen. Sie will schon lange Vorhänge oder Rollos kaufen, aber die Fenster in dem umgebauten Bürogebäude sind riesig und sowohl vom finanziellen als auch vom praktischen Standpunkt her wäre das Vorhaben eine echte Herausforderung. Sie vergräbt den Kopf unter der Decke und kuschelt sich an Daryls Rücken. Er hat gestern Abend auf einer Privatparty aufgelegt und ist nicht vor vier Uhr morgens nach Hause gekommen, also erst vor ein paar Stunden. Er steckt mitten in einer Tiefschlafphase und atmet laut vernehmlich, die Knie bis zur Brust hochgezogen wie ein kleines Kind. Wenn sie entdecken würde, dass er auch noch am Daumen lutscht, würde es sie nicht wundern. Das, und da ist sie sich sicher, ist der wahre Daryl, süß und unschuldig wie ein Kind. Er ist so ein attraktiver Typ – halb Afroamerikaner, halb Puerto-Ricaner, mit perfekter, zarter brauner Haut –, deshalb war Graciela erstaunt, als sie zum ersten Mal miteinander schliefen, weil er so unerfahren wirkte. Obwohl er schon mit vielen Frauen zusammen gewesen war, und trotz seines Aussehens, waren seine Gesten nicht lässig und geübt, er war eher eifrig und gierig wie ein Teenager. Als könnte er es kaum fassen, sie in seinem Bett zu haben und in den Armen zu halten. Selbst nach all dieser Zeit sieht er sie an, wenn sie Sex haben und er kurz davor ist zu kommen, und flüstert: »O Gott, du bist so schön. Du bist so unglaublich schön!«

Trotz allem anderen, wie soll sie dem widerstehen? Irgendetwas an seiner Intensität ist so echt, so wahrhaftig, dass es sie an einen Ort zu versetzen scheint, an dem es nur sie beide und die überwältigende Leidenschaft dieses Moments gibt. Zwischen ihnen gibt es keine Bescheidenheit oder Scham, nichts ist tabu, man braucht nichts zu verstecken.

Sie spürt die Sonne im Nacken. Eines Tages wird einer von ihnen ein großes Projekt an Land ziehen, und dann werden sie jemanden bezahlen, der kommt und sich um die Fenster kümmert.

Und da fällt es ihr plötzlich wieder ein. Die große Sache. Heute ist der Tag, an dem sie eine Tür aufstoßen könnte, eine Tür zu alldem, auf das sie je gewartet hat. Das Vortanzen für das Beyoncé-Video. Sie verspürt erste Anzeichen von Panik, aber auch Vorfreude und schlüpft aus dem Bett, ohne Daryl zu wecken.

Dank Lees liebevoller Fürsorge ist ihre Verletzung zu fünfundachtzig Prozent verheilt. Sie hatte gehofft, noch weiter zu sein, doch insgesamt ist sie relativ gut in Form. Als es passiert ist, hat sie befürchtet, der Heilungsprozess wäre viel langwieriger. Es ist nicht perfekt, aber damit kann sie leben. Sie hat sich selbst versprochen, dass sie alles geben wird, allerdings ohne ein Risiko für ihre Sehne einzugehen. Sie ist inzwischen besser darin, ihr eigenes Können anzuerkennen, und kann jetzt nichts weiter tun, als nur noch sie selbst zu sein, ohne sich verrückt zu machen oder zu verzweifeln.

Zusammen mit ihrer Freundin Lindsay hat sie für heute ein Stück erarbeitet und beherrscht die Choreografie aus dem Effeff. Lindsay hat YouTube-Videos aus Jody Watleys besten *Soul-Train*-Zeiten zusammengeschnitten, die haben sie dann stundenlang studiert und schließlich einen Ablauf entwickelt, der Hip-Hop-Elemente und roboterhafte Popping-Bewegungen mit klassischem Funk und sogar Disko-Schritten kombiniert. Ihre Darbietung soll überraschen und ist hoffentlich ganz anders als das, was die anderen so bringen. Zur Begleitung hat sie sich für Marilyn Monroes Version von *Diamonds Are a Girl's Best Friend* entschieden, untermalt von dunklem, peppigem Groove im Hintergrund. Daryl hat ihr beim Mixen geholfen. Das Stück ist eine Anspielung darauf, dass Beyoncé eine Version des Songs für einen Werbespot aufgenommen hat – Graciela bezieht sich so auf ihre Musik, ohne direkt eines ihrer Stücke zu benutzen.

Nachdem sie geduscht und sich angezogen hat, bemerkt Graciela, dass ihr Handy blinkt. Schon wieder eine Nachricht von Conor. Jetzt versucht er bereits zum dritten Mal in zwei Wochen, sie zu erreichen. Als er an jenem Tag mit Lee und Katherine bei Stephanie aufgetaucht ist, war sie ihm so dankbar. Er hat Gracielas Vermutung bestätigt, dass Stephanie zusätzlich zu allem anderen auch stark dehydriert war, und sie davon überzeugt, ins Krankenhaus zu fahren. Katherine und er haben Stephanie dann in die Klinik begleitet, und sie hat ihn später angerufen, um sich zu erkundigen, ob alles in Ordnung war. Sie hat aber nicht erwartet, dass er ihre Nummer speichern würde, und sie wird ihn mit Sicherheit nicht zurückrufen. Er ist ja wirklich nett, doch sie hat an ihm kein Interesse. Das ist das eine. Das andere ist, dass er Katherines Freund ist, oder zumindest ein möglicher Kandidat, je nachdem, wie weit die Sache inzwischen gediehen ist. Und außerdem würde Daryl ausflippen, wenn er davon Wind kriegt. Vor allem, wenn sie ihn zurückruft, und wenn es nur wäre, um ihn zu bitten, sie nicht mehr zu belästigen.

Als sie die Nachricht gerade löscht, schleicht sich Daryl von hinten an und schlingt seine Arme um sie. »Von wem ist die denn?«, fragt er verschlafen.

»Von Lindsay. Sie kommt in einer Stunde vorbei und holt mich fürs Vortanzen ab.«

»Ich kann dich doch fahren«, murmelt er, sein Gesicht in ihrem nassen Haar vergraben.

»Nein, du ganz bestimmt nicht. Du machst mich nur total nervös. Und ich muss mich doch voll und ganz konzentrieren.«

Das akzeptiert er, vermutlich, weil er noch immer total fertig ist und nur wieder ins Bett will. »Entspann dich doch mit einer von deinen Yogaübungen. Ich hol dich nachher ab.«

Dagegen hat sie nichts. So hält sie ihn bei Laune, und wenn sie das Vortanzen vermurksen sollte, ist er im Anschluss wenigstens da, um sie wieder aufzubauen.

»Komm besser nicht vor vier«, bemerkt sie aber. »So was dauert immer länger als vorgesehen.«

»Das wirst du toll machen«, versichert er. Er dreht sie herum, und es sieht aus, als hätte er Tränen in den Augen, auch wenn er in Wirklichkeit vielleicht nur schläfrig dreinblickt. »Ich will, dass du es ihnen so richtig zeigst.«

»Danke«, sagt sie. »Ich werde mein Bestes geben.«

Er blickt ihr in die Augen. »Schau mich an, Baby. Ich will, dass du es packst!«

Das ist zwar nicht gerade eine Entschuldigung für das, was vorgefallen ist. Aber er gibt damit zumindest zu, dass es einen Zeitpunkt gab, an dem seine Unterstützung nicht selbstverständlich war.

»Ich weiß«, lächelt sie. »Und weißt du was?«

»Was denn?«

»Wenn ich den Job kriege, kauf ich uns endlich Vorhänge!«

❀

Als Lee gerade für den nächsten Kurs den Saal betreten will, ruft eine der Assistentinnen sie zum Rezeptionstisch rüber. Lee kann sich schon vorstellen, was jetzt kommt. Vor der Theke steht Evelyn, eine Frau Mitte dreißig, die eher unregelmäßig kommt. Sie ist ziemlich fortgeschritten, auch wenn sie die Kurse mehr als Ausdauertraining sieht und manche Haltungen mit schnellen Stoßbewegungen einnimmt, so als würde sie eine Hantel stemmen, wenn sie in die erste Kriegerposition oder die Taube übergeht.

Was Lee bei ihr aber wirklich stört, sind die ewigen Probleme mit der Bezahlung. Sie hat ständig ihre Kreditkarte vergessen oder ihr Portemonnaie verloren, oder sie kommt mit einer komplizierten Geschichte darüber, dass sie beim letzten Mal ja nach der Hälfte der Klasse gehen musste und ihr deshalb (ihrer Meinung nach) einmal freier Eintritt zusteht.

Heute geht es laut Studioassistentin um eine Zehnerkarte, die schon im Januar abgelaufen ist. Es sind noch drei ungenutzte Sitzungen darauf, und Evelyn findet, sie hat das Recht, die noch zu verbrauchen. Lee ist immer bereit, für jemanden ein Auge zuzudrücken, der sich den Unterricht nicht leisten kann oder sich in einem finanziellen Engpass befindet, in Evelyns Fall kommt ihr das allerdings alles eher wie ein Spiel vor. Evelyn ist Anwältin und trägt Designer-Yogahosen, von denen Lee mit Sicherheit weiß, dass sie beinahe 200 Dollar kosten.

Nachdem die Assistentin das Problem erläutert hat, seufzt Lee: »In Ordnung, Evelyn. Ich verstehe, was du meinst, aber ich erinnere mich noch genau daran, dass wir über die Konditionen und über das Ablaufdatum der Karte gesprochen haben, als du sie gekauft hast. Du meintest sogar, die zeitliche Begrenzung würde dich motivieren, öfter herzukommen.«

»Es kann durchaus sein, dass wir das gesagt haben, doch es ist eben anders gelaufen. Also denke ich, es wäre angemessen, wenn ich die Karte aufbrauchen darf, Lee. Es sind ja nur noch drei Sitzungen. Ich meine, ich hasse es, dass sich beim *Yoga* auf einmal alles nur ums Geld dreht.«

Es ist wirklich unangenehm, wie offensichtlich sie versucht,

Lee zu manipulieren und ihr ein schlechtes Gewissen einzureden, vor allem, wenn man die teure Hose bedenkt. Eine erstaunlich große Anzahl ihrer Schüler betont gerne, dass es im Yoga nicht um Geld gehen sollte, was meistens darauf hinausläuft, dass sie die Sitzungen nicht bezahlen wollen. Obwohl das Ganze wie ein Spielchen rüberkommt, liegt im Tonfall der Schülerin doch ein leichtes Flehen, so dass Lee den Eindruck hat, Evelyn heische im Grunde nur nach Aufmerksamkeit. Wahrscheinlich ist sie auch nur deshalb überhaupt zum Yoga gekommen, und auch wenn das nicht gerade ein attraktiver Zug ist, kann Lee es besser verstehen als alles andere.

»Wie wäre es denn, wenn wir einen Kompromiss schließen«, schlägt Lee vor, »du benutzt die Karte heute, und beim nächsten Mal machen wir dann einen Neuanfang.«

»Du bist die Größte«, verkündet Evelyn. »Ich wusste, dass du die richtige Entscheidung treffen würdest. Die Karte behalte ich, als Andenken.«

Mit Sicherheit wird diese Karte in näherer Zukunft wieder für Ärger sorgen.

Im Kurs sind heute fünfundzwanzig Leute, eine gute Gruppe, auch wenn Shane ganz vorne thront. Er ist ein großer Hippietyp mit einer leichten Wampe, der gegen Deo allergisch zu sein scheint. Die anderen Schüler haben sich über ihn beschwert, aber Lee hat sich noch nicht überlegt, wie sie das Thema zur Sprache bringen kann, ohne ihm zu nahe zu treten. Das Beste ist wahrscheinlich, es einfach offen anzusprechen, doch ihr graut schon allein vor dem Gedanken. Das Einfachste wäre vermutlich ein anonymer Brief. Allerdings fragt Lee sich schon, ob sein Hygieneproblem genauso stören würde, wenn er zwanzig Jahre jünger wäre und ein Sixpack hätte.

Geld und Körperausdünstungen – es wäre tatsächlich schön, wenn sich jemand anders mit diesen Problemen befassen könnte.

Keine Katherine im Kurs. Wie meistens, seit Alan sie zur Rede gestellt und ihr vorgeworfen hat, sie hätte in der Buchhaltung herumgepfuscht. Lee kann verstehen, dass sie sauer ist, aber sie fehlt ihr in den Kursen, und außerdem ist Katherine ein Fixpunkt für Lee, jemand, von dem sie weiß, dass er sich mehr für die Verbindung von Körper und Geist interessiert als die meisten ihrer Schüler. Das liegt daran, dass Katherine völlig in der Atmung aufgeht.

In jeder Sitzung teilt sich die Gruppe in zwei Lager. Da gibt es die, die sich anstrengen, vernünftig zu atmen und zu verstehen, dass darin die Essenz des Yogas liegt, und andere, die das alles ignorieren und sich beschweren, weil sie das Gerede über die Atmung nervt. »Ich weiß, wie man atmet!«, maulen diese Schüler manchmal. Doch natürlich wissen sie das in Wirklichkeit nicht.

»Heute geht es einmal nur um die Atmung«, verkündet Lee jetzt. »Die harmonisierende Musik des Körpers, das Element, das eure Gefühle in wenigen Minuten ausbalancieren kann, egal, wo ihr euch befindet und was ihr gerade tut. Also setzen wir uns doch alle mal bequem hin und fangen damit an. Atmet tief, langsam und gleichmäßig durch die Nase ein.«

Sie bemerkt, dass die Frau neben Shane bei dieser Anweisung ihre Matte etwas weiter von ihm wegschiebt.

❀

Lee hat ein Datum ausgemacht, um sich das YogaHappens-Zentrum in Beverly Hills anzuschauen und dort eine Stunde zu geben. Man hat ihr erklärt, dass man auf der Webseite für ihren Unterricht Werbung machen werde und sie sich auf eine größere Gruppe einstellen kann. Nach der Sitzung schaut sie sich in ihrem Büro im Studio die YogaHappens-Homepage an. Es ist eine aufwendig gestaltete Seite mit Musik und bewegten Bildern und dem Geräusch von plätscherndem Regen im Hintergrund. Im Veranstaltungskalender entdeckt sie die Aufnahme von sich, die deren Fotograf letzte Woche in Edendale von ihr gemacht hat. Es ist wahrscheinlich das schmeichelhafteste Foto, das Lee je von sich gesehen hat. So perfekt, wie ihr Teint und ihre Zähne hier aussehen, kann sie nur mutmaßen, dass das Bild retuschiert wurde. Man könnte leichtgläubig annehmen, dass kaum etwas verändert wurde, aber sie vermutet eher das Gegenteil. Im Laufe des letzten Jahres hat sie bei sich Falten im Gesicht und dunkle Ringe unter den Augen entdeckt und eine gewisse Härte, die ihre Züge prägt, seit sie versucht, alles auf einmal in den Griff zu kriegen. Altern ist keine Krankheit, versichert sie sich selbst immer wieder. Ihr ist klar, dass sie in den neuen Fältchen etwas Liebenswertes sehen sollte, und die dunklen Ringe unter ihren Augen als ein Zeichen von Charakter, doch als sie das sanfte, glatte Gesicht auf der YogaHappens-Website anstarrt, kann sie nicht anders, sie würde sich wünschen, morgens im Spiegel auch genau das zu sehen.

Deep Flow Meditasana beschreiben sie als eine »einzigartige Mischung aus Yogahaltungen und -traditionen, die sich allen Konventionen und Erwartungen widersetzt und Sie auf eine seltsame und zauberhafte Reise jenseits von Stress und Alltagssorgen entführt. Wie eine sanfte Brise, die Ihre Wange liebkost und dabei einen exotischen und doch vertrauten Duft mit sich bringt. Lassen Sie sich auf diese Reise ein, lassen Sie sich mitreißen, sich ins Herz der Yogaerfahrung und, möglicherweise, auf den Grund ihrer Seele entführen.«

Etwas schwammig, das ist sicher, und nicht sonderlich konkret, aber es klingt auf jeden Fall reizvoll, und seltsamerweise erfasst es in gewisser Hinsicht tatsächlich die Art und Weise, wie Lee ihre Sitzungen sieht, eine Reise mit Ausgangspunkt und Ziel.

Lee selbst wird als »ein noch unentdecktes Juwel der Yogaszene in L.A.« beschrieben, als »eine Lehrerin mit unvergleichlichem Talent und kompromissloser Integrität, mit medizinischem Hintergrundwissen und sogar einem einmaligen Auftritt als Fashion-Model«. Wenigstens behaupten sie nicht noch, sie wäre Hirnchirurgin. Und sie hat tatsächlich mal für eine befreundete Designerin vor der Kamera gestanden, womit die Erwähnung als Model wohl gerechtfertigt ist. Dennoch macht es ihr Sorgen, dass sie es offensichtlich für nötig halten, mit so einem Rummel für sie zu werben. Die Beschreibung, die sie ihnen geschickt hat, betonte ihre Erfahrung als Mutter und als Gründerin ihres Studios.

Alan wird in einer Ecke der Homepage kurz als Lees Ehemann erwähnt. Man stellt ihn als »einen aufsteigenden Stern am Folk-Himmel von L.A. und eine der immer lauter erklingenden Stimmen der *Spiritual-Music*-Bewegung, die er zum Teil mitbegründet hat«, dar. Dann heißt es weiter: »Alan wird ausgewählte Sitzungen live begleiten, um ein Hörerlebnis zu schaffen, das den glücklichen Schülern, die einen Platz ergattern, neue Türen zu Wahrnehmung und Gefühlen öffnet. Für diese Kurse entstehen zusätzliche Kosten.«

Lee sieht, dass Katherine mit einem Kunden spricht und ihn auf den Bürgersteig hinausbegleitet. Die Masseurin ist eine ihrer besten Freundinnen und steht ihr im Hinblick auf so viele Dinge nahe. Sie wartet in der Bürotür darauf, dass Katherine zurück ins Studio kommt.

»Viel zu tun?«, fragt sie.

Katherine lächelt. »Ich kann mich nicht beklagen. Morgen ist es ruhiger, das gleicht sich also wieder aus.«

Lee folgt ihr in den Massageraum und sieht dabei zu, wie Katherine das Laken von der Liege abzieht.

»Kann ich dir helfen?«

»Ich komme schon klar«, winkt Katherine ab.

Das würde Lee nur zu gerne glauben, aber stattdessen hört

sie sich selbst sagen: »Wenn das stimmt, warum kommt es mir dann so vor, als würdest du mir ausweichen und aus dem Weg gehen? Es tut mir leid, dass Alan dich wegen der Bücher zur Rede gestellt hat. Manchmal gehen ihm einfach die Pferde durch.«

»Darüber würde ich lieber nicht reden. Meine Vergangenheit ist nicht gerade astrein, deshalb wundert es mich auch nicht, dass Alan Fragen an mich hat, wenn so etwas aufkommt.«

»Das hat doch nichts mit deiner ›Vergangenheit‹ zu tun, Kat.«

»Ach nein? Es ist Alan also nie in den Sinn gekommen, dass ich wieder den Drogen verfallen bin und gelegentlich in die Kasse greife, um dieses Laster zu finanzieren?«

»Du hast Alan nie gemocht.«

»Ich bin nicht sicher, ob meine Meinung da irgendwie relevant ist. Und außerdem geht es darum auch gar nicht. Wir haben darüber gesprochen, was er von mir hält.«

»Er mag dich, das weißt du. Er war in letzter Zeit wieder öfter zuhause.«

Katherine nickt, dreht sich um und fängt an, die Fläschchen mit Ölen und Cremes ordentlich aufzureihen. »›In letzter Zeit‹ heißt dann wohl, seit du beschlossen hast, dich auf die Yoga-Happens-Sache einzulassen?«

Diese Schlussfolgerung versetzt Lee einen Stich, gerade deshalb, weil sie ja zutrifft. Doch sie kann verstehen, dass Katherine die möglichen anstehenden Veränderungen als Bedrohung wahrnimmt. Sie beschließt, die Bemerkung zu ignorieren. Ihre Freundschaft ist stark genug, um so einige Höhen und Tiefen zu überstehen.

»Heute ist Gracielas großer Tag«, wechselt sie das Thema. »Ich habe sie gebeten, mich nach dem Vortanzen anzurufen, allerdings habe ich bis jetzt noch nichts gehört.«

»Sag Bescheid, wenn es was Neues gibt«, bittet Katherine. »Sorry, aber ich habe in fünf Minuten einen Kunden.«

Eigentlich würde Lee sie ja gerne fragen, wie es so mit Conor läuft. Katherine hat ihn schon seit Tagen nicht mehr erwähnt, und er hat auch nicht im Studio vorbeigeschaut. Mit ihrer selbstzerstörerischen Ader hat die Masseurin in dieser Hinsicht nur wenig gute Erfahrungen gemacht. Was uns wieder zu »Katherines Vergangenheit« bringt, einem Thema, das man besser nicht ansprechen sollte. Lee geht zurück ins Büro und schaut noch einmal, ob Graciela ihr eine Nachricht geschickt hat. Noch immer nichts.

❁

Ich muss zugeben«, erklärt Becky, »dass Taylor Kendall ziemlich extrem war. Ich hatte ihn gar nicht als derart ichbezogen in Erinnerung, aber wenn man so erfolgreich ist, kommt man um so ein Ego vermutlich nicht herum.«

»Schätzchen, ich habe auf einem der Bälle zu seinem Amtsantritt mal Barack und Michelle kennengelernt, und die waren nicht so aufgeplustert. Und außerdem hat er doch die ganze Zeit gepredigt, wir sollten uns von unserem Ego lösen.«

»Das stimmt. ›Hört auf, an euch selbst zu denken, und denkt mehr an mich!‹«

Das Gute an Becky ist, dass sie das alles mit einer gehörigen Portion Humor nimmt. Das gehört zu den Dingen, die ihr immer helfen, nach vorne zu schauen. Mit ihrem Sinn für Humor hat sie ihre Scheidung durchgestanden und auch das ganze Auf und Ab in ihrer Karriere. Sie hält den Ball flach und macht ihre Arbeit. Sie freut sich über Erfolge, nimmt sich jedoch nicht allzu wichtig. Irgendwann hat sie sich mal selbst als den »weiblichen Hugh Grant« beschrieben – »nicht gerade hochkarätig, aber ansprechend und keine wirkliche Bedrohung«. Und damit ist sie voll und ganz zufrieden. Vielseitigkeit kann einen großen Schauspieler ausmachen, doch Julia Roberts ist bestimmt nicht so weit gekommen, indem sie Akzente imitiert.

Sie fahren gerade mit Beckys Prius in die Stadt. Imani ist natürlich dafür, den Planeten zu retten, allerdings findet sie die Art und Weise, wie der Motor dieses Autos plötzlich ohne jede Vorwarnung verstummt, ziemlich unheimlich. Das ist ja, als wäre man mit einer Freundin zusammen, die plötzlich aufhört zu atmen. Nach dem Vorfall mit Taylor Kendall hatte sie keine großen Rückenschmerzen – nur ein dumpfes Ziehen bei einer bestimmten Bewegung. Becky gegenüber hat sie in der Hinsicht ein wenig übertrieben, aber die hat sich überhaupt nicht beeindruckt gezeigt.

»Um ehrlich zu sein«, hat sie ihr verraten, »brauche ich dieses Zerren und Zwacken nach dem Unterricht sogar. Ich denke immer, wenn ich gar nichts spüre, dann habe ich nicht hart genug an mir gearbeitet.«

Imani ist versucht, ihr von der Sitzung zu erzählen, an der sie in Silver Lake teilgenommen hat. Vielleicht lag es einfach nur daran, dass es ihre erste Yogastunde überhaupt war, sie hat hingegen noch immer den Eindruck, dass sie sich damals besser gefühlt hat als nach jedem anderen Kurs, zu dem Becky sie mitgenommen hat. Mehr im Einklang mit sich selbst, wenn man das so sagen kann. Doch Becky würde diese Sitzung wohl als zu einfach oder simpel abtun, und dann würde Imani sich nur wie ein Schwächling und Weichei vorkommen. Vielleicht wird sie eines Tages noch mal allein dort hingehen und in Ruhe vergleichen.

Heute sind sie auf dem Weg zu einem Studio, das es Becky zufolge schon *ewig* gibt (was auch immer das heißen soll), und in dem angeblich ein Stil gezeigt wird, auf den Yogaleute bei Muskel- und Gelenkschmerzen schwören. Vermutlich mal wieder Hot Yoga. Darauf ist Imani zwar nicht gerade scharf, aber es kann auch nicht schlimmer werden als der Schwitzhütten-Workshop mit Wie-hieß-er-doch-gleich, Narcissus de Sade.

Als sie gerade aus dem Auto steigen wollen, dreht Becky sich zu Imani um und fragt, ernster als sonst: »Was hast du eigentlich wegen der Arbeit vor?«

Das ist ein heikles Thema, und Imani hat sich davor jetzt schon seit Monaten gedrückt. Vor einiger Zeit, auf dem Höhepunkt ihrer Tage bei *X.C.I.A.*, kam sie sich beinahe unbesiegbar vor, als könnte nichts ihr etwas anhaben. Alles lief so gut, manchmal war es schwierig, das überhaupt zu verarbeiten. Sie hatte eine tolle Rolle in einer erfolgreichen Fernsehserie, und sie war mit einem hinreißenden Typen verheiratet, der so gut zu ihr war und sie in allem unterstützte. Sie bekam Angebote für andere Serien, und es gab sogar Gerüchte über Filmrollen. Selbst wenn sich heute alles um Fernsehserien dreht, braucht man fürs Prestige doch noch immer die Filmindustrie. Es herrscht weiterhin das Gefühl vor, dass man kein »richtiger« Schauspieler ist, wenn man es nicht auf die große Leinwand schafft. Dass sie schwanger wurde, war der letzte Treffer in einer Zeit, die sie als endlose Glückssträhne empfand. Manchmal hat sie sich Sorgen gemacht, dass sie solches Glück gar nicht verdiente, aber sie wachte jeden Morgen auf und versuchte, es in vollen Zügen zu genießen. In der Serie eine Pause einzulegen war die richtige Entscheidung gewesen, vor allem, da die Drehbuchschreiber sich einen guten Grund für die Abwesenheit ihrer Figur überlegt hatten, der ihr allerdings auch die Möglichkeit bot, später wieder einzusteigen.

Und dann ging auf einmal alles in die Brüche. An den Morgen, an dem sie das Kind verloren hat, erinnert sie sich nur noch vage, und irgendwie verbindet sie diese Erinnerung mit dem Duft vom Geranienöl in der Feuchtigkeitscreme, die sie benutzte, als es passierte. Jedes Mal, wenn auch nur ein

Bruchteil dieser Erinnerung in ihr hochkommt, hat sie plötzlich einen leisen, aber schrillen Ton im Ohr und merkt, dass sie völlig zumacht. Sie weiß noch, dass Glenn ihr im Krankenhaus den Kopf liebkoste und hoffte, sie würde aufhören zu weinen. Die Feuchtigkeitscreme hat sie schon vor langer Zeit entsorgt.

Abgesehen davon, dass sie um das Baby trauert, fühlt sie sich auch so verletzlich wie nie zuvor. Eine Zeit lang wollte sie nicht einmal aus dem Haus gehen, konnte sich nicht ans Steuer eines Wagens setzen, hatte Angst vor lauten Geräuschen. Wenn sie ihr Kind verlieren konnte, einfach so, ganz plötzlich, ohne jede Vorwarnung, was konnte dann noch alles passieren? Der Gedanke daran, vor einer Kamera zu stehen, eine Situation, die für sie doch immer so völlig normal gewesen war, in der sie sich am meisten wie sie selbst gefühlt hatte, war ihr unerträglich, als ginge es hier um ein Erschießungskommando.

Beckys Frage nach der Arbeit fühlt sich so an, als würde beim Zahnarzt der Bohrer auf einen Nerv treffen. Es durchfährt Imani siedend heiß. Doch ehrlich gesagt hat sie sich selbst schon Gedanken darüber gemacht. Sie ist vor fast zehn Monaten bei der Serie ausgestiegen, und in diesem Business entspricht das etwa zehn Jahren.

»An manchen Tagen habe ich das Gefühl, dass ich bereit bin, wieder anzufangen«, erklärt sie jetzt. »Aber manchmal versetzt mich der Gedanke noch immer in Panik. Ich glaube, ich brauche mehr Zeit, allerdings frage ich mich auch, ob ich nicht immer mehr Angst haben werde, je länger ich wegbleibe.«

»Nach meiner Trennung«, erwidert Becky, »wollte ich nur noch weg. Egal wohin, egal wozu, Hauptsache, da kennt mich keiner. In Wirklichkeit habe ich mir eigentlich nur gewünscht, unsichtbar zu sein. Doch in die Anonymität führt kein Weg zurück, Süße. Das ist wie mit der Jungfräulichkeit – wenn sie erst mal weg ist, ist sie weg. Und das hier hat mir am meisten geholfen.« Sie macht eine Kopfbewegung in Richtung Yogamatte. »Ich bin einfach immer wieder hingegangen, weil ich nicht wusste, was ich sonst machen sollte. Und es hat geholfen.«

»Warum?«, fragt Imani. »Wie?«

»Ich habe keinen Schimmer«, gibt Becky zu. »Und weißt du was? Es ist mir auch egal. Solange es nur funktioniert. Und jetzt los. Die werden hier extrem unangenehm, wenn man zu spät kommt.«

Das Studio liegt mitten im Zentrum, im ersten Stock eines gelben Ziegelbaus, und Becky, die Angst vor Aufzügen hat, jagt Imani die Treppe hoch. Sie lachen und hecheln ein bisschen, als sie die Tür zum Studio öffnen. Und da bemerkt Imani es.

»Irgendwas stimmt hier nicht«, flüstert sie Becky zu. Es riecht, als würde jemand schmutzige Wäsche in einem Bottich voller Essig einweichen.

»Das ist nur der Teppich«, erklärt Becky. »Der ganze Schweiß setzt sich da wohl irgendwie ab. Man hat mich schon vorgewarnt.«

»Oh, okay. Haben sie dich auch davor gewarnt, dass ich jetzt die Beine in die Hand nehmen und mich schnellstens vom Acker machen werde?«

»Es geht hier nicht um den Teppich, Miss Lang. Konzentrier dich einfach auf die positiven Aspekte.«

»Wenn sie mir eine Gasmaske zur Verfügung stellen, schaffe ich das vielleicht. Aber wir sind ja noch nicht einmal im Trainingsraum.«

Der Mann an der Rezeption ist so nett und heißt sie so herzlich willkommen, dass Imani sich ein wenig entspannt. Er erkennt sie – weder Jungfrauen noch anonym –, doch er ist zu allen gleich freundlich. Wahrscheinlich muss er das mit dem Gestank wieder wettmachen.

Als sie den Yogasaal betreten, wird Imani fast schwarz vor Augen. Der große, offene Raum strahlt industrielles Flair aus und ist mit Menschen vollgestopft, die fast alle das Gleiche tragen, eine Art schwarzen Badeanzug. Das mit der Hitze ist bestimmt gar nicht so schlimm, wie es ihr vorkommt. Wahrscheinlich bildet sie sich das nur ein. Oder vielleicht stimmt da was mit der Heizung nicht, denn wenn das wirklich so übel ist, wie es ihr vorkommt, dann ist das doch bestimmt nicht beabsichtigt. Glenn und sie waren mal in Ägypten, und in Assuan herrschten über vierzig Grad. So fühlt sich das hier auch an.

Und was den Gestank angeht, so denkt sie am besten einfach nicht mehr daran. Wenn all die Leute ihn aushalten können, dann kann sie das sicher auch.

Es geht ziemlich einfach los, ein wenig Herumwedeln mit den Ellbogen und das übliche geräuschvolle Atmen, aber nach fünfzehn Minuten ist Imani schweißgebadet und fühlt eine gewisse Gereiztheit in sich aufsteigen. Der Lehrer steht auf einem kleinen Podest, und obwohl vielleicht fünfzig Leute im Raum sind, scheint er jeden Namen zu kennen. Das ist doch unheimlich!

»Halt die Position, Thomas, halten! Höher, höher, höher. Wenn du kannst, dann musst du auch, Barry. Noch dreißig Sekunden, aber nach der Uhr! Höher, Amy!«

Anfeuerungsrufe sind eine tolle Sache, bei dieser Kombination aus extremer Hitze, Gestank und seinem Monolog im Befehlston hat sie allerdings große Lust, dem Typen ein gepfeffertes »Halt's Maul!« entgegenzuschleudern.

Das vielleicht Schlimmste an der ganzen Sache sind die verspiegelten Wände. Die Spiegel scheinen den Raum in ein eigenes kleines, abgeschlossenes Ökosystem zu verwandeln und machen es ihr unmöglich, dem Anblick ihres Körpers aus dem

Weg zu gehen, wie sie vor sich hin schwitzt und durch die Hälfte der Übungen schwankt.

Jedes Mal, wenn sie es fast nicht mehr aushält, denkt sie an Beckys Worte: Es funktioniert. Warum? Keine Ahnung. Sie muss eben nur daran glauben. Hingehen. Es tun. Übung für Übung. Schweißtropfen um Schweißtropfen.

Sie versucht, sich tief in ihrem Inneren einen Ort vorzustellen, an dem sich ihre Angst aufgestaut hat, und dass sie mit jedem Schweißtropfen, der an ihr herabrinnt, etwas davon ausschwitzt. Soll doch der Teppich all das in sich aufsaugen. Solange sie etwas davon zurücklässt, wenn sie wieder geht, sieht sie es als Gewinn an.

❁

Als die Musik endet, hält Graciela die letzte Figur in der Luft, wie in der Choreografie vorgesehen. Natürlich nur für eine Sekunde, aber lang genug, um zu zeigen, dass sie Sprünge draufhat, die es aussehen lassen, als könnte sie in Zeitlupe durch die Luft schweben. In der darauf folgenden Stille landet sie lautlos wie eine Katze wieder auf dem Boden.

Drei Leute sehen ihr zu: der Choreograf, der Regisseur des Videos und eine kleine Frau, die so aussieht, als hätte man ihr die Haut im Gesicht nach hinten gezogen und sie in den Gummizug des riesigen UFO-Hutes gestopft, den sie trägt.

»Danke«, ruft der Choreograf staubtrocken. »Interessante Musikwahl.«

»Vor allem für unser Jahrzehnt«, fügt die kleine Frau mit dem Hut hinzu, und der Choreograf prustet vernehmlich.

Nach einem Vortanzen weiß Graciela eigentlich nie, wie es gelaufen ist. In diesem Moment ist die Anspannung immer so groß, und sie konzentriert sich so sehr auf das, was sie da tut, und ist gleichzeitig so eins mit der Musik, dass ihr nie wirklich klar ist, wie das von außen wohl aussieht. Heute hat sie keine vorgesehenen Schritte ausgelassen, hat sich nichts gezerrt und war fast die ganze Zeit völlig entspannt. Man hat sie die vollen zwei Minuten durchtanzen lassen, das ist normalerweise ein gutes Zeichen.

Diese halbherzigen und ein wenig sarkastischen Bemerkungen verheißen hingegen gar nichts Gutes.

»Wir melden uns dann«, verabschiedet sich der Regisseur.

»Sie haben meine …«

»Ja, ja, ja. Wir haben alles.«

Das fühlt sich an wie eine riesige Antiklimax, nach der ganzen Vorbereitung, der Verletzung, all den Wochen, die sie sich geschont hat, um den Heilungsprozess zu unterstützen. Das alles für *so was*. Ja, ja, ja, wir haben alles, bis später dann. Rufen Sie uns nicht an.

»Vielen Dank, dass Sie mir die Chance gegeben haben, hier vorzutanzen.«

»Na, höflich ist sie ja«, bemerkt die kleine Frau, als wäre Graciela gar nicht da. Sie fasst sich an den Hut, und es sieht tatsächlich so aus, als würde sie sich die Haut wieder darunterschieben.

Während Graciela die Tanzfläche überquert und auf die Tür zuhält, kommt ihr das vor wie ein Spießrutenlauf, aber sie legt den Weg mit so viel Würde zurück, wie sie nur aufbringen kann. Als sie schon fast draußen ist, klingelt ein Handy und der Regisseur ruft sie zurück. »Warten Sie mal.«

Sie bleibt nicht einfach nur stehen, es kommt ihr eher vor, als würde sie mit einem Mal erstarren, sie hält sich an der Tür fest, und es gelingt ihr kaum, sich umzudrehen. Im Spiegel an der Wand kann sie die drei sehen, sie sprechen mit jemandem übers Handy und schauen noch einmal die Notizen durch, die sie gerade gemacht haben. Der Regisseur beendet das Telefonat.

»Graciela, nicht wahr?«

Sie dreht sich um. »Ja.«

»Sie würde das gerne noch mal sehen.«

Graciela sieht sich im Raum um. Keiner der Spiegel kommt ihr verdächtig vor, aber man weiß ja nie. Wer »sie« ist, muss selbstverständlich nicht erläutert werden.

»Könnten Sie das für uns tun? Das Ganze noch einmal durchtanzen?«

»Natürlich.«

»Und wenn wir Sie für das Video casten würden, wären Sie dann bereit, sich dafür Ihre Locken abzuschneiden?«

»Wäre ich«, bestätigt sie.

Die kleine Frau wackelt frech mit dem Kopf. »Gute Antwort. Wir hatten sowieso eher an lange Haare gedacht.«

❀

Als sie aus dem Gebäude kommt und auf die Straße tritt, hat Graciela ganz eindeutig das Gefühl, dass sich ihr Leben gerade verändert hat. Man hat ihr noch keine Zusage gemacht, doch nach dem zweiten Durchgang hat das Telefon wieder geklingelt, und dieses Mal wurde sie gefragt, ob sie Charleston tanzen kann. »Wir benutzen eine Menge Überraschungselemente«, hat der Choreograf erklärt.

Als junges Mädchen war Graciela geradezu besessen von Josephine Baker – diese Eleganz, das Glamouröse und ihr verrückter Tanzstil waren anders als alles, was es vorher oder nachher gab. Sie erinnerte sich nur noch vage an das körnige Schwarzweißvideo von Josephine beim Charleston, das sie in einer Doku gesehen hat, aber voller Hoffnung und Optimismus und mit einem ordentlichen Schuss Lebensfreude legte sie los und zeigte zwanzig Sekunden lang etwas, von dem sie hoffte, dass es dem Erwünschten nahe kam.

Nachdem »sie« Interesse signalisiert hatte, waren »die hier« auf einmal richtig nett.

»Sie hat wirklich Esprit.«

»Nicht wahr? Das fiel mir auch sofort auf.«

»Und dieses Lächeln! Das werden wir natürlich nicht benutzen, doch es ist wirklich unbezahlbar.«

Lindsay wartet im Eingangsbereich des Gebäudes. Ihr Blick stellt die unvermeidliche Frage. Graciela zuckt mit den Achseln, dann allerdings kann sie ein breites Grinsen nicht mehr unterdrücken. Lindsay quiekt los und rennt auf sie zu.

»Hast du den Job?«

»Es war auf jeden Fall kein Nein. Ich bin mir ziemlich sicher, dass es ein solides Vielleicht war.«

»Mochten sie die Choreo?«

»›Sie‹ fand sie gut!«

»*Sie* war da?«

»Nicht so ganz. Vermutlich in einem angrenzenden Raum. Auf jeden Fall hat sie alles gesehen. Und dann angerufen.« Schließlich kann Graciela einfach nicht mehr anders und kreischt: »Sie fand mich toll! Ist Daryl hier?«

»Er hat angerufen, er ist unterwegs. Ich kann einfach nicht fassen, dass deine Füße noch den Boden berühren. Du solltest doch eigentlich schweben!«

Arm in Arm kommen sie aus dem Gebäude, und in diesem Augenblick entdeckt Graciela eine hünenhafte Figur, die an der Hauswand lehnt – Conor. Er nickt und lächelt und kommt zu ihr rüber.

»Hey, Graciela«, grüßt er.

Graciela lächelt ihn an. Sie hat nichts falsch gemacht, ruft sie sich in Erinnerung, sie hat ihn in keiner Weise ermutigt. Vielleicht hätte sie einfach mit ihm reden sollen, als er das erste Mal angerufen hat, doch das ist jetzt vorbei und sie schaut nur noch nach vorne.

»Hi, Conor«, erwidert sie und versucht, kühl, aber nicht unfreundlich zu klingen. »Was machst du denn hier?«

»Ich habe schon eine ganze Weile versucht, dich zu erreichen.«

»Ich hatte gerade dieses Vortanzen, und …«

»Ich weiß.«

»Hat Katherine es dir erzählt?«

»Nein, Chloe oben im Studio. Wie ist es denn gelaufen?«

Lindsay hält sich diskret im Hintergrund und tut so, als würde sie mit ihrem Handy herumhantieren. Das macht Graciela noch unruhiger, denn Lindsay scheint den Eindruck zu haben, da würde was zwischen ihnen laufen.

»Ich habe ein ganz gutes Gefühl«, erklärt Graciela. »Tut mir leid wegen deiner Anrufe, doch ich hatte wirklich viel zu tun …«

Sie verstummt langsam. Was soll sie denn noch dazu sagen? Ich wollte dich nicht ermutigen? Wie bist du bloß darauf gekommen, dass ich Interesse haben könnte?

»Ja, ich muss schon sagen, wenn es darum geht, zurückzurufen, seid ihr Yogadamen wirklich nicht besonders.«

Graciela sieht ihm direkt in die Augen. Es ist immer am besten, es einfach auszuspucken. Das macht doch alles einfacher, oder nicht?

»Ich lebe mit jemandem zusammen«, erklärt sie also. »Und außerdem ist Katherine inzwischen eine gute Freundin von mir.«

»Ich weiß, dass du Katherines Freundin bist«, antwortet Conor. »Das mit dem Freund wusste ich zwar nicht, aber …«

»Aber du weißt es jetzt.« Das kommt von Daryl, der auf einmal hinter Graciela steht. Er legt ihr die Hände auf die Hüfte. »Jetzt weißt du's, okay?«

Es hat auch seinen Vorteil, dass Katherine seit Alans beleidigender Bemerkung über das Geld nicht mehr zu Lees Kursen geht – sie hat jetzt mehr Zeit für ihr rosa Fahrrad. Sie hat sich Stress und Anspannung vom Leib gestrampelt, indem sie die Straßen von Silver Lake hoch- und runtergeradelt ist, bis ihr die Schenkel wehtaten, und dann hat sie Runden um das Silver Lake Reservoir gedreht, bis sie endlich die emotionale Befreiung verspürt hat, die sie normalerweise nach dem Yoga überkommt. Und im Moment gibt es da eine Menge Dinge, von denen sie sich gerne befreien würde.

Als sie heute die zweite Runde um den See beginnt, wird ihr auf einmal ein wenig schwindelig. Vermutlich ist es die schlechte Luft, die sie da in ihre Lungen pumpt, oder vielleicht auch das übermächtige Gefühl, dass die Dinge überhaupt nicht so laufen, wie sie es gerne hätte. Und das Witzige daran: Sie kann es Alan nicht einmal übel nehmen, dass er sie wegen der Buchhaltung ausgefragt hat. Selbst wenn sie auf ihn sauer ist, ihn vielleicht sogar hasst, weil er sie für einen schwachen Menschen hält, der früher schon alles vermurkst hat und es wieder tun wird, denkt sie insgeheim doch ähnlich. Vielleicht hat der ganze Scheiß, der ihr als Kind passiert ist, ihre Hirnchemie ja dauerhaft durcheinandergebracht.

Als sie die Nordseite des Silver Lake Reservoir umrundet, wirbelt ein warmer Wind jede Menge Staub auf, und sie beschließt, eine Pause zu machen und auf einer Bank mit Blick auf den Hügel zu verschnaufen. Sie öffnet die kleine Ledertasche unter dem Fahrradsitz und greift nach ihrem Brillenetui. Nur zu blöd, dass sie gar keine Brille trägt. Sie holt den Joint heraus, den sie dort heute Morgen verstaut hat, und zündet ihn an. Ein langer Zug, und die Ecken und Kanten des Tages verschwinden nach und nach. Die Idee, dass Hasch eine

Einstiegsdroge ist, ist doch der reinste Witz. Bei ihr war das Leben die Scheißeinstiegsdroge.

Nach dem dritten oder vierten Zug hat der Himmel einen zauberhaften Gelbton angenommen, und sie fühlt sich so matt und faul, dass sie sich nicht vorstellen kann, wie sie auf ihr Rad steigen soll, ohne erst mal ein wenig in der Sonne zu dösen. Auf einmal kommt ihr nichts mehr wirklich wichtig vor, nicht einmal die Sache mit Conor. Sie holt ihr Handy aus der Rocktasche. Keine Anrufe. Na ja, sie kann ihm kaum einen Vorwurf daraus machen, dass er es aufgegeben hat. Immerhin hat sie ihm verkündet, sie hielte es für keine gute Idee, wenn sie eine Beziehung eingehen würden. »Eine Beziehung eingehen« waren exakt die Worte, die sie benutzt hat. Elegant und technisch und ohne jede Emotion. Er hat ihr gegenüber zugegeben, dass er aus Boston weggegangen ist, weil seine frühere Freundin die Sache ganz plötzlich beendet hat, und zwar aus Gründen, die ihm nicht eingeleuchtet haben. Nachdem sie zwei Jahre lang zusammengewohnt haben, war sie zu dem Schluss gekommen, dass ihre Herkunft einfach zu verschieden war – eine nette Art und Weise, ihm verständlich zu machen, dass sie eigentlich jemanden mit Collegeabschluss und einer ordentlichen, gut betuchten WASP-Familie suchte. Während er darüber hinwegzukommen versucht, kann er jemanden mit ihrer Vorgeschichte voller Labilität und Bindungsangst nun wirklich nicht gebrauchen.

Von einem egoistischeren Standpunkt aus ist es wirklich zu schade. Sie kann seine Lippen noch immer auf den ihren schmecken – sein würziges Aroma, vermischt mit den Guter-Junge-Geschmacksrichtungen Zahnpasta und Juicy-Fruit-Kaugummi –, und sie kann seine riesigen Hände noch immer am ganzen Körper spüren, so warm und sanft. Doch sobald sie ihn zusammen mit Graciela gesehen hat – der süßen, hübschen Graciela –, wurde ihr klar, dass Conor genau so eine

Beziehung braucht. Natürlich nicht mit Graciela selbst, aber mit so jemandem, anstatt mit einer Weltklasse-Versagerin wie ihr.

Sie döst langsam ein und hat einen allzu lebhaften Traum, in dem ein riesiger rothaariger Kerl sein Gesicht in ihrem Nacken vergräbt und etwas darüber murmelt, wie perfekt sie doch ist. Mit einem Satz wacht sie auf und stellt fest, dass tatsächlich jemand neben ihr auf der Bank sitzt und ihr mit den Fingern über den Nacken streicht.

Leider kein rothaariger Riese, sondern Phil Simone.

»Ich habe dich erschreckt, oder?«, fragt er.

»Du weißt doch, dass mich so schnell nichts erschreckt, Phil.« Phil ist einer von diesen Typen, die plötzlich aus dem Nichts aufzutauchen und mit der gleichen Leichtigkeit wieder zu verschwinden scheinen. Und die Hälfte der Zeit kann man sowieso nicht sicher sein, ob er überhaupt ganz da ist, selbst wenn er gerade vor einem steht. »Ich dachte, du bist nach Seattle gezogen.«

»Ja, da habe ich mich eine Weile rumgetrieben. Ich hatte einen Job bei Boeing, allerdings ist das nicht besonders gelaufen. Also habe ich beschlossen, wieder zurückzukommen. Der Scheißregen und die ganzen Wolken sind mir an die Nieren gegangen.«

»Ja, das kommt vor.« In den sechs Monaten, die Katherine mit Phil zusammen war, hat sie gelernt, nur etwa ein Viertel von dem zu glauben, was er so erzählt. Der Rest besteht aus einem komplizierten Gefüge von Lügen und Übertreibungen, das er sich aus keinem erkennbaren Grund zusammenspinnt. Aber das ist ihr schon lange egal. Inzwischen findet sie ihn eher amüsant.

»Bist du wieder in deiner alten Wohnung?«

»Nee. Die habe ich doch gekündigt. Im Moment penne ich bei einem Kumpel.«

»Na, der Glückliche.«

Er schüttelt den Kopf. »Sarkastisch wie eh und je, hm? Pass bloß auf, Kat – keiner mag Frauen, die rumzicken.«

»Weißt du, was erstaunlich ist, Phil? Dass das überhaupt nicht stimmt – viele Männer stehen nämlich auf Zicken.«

»Ja, was soll's, ich gehöre jedenfalls nicht dazu.«

»Gut, dann solltest du dir vielleicht eine andere Bank suchen. Denn wenn ich mich recht entsinne, dann hast du mir damals immer unter die Nase gerieben, dass ich als Zimtzicke geboren wurde und auch als Zimtzicke sterben werde.«

Diese Unterhaltung fasst so ziemlich zusammen, wie es während ihrer Beziehung zwischen ihnen lief. Ein ständiger bissiger Schlagabtausch, bei dem sie sich so lange im Kreis drehten, bis sie schließlich von den Spielchen die Nase vollhatten und im Schlafzimmer verschwanden.

Phil Simone ist einer von diesen schmierigen dünnen Kerlen, die unfähig sind, mehr als zwölf Stunden am Stück ehrlich, treu und nüchtern zu bleiben. Nicht so recht arbeitsfähig, mit schlechten Zähnen und zweifelhafter Hygiene. Und trotzdem hat noch nie jemand Katherine gefragt, was sie mit dem Kerl eigentlich wollte. Denn die Antwort steht ihm in sein langes Gesicht und über seinen ganzen sehnigen Körper geschrieben: toller Sex. Er hat dieses eine Talent, das alles wieder wettmacht, und obwohl er beinahe kindisch stolz darauf ist, weiß er es zu nutzen.

Aber irgendwann wird selbst das langweilig, und als Katherine schließlich aufhörte, zurückzurufen oder ihn hereinzulassen, wenn er um Mitternacht plötzlich vor ihrer Tür stand, da sah sie diese Entscheidung als den Grundstein des Selbstwertgefühls, das sie aufbauen wollte. Sie hat vor über einem Jahr mit ihm Schluss gemacht und war seitdem glücklich keusch und enthaltsam. Es kann kein gutes Zeichen sein, dass seine fettigen Haare und der spöttische Ton sie ein kleines bisschen antörnen. Sie hat sich geschworen, sich nie wieder auf Phil oder einen seiner Brüder im Geiste – Trinker, Fixer, Loser – einzulassen.

»Knetest du noch immer Leute durch?«, will er wissen.

»Nur zahlende Kunden, Phil. Und ich bin nicht billig.«

»Das war ja nicht immer so, wenn ich mich recht entsinne.«

»Wenn ich du wäre, würde ich meiner Erinnerung nicht allzu sehr trauen. Die könnte ein wenig getrübt sein.«

»Aber vermutlich nicht so getrübt wie deine, oder?«

Natürlich stimmt es, was er da sagt. Wem will sie hier etwas vormachen? Sie hat sich eingeredet, dass sie für Typen wie Phil zu gut ist, doch sie kann einfach nicht so recht glauben, dass sie gut genug ist für jemanden wie … den Feuerwehrmann. Und da bleibt dann nicht mehr viel. Sie zündet den Jointstummel noch einmal an und nimmt einen Zug. »Da hast du nicht unrecht«, gibt sie zu und reicht ihm den Glimmstängel. »Hast du Lust, dich noch ein bisschen mehr zu benebeln?«

Er greift zu und raucht das Ding zu Ende. »Wohnst du noch immer oben in Dexter?«, erkundigt er sich.

»Noch hat man mich nicht rausgeschmissen.«

»Dann solltest du mich wirklich zu dir einladen. Ich vermisse dein kleines Häuschen.«

»Ich habe mein Fahrrad hier.«

»Ja, habe ich bemerkt. Bist wohl seit Neuestem einer von diesen sportlichen Naturtypen, hm?«

»Nee. Das habe ich nur, um damit Männer aufzureißen.«

»Ach, echt? Und wie läuft es?«

»Besser als geplant«, erklärt sie. Sie steht auf und fühlt sich auf einmal so traurig und niedergeschlagen wie schon lange nicht mehr. Bringen wir's hinter uns, denkt sie und bedeutet ihm mitzukommen.

Graciela spürt, wie das Hochgefühl nach dem Casting auf einmal ganz schnell verfliegt. Was will Conor hier bloß? Und wie viel Ärger wird sie wegen seiner Anwesenheit – die sie weder erhofft noch veranlasst hat – wohl bekommen? Daryls Auftauchen lässt ihn völlig ungerührt, und er trägt weiterhin sein jungenhaftes Grinsen zur Schau.

»Ich bin Conor«, stellt er sich vor. »Ich habe deine Freundin oben in Silver Lake kennengelernt.«

»Ja, okay«, knurrt Daryl. »Und was machst du jetzt hier?«

»Ich wollte mit Graciela über ein paar Sachen reden.«

Dabei sieht er so locker und gleichzeitig verlegen aus, dass Graciela sich plötzlich fragt, ob sie das vielleicht alles missverstanden hat, und besser direkt auf seine Anrufe geantwortet hätte. Aber Daryl fängt an, sich aufzuplustern und in die Brust zu werfen, wie er es immer tut, wenn er sich bedroht fühlt. Glaubt er denn wirklich, dass sie ihn betrogen hat oder auch nur hinter seinem Rücken mit anderen flirten würde? Falls es jetzt zur Sache gehen sollte, sieht sie Conor klar im Vorteil, er überragt Daryl bei weitem und hat diese unnachgiebige Kleiderschrank-Attitüde, die man oft bei Türstehern sieht.

Lindsay schießt herbei und wirft ein: »Du wirst es nicht glauben, Daryl – Graciela hat es geschafft!«

Daryl wirbelt seine Freundin herum. Er sieht ein wenig verblüfft aus, aber wirklich glücklich. Hoffentlich stellt das den ganzen anderen Blödsinn in den Hintergrund. »Wirklich? Sie fanden dich gut?«

»Sie fanden sie toll! Beyoncé fand sie toll!«

»Hast du sie getroffen?«

Daryl sieht so wahrhaftig glücklich und aufgeregt aus, dass Graciela beschließt, Lindsay nicht direkt zu widersprechen.

»Gewissermaßen. Ich meine, die haben alle gesagt, dass ihr meine Nummer gefallen hat, also …«

»Graciela, das sind ja tolle Neuigkeiten. Glückwunsch!«

Das ist Conor, und sosehr sich Graciela auch über dieses Treuebekenntnis freut, so wünscht sie sich doch, er hätte lieber den Mund gehalten. Daryl fährt herum und legt ihm die Hand auf die Brust. Er ist ein aufbrausender Typ, und daran ändert auch der Größenunterschied nichts.

»So, worüber wolltest du denn mit Graciela reden?«, fragt Daryl. »Warum redest du nicht mit mir darüber?«

»Ich glaube zwar nicht, dass dich das etwas angeht, mein Freund, aber ich kann auch dich fragen, was ich wissen will, damit habe ich kein Problem. Offen gestanden würde ich euch alle ganz gerne auf einen Drink einladen, um Gracielas tolle Neuigkeiten zu feiern.«

»Also, weißt du, ich kann sie auch ganz gut selbst einladen«, faucht Daryl.

»Das stimmt wohl. Wie wäre es denn, wenn ich dieser Dame hier einen Drink spendiere? Dann sind sicher alle zufrieden.«

»Ich bin Lindsay.«

Na, perfekt, denkt Graciela. Die Stimme ihrer Freundin verrät ihr, dass die schon hin und weg ist. Seit ihr letzter Freund irgendwann damit um die Ecke kam, dass er verheiratet ist und zwei Kinder hat, hat sich Lindsay nicht mehr verabredet.

Lindsay kennt eine Kneipe ein paar Straßen weiter, und auf dem Weg dahin hat Conor eine Menge Fragen: War sie mit ihrer Vorführung zufrieden? Hatte sie vorher Lampenfieber? Denkt sie über die Bewegungen nach, wenn sie tanzt, oder weiß ihr Körper schon von allein, was er zu tun hat? So wie er die Fragen stellt, wirkt er ernsthaft interessiert, nicht nur an ihr, sondern an dem ganzen Thema. Andere Menschen liegen ihm so sehr am Herzen, und er zeigt so große Anteilnahme, so etwas gibt es nicht oft. Ehrlich gesagt stellt Daryl ihr nur selten solche Fragen. Sie redet sich gerne ein, es liege daran, dass er höflich und ein wenig schüchtern ist. Aber vermutlich gibt es im Leben anderer Leute eher so viele Dinge, die ihn neidisch machen oder durch die er sich bedroht fühlt, dass er lieber nur die Oberfläche streift.

»Was ist mit dir, Daryl?«, fragt Conor. »Was machst du so?« Und als Daryl ihm von seiner DJ-Karriere erzählt, meint Conor: »Das ist doch irgendwie perfekt, oder nicht? Ihr beiden? Du inspirierst sie doch bestimmt musikalisch.«

»Stimmt«, bestätigt Graciela. Und es ist wahr.

Erst als sie in der Kneipe sitzen und auf Gracielas Erfolg einen Toast ausgebracht haben, spricht Conor das Thema Katherine an. Er wird auf einmal ganz ernst und ein wenig melancholisch.

»Ich erwarte von dir ja nicht, dass du Antworten auf all meine Fragen hast«, erklärt er. »Ich hoffe nur auf einen kleinen Hinweis oder irgendeine Erkenntnis. Ich bin jetzt nicht gerade ein guter Fang, doch das zwischen uns fühlte sich wirklich gut an, und dann knallt sie mir einfach die Tür vor der Nase zu, bum! Vielleicht hat sie dir gegenüber irgendwas erwähnt? Oder mit jemand anderem darüber gesprochen?«

So gut kennt Graciela Katherine gar nicht. Sie reden eigentlich nicht über persönliche Dinge. Aber weil Katherine so einen coolen, ausgeflippten Stil hat und jede Menge sexuelle Energie ausstrahlt, reden die Leute über Katherine. Stephanie hat Graciela ein paar erstaunliche Details aus Katherines Vergangenheit erzählt, obwohl nicht wirklich klar ist, was davon stimmt und was nur Gerüchte sind. Also hält sie wohl am besten ihren Mund. Im Dämmerlicht der Kneipe steht Conor allerdings so viel wahre Enttäuschung ins Gesicht geschrieben, dass Graciela schließlich doch mehr verrät, als sie eigentlich sollte.

»Ich habe gehört«, beginnt sie, »dass sie wohl glaubt, nicht gut genug für dich zu sein.«

»Nicht gut genug? Seltsam, meine letzte Freundin fand, ich sei nicht gut genug für sie.«

»Ich denke, sie hat irgendwie so was wie eine dunkle Vergangenheit.«

»Und sie glaubt tatsächlich, ein Typ aus einem Sozialbau in Boston hat immer eine weiße Weste gehabt?«

»Das kann ich nicht sagen«, räumt Graciela ein. »Aber sie weiß, dass man dich früher einmal verletzt hat, und sie will dich nicht enttäuschen. Soweit ich weiß, gibt es keinen anderen.«

Lindsay war die ganze Zeit ziemlich still. Sie ist einer der großzügigsten Menschen, die Graciela kennt, und sobald sie von Conors Gefühlen Wind bekommen hat, hat sie den Rückzug angetreten. Graciela wird sich mal nach jemandem für sie umschauen, doch Conor wird es wohl nicht sein.

»Bist du mal hingefahren und hast bei ihr angeklopft?«, fragt Lindsay.

»Das ist eigentlich nicht mein Stil«, gibt Conor zu bedenken.

»Ach, komm schon. Vielleicht brauchst du einen neuen Stil.«

»Außerdem habe ich ihre Adresse gar nicht.«

Lindsay seufzt und holt ihr iPhone heraus. »Ihr Technikgegner. Wie schreibt man ihren Nachnamen?«

❁

Katherines Bungalow im Craftsman-Stil liegt in der Redcliffe Street, eingebettet in den Hügeln hoch über dem Silver Lake Reservoir.

Es war Liebe auf den ersten Blick, als Katherine das Häuschen zum ersten Mal sah, sie war ihm mit Haut und Haaren verfallen. Während sie zum ersten Mal den langen hölzernen Steg überquerte, der von der Straße zur Haustür führt, hatte sie augenblicklich das Gefühl, nach Hause zu kommen. Eigentlich total albern, da sie vorher nie groß darüber nachgedacht hatte, wo sie wohnte oder gerne wohnen wollte. Es war einfach ein Bauchgefühl als Reaktion auf diesen einen Ort. Wenn sie das Haus sehen, sagen die meisten Leute: »Oh mein Gott? Du wohnst hier? Wie hast du das denn gefunden?« Wenn sie das verlauten lassen, hört Katherine immer mitschwingen: »Ich hätte eigentlich gedacht, dass du in irgendeinem schäbigen Verschlag über einem Restaurant haust.« Tut mir leid, aber nein, ich wohne hier.

Als Phil und sie beim Haus ankommen, ist es draußen schon dunkel, und die Lichter der Stadt breiten sich vor ihnen aus wie ein funkelnder Teppich. Sie lässt immer eine Lampe an, damit das Häuschen mit dem Schindeldach dasselbe magische Willkommen ausstrahlt wie in dem Moment, als sie es zum ersten Mal sah. Mit Phil auf den Fersen schiebt sie ihr Rad über den hölzernen Gehweg und kettet es ans Geländer. Wahrscheinlich sollte sie es besser mit hineinnehmen, aber man kann es von der Straße aus eh nicht sehen, weil die Blätter der überwucherten Strelitzie es verdecken, und so ist es einfacher.

»Ich hatte ganz vergessen, wie schön es hier ist«, sagt Phil und blickt über das Geländer auf den steil abfallenden Hügel unter ihm.

»Ist es aber«, stellt Katherine fest.

Theoretisch kann sie sich die Miete für so ein Haus gar nicht leisten. Die Besitzerin war eine geschiedene Frau Ende fünfzig, die an Brustkrebs gestorben ist, und solange ihr chaotischer Nachlass nicht geregelt ist, können die Erben damit nicht viel anfangen. Der Sohn der Frau hat ihr das Haus vermietet und ihr einen guten Preis gemacht, da er sie scharf findet. (Er wohnt in Los Feliz und kommt immer mal wieder unangemeldet vorbei, um nach dem Rechten zu sehen, vermutlich in der Hoffnung, sie beim Sonnenbad anzutreffen.) Darüber hinaus hat sie sich bereit erklärt, das Haus möbliert zu übernehmen und ohne Mietvertrag einzuziehen, was bedeutet, dass man sie auch jederzeit mit nur ein oder zwei Wochen Vorwarnung wieder rausschmeißen kann.

Obwohl sie sich so in das Häuschen verliebt hatte, war Katherine drauf und dran, es nicht zu mieten. Sie wollte sich nicht an ein Haus binden, das sie irgendwann ja doch wieder verlieren muss und das außerdem ein bisschen zu groß und zu schön für … na ja, eben für sie ist. In so einem Haus sollte doch lieber ein nettes Pärchen wohnen, vielleicht mit einem Kind. Oder aber zwei stilsichere Schwule mit einem wohlerzogenen Hund. Auf jeden Fall nicht sie.

Lee hat sie schließlich dazu überredet, und in den letzten zwei Jahren hat dieses Haus ihr immer Trost gespendet.

»Wow«, staunt Phil, als er im Wohnzimmer das Licht einschaltet. »Du hast ja ganz schön aufgeräumt.«

»Eigentlich nicht. Da ist nur kein Freund mehr, der hier regelmäßig einfällt, um alles in Unordnung zu bringen.«

Nachdem sie Phil aus ihrem Leben geschmissen hatte, hat sie tatsächlich mal für Ordnung gesorgt. Und zwar so richtig. Sie hat mehr Kisten ausgepackt als je zuvor seit ihrem Einzug. Sie hat die Möbel umgestellt und einige davon, die ihr nicht gefielen, in einer Lagerhalle untergebracht. Sie hat den Bungalow entrümpelt und ihn in ein Zuhause verwandelt. Ihr Zuhause. Sie hat sogar eine Nähmaschine gekauft (37 Dollar, über die Kleinanzeigen) und sich Vorhänge fürs Schlafzimmer geschneidert. Wer hätte gedacht, dass sie sich noch an Dinge erinnern würde, die ihre Großmutter ihr in ihrem früheren Leben mal übers Nähen beigebracht hat? Kaum hatte sie beschlossen, den üblen Beziehungen mit schrecklichen Typen – Phil, zum Beispiel – ein Ende zu machen, ist ihr klar geworden, dass sie es gerne sauber und ordentlich hat. Sie freut sich darüber, wenn die Möbel wie geleckt aussehen und die riesigen Fenster mit Blick auf das Silver Lake Reservoir blitzen. Und nicht etwa, weil sie erwartet, dass irgendjemand auftauchen könnte, um das Haus zu inspizieren, sondern weil es *ihr* so gefällt.

»Hast du was zu trinken da?«, will Phil wissen.

»Wasser, Saft und Kaffee, wenn du ihn dir selbst machst.«

»Das ist alles?«

»Tut mir leid. Die letzte Milch habe ich heute Morgen für meine Cornflakes gebraucht.«

»Oh, verstehe. Noch immer abstinent.«

»Ich bin abhängig, Phil, und ja, mal abgesehen von einem gelegentlichen Joint kann ich stolz sagen, dass ich seit zwei Jahren clean bin. Dein Umzug nach Seattle hat mich nicht dazu gebracht, mich wieder auf den ganzen Scheiß zu stürzen.«

»Mein Gott, Katherine«, sagt Phil. »Ich weiß ja, dass du mich für einen Riesenversager hältst, aber tu bloß nicht so, als würdest du dich nicht freuen, mich zu sehen. Wenigstens ein bisschen?« Er schleicht sich an sie heran und presst seinen Körper aufreizend gegen ihren. »Ein klitzekleines bisschen? Wir sind ja nicht gerade Romeo und Julia, allerdings hatten wir doch unseren Spaß, oder nicht?«

Der »Spaß«, den sie zusammen hatten, hatte so ziemlich dieselbe Funktion wie die Drogen – eine Möglichkeit, die Gedanken oder Gefühle zu verjagen, mit denen sie sich nicht abgeben wollte. Und ein oder zwei Stunden in Begleitung von Phils sehnigem und hungrigem Liebreiz – sofern man denn von Liebreiz sprechen kann – ließen tatsächlich keinen Gedanken an irgendetwas anderes zu. Als ihr dann eines Tages klar wurde, dass sie mit Gefühlen tatsächlich umgehen, sie durchleben und dann bewältigen kann, ohne irgendwelche

Substanzen oder Ablenkungen, da hat sie aufgehört, Phil zurückzurufen.

Was hat es also zu bedeuten, dass sie ihn für heute Abend tatsächlich hierher eingeladen hat?

»Du siehst in diesem Rock so scheißsexy aus«, murmelt er, schiebt ihn höher und lässt die Hände ihre Schenkel hochwandern. »Oh Mann, ich habe ganz vergessen, wie glatt deine Beine sind. Wie Seide«, flüstert er ihr ins Ohr.

Katherine ist ein großes Mädchen und weiß, worauf sie sich da einlässt, aber sie war sich nicht sicher, wie sie sich dabei fühlen würde. Sie rückt ein wenig von ihm ab und sagt: »Wo wir gerade beim Saubermachen sind, Phil, in dem Schrank vor dem Badezimmer sind Handtücher, falls du eben unter die Dusche springen willst.«

Er hebt den Arm hoch und schnüffelt. »Da bin ich auf dem Weg hierher wohl ein wenig ins Schwitzen geraten, was? Ich dachte, darauf stehst du.«

»Manchmal steh ich drauf, und manchmal eben nicht.«

Sie begleitet ihn zum Bad, vorbei am Gästezimmer, das sie komplett von allen Möbeln befreit und in einen kleinen Yoga- und Meditationsraum verwandelt hat. In der Mitte des Zimmers liegt ihre Yogamatte, und ein paar Kissen lehnen an der Wand. Hier begrüßt sie jeden Morgen die aufgehende Sonne, die durchs Fenster hereinfällt und den Fußboden wärmt.

Phil stakst in den Raum und stellt sich auf die Matte, die Hände in einer Art Gebetshaltung zusammengelegt. »*Namaste*, Baby«, grinst er.

»Hör auf damit, Phil. Lass es einfach, okay?«

»Hey, was denn? Beleidige ich damit deine spirituelle Ader? Ich dachte, Sex wäre deine Religion.«

Er hebt den rechten Fuß, versucht, so etwas wie eine Baumstellung einzunehmen, und fällt natürlich hin. Das sieht nicht schön aus. Eigentlich eher erbärmlich.

»Zum Teufel damit«, flucht er.

Als er unter der Dusche steht, sieht Katherine den Tatsachen ins Auge. Ihn zu sich nach Hause mitzunehmen ist doch ungefähr so, als würde sie wieder zu Drogen greifen. Sich betäuben, sich den Dingen nicht stellen, dichtmachen. Den Joint hätte sie sich besser auch verkniffen. Das gehört alles zu der kleinen Selbstmitleidsparty, die sie in den letzten paar Wochen für sich selbst geschmissen hat. Die arme kleine Katherine kann nicht einmal mit der Anschuldigung wegen ein paar fehlender Dollars umgehen. Sie kommt nicht damit klar, dass ein ordentlicher und anständiger Typ sich für sie interessiert. Kann der Tatsache nicht ins Auge sehen, dass er sie vielleicht enttäuschen wird, und zwar viel, viel mehr, als sie ihn enttäuschen würde. Sie hat nicht wirklich geglaubt, dass sich da was zwischen Graciela und ihm entwickelt, aber als sie die beiden zusammen gesehen hat, wurde ihr klar, dass er jemanden wie sie braucht, ein nettes Mädchen, das er seiner Familie vorstellen kann, jemanden, bei dem nicht plötzlich Leichen im Keller auftauchen oder unter ihrer Dusche stehen, wenn es gerade am wenigsten passt.

Und außerdem ist es auch einfach feige, Conor vor den Kopf zu stoßen, um sich dann davonzumachen. So hätte die alte Katherine das geregelt. Oder eben nicht geregelt. Sie hätte versucht, alles unter Kontrolle zu haben, weil sie selbst eben auf ganz andere Art und Weise außer Kontrolle geraten ist. Und letztendlich geht er ihr ja sowieso nicht aus dem Kopf.

Sie geht in den Meditationsraum und schaut hinaus auf die Lichter der Stadt, die von hier aus so freundlich und sanft wirken. Da draußen leben all diese Menschen ihr Leben, machen ihre ganz eigenen Fehler, sind wütend oder fröhlich oder einsam. Ist doch komisch, dass es nur einen einzigen Menschen gibt, mit dem sie in diesem Augenblick gerne zusammen wäre, und der steht nicht unter ihrer Dusche. Sie zieht das Handy aus der Rocktasche. Wenigstens hat sie seine Nummer nicht gelöscht. Sie wird ihn anrufen. Sich wie eine Erwachsene benehmen. Sobald sie Phil abgewimmelt hat.

Der kommt in diesem Moment ins Zimmer gelatscht, völlig nackt, bis auf das Handtuch, mit dem er sich gerade die Haare trocknet. »Cooles Shampoo. Ist das Teebaumöl oder so?«

»Phil«, beginnt sie. Er lässt das Handtuch sinken und wickelt es sich um die Hüften. »Ich weiß nicht, wie ich dir das sagen soll, aber ...«

»Oh, Scheiße! Das soll jetzt nicht heißen, dass ich den langen Weg hier hoch für nichts und wieder nichts gemacht habe, oder?«

»Tut mir echt leid. Das war irgendwie ein seltsames Jahr für mich, und ich versuche, die Dinge nicht aus dem Ruder laufen zu lassen.«

»Verschon mich mit der Therapiesitzung, okay? Das hast du echt verbockt, Kat, das ist dir doch klar, oder?«

»Ich weiß, Phil. Aber ich arbeite daran.«

»Gequirlte Scheiße.«

»Sind deine Klamotten im Badezimmer?«

»Ja. ›Hier ist die Tür, warum denn so eilig?‹ Du könntest wenigstens vorschlagen, dass wir zusammen ein wenig fernsehen.«

»Ich habe keinen Fernseher.«

»So ein Mist.«

Sie hat ja gewusst, dass sie früher oder später wieder da landen würden.

»Ich habe was gut bei dir, Kat. Ich nehm das restliche Shampoo mit. Das ist ja wohl das mindeste.«

Als er wieder im Bad verschwindet, hört Katherine draußen vor der Haustür Schritte. Und dann die Klingel. Um diese Zeit schaut Lee auf dem Weg vom Studio manchmal bei ihr vorbei.

Nur, dass es gar nicht Lee ist, es ist Conor. Und er grinst nicht so breit wie sonst, sondern steht ganz ernst da, im gelben Licht der Lampe neben der Tür. Katherine spürt, wie sie herbe Enttäuschung überkommt. Sie hat das schlechteste Timing der Welt. Und das ist immer so. Vielleicht könnte sie jetzt einfach blitzschnell mit Conor davonziehen. Aber nein, das würde bestimmt nicht funktionieren.

»Mr Ross«, grüßt Katherine, die sich längst mit der drohenden Katastrophe abgefunden hat, »waren Sie gerade in der Gegend?«

»Ich habe eben mit Graciela gesprochen«, erklärt er. »Weil du nicht auf meine Anrufe geantwortet hast. Ich habe versucht zu verstehen, was hier eigentlich los ist. Willst du mich nicht hereinbitten?«

»Kann ich dich morgen anrufen?«, fragt Katherine. »Jetzt ist gerade kein guter Zeitpunkt.«

»Komm schon, Brodski. Lass uns das klären.«

In dem Moment taucht Phil hinter ihr auf, mit nassen Haaren, ohne T-Shirt, eine Shampooflasche in der Hand. »Das ist gar nicht Teebaum«, verkündet er, »sondern Schwarznuss, Mann. Wer ist das denn?«

»Ich habe mich in der Tür geirrt«, erwidert Conor.

❀

Das Lehreräquivalent zum Lampenfieber ist Lee eigentlich fremd. Sie hat vor einer Klasse noch nie den roten Faden verloren oder sich gefragt, was sie eigentlich gerade sagen wollte. Trotzdem erfüllt ihre anstehende Sitzung bei YogaHappens sie mit einer gewissen vagen Anspannung. Sie wird zum ersten Mal seit langem außerhalb ihres eigenen Territoriums unterrichten, und darüber hinaus wird sie zum ersten Mal seit langer, langer Zeit dafür beurteilt.

Sie hat sich detailliert notiert, welche Richtung sie der Stunde geben will, worauf der körperliche Schwerpunkt liegen soll und wie sie eine kurze, tiefe Meditation einleiten wird. Aber irgendwie kommt ihr das alles falsch und forciert vor, und nun sitzt sie da am Esszimmertisch, während die Jungen vor dem Fernseher miteinander raufen, und zerreißt ihre Notizen immer wieder.

Lee war vierundzwanzig, als sie zum ersten Mal beim Yogaunterricht war. Sie lebte damals auf der Upper West Side von Manhattan in einer weitläufigen Wohnung aus der Vorkriegszeit, die offiziell an jemanden vermietet war, der schon seit einem Jahrzehnt keinen Fuß mehr in seine angebliche Behausung gesetzt hatte. Es gab vier Schlafzimmer – fünf, wenn man den kleinen Dienstbotenraum im hinteren Teil mit dazu rechnete –, und dort lebten acht Personen zusammen. Die Miete, die sie zahlten, ging an eine Frau, die angeblich in Berlin lebte, und zwar zum Großteil von ebendiesem Untermietsverhältnis. Eines der Zimmer teilten sich eine junge Frau, an deren Namen sich Lee nicht mehr erinnert, und ein Typ, den sie kaum kannte. Sie arbeitete tagsüber, und er schob nachts Dienst, und die Wege der beiden Zimmergenossen kreuzten sich nur selten, selbst in der Küche. Auf dem Sofa im Wohnzimmer schlief auch jemand, und dann waren da meistens zwei oder drei Leute von außerhalb, die ihre Besuchszeit überstrapazierten und die man irgendwann bitten musste, doch endlich zu verschwinden.

Am Anfang hatten die ganzen Unannehmlichkeiten der Wohnung (es gab zum Beispiel nur zwei Badezimmer) Lee nicht groß gestört. Ihr Leben, ihr wahres Leben, fand in den Hörsälen und im Krankenhaus statt, wo sich ihr Labor befand und sie freiwillig Arbeit übernahm, um mehr Kontakt zu Patienten zu haben. Sie verbrachte ihre Tage damit, sich entweder auf den Unterricht vorzubereiten oder sich von den schlaflosen Nächten zu erholen, die damit in unmittelbarem

Zusammenhang standen. Was scherte es sie da, wie lange sie warten musste, um ins Bad zu können, oder wie wenig Platz sie im Kühlschrank hatte? Sie hatte sich noch nie so lebendig gefühlt, sie hatte noch nie so ein klares Ziel vor Augen gehabt. Seit ihrer Kindheit hatte sie davon geträumt, Ärztin zu werden, und im Grundstudium an der Wesleyan University hatte sie fast nur Kurse belegt, die sie auf die Medizinische Fakultät vorbereiteten. Als sie dann endlich mit dem richtigen Medizinstudium beginnen konnte, störten sie auch die ständigen Kopfschmerzen und die Magenprobleme nicht, die die ganze Paukerei mit sich brachte. Das gehörte alles zu den wichtigen Schritten auf dem Weg zum großen Ziel.

Aber während ihres zweiten Jahres an der Columbia Medical gab es plötzlich eine Veränderung. Das ganze Lob, das sie von klein auf für ihre guten Noten bekommen hatte, bedeutete ihr plötzlich nichts mehr. Es störte sie, stieß sie beinahe ab, dass der menschliche Körper mehr und mehr auf seine Chemie und die naturwissenschaftlichen Aspekte reduziert wurde und nicht mehr die menschlichen Wesen, als komplette Menschen, als Personen, im Mittelpunkt standen. Die Menschen zu heilen wurde hier zu einem in Einzelteile zerlegten Studium, in dem man ein Spezialgebiet auswählen und sich auf andere Spezialisten beziehen musste, bis der Sinn des Lebens und der Person dabei völlig verloren ging. Die Ärzte, die sie traf, redeten immer nur über den Druck, ihre Zeit bei den Patienten zu reduzieren, sich auf ein Minimum an Tests zu beschränken, den Leuten irgendwas zu verschreiben und die Sache so schnell wie möglich abzuhaken.

Das alles erschien ihr so weit weg von dem, was sie eigentlich aus ihrem Leben machen wollte, dass sie sich auf einmal völlig verloren fühlte. Die magische Welt der Vorlesungen und Visiten wurde ihr immer mehr zu einer endlosen Qual. Zum ersten Mal in ihrem Leben schwänzte sie den Unterricht.

In ihrer Verwirrung und Verzweiflung fing sie mit dem Rauchen an und hörte mehr oder weniger auf zu essen. Denn was brachte das alles schon?

Lee versucht, nicht allzu oft an diese Zeit zurückzudenken, aber wenn sie ihr in den Sinn kommt, erinnert sie sich vor allem daran, wie kalt ihr immer war. Als sie schließlich unter fünfzig Kilo wog, kam es ihr so vor, als stünde nichts mehr zwischen dem eisigen Wind und ihren Eingeweiden, und egal, was sie auch tat, wie viele Lagen Klamotten sie übereinander trug, wie viele Tassen Kamillentee sie auch trank, ihr wurde nie richtig warm. Je mehr sie spürte, dass sie langsam davondriftete, desto weniger interessierte es sie, was eigentlich mit ihr geschah. Wenn jemand sie darauf ansprach, wie blass und dünn sie war, reagierte sie mit der hässlichen Überempfindlichkeit dessen, der weiß, dass er im Unrecht ist. Und trotzdem regte sich tief in ihrem Inneren der noch ungewisse Wunsch, gerettet zu werden.

Und die Rettung erschien in der Gestalt von Jane Benson. Das graue Mäuschen, wie sie in der WG genannt wurde, studierte Jura an der Columbia Law und war so uninteressant und unscheinbar, dass ihre Mitbewohner sie weitestgehend ignorierten. An einem Donnerstagnachmittag, als Lee sich auf dem Sofa im Wohnzimmer zu einem Knäuel zusammengerollt hatte und an einer Tasse Tee nippte, fragte Jane, ob sie nicht Lust hätte, mit ihr zum Yogakurs zu gehen. Lee kannte damals ein paar Tänzer, die Yoga machten, oder es zumindest behaupteten, aber das Wort hatte noch immer einen leicht exotischen und esoterischen Beigeschmack. Wenn sie jetzt so darüber nachdenkt, kann Lee es kaum fassen, dass sie Jane damals wirklich begleitet hat, und sie weiß auch gar nicht so genau, warum eigentlich.

Es gab damals schon einige Yogastudios in der Stadt, wenn auch bei weitem nicht so viele und so viele verschiedene, wie man sie jetzt findet, seit Madonna und Gwyneth Yogamatten und den Sonnengruß salonfähig gemacht haben. Doch die Yogastunde, zu der sie mit Jane ging, fand in einem zugigen Versammlungsraum in einer Presbyterianerkirche in der Nähe der Amsterdam Avenue statt. Sechs oder acht Schüler saßen da auf Decken auf dem Fußboden, keiner von ihnen sah besonders fit aus, aber Lee fühlte sich zu jung und körperlich fehl am Platze, mager und ausgelaugt. Die Lehrerin wirkte glamourös, wie eine frühere Tänzerin, und hatte langes graues Haar, das in einem Zopf über ihre Schulter fiel. Sie hatte wunderschöne blaue Augen, an die Lee sich bis heute noch erinnert, und als die Lehrerin sie zum ersten Mal ansah, kam es ihr vor, als würden diese Augen ihren schützenden Panzer durchdringen, als hätte es überhaupt keinen Sinn, sich vor ihr zu verstecken. Lee zeigte sich in all ihrer Verletzlichkeit.

Sie wusste nicht so recht, was sie erwarten würde, allerdings hatte sie irgendwann mitten in der Sitzung auf einmal das Gefühl, dass sie sich schon lange nicht mehr einer so großen Herausforderung stellen musste. Nicht, weil die Sitzung körperlich so anspruchsvoll gewesen wäre, sondern weil zum ersten Mal niemand etwas von ihr erwartete, niemand sie verurteilte. Gut, die Lehrerin schien ihr mitten ins Herz zu blicken und wusste vermutlich genau, was sie empfand, wie kalt und taub sie innerlich war, aber sie hatte deshalb weder Mitleid mit ihr noch verachtete sie sie. Sie bat sie nur, sich hinzusetzen und sich in diesem Moment selbst zu spüren. Alles, was sie von ihr verlangte, war, ruhig zu verharren und – was ihr am schwersten fiel – Mitgefühl für sich selbst zu empfinden.

Es wäre toll gewesen, wenn Lees Leben in genau diesem Augenblick eine Kehrtwende gemacht hätte. Das hätte ihr eine Menge Zeit und Schmerz erspart. Aber es war eine langsame und allmähliche Veränderung, so langsam, dass Lee gar nicht bemerkte, was los war, bis sie eines Morgens aufwachte und feststellte, dass sie einem Traum abgeschworen und begonnen hatte, einen anderen zu verfolgen.

Sie hatte genug gelernt, um zu wissen, dass die chemischen und wissenschaftlichen Grundlagen vieler Behauptungen, die die Yogalehrer aufstellten, eher schwammig und unhaltbar waren. Den Lehrbüchern zufolge reagierten der Körper und die inneren Organe einfach nicht so, wie Yogis behaupteten. Und dennoch erlebte sie selbst doch eine Veränderung, die etwas mit der Verbundenheit von Körper, Geist und Seele zu tun hatte, die sie zu erkennen begann, daran gab es keinen Zweifel. Auch wenn die ganzheitliche Methode, mit der Yogalehrer dem Körper begegneten, von der Logik her keinen Sinn ergab, so war es für ihr Bauchgefühl doch genau richtig. Das spürte sie einfach.

Und dann wurde ihr klar, dass sie genau danach die ganze Zeit gesucht hatte – nicht nach einer Wissenschaft, die Krankheiten heilen kann, sondern nach einem System, das den Menschen dabei hilft, ihr Leben auf eine sinnvolle Art und Weise zu leben.

Die Grundlage dessen, was sie in ihren eigenen Kursen vermittelt, das Herzstück all dessen, worauf sie ihren Unterricht stützt, beruht auf dem, was sie von dieser ersten Lehrerin gelernt hat – Mitgefühl für sich selbst zu empfinden, trotz aller Macken und Fehler. Vor allem mit diesen Fehlern. Alles, was sie ihren Schülern zeigen will, geht davon aus.

Sie hört ein Quieken im Nebenraum und läuft hinüber. Aber es sind nur die Zwillinge, die fröhlich mit einem großen Gymnastikball spielen. Michael hat seinem Bruder doch tatsächlich geholfen, sich darauf niederzulassen, und stützt ihn jetzt von hinten, damit er nicht hinunterfällt. Beunruhigend untypisch, aber da hält sie sich lieber raus.

Das graue Mäuschen Jane hat nie etwas dazu gesagt, wie schlecht ihre Mitbewohnerin am Anfang aussah, und auch nicht zu ihrer positiven Entwicklung, doch Lee war klar, dass sie das alles mitbekommen hat. Sie schloss ihr Jurastudium ab und zog nach New Orleans, und in diesem Moment verlor Lee sie aus den Augen. Vor zwei Jahren hat die Yogalehrerin damit begonnen, sie übers Internet zu suchen, um ihr dafür zu danken, was sie für sie getan hat. Irgendwann bekam sie heraus, dass Jane einen Unfall gehabt hatte und nach langem Leiden verstorben war. Sie wünschte sich, sie hätte ihr früher gesagt, wie sehr sie ihr damals geholfen hatte.

Sie geht zurück zum Esszimmertisch, holt eine neue Karteikarte hervor und beginnt noch einmal ganz von vorne. Liebe und Verständnis sollen die Richtlinien für diese Sitzung sein. Sie wird mit diesem schlichten, klaren Gefühl beginnen, das sie am Anfang ihrer allerersten Yogastunde in jenem Kirchenkeller hatte. Sie wird mit Jane anfangen.

❁

Zu Beginn ihrer Yogaausflüge mit Becky fand Imani die typischen Unterhaltungen dort ein wenig nervig. »Konversasanas«, wie sie sie nannte.

»Als wir heute Nachmittag den Tänzer gemacht haben, habe ich mich so offen gefühlt.«

Wirklich faszinierend!

»Ich fand es super, dass wir in der Baumhaltung die Arme ausgestreckt haben.«

Ich auch! Bestimmt war ich die Einzige, die sich vorgestellt hat, dass das Äste sind.

»Irgendwie war mein Ardha Chandrasana heute nicht im Gleichgewicht.«

Schätzchen, mein Ardha Chandrasana war schon seit Jahren nicht mehr im Gleichgewicht!

Das erinnert sie daran, wie sie sich fühlt, wenn Leute am Tisch sitzen und eine halbe Stunde lang über ihre Hunde reden. Oder wenn sie den Verkehrsbericht für eine weit entfernte Stadt hört. Hunde? Find ich toll! Aber was zum Teufel soll ich denn dazu sagen, dass Dippy heute Morgen ein wenig verstimmt war? Und es tut mir ja wirklich leid, dass es in Denver einen Stau auf der I-95 gibt. Doch was hat das mit meinem Leben zu tun?

Und so ist Imani selbst überrascht, als sie Becky bei einer Tasse Kaffee erzählt: »Weißt du, heute habe ich mich bei Utkatasana wirklich toll gefühlt.« (Wie bitte? Wer hat das denn gesagt?)

»Du machst Witze!«, entgegnet Becky. »Diese Haltung habe ich noch nie gemocht. Da fühle ich mich immer so verkrampft und irgendwie eingesperrt. Und ich hasse es, den Hintern so rauszustrecken. Meine Knie gehen dauernd auseinander, und ich habe ständig das Gefühl, dass ich gleich nach vorne auf die Nase falle und gleichzeitig auf dem Hintern lande.«

»Ich weiß, aber wenn man das Becken kippt und die Schultern nach hinten nimmt, kann man richtig spüren, wie der Rücken gestreckt wird.« Sie muss noch immer daran denken, wie Lee in ihrer ersten Stunde zu ihr gesagt hat, sie sollte ihre Hüfte und den unteren Teil ihres Brustkorbs »fester zusammenstricken«. In dem Moment hat das für sie keinen Sinn ergeben, aber sie kommt immer wieder auf dieses Bild zurück, um ihren Körper besser auszurichten.

»Das war wunderbar«, fährt sie fort. »Als würde man Musik hören und das Stück geht mit einem Akkord zu Ende, der einfach alles zusammenführt. Einfach nur … klick, und … ahhh. Alles passt plötzlich zusammen.«

»So geht es mir immer bei Trikonasana. Ich find es super, wenn ich die Hand immer weiter und weiter und weiter ausstrecke und dann irgendwann den Arm sinken lasse. Dann kommt es mir nämlich so vor, als wäre auf einmal alles am richtigen Platz. Und die Oberschenkel fühlen sich toll an!«

»Ist das die mit dem Dreieck? Da brauche ich wohl noch ein bisschen Übung.« Okay, offensichtlich führt sie wohl tatsächlich gerade diese Unterhaltung. Ihr Mund spricht diese Worte aus. Und sie meint es tatsächlich ernst!

»Nicht, dass es mir aufgefallen wäre, aber deine Krähe ist inzwischen der helle Wahnsinn. Dafür könnte ich dich erwürgen«, grummelt Becky. »Dabei ist das hier natürlich kein Wettstreit.«

»Teufel auch, nein. Überhaupt nicht. Und nur zu deiner Information, diese komische Übung mit dem Stab, die dritte Kriegerposition, konnte ich die ganze Zeit halten. Mit ausgestreckten Armen.«

»Oh-oh«, macht Becky. »Du bist offiziell süchtig! Das sehe ich dir doch an!«

»Auf keinen Fall! Na ja, vielleicht ein kleines bisschen. Versprich mir, dass du es keinem erzählst … aber ich habe letzte Nacht geträumt, dass ich Asanas mache. Wie krank ist das denn? Früher habe ich immer von Hugh Jackman geträumt. Und das Schlimmste daran: Als ich aufgewacht bin, war ich total im Ungleichgewicht, weil ich die alle nur auf einer Seite gemacht habe.«

»Oh mein Gott, ich habe ein Monster erschaffen. Ich habe noch nie vom Yoga geträumt. Oder von Hugh Jackman. Diese winzig kleinen Augen? Nein, danke.«

Imani hat jetzt schon viel zu lange Ironie und Zynismus als Schutzschild benutzt. Sie hat genug Therapiesitzungen hinter sich, um das zu erkennen. Also kommt es ihr ein wenig seltsam vor, so offen über diese Dinge zu reden. Nicht etwa, dass sie etwas dagegen hätte. Vor ein paar Tagen hat sie an einer Sitzung teilgenommen, in der der Lehrer davon sprach, »loszulassen«. Daran ist an sich nichts Merkwürdiges, an irgendeinem Punkt der Stunde reden alle einmal davon, »loszulassen«, und Imani erwartet in dem Moment eigentlich immer ein Furzkonzert.

Aber an dem Tag war sie nach fünfzig Minuten verschiedenster Übungen so erschöpft, dass die Worte in ihr sackten wie nie zuvor. Es gelang ihr, alle Muskeln zu entspannen, sie sank zu Boden und dachte plötzlich, dass ihr Leben ein kleines bisschen besser wäre, wenn sie dieses Gefühl mit hinausnehmen könnte (»jenseits der Matte«, wie es oft heißt, noch so ein Spruch, bei dem sie anfangs immer mit den Zähnen geknirscht hat, der jetzt für sie allerdings durchaus einen Sinn ergibt).

»Wann fängt dein Dreh an?«, fragt Imani.

»In zwei Wochen«, erklärt Becky. »Aber wir haben nächste Woche ein paar Sitzungen, um das Drehbuch durchzugehen.«

»Dann verliere ich ja meine Yogafreundin«, mault Imani. »Was soll ich ohne dich bloß machen?«

»Das ist ja nur vorübergehend. Und warum fängst du nicht auch an, ein paar Skripts zu lesen? Du hast doch Zeit dafür. Man weiß nie, wann man über eins stolpert, das sich wirklich lohnt. Du musst endlich mal in die Gänge kommen.«

»Bevor ich völlig weg vom Fenster bin, wolltest du wohl sagen.«

»Hör mal, dieses Risiko besteht für jeden von uns. Wenn du mal zehn Minuten nicht im Rampenlicht stehst, setzt du schon Schimmel an. Das passiert allen. Fang einfach an. Ohne große Erwartungen, mach einfach so viel, wie du kannst.«

»Das klingt ja schon wie Konversasana.«

»Genau. Du bist schließlich diejenige, die hier angefangen hat, ein Loblied auf ihre Stuhlhaltung zu singen. Also nutz es aus. Und außerdem brauchst du mich nicht, um dich in die Yogakurse zu schleppen. Ich habe gestern Abend einen Tweet über eine Sitzung bei YogaHappens in Beverly Hills bekommen. Irgendeine supertolle Lehrerin gibt da eine Deep-Flow-Stunde oder so was. Alle reden darüber. Du solltest wirklich hingehen.«

»Ich denke darüber nach«, verspricht Imani. »Solange sie mir da nicht wieder den Rücken ausrenken.«

»Immerhin ist es eine Frau. Und das Ganze wird als eine Art Reise beschrieben ... ach, ich weiß auch nicht ... geh einfach hin. Ich schicke dir den Link. Und denk daran, im Voraus zu reservieren. Die Stunde wird ausverkauft sein. Die Sache ist in aller Munde.«

❁

Graciela hat Stephanie von Lees Stunde bei YogaHappens erzählt. Die Tänzerin geht mit Katherine hin, um Lee Beistand zu leisten, weil die wegen der Sitzung ein wenig nervös ist. Ein neues Studio, höchste Ansprüche, Beverly Hills und all das. Stephanie findet es ein wenig merkwürdig, dass Lee dieses Gastspiel nicht in ihren Kursen in Edendale angekündigt hat, aber andererseits will sie vielleicht einfach keine Werbung für ein anderes Studio machen.

Seit *jenem Tag* hat Graciela Stephanie beinahe täglich angerufen, meistens, um ihr irgendwelche Neuigkeiten zu erzählen oder sie nach etwas zu fragen. Offensichtlich Vorwände, weil Graciela einfach nur sehen will, wie es ihr geht. Nicht, dass es Stephanie etwas ausmachen würde. Sie freut sich über die Aufmerksamkeit, und irgendwie fühlt sie sich so durch die Ereignisse jenes Tages weniger gebrandmarkt, als wäre das nur noch ein weiterer Fehler, den zwar niemand vergessen kann, der aber längst überwunden ist.

Im Großen und Ganzen ist Stephanie in den letzten Wochen ziemlich gut mit allem klargekommen. Mit der Scham, der Angst und dem gelegentlichen Verlangen nach einem Drink, das sie immer mal wieder überkommt. Sybille Brent hat Wort gehalten und ihr einen Scheck für den ersten Entwurf des Drehbuchs ausgestellt, und so ist Stephanies Leben in den letzten Tagen in einen angenehmen, einfachen und finanziell abgesicherten Trott verfallen. Sie steht im Morgengrauen auf, setzt sich in ihrem neuerdings makellos aufgeräumten Wohnzimmer zwei Stunden hin und schreibt, geht dann für eine Yogasitzung ins Fitnessstudio, schreibt noch etwas und isst in einer hippen Hamburger-Bude bei ihr um die Ecke zu Mittag, fährt danach hoch nach Silver Lake und nimmt noch an einer weiteren Yogastunde teil, diesmal mit Lee. Anschließend trinkt sie Kaffee und schreibt noch ein paar Seiten, wenn sie den Nerv dazu hat. Und dann geht's mit einem Buch früh ins Bett.

Sie hat für das Drehbuch bereits einen groben Abriss des ersten Aktes und will sich jetzt an den zweiten machen. In einem Monat müsste sie eigentlich mit dem kompletten Skript fertig sein, vorausgesetzt, die Sache läuft weiter so glatt. Was die Verhandlungen mit dem Autor über den Vertrag angeht – das überlässt Stephanie ganz Sybilles Anwälten. Zu Beginn jeder Yogastunde rät Lee ihren Schülern stets, einen »Sinn und Zweck« zu visualisieren. Früher hat Stephanie das meistens übersprungen. Der Zweck der Stunde bestand für sie darin, die Sitzung zu überstehen und dabei so selten wie möglich die Pose des Kindes einzunehmen und so selten wie möglich an Preston zu denken, und daran, wie sauer sie noch immer auf ihn war. Aber jetzt atmet sie zum Rhythmus einiger neuer Mantras: Es ist, wie es ist … immer ein Tag nach dem anderen … und verbeiß dich nicht in Details. Nicht besonders originell, doch diese Sprüche funktionieren erstaunlich gut.

Sie trifft sich mit Graciela und Katherine in einer Saftbar, die in der gleichen Straße liegt wie YogaHappens. Die Reaktion, wenn sie die beiden sieht, ist immer gleich – verhaltene Freude, die sich echt und konstant anfühlt (es ist noch nie vorgekommen, dass sie sich bei ihrem Anblick nicht gefreut hat, selbst an jenem Tag nicht), aber ihre Beziehung beschränkt sich doch weitestgehend auf die gemeinsamen Yogastunden.

Es ist nicht so, als ob sie viel gemeinsam hätten, und es ist sogar schwer vorstellbar, dass sie unter anderen Umständen mit jemandem wie Katherine befreundet wäre. Allerdings stellt die Tatsache, dass sie sich regelmäßig mit diesen Frauen in einem Raum befindet, im Einklang mit ihnen atmet und vor der gleichen körperlichen Herausforderung steht, eine Verbindung zwischen ihnen her. Und es macht ihr auch gar nichts aus, dass die beiden beim Yoga viel besser sind. Es gibt zumindest ein paar Übungen, die sie genauso gut beherrscht wie alle anderen, und am Rest arbeitet sie eben noch. »Jeder hat *seine* Position«, sagt Lee oft, um sie daran zu erinnern, dass in einer neunzigminütigen Yogastunde jeder sein Erfolgserlebnis haben wird, selbst wenn es nur bei der Totenhaltung ist.

Sie holt sich einen Saft, setzt sich zu den beiden und beschließt, Katherine eine Frage zu stellen, die sie beschäftigt, seit sie zum ersten Mal von der heutigen Sitzung gehört hat.

»Warum übernimmt Lee hier überhaupt eine Stunde? Ich habe gehört, dass alle Lehrer in diesem Studio einen Exklusivvertrag haben. Will sie Edendale denn aufgeben?«

»Ach, komm schon«, wirft Graciela ein. »Das würde Lee nie machen. Ich meine, guck mal, wie voll die Kurse bei ihr sind. Sie muss damit doch wunderbar über die Runden kommen.«

Sie schauen beide Katherine an, die, wie Stephanie findet, verdächtig still bleibt. Die Masseurin trägt ein gelbes Vintage-Sommerkleid, das bei jeder anderen völlig lächerlich aussehen würde, aber nicht bei ihr, mit ihren großen Kulleraugen, der ironischen Note und der Andeutung bitterer Erfahrungen, die der punkige Haarschnitt und die Tattoos vermitteln.

»Also?«, fragt Graciela.

»So einfach ist das nicht«, erklärt Katherine. »Lee hat viele Fans, doch es gibt natürlich auch jede Menge Fixkosten. Wenn mal ein paar Kurse nicht so gut besucht sind, macht sich das gleich schmerzhaft bemerkbar. Und sie bietet den Schülern oft gestaffelte Tarife an oder überlegt sich eine Möglichkeit, Stunden umsonst anzubieten.«

»Jetzt habe ich direkt ein schlechtes Gewissen«, murmelt Graciela, »weil sie mir bei der Vorbereitung auf das Casting so geholfen hat.«

»Das musst du nicht, Schätzchen. Das ist ihre Berufung. Nichts macht sie glücklicher. Aber davon kann sie natürlich nicht ihre Rechnungen bezahlen. Mit zwei Kindern? Und Alan, der sich wer weiß wo rumtreibt.«

Stephanie muss diese neuen Informationen erst einmal sacken lassen. »Dann klingt es für mich doch so, als wollte sie Edendale schließen. Früher oder später erfahren wir es ja ohnehin, Katherine.«

»Da müsst ihr sie schon selbst fragen. Wisst ihr eigentlich, wie viel allein die Krankenversicherung kostet? Für vier Personen? Und nehmen wir mal an, ihr habt recht. Dann ändert sich doch nur der Ort ihrer Kurse.«

Das Ganze stößt Stephanie übel auf. Mit Veränderungen konnte sie noch nie gut umgehen, und ihr wird richtig mulmig, wenn sie sich nur vorstellt, die Kurse in Lees gemütlichem Studio in Silver Lake als Fixpunkt in ihrem Leben zu verlieren. Auf der anderen Seite war Lee immer für sie da, und deshalb ist sie es ihr eigentlich schuldig, ihr zu wünschen, was für sie am besten ist, und nicht nur an sich selbst zu denken. Vielleicht bleibt das Studio ja wenigstens noch so lange offen, bis sie das Drehbuch abgeschlossen hat und völlig trocken ist.

»Stimmt. Wir könnten ihre Kurse ja auch hier besuchen«, nickt Graciela.

»Billig ist es allerdings nicht«, warnt Katherine sie vor.

»Und ich muss zugeben«, wirft Stephanie ein, »dass ich solche Ketten hasse. Buchläden, Supermärkte, Zoohandlungen und Kinos. Und jetzt auch noch Yogastudios? Vor ein paar

Jahren hätte man das für einen Witz gehalten – eine Kette von Yogastudios nimmt den kleinen Anbietern ihre Schüler weg.« Im Filmgeschäft läuft es zum Teil auch so – das Geld fließt ganz nach oben, und es bleibt immer weniger für die unabhängigen kleinen und mittleren Produktionsfirmen übrig. Und das, obwohl die ja doch nichts anderes sind als Tochtergesellschaften der großen. Aber jeder hat das Recht, für sich selbst das Beste rauszuschlagen, und wenn sie ein Angebot von Paramount bekommen würde, müsste sie auch nicht gerade eine Nacht darüber schlafen.

Als es Zeit wird aufzubrechen, schultern sie ihre Matten und ziehen los. Katherine wirkt stiller als sonst, und Stephanie würde sie am liebsten fragen, was los ist. Aber die Masseurin gehört zu den Menschen, die ihr Privatleben ziemlich abschotten, und deshalb gibt es da viele Themen, die man einfach nicht anspricht, und viele Fragen, die man eben nicht stellt. Es ist einfacher, über Gracielas gute Nachrichten zu plaudern und zu spekulieren, wie groß wohl die Wahrscheinlichkeit ist, dass sie die Rolle im Video bekommt.

Als sie am YogaHappens-Erlebniszentrum ankommen, verstummt die Unterhaltung.

»Mein Gott«, entfährt es Stephanie.

Das Gebäude steht viel zu weit weg vom Bürgersteig, und ein hölzerner Gehweg führt darauf zu, überdacht von einem Spalier, das von orangefarbenen Trompetenblumen umrankt wird. Bis man die Eingangstür erreicht hat, sind Verkehr und Straßenlärm schon fast in Vergessenheit geraten. Stephanie vermutet zunächst, dass das sanfte Wasserplätschern im Hintergrund vom Tonband kommt, bis sie entdeckt, dass die Vorderseite des Gebäudes offensichtlich mit gewelltem Kupferblech bedeckt wurde, an dem Wasser herabrinnt. Es ist wirklich beeindruckend, selbst wenn man vorher beschlossen hat, sich nicht beeindrucken zu lassen.

Im Inneren des Gebäudes herrscht eine noch beschaulichere Stimmung, denn über ein unsichtbares Lautsprechersystem ertönen sanfte Gesänge. Das Zentrum wirkt wie ein erlesenes, mit Holz ausgekleidetes Spa, und in der Luft liegt der Duft nach … sie ist sich nicht sicher; augenblicklich kommen ihr Honig und Lavendel in den Sinn.

Graciela ist offensichtlich total geplättet, und selbst Stephanie muss zugeben, dass der Effekt spektakulär ist. Katherine hingegen konzentriert sich vor allem darauf, Lee unter all den Leuten zu entdecken, die sich um den Rezeptionstresen drängen. Bislang keine Spur von ihr.

»Das kann doch nicht richtig sein, oder?«, fragt Graciela und liest von einem Handzettel ab. »Eine einzelne Stunde kostet 35 Dollar?«

»Stimmt«, bestätigt Katherine. »Allerdings hat man dafür auch uneingeschränkt Zugang zur Sauna, vorausgesetzt, man hat für so was Zeit. Aber das hast du wahrscheinlich, wenn du über uneingeschränkte Mittel verfügst und 35 Dollar für eine einzige Yogastunde ausgeben kannst.«

Sie melden sich an und verschwinden im Umkleideraum. Der ist mit Glas und Marmor gestaltet und erinnert an römische Bäder, aber eher in der Fantasie eines Dekorateurs aus Las Vegas. Stephanie würde hier nur zu gerne mal einen Blick in die Bücher werfen. Es kann doch wohl nicht sein, dass die wirklich Gewinn machen, trotz all der attraktiven jungen Frauen, die von der Sauna in Richtung Dusche pilgern, angetan mit Bademänteln, die ihnen das Studio zur Verfügung stellt. Das Duschgel und die Creme stammen von einer italienischen Marke, über die Stephanie mal was in Style-Zeitschriften gelesen hat. Sie konnte sich aber noch nicht dazu überwinden, das teure Zeug wirklich zu kaufen. Schade, dass sie keins von diesen kleinen Reisefläschchen mitgebracht hat, um sich etwas für zuhause abzupumpen.

Allerdings hat ihnen die Rezeptionistin stolz erzählt, dass von morgens um sechs bis abends um zehn immer fünf oder sechs Kurse gleichzeitig angeboten werden, also ist es vielleicht einfach nur eine Frage der Masse.

»Und freitags gibt es um Mitternacht eine Stunde ›Power Chill‹, Hot Yoga mit Chill- und Deep-House-Musik. Und bald haben wir auch Live-Musik mit einem Meister des Harmoniums – Panjit Alan. Und nach der Chill Class laden wir sie in der Karma Lounge zu einem Gläschen Champagner ein.«

»Ich habe genau im falschen Moment mit dem Trinken aufgehört«, hat Stephanie Graciela zugeraunt.

»Wir haben auch Fruchtsaftschorlen«, fügt die Rezeptionistin hinzu, die offensichtlich dafür bezahlt wird, den Kunden in jeder Lebenslage hilfreich zur Seite zu stehen.

Das alles klingt viel zu albern, um wahr zu sein, doch das ganze Verwöhnprogramm ist schon verlockend.

Als die drei aus dem Umkleideraum treten, legt Katherine Stephanie die Hand auf den Arm und fragt: »Ist das nicht Imani Lang?«

Die Erwähnung des Namens, mit dem Stephanie so geworben hat, als sie vor ein paar Wochen überall ihren Film anpries, versetzt ihr einen kleinen Stich, sie fühlt sich ein wenig schuldig, ist aber auch ein bisschen aufgeregt. Sie hatte gehofft, Imani würde noch einmal zum Yogaunterricht kommen, allerdings ist sie nie wieder erschienen. Da ist sie nun, sie hockt in der Ecke der orange gepolsterten Bank und spricht leise in ihr Handy. Sie trägt ein cremefarbenes Yogatop, auf das Stephanie erst letzte Woche ein Auge bei Lululemon geworfen hat.

»Ist die eigentlich noch mal bei Lee aufgetaucht?«, fragt Stephanie.

»Nicht, dass ich wüsste«, erklärt Katherine. »Kommt mal mit.«

Sobald sie Katherine erblickt, packt Imani das Handy weg, springt auf und nimmt sie in den Arm. »Meine Retterin von Silver Lake«, verkündet sie. Wie so vielen erfolgreichen Schauspielerinnen, die Stephanie kennt, gelingt es Imani, glaubhaft zu klingen, während sie gleichzeitig alles laut genug hinausposaunt, damit die kleine Fangemeinde, die sie in ihrer Umgebung weiß, auch ja alles mitbekommt.

»Retterin ist wohl ein wenig übertrieben«, winkt Katherine ab. »Aber danke. Erinnerst du dich noch an Stephanie?«

Imani begrüßt Stephanie recht kühl, und die muss sich in Erinnerung rufen, dass es manchmal auch nach hinten losgehen kann, wenn man sich zu sehr ins Zeug legt. Sie wird langsam besser, wenn es darum geht, sich ein wenig zurückzuhalten und nicht zu versuchen, mit der Tür ins Haus zu fallen. »Erzwingt die Dinge nicht«, sagt Lee oft während der Sitzungen. »Lasst die Stellung erblühen.«

Stephanie stellt Graciela vor und meint dann: »Du bist gar nicht mehr nach Edendale zurückgekommen. Wir haben dich vermisst.«

»Eigentlich wollte ich ja. Ich bin inzwischen mit einer Freundin durch eine Menge Studios gezogen.«

»Ich habe ein Foto von dir und Becky Antrim auf TMZ gesehen«, wirft Graciela ein. Sie ist süß und unschuldig genug, um so einen Kommentar über eine Klatschseite zu bringen und nicht so zu wirken, als wollte sie sticheln oder in Imanis Privatleben herumschnüffeln. »Ihr saht beide so toll aus. Ich glaube, das war bei einem Workshop in Santa Monica.«

»Je weniger wir darüber reden, desto besser«, antwortet die Schauspielerin. »Becky hat mir heute von der Sitzung hier erzählt. Deep Flow Irgendwas.« Sie zuckt mit den Achseln. »Eins kann ich euch auf jeden Fall sagen, ich bin viel besser geworden.«

»Lee gibt die Stunde«, verkündet Katherine. »Deshalb sind

wir ja hier. Wusstest du das gar nicht? Jetzt, wo du sie mit anderen Lehrern vergleichen kannst, wirst du sehen, wie gut sie ist.«

An der Tür zum Saal werden sie von einem Assistenten aufgehalten, einem schlanken Mann mit Pferdeschwanz, Wahnsinnsschultern und einem Lächeln, das irgendwo zwischen seiner Heiligkeit und dem weißen Hai liegt. »Sie werden sich freuen zu hören«, beginnt er, »dass Sie Ihre Matten hier nicht brauchen. Alles wird von uns zur Verfügung gestellt.«

Stephanie wirft einen Blick über seine Schulter, und tatsächlich, im Inneren des weiträumigen Saals sind auf dem ganzen Fußboden Matten ausgelegt, in verschiedenen Orangetönen, die sorgfältig zu einem Muster arrangiert wurden, wie ein Gummimosaik. Das Licht ist gedämpft, und kleine Lämpchen blinken an der Decke, in der Konstellation ferner Sterne. Wie zauberhaft, und wie widerlich perfekt.

»Wenn Sie sagen, dass wir darüber glücklich sein werden, dass wir unsere Matten nicht brauchen«, hakt Stephanie nach, »dann heißt das wohl, dass wir sie nicht benutzen dürfen?«

»So sind die Vorschriften«, bestätigt der Assistent.

»Woher weiß ich denn, wer die Matte vor mir schon alles benutzt hat?«, fragt Imani.

»Die werden jeden Abend eine nach der anderen behandelt«, erklärt er, »und zwar mit biologischem Zaubernuss- und Orangenschalenextrakt. Und danach mit ultraviolettem Licht bestrahlt. Übrigens, Miss Lang, ich bin ein großer Fan. Oh, und wir möchten Sie wirklich bitten, keine Plastikflaschen mit in den Saal zu bringen. Draußen verkaufen wir wiederverwendbare YogaHappens-Flaschen. Die sind auch auf das Farbspektrum des Zentrums abgestimmt.«

»Vielleicht beim nächsten Mal«, lächelt Imani.

»Sicher«, nickt der Assistent. »Und wenn Sie die heute nicht benutzen möchten, dann bewahren wir Ihre Plastikflasche gerne bis nach der Stunde für Sie auf. Wir können ja Ihren Namen draufschreiben.«

Stephanie fände das Ganze vermutlich weniger nervig, wenn er einfach loslegen, all ihre verbotenen Gegenstände konfiszieren und in einen großen Mülleimer werfen würde, wie an der Sicherheitskontrolle am Flughafen. Diese einstudierte Höflichkeit empfindet sie als Beleidigung. Und sie kann es ganz und gar nicht leiden, wenn man ihr erzählt, was sie glücklich machen wird, vor allem, wenn es sie in diesem Moment ausgesprochen glücklich machen würde, auf ihrer eigenen Matte zu liegen und aus ihrer eigenen Plastik(!)-Flasche zu trinken.

»Was kosten die Flaschen denn?«, erkundigt sich Graciela.

»42 Dollar«, erklärt er. »Das Erlebniszentrum stellt Ihnen dann aber unbegrenzt gefiltertes Wasser zur Verfügung, und zusätzlich bekommen Sie noch einen Gutschein für einen Bio-Kombuchatee aus dem Himalaya – oder einen Cappuccino – in der Karma Lounge.«

Mit all dem Champagner und Cappuccino klingt die Karma Lounge inzwischen wie ein ziemlich hipper Laden. Als Nächstes preisen die womöglich noch ihre Eisbecher und Roastbeef-Sandwiches an.

»Es soll heute ziemlich voll werden, vielleicht möchten die Damen deshalb bereits hineingehen und sich eine Trainingszone aussuchen.«

»Ist Lee schon hier?«, will Katherine wissen. »Die Lehrerin?«

Der Assistent schenkt ihr ein Lächeln, das freundlich rüberkommen soll, für Stephanie aber eher so aussieht, als wollte er Katherine damit klarmachen, dass sie nur ein unbedeutender Niemand ist und am besten gar nicht erst nach dem großen Star fragen sollte.

»Die ist vermutlich im Greenroom, unserem Künstlerzimmer, und konzentriert sich auf die bevorstehende Stunde. Wenn Sie ihr eine Nachricht schicken möchten, findet sich bestimmt jemand, der sie gerne überbringt.«

»Nein, ist schon okay«, winkt Katherine ab. »Ich habe da eine bestimmte Matte im Auge und möchte nicht, dass mich womöglich jemand aus meiner Trainingszone verscheucht.«

»Künstlerzimmer?«, echot Imani, als sie den Yogaraum betreten. »Ich habe mir wirklich den falschen Beruf ausgesucht.«

❀

Der Greenroom ist natürlich nicht grün, sondern in einem Lachston gehalten, der auf die leuchtenden Orangeschattierungen des restlichen Studios abgestimmt ist. All die zueinanderpassenden Farben rufen in Lee ein Gefühl von Ruhe und Frieden hervor, was vermutlich genau die Absicht war. Alan und sie haben ihr eigenes Studio ganz intuitiv dekoriert und bei Bodenbelägen und Farben, das muss man natürlich dazusagen, günstige Auslaufprodukte benutzt. Es wäre ihr damals nicht in den Sinn gekommen, einen Dekorateur oder Feng-Shui-Berater zu engagieren. Nicht, dass das finanziell überhaupt drin gewesen wäre. Hier hingegen wurde alles bis ins letzte Detail durchgeplant. Auf der einen Seite fühlt sich das ein wenig künstlich an, aber es hat auch etwas Beruhigendes an sich.

Das Künstlerzimmer ist mit niedrigen Trennwänden geschickt unterteilt worden, und auf dem Fußboden hat man weiche Sitzkissen verteilt. Eine Frau in einem makellos weißen Body meditiert in einer Ecke im Lotussitz, und hinter ihr unterhalten sich auf der anderen Seite einer Trennwand zwei Männer darüber, dass sich auf eine freie Stelle in der Filiale in West Hollywood achthundert Bewerber gemeldet haben. Da kann sie doch nur dankbar sein und sich geschmeichelt fühlen, weil YogaHappens sie persönlich ausgesucht und ihr dieses unglaubliche Angebot gemacht hat. Das Gefühl, dass alles Teil einer großen Firmenstrategie ist, schreckt sie ein wenig ab – viele der Details schreien geradezu »Zielgruppenorientierung« –, doch es geht ja darum, was zwischen ihr und den Schülern passiert.

Alan sollte heute dabei sein, hat allerdings im letzten Moment angerufen, um ihr Bescheid zu geben, dass er noch am Arrangement eines Songs feilen muss, den sie so bald wie möglich an den Agenten schicken wollen. Er hätte trotzdem kommen können, da ist Lee ziemlich sicher, aber andererseits ist sie über seine Abwesenheit auch erleichtert. Sie hat sich darauf gefreut, ihn in der Gruppe zu haben, weil er so gesehen hätte, wie sie mal ganz neue Leute unterrichtet. Dann kam ihr jedoch der Gedanke, dass das für ihn vielleicht wieder Konkurrenzdruck bedeutet hätte. Sie fragt sich manchmal, wie oft und in welcher Art und Weise sie sich in den letzten Jahren eigentlich zurückgehalten hat, nur um Alan nicht unglücklich zu machen. Und es ist durchaus möglich, dass sie sich heute nicht voll reinhängen würde, wenn er sich im Raum befände.

Eine junge Frau mit leuchtenden Augen kommt zu ihr und fragt, ob sie vor der Sitzung noch etwas braucht – Wasser, Kaffee, vielleicht eine Sitzmassage? Diese ganze Verhätschelei ist ja schön und gut, aber das mit der Massage, so verlockend die Idee auch klingt, geht eindeutig zu weit.

»Nein, danke.«

»Okay. Ich bin Diandra, und wenn Sie doch noch etwas brauchen sollten, fragen Sie einfach nach mir.«

»Unterrichten Sie hier auch?«

»Nein, schön wär's. Für drei Stunden freiwillige Arbeit im Studio bekomme ich eine Yogastunde gratis. Zhannette und Frank sind so großzügig, das ist einfach toll.«

»Haben Sie sie mal kennengelernt?«

Diandra macht große Augen. »Nein! Oh mein Gott, was würde ich dafür geben. Aber es gibt nur ganz wenige Menschen, die sie persönlich getroffen haben. Die beiden führen ein sehr zurückgezogenes Leben.«

Fünfzehn Minuten später erscheint Diandra wieder und informiert Lee darüber, dass es Zeit ist, mit der Stunde zu beginnen. Es ist doch wirklich albern, aber nach all den Jahren und Hunderten von Yogastunden, die sie gegeben hat, ist Lee vor der Sitzung plötzlich ein wenig aufgeregt. Die logischste Erklärung dafür ist wohl, dass sie das Studio unbedingt beeindrucken möchte, weil sie den Job wirklich will.

Diandra führt sie in den hinteren Bereich des Künstlerzimmers, zu einer schmalen Tür, die direkt in den Saal führt, in dem sie heute unterrichten wird. Die haben wirklich an alles gedacht. Der Raum ist voll, es sind etwa hundert Leute gekommen, doch die Matten sind so ordentlich angeordnet, dass dazwischen noch immer genug Platz ist, um während der Stunde im Saal hin und her zu laufen, und auch vorne hat sie genug Bewegungsfreiheit, um die Übungen vorzuführen.

Sie hat tagelang darüber nachgedacht, wie sie die Sitzung ein wenig aufwendiger gestalten und sich so den gehobenen Ansprüchen dieses Studios anpassen kann. Als sie gerade mit dieser aufgepeppten Version der Stunde beginnen will, entdeckt sie jedoch Katherine und Stephanie. Plötzlich wird ihr klar, dass sie ihre Vorgehensweise nicht ändern kann, ohne das, was sie tut, und die Gründe, aus denen sie ihren Beruf liebt, ins Ungleichgewicht zu bringen.

»Lasst uns im Sitzen beginnen«, fängt sie daher an, »mit geschlossenen Augen. Diese Stunde wurde als eine Reise beschrieben. Aber bevor wir uns auf diese Reise begeben, sollten wir vielleicht ein wenig Ballast abwerfen. Eure Erwartungen, die Tatsache, dass ihr jetzt gerne zehnmal den Sonnengruß machen würdet, eure Pläne für später, den Streit heute Morgen, euer Sicherheitsnetz. Lasst das alles hinter euch. Lasst uns hier leicht und frei beginnen, ohne Ängste, ohne irgendetwas vorauszusetzen. Nichts, was euch aus dem Konzept bringen oder ablenken wird. Nur ihr und ich und ein wunderbar unbeschriebenes Blatt, mit dem wir spielen können. Sobald ihr das vor euch sehen, es spüren könnt, öffnet die Augen und lasst uns anfangen.«

❀

Auf dem Weg nach Hause ruft Imani Becky an und hinterlässt ihr eine Nachricht: »Ich kann nicht fassen, dass du heute die Stunde bei YogaHappens verpasst hast. Von all den Sitzungen, die wir mitgemacht haben, war das die beste. Die Lehrerin hat ein Studio oben in Silver Lake. Ehrlich gesagt habe ich schon mal eine Stunde bei ihr mitgemacht. Das habe ich nie erwähnt, weil ich Angst hatte, dass sie dir nicht gefällt und dass ich mir dann total bescheuert vorkomme. Doch es war einfach super. Aber deshalb rufe ich gar nicht an. Ich werde auf deinen Rat hören, mich bei meiner Agentin melden und ihr sagen, dass ich bereit bin, ein paar Drehbücher zu lesen. Also danke! Ruf mich nachher an. Lass uns mal gucken, ob wir einen Termin finden, um zusammen nach Silver Lake zu fahren.«

Erst als Imani das Handy ausgestellt hat, wird ihr plötzlich klar, was sie da gerade gesagt hat. Sie ist bereit, weiterzumachen, ihre Zukunft in die Hand zu nehmen. Vielleicht hat sie zu Beginn der Yogastunde all den Ballast der Angst und Erwartung abgeworfen und ist jetzt frei. Sobald sie dagegen dieses Bild auf sich wirken lässt, spürt sie einen Schmerz in ihrem Inneren. Nach vorne zu sehen bedeutet, sich von etwas in der Vergangenheit zu lösen. Von dem Baby, das viereinhalb Monate lang in ihrem Bauch war, das sie aber nicht austragen konnte. Ihrer Tochter. Ellie. Vor dem siebten Monat solltest du niemals einen Namen aussuchen, hatte eine Freundin in

Texas sie gewarnt. Aber Imani war nicht abergläubisch. Und irgendwann zu Beginn des vierten Monats hatte sie auf einmal das Gefühl, dass sie ihr Baby zu kennen begann, seine Launen, seinen Charakter. Das konnte man unmöglich mit Worten beschreiben, sie konnte es nicht einmal Glenn erklären. Es existierte eine so starke Verbindung, ein Verständnis, das sie noch nie zuvor gespürt hatte. Vielleicht war das alles ja auch völlig verrückt, bloß Einbildung, wegen der Hormone. Wie konnte sie da sicher sein? Sie redete mit ihr, wenn sie allein war – mit Ellie –, allerdings hatte sie während ihrer Schwangerschaft nie wirklich das Gefühl, allein zu sein. Sie konnte sie schon in ihren Armen spüren, ihre sanfte Schwere, und das war so ein echtes, wahres Gefühl, dass sie es beinahe unheimlich fand.

In den Monaten, seit sie sie verloren hat, kann sie dieses Gewicht in ihren Armen von Zeit zu Zeit noch immer spüren. Und das war ihr manchmal ein Trost. Sie wusste, dass sie nicht groß darüber nachdenken sollte, oder besser gesagt (und das stimmte ja nun wirklich) nicht darin schwelgen sollte. Aber dieses Gefühl loszulassen, damit es in ihrem Leben weitergehen kann, kam ihr immer grausam vor, als würde sie Ellie verlassen. Ihr Baby zurücklassen. Wer würde sich um es kümmern? Wer würde es lieben? Wie konnte sie das nur tun?

Und als sie gerade auf den Los Feliz Boulevard abbiegen will, kommen ihr auf einmal die Tränen, sie weint so heftig, dass sie die Straße kaum noch erkennen kann. Sie fährt stattdessen zum Griffith Park, hält dort an, stellt den Motor ab und sinkt auf das Lenkrad. Als sie wieder aufschaut, bemerkt sie, dass der Himmel über dem grünen Park in einem seltsamen Blauton leuchtet. Es ist erstaunlich still. Ganz in der Nähe sitzt eine Frau auf einer Bank und liest ein Buch, und auf dem Rasen läuft ein kleines Mädchen in einem gelben Kleid lachend und quietschend einem Hund hinterher.

Wieder steigen Tränen in ihr auf, und die Bilder werden unscharf.

»Es tut mir so leid«, keucht sie, und es gelingt ihr kaum, die Worte hervorzubringen. »Es tut mir so leid, Baby. Es tut mir leid, es tut mir so leid.« Das kleine Mädchen ist jetzt weiter weg und rennt dem Hund mit hysterischem Lachen hinterher. Sie weiß, dass der Moment gekommen ist, dass es genau so zu sein hat. Ich muss einfach, Baby. Ich muss dich loslassen. Du musst mir vergeben, Ellie. Ich habe es wirklich versucht. Ich habe mein Bestes gegeben, mein kleines Mädchen. Du musst mir einfach glauben. Ich wollte dich von ganzem Herzen, aus tiefster Seele. Ich wollte bei dir sein, mich um dich kümmern und dich lieben. Aber es sollte einfach nicht sein. Und deshalb muss ich dich jetzt loslassen.

Ich muss dich einfach gehen lassen.

Gut, denkt sie, und wird langsam ruhiger. Der Moment ist gekommen, so wird es sein. Sie lässt den Motor an und wischt sich die Tränen aus dem Gesicht. Jetzt wird nicht mehr geweint. Es reicht. Langsam fährt sie vom Parkplatz auf die Straße und fädelt sich dann in den Verkehr ein, bereit für einen Neuanfang.

Teil drei

Unter Komplimenten von Diandra und einigen Studiomitarbeitern im Greenroom muss Lee zugeben, dass es wirklich Spaß gemacht hat, diese Gruppe zu unterrichten. In diesem Yogaraum hatten mehr Schüler Platz, als in ihr Studio in Silver Lake passen. Wenn sich all diese Menschen mehr oder weniger im Gleichklang bewegen, kommt eine Energie auf, die wirklich beflügelt. Von ihrem Platz aus wirkte es manchmal wie ein wunderbarer Tanz. Sie führten die Bewegungen zusammen aus, und man hatte plötzlich das Gefühl, dass man gemeinsam vielleicht doch die Welt verändern kann. Dies empfindet Lee in den Kursen oft so, aber vor der größeren Gruppe war der Eindruck heute noch viel stärker.

Als sie ihre Sachen zusammensucht, kommen ihre alten Freunde – der sehnige Dave und Hydranten-Chuck – durch eine andere geheimnisvolle Tür in den Raum, sie strahlen übers ganze Gesicht und sind voll des Lobes. Sie sieht sie jetzt zum ersten Mal im Studio, und die zwei haben die orangefarbenen T-Shirts an, die hier wohl jeder bei der Arbeit tragen muss. Die beiden Männer sind unglaublich fit, wenn auch auf ganz unterschiedliche Art und Weise, groß und schlank versus klein und gedrungen, als hätte man hier ein Paar unter dem Gesichtspunkt zusammengestellt, dass ihre Körper sich gegenseitig ergänzen und den größtmöglichen Kontrast bilden.

»Sie waren umwerfend!«, lobt Dave.

»Absoluter Wahnsinn!«, fügt Chuck hinzu. »Und was noch wichtiger ist …«

»… es war genau das, was wir uns vorgestellt hatten.«

Hydrant: »Genau die Art von kreativer Gestaltung, die uns in unserem Angebot noch fehlt.«

Sehnig: »Und die Schüler waren begeistert. Sie sind hingerissen.«

Hydrant: »Genauso wie …«

Sehnig: »… Zhannette und Frank!«

Lee weiß nicht, was sie dazu sagen soll, außer, ihnen von Herzen zu danken und hinzuzufügen, dass sie selbst auch großen Spaß hatte.

Die Männer nicken synchron und lassen beide gleichzeitig das Klemmbrett sinken, das sie an die Brust gepresst haben.

»Wir haben während der Stunde ein paar Notizen gemacht«, erklärt Sehnig.

»Ich habe Sie im Saal gar nicht gesehen«, wendet Lee ein. Sie hatte eigentlich erwartet, das Duo unter den Schülern zu entdecken, und war über ihre Abwesenheit erleichtert gewesen. Ihr Kommentar scheint die beiden zu amüsieren.

Sehnig: »Wir haben da so unsere Tricks …«

Hydrant: »Videokameras. Ganz diskret platziert. Die helfen uns bei der Qualitätskontrolle …«

Sehnig: »… die in unserer Industrie …«

Hydrant: »… zu einem immer größeren Problem wird. Die meisten Punkte werden wir wohl zu einem späteren Zeitpunkt besprechen.«

Sehnig: »Und wir erwarten auch gar nicht, dass Sie das alles beim ersten Mal berücksichtigen.«

Hydrant: »Uns ist aufgefallen, dass es etwa sechs Personen gelungen ist, ihre eigene Wasserflasche in den Saal zu schmuggeln.«

Sehnig: »Ich habe sogar acht gezählt, etwa dieselbe Größenordnung. Normalerweise spricht die Person, die unsere Gäste willkommen heißt, am Eingang mit den Teilnehmern darüber.

Aber da es heute so voll war, sind ihr offensichtlich einige davon entgangen.«

Hydrant: »Was ja auch keine große Sache ist. In Zukunft gehen Sie einfach zu diesen Schülern, nehmen die Flaschen mit und stellen sie vor die Tür. Diskret und positiv.«

Sehnig: »Dann sagen Sie ganz ruhig: ›Denk beim nächsten Mal daran.‹«

Hydrant: »Wir möchten, dass Sie genau diese Worte benutzen, wie all unsere Lehrer.«

Sehnig: »Das verstärkt die Nachricht …«

Hydrant: »… und ist sehr effektiv.«

Lee findet dieses Thema so albern und unwichtig, dass es ihr fast peinlich ist, darauf irgendwie zu antworten, egal wie. Diandra hat die Wasserflaschen ihr gegenüber vor der Sitzung erwähnt, aber solche Sachen kann sie einfach nicht ernst nehmen. Offensichtlich sind alle, die hier arbeiten, völlig besessen von dieser Geschichte. Die Typen erklären ihr, dass es da noch ein paar andere Kleinigkeiten gibt: Sie hat am Anfang der Stunde nicht überprüft, ob von allen Teilnehmern eine unterschriebene Verzichtserklärung vorliegt, und sie hat den Schülern nicht empfohlen, sich mit einem frischgepressten Saft oder Mixgetränk in der Karma Lounge zu erfrischen. Oh, und noch etwas, es wäre toll, wenn sie ein oder zwei fortgeschrittene Posen vorführen könnte, mit der Warnung an die Schüler, die nicht selbst auszuprobieren, rein zu Demonstrationszwecken. Vielleicht irgendeine Asana, bei der sie die Füße hinter dem Kopf verschränkt, oder einen schwierigen Handstand.

»Die Schüler fühlen sich wohler und sicherer«, behauptet der sehnige Dave, »wenn sie sich immer dessen bewusst sind, dass der Lehrer Dinge kann, die sie selbst nicht beherrschen.«

»Und Sie könnten noch hinzufügen«, wirft Chuck ein, »dass sie bei Interesse an diesen komplizierten, sexy Posen …«

»Dieses Wort benutzen wir immer gerne. Das ist sehr effektiv.«

»… darüber nachdenken sollten, Privatstunden zu nehmen. 120 Dollar die Stunde.«

Sehnig: »Davon mal abgesehen …«

Hydrant: »… war es absolut brillant. Die Stunde ging …«

Sehnig: »… weit über unsere Erwartungen hinaus. Wir würden das gerne feiern und mit Ihnen in der Karma Lounge zu Mittag essen.«

Hydranten: »Die Schüler kommen gerne in die Lounge, wenn sie sehen, dass die Lehrer dort auch Zeit verbringen.«

»Ich habe eigentlich keinen großen Hunger«, gibt Lee zu bedenken.

»Es reicht auch, wenn Sie nur etwas mit uns trinken.«

»Genau. Steht ja auch im Handbuch für die Angestellten.«

❀

Katherines Massagepatientin hat neunzig Minuten gebucht und erklärt ihr zu Anfang, dass sie gerne eine Detox-Massage hätte.

»Ich habe gerade zwei Wochen Reha hinter mir, zur Behandlung meiner Sucht, und so ganz auf der Höhe bin ich noch immer nicht. Ich muss jetzt besonders auf meine Nieren und Nebennieren achten.«

»Ich weiß, was Sie meinen«, erklärt Katherine.

Natürlich weiß sie das ganz genau, aber die Kundin, Cecily, ist eine große, schlanke Frau, die seit über einem Jahr zur Massage und zum Yoga nach Edendale kommt. Sie ist fit und gelenkig, trägt in den Kursen einen perfekten Gleichgewichtssinn zur Schau und isst nach einer strengen Rohkostdiät. Katherine hatte Cecilys Körper schon oft in der Mangel und hat noch nie irgendwelche Wunden, Narben oder die Überempfindlichkeit bemerkt, die sie von Drogenabhängigen und Alkoholikern her kennt. Man hätte höchstens irgendeine esoterische Essstörung erahnen können, doch diese Enthüllung erstaunt sie jetzt wirklich.

Cecily liegt mit dem Gesicht nach unten auf Katherines Liege, und als die Masseurin gerade ihren perfekten Rücken berühren will, hebt sie den Kopf und fragt: »Welches Öl benutzen Sie eigentlich bei mir?«

»Bio-Mandelöl.«

»Ist da irgendwas drin?«

»Ich wollte eigentlich eins mit einem leichten Lavendelduft nehmen, den viele Leute als reinigend empfinden. Aber wenn Sie lieber …«

»Oh Gott«, stöhnt die Kundin, »ich bin ja so froh, dass ich gefragt habe. Nichts mit Blüten- oder Kräuterextrakten oder Ölen. Das ist für mich völlig tabu.«

»Ich hätte da ein Öl ohne Duftzusätze. Oder eine schlichte Lotion, wenn das besser ist.«

»Geruchsneutrales Öl ist in Ordnung. Es tut mir leid, ich will hier nicht so ein Theater veranstalten, aber ich kann nicht zulassen, dass mich irgendwas jetzt wieder zurückwirft.«

Katherine hat noch nie groß mit den Leuten über ihre Abhängigkeit und Drogenprobleme geredet. Das war ihr immer peinlich, sie hat es als Schwäche empfunden, und generell kommt sie mit ihren Problemen am besten klar, wenn sie den Mund hält und die Dinge mit sich selbst ausmacht. Aus diesem Grund hat sie auch nie an so einem Zwölf-Punkte-Programm teilgenommen. Allerdings hat sie im Laufe der Zeit festgestellt, dass das nicht für alle Menschen gilt und die meisten gar nicht genug davon kriegen können, über ihre Abhängigkeiten und Süchte zu sprechen, sobald sie die Phase des Verleugnens erst einmal überwunden haben. Sie ist versucht, nach den Details zu fragen, aber andererseits weiß sie genau, dass sie die Einzelheiten früher oder später ja doch erfahren wird.

Und tatsächlich, nach einer halben Stunde erklärt Cecily schließlich: »Ich glaube, am schwersten ist es mir gefallen, mich von den Tinkturen zu trennen. Dabei habe ich die ohne Alkohol benutzt.«

»Tinkturen?«

»Angefangen habe ich mit Echinacea und Gelbwurzel, um das Immunsystem zu stärken. Das sind wohl für viele Leute die Einstiegsextrakte. Da ist eine Erkältung im Anmarsch, du kaufst dir Echinacea-Tropfen, und dann geht es dir ein bisschen besser. Das ist gesellschaftlich akzeptiert und wird überhaupt nicht reguliert. In den Yogamagazinen und Reformhäusern wird ja überall dafür Werbung gemacht. Und wenn du das nächste Mal bei Whole Foods einkaufst, stellst du auf einmal fest, dass es da ja einen ganzen Gang mit solchen Mittelchen gibt. Also denkst du dir, dass du ja mal Johanniskraut als Stimmungsaufheller ausprobieren könntest, und dann Baldrian, um besser einzuschlafen. Und dann Mate-Extrakt zum Aufwachen. Und das ist ja nur die Spitze des Eisbergs. Ein Produkt für die Augen, eins für die Gelenke, dann was für die Haare.« Katherine spürt, wie Cecilys Körper unter ihren Händen erschaudert. »Und dann gibt es da noch all die Kapseln und Mineralextrakte, homöopathische Anwendungen und Bachblüten.«

Die bei Abhängigen so typische Mischung aus Reue und Selbstmitleid hat Cecily offensichtlich zum Weinen gebracht. Katherine drückt ihr ein Taschentuch in die schlaffe Hand, und die Patientin führt es unter das Loch in der Liege und putzt sich die Nase. »Ich habe jede Woche ein paar hundert Dollar für solche Mittelchen ausgegeben. Manchmal habe ich mir ein ganzes Röhrchen homöopathische Kügelchen reingeschüttet, als wären es Bonbons. Ich war in verschiedenen Läden, damit die Verkäufer nicht merken, welche Mengen ich kaufe. Mit der Zeit habe ich mich mehr und mehr abgekapselt. Das ist keine soziale Abhängigkeit, wie beim Alkohol oder Heroin.«

»Wohl eher nicht.«

»An einem Samstagmorgen stand ich plötzlich im Einkaufszentrum im GNC-Laden und war umringt von aufgeplusterten Typen, die Proteinpulver in Plastikeimern gekauft haben. Ich war ganz unten angekommen. In dem Moment wurde mir klar, dass ich ein Problem hatte und mich ihm stellen musste.«

»Ging es da auch um … Vitamine?«, fragt Katherine.

Cecily schüttelt den Kopf, so dass das Papier auf dem Kopfteil Falten wirft. »Vitamine habe ich *nie* angerührt!«, verkündet sie stolz.

Am Ende der Sitzung gibt sie Katherine 30 Dollar Trinkgeld und bittet sie um ihre Diskretion.

»Natürlich«, sagt Katherine. »Sie müssen einfach nur an sich selbst glauben und darauf vertrauen, dass Sie es schaffen.«

»Das tue ich auch. Glauben Sie mir, dahin will ich nie wieder zurück. Das war ein wirklich, wirklich finsterer Ort. Ich habe jetzt angefangen, Xanax zu schlucken, damit ich beim Einkaufen nicht mehr so angespannt bin. Wo wir gerade dabei sind, ich sollte wirklich eine halbe nehmen. Auf dem Weg nach Hause komme ich nämlich bei Whole Foods vorbei. Und bei einem Reformhaus auch. Ach, was soll's, ich nehme besser gleich eine ganze Tablette.«

Katherine bringt Cecily noch bis vor die Tür und bleibt dann in der warmen Luft draußen stehen. Sie saugt das bunte Treiben auf der Straße in sich auf. Das mag sie so an Silver Lake – man hat das Gefühl, einer Gemeinschaft anzugehören. Anders als in anderen Vierteln von L.A. hat man hier das Gefühl, in einer Kleinstadt zu leben. Der Nachteil ist, dass man ständig den gleichen Leuten über den Weg läuft. Wenn man zum Beispiel, sagen wir mal, einen tollen Typen anbaggert, der gleich die Straße runter arbeitet, und dann auf einmal Muffensausen kriegt, weil der Typ viel zu nett ist, sich trotzdem vornimmt, etwas möglicherweise Tolles nicht von vorneherein zu sabotieren, und dann doch wieder in die alten Fehler verfällt und es total vermurkst. Sie kann noch immer vor sich sehen, wie wütend und verletzt Conor aussah, als Phil an jenem Abend hinter ihr auftauchte. Der ganze Vorfall war so peinlich und ist derart schiefgelaufen, dass sie den Gedanken daran nur schwer erträgt. Das Gute an der Sache ist, dass sie Phil dann tatsächlich rausgeschmissen hat (wenigstens das spricht für ihre Zurechnungsfähigkeit). Und anstatt danach alles aus dem Ruder laufen zu lassen, hat sie außerdem wieder angefangen, regelmäßig Lees Kurse zu besuchen. So sieht es also aus. Einer der Typen von der Feuerwache hat ihr erzählt, dass Conor bald in eine andere Gegend versetzt wird. So läuft das immer mit den neuen Kollegen.

Vielleicht überlegt er ja nur, wie der nächste Schritt aussehen soll. Oder sein Schweigen bedeutet, dass der nächste Schritt schon beschlossene Sache ist und eben von ihr wegführt.

Im Café Crème auf der anderen Straßenseite entdeckt sie Stephanie. Die arbeitet dort am Computer und wartet auf Lees Nachmittagskurs. Sie winkt ihr zu, und Stephanie bedeutet ihr rüberzukommen. Die Masseurin läuft über die Straße und setzt sich zu ihr.

»Coole Schuhe«, begrüßt Stephanie sie.

Katherine sieht nach unten und bemerkt, dass sie barfuß ist. Sie arbeitet manchmal lieber ohne Schuhe, und da alle so daran gewöhnt sind, im Studio barfuß herumzulaufen, fällt das eigentlich keinem auf.

»Freut mich, dass sie dir gefallen«, grinst Katherine. »Die waren auch gar nicht teuer. Wie läuft's mit der Arbeit?«

»Es wird. Aber bis ich nicht fertig bin, weiß ich gar nicht, ob es wirklich was taugt.«

»Und wann ist das?«

»Bald. Der Text geht an die Produzentin ... und dann werden wir ja sehen.«

Sie blickt Katherine auf eine Art und Weise an, als wollte sie sie um etwas bitten. »Ist alles in Ordnung?«

»Hör mal«, beginnt Stephanie, »ich weiß, dass Lee und du befreundet seid, ich will mich auch gar nicht dazwischendrängen, aber wie ernst ist ihr diese Sache mit YogaHappens?«

Es ist immer am besten, sich um seinen eigenen Kram zu kümmern und die Leute ihre eigenen Entscheidungen treffen zu lassen, selbst wenn man sie für falsch hält. Katherine glaubt nicht, dass diese Veränderung Lee glücklich machen wird, doch vielleicht kann sie das aus ihrer Sicht auch gar nicht beurteilen. Möglicherweise hat sie einfach nur das Gefühl, dass Lee sie verlässt, und *will* deshalb gar nicht, dass ihre Freundin glücklich wird.

»Ich denke, es ist ziemlich ernst.«

»Das ist ein Riesenfehler. Wir müssen ihr das ausreden.«

»Ich weiß nicht, Stephanie. Ich habe schon genug mit meinen eigenen Fehlern zu tun.«

»Ich doch auch. Aber wünschst du dir dabei nicht manchmal etwas Hilfe?«

Wenn sie Hilfe hatte, dann kam die meistens von Lee. »Wenn du sagst, ›wir müssen ihr das ausreden‹, dann meinst du wohl mich?«

»Ich denke, du solltest es wenigstens versuchen.«

❁

In der Küche ihrer Mutter schrubbt Graciela gerade den kleinen Vorratsschrank neben der Spüle, als der Anruf kommt. Heberto, ihr verstorbener Stiefvater, war ein leidenschaftlicher Heimwerker, und wie die meisten Exemplare dieser Spezies hatte er große Pläne und nur eingeschränktes handwerkliches Können. Graciela hat überall im Haus halbfertige elektrische Reparaturen und Klempnerarbeiten entdeckt. In beinahe jedem Raum gibt es einen Beweis guter Vorsätze, die ein trauriges Ende genommen haben – kleine Kisten voller Baumaterial, halbvolle Tuben mit Dichtungsmasse, Reste von Kacheln und Trockenmauerelementen. Irgendwann hat er offensichtlich versucht, etwas gegen ein tropfendes Wasserrohr unter der Spüle zu unternehmen, aber entweder die Lust oder den Glauben an seine Fähigkeiten verloren. Als sie den Schrank geöffnet hat, wurde sie vom Geruch und Anblick verschimmelter Schwämme, feuchter Lappen, Packungen mit Scheuerpads und halb verfaulten Spülmaschinen-Tabs begrüßt.

Eins hat sie durch die Aufräumaktionen bei ihrer Mutter bereits gelernt – je größer die Katastrophe, der sie sich annimmt, desto zufriedener ist sie nach getaner Arbeit.

Sie hat einen Dichtungsring ersetzt, ein paar lose Muttern angezogen (Heberto hat die Schraubenschlüssel natürlich unter der Spüle liegen lassen) und dann angefangen, den Kram auszumisten. Kisten mit unbenutztem Putzzeug, Packungen mit Ammoniak oder Fußbodenwachs mit Schleim oder Rost oder beidem. Sie trägt eins von Daryls Shirts, das sie heute Morgen übergestreift hat, und hat die restlichen Klamotten für die Putzaktion ausgezogen. Als sie das Handy auf dem Küchentisch klingeln hört, ist sie schweißgebadet und voller Seifenschaum und beschließt, den Anrufbeantworter rangehen zu lassen. Ein paar Minuten später kommt sie unter der Spüle hervor und begutachtet ihr Werk. Makellos. Eine der kleineren Errungenschaften in ihrem Leben, aber dennoch eine Leistung, die sie mit Stolz und Freude erfüllt. Sie kann das Leben ihrer Mutter nicht in Ordnung bringen, sie kann nichts an deren Einstellung ändern, sie kann sie nicht glücklich machen. Doch sie kann ihre Wohnung putzen, so dass alles an seinem Platz ist, wenn die eines Tages selbst beschließen sollte, einige dieser Dinge zu ändern.

Im Hintergrund erklingen die schrillen Stimmen der Telemundo-Seifenoper, und sie kann das Lachen und Fluchen ihrer Mutter hören, die den Darstellern Schimpfwörter an den Kopf wirft. Egal, was sie sagt, egal, wie herablassend ihre Mutter sich ihr gegenüber auch gibt, tief in ihrem Inneren ist sie Graciela doch mit Sicherheit dankbar für alles, was sie für sie tut.

Die Nachricht auf ihrem Handy beginnt langsam und ernst. Es ist Mickey Michaelsson, die kleine Frau, deren Gesicht in der Mütze steckte. Es stellt sich heraus, dass sie die Assistentin des Choreografen ist und in dem Team, das man für den Videodreh zusammengestellt hat, eine wichtige Rolle spielt.

»Graciela«, sagt Mickey und legt dann eine Pause ein. Sie spricht mit einem dieser seltsamen Akzente, die ein wenig nach England klingen, ein wenig nach Frankreich, ein wenig nach Süden, und noch viel mehr nach reiner Affektiertheit. Eine Mischung, die im unabhängigen Königreich der Unterhaltungsindustrie recht häufig anzutreffen ist. »Tut mir leid, dass ich dir diese Nachricht überbringen muss, aber irgendwer muss es schließlich machen, oder? Ab nächster Woche wirst du in Arbeit ersticken und dir täglich den Arsch aufreißen, junge Dame. Du bist Tänzerin Nummer fünf, Baby. Ruf mich an.«

Im Fenster über der Spüle entdeckt Graciela ihr Spiegelbild. Wenn Mickey sie jetzt sehen könnte, würde sie ihr Angebot vermutlich zurückziehen. Ihre Haare hängen matt herunter und das T-Shirt ist schmutzverschmiert. Na ja, um nicht abzuheben, gibt es nichts Besseres als eine kurze Rückkehr auf den Boden der Tatsachen.

Sie marschiert hinaus in den Wintergarten, wo ihre Mutter sich vor dem Fernseher häuslich niedergelassen hat. Gerade läuft lautstark ein Werbespot, irgendetwas über ein Mittel gegen Sodbrennen, dargestellt durch eine Zeichentrickfigur, die im Verdauungstrakt einer viel zu duldsamen guten Seele ihr Unwesen treibt.

»Mama«, sagt sie. »*¿Puedes bajar el volumen, mamá?*«

Ihre Mutter runzelt die Stirn, stellt aber den Ton ab.

»Ich habe das tropfende Rohr unter der Spüle repariert und den ganzen Mist da unten rausgeworfen.«

»*¿Sacaste el moho?*«

»Ich habe an Schimmel entfernt, was ich konnte. Ich denke, jetzt ist alles weg.«

»*Buena chica*«, lobt ihre Mutter.

Das ist wirklich kein großes Kompliment. Etwas in der Art würde man auch zu einer Putzfrau sagen, die man für diese Arbeit bezahlt. Wahrscheinlich hat ihre Mutter so was von ihren Arbeitgebern zu hören bekommen, als sie selbst noch Wohnungen geputzt hat. Braves Mädchen. Doch es ist wenigstens ein Anfang. Und im Moment ist Graciela froh über jedes kleine Fitzelchen Lob, ihre Wangen glühen vor Glück.

»Ich habe gerade einen Anruf bekommen, Mama. Du wirst es nicht glauben. Ich mache in einem neuen Video mit. Mit Beyoncé, Mama. Der aus *Dreamgirls*, weißt du noch?«

»*¿La gorda?*«

»Nein, die, die so aussieht wie Diana Ross. Die ist einfach der helle Wahnsinn. Das ist wirklich eine große Sache für mich, Mama. Es haben ungefähr tausend Mädchen vorgetanzt.«

Ihre Mutter lächelt und nickt, wenn auch nicht besonders glücklich. Die Werbung ist zu Ende, und sie stellt den Ton wieder an.

»Wasch dir aber besser die Haare vor deiner ›großen Sache‹. Du siehst aus wie eine Hexe. Und zieh dir ein anderes T-Shirt an, da kann man ja deine Nippel sehen. Riesige Dinger. *Como una animala*.«

Graciela hat das Gefühl, dass man ihr den Boden unter den Füßen wegzieht. Wie eine Hexe? Wie ein Tier? Hat ihre Mutter das gerade wirklich gesagt? Sie verlässt den verglasten Raum, geht zurück in die Küche, schließt die Müllsäcke, die sie mit dem ganzen Mist gefüllt hat, und packt sie in den Eimer vor der Küchentür. Sie will gerade ihre Bluse wieder anziehen, als ihr Blick auf das Handy fällt. Sie sollte Daryl anrufen. Das ist vermutlich das Erste, was sie hätte tun sollen. Aber was, wenn in seiner Stimme diese Sorge mitschwingt, dieser Unterton, den sie so gut kennt? Sie weiß, was dieser Tonfall bedeutet: Er fühlt sich bedroht und hat Angst davor, ihr Erfolg könnte ihre Beziehung gefährden und dazu führen, dass sie ihn weniger liebt. Jetzt braucht sie hingegen ein wenig uneingeschränkten Enthusiasmus. Sie greift zum Telefon und wählt eine Nummer.

»Lee«, sagt sie, »hier ist Graciela. Ich wollte dir nur sagen … ich habe den Job. Ich habe gerade eine Nachricht bekommen, und …«

Lee kreischt so laut und begeistert in den Hörer, dass Graciela einen Moment lang glaubt, ihre Mutter müsste es mitbekommen, Fernseher hin oder her. »Ich freue mich so für dich, Süße! Ich bin so stolz auf dich! Das müssen wir feiern.«

»Ganz im Ernst, ich wäre nie so weit gekommen, wenn du nicht …«

»Das hast du nur dir selbst zu verdanken. Es ist dein Talent. Du hast hart dafür gearbeitet. Du hast es geschafft. Du hast es dir verdient. Es steht dir wirklich zu.«

Ein paar Minuten später tritt sie erneut in den verglasten Raum, das T-Shirt über dem Arm. Die Sonne ist rausgekommen, und die Luft im Raum ist stickig. Es gibt dort eine Klimaanlage, aber wenn Graciela da ist, macht ihre Mutter sie nie an. Sie behauptet immer, sie wollte nicht so viel Strom verbrauchen, allerdings ist Graciela mehr als einmal aufgefallen, dass sie sie anstellt, sobald ihre Tochter das Haus verlässt.

»Ich gehe jetzt, Mama«, verabschiedet sich die Tänzerin.

»Und was ist mit dem Küchenschrank?«

»Was meinst du?«

»Du hast gesagt, um den würdest du dich heute auch noch kümmern.«

»Beim nächsten Mal …«, setzt sie an. Aber nein, sie kann nicht ständig hierherkommen und sich dabei völlig verbiegen. »Das kannst du auch selber, Mama. Das kannst du selbst machen, oder du kannst jemanden dafür bezahlen oder mal deine Söhne einspannen. Ruf Manuel oder Eddie an. Sag denen einfach, sie sollen ein paar Schränke ausmisten.«

»Ach, bist du dir jetzt etwa zu schade, mir zur Hand zu gehen? *¿Eso es todo?*«

»Ich bin dir immer mit Respekt begegnet. Ich habe nichts weiter getan, als dich zu lieben, und versucht, dir zu helfen. Ich lasse mich von dir nicht länger beleidigen. Das kann ich einfach nicht mehr. Okay, Mama? Du hast ja meine Nummer, wenn du anrufen und dich entschuldigen willst. Bis dahin brauchst du dich gar nicht zu melden.«

Draußen zieht Graciela ihre Bluse an, doch ihre Hände zittern so stark, dass sie die Knöpfe nicht zubekommt. Sie schaut zurück und erwartet beinahe, dass ihre Mutter aus der Haustür gestürmt kommt und wütend hinter ihr herjagt. Aber natürlich tut sich im Haus nichts, abgesehen vom Rasseln der Klimaanlage, die gerade anspringt, und dem Glitzern der Sonne auf den Fenstern. Graciela atmet tief durch und geht ein paar Schritte. Jetzt zittern ihre Hände nicht länger. Sie macht ein paar Knöpfe der Bluse zu. Sie verspürt ein leises Surren im Hinterkopf, das nichts mit Wut oder Angst noch mit Nervosität oder Schuldgefühlen zu tun hat: Es ist das Raunen der Vorfreude. Sie hat es geschafft. *Sie* hat es gepackt. Sie hat ihren Traumjob ergattert. Und eigentlich ist es auch egal, ob ihre Mutter anruft, um sich zu entschuldigen, oder nicht. Sie wird immer für ihre Mama da sein, aber sie braucht sie nicht mehr. Denn deren Meinung ändert nichts an der Tatsache, dass Graciela in ihrem Leben auf einmal an einer völlig anderen Stelle steht als noch vor einer Stunde.

❀

Als Lee Alan kennenlernte, hatte er gerade an der New York University seinen Abschluss in Amerikastudien gemacht, einem dieser wenig definierten Studiengänge, in denen es um Literatur und Popkultur, ein wenig Politik und vor allem um die eigene Meinung geht. »Ich-Studien« nannten ihre Freunde das Fach. Eigentlich hatte Alan vorgehabt, Musik zu studieren, doch seine Eltern in Chicago hatten es ihm verboten. Nach der Uni hatte er einen Job mit Einstiegsgehalt bei Fidelity Investments angetreten und dann ein Praktikum bei einer Anwaltskanzlei gemacht, aber er fand keine Tätigkeit, die wirklich zu ihm passte. Wie er Lee erklärte, war er einfach nicht der Typ, der damit klarkommt, dass ein Chef ihm Vorschriften macht. »Dafür bin ich zu rebellisch«, verkündete er. »Zu unabhängig. Ich bin viel zu kreativ, um in einem Büro zu versauern.« Sie bewunderte diese Haltung.

Er wohnte in Brooklyn und arbeitete bei einem Handwerker als Gehilfe, ein Job, der ziemlich gut bezahlt wurde und ihm genug Freizeit für seine wahre Leidenschaft ließ.

Als Lee Alan zum ersten Mal singen und spielen hörte, waren sie in seiner Wohnung in Brooklyn. Sie hatten zusammen zu Abend gegessen, ein paar Glas Wein getrunken, waren dann im Bett gelandet, und schließlich hatte er seine Gitarre hervorgeholt und ihr etwas vorgesungen. *If I had you*, ein Song aus den Zwanzigern mit einer schlichten, zarten Melodie. Dazu zupfte er ein paar einfache Akkorde auf der Gitarre. *There is nothing I couldn't do, if I had you* – Wenn du mein wärst, könnte ich einfach alles schaffen.

Es war ein warmer Abend. Im flackernden Kerzenlicht fiel nicht so auf, dass der Anstrich in Alans Schlafzimmer abblätterte. Er war nackt, und seine gebräunte Haut glühte. Eine einzige dunkle Locke fiel ihm in die Stirn, als er für sie sang. *If I had you* – Wenn du mein wärst. Dabei lächelte er sie die ganze Zeit zärtlich an.

Am Ende des Liedes gehörte sie ihm. Mit Leib und Seele. Dieser Auftritt überzeugte sie von seinem Talent. So klar, so rein, so mühelos.

Deshalb war es für sie ein Schock, als sie ihn in einem kleinen Restaurant im East Village zum ersten Mal vor Publikum spielen sah. Die Leichtigkeit war wie weggeblasen und wurde zu verkrampftem Ehrgeiz, der seine Stimme hart klingen ließ, und beim Spielen wirkte er ein wenig zu selbstsicher. Doch sie hatte sich Hals über Kopf in ihn verliebt, und eventuelle Zweifel wurden von ihrer Betörtheit schnell verdrängt. Die Ansprüche waren in ihren Zwanzigern eben ganz anders. In ihrem Bekanntenkreis war jeder auf der Suche, jagte irgendeinem Traum hinterher. Aber selbst wenn es unausgesprochen blieb, war dennoch klar, dass man die unrealistischen, hochfliegenden Fantasien eines Tages beiseitelegen würde, um eine Arbeit zu finden, mit der man wenigstens seine Rechnungen bezahlen konnte.

Zu Beginn ihrer Beziehung verwendete sie viel Zeit darauf, Alan zu versichern, dass er Talent hatte und nur auf die passenden Gelegenheiten warten musste. Denn das tut man doch, wenn man jemanden liebt. Man glaubt an ihn und unterstützt ihn. Oder? Und als Alan erklärte, die Chancen für seine Art von Musik und seine Stücke seien in L.A. größer, glaubte sie ihm, unterstützte ihn, packte ihre Sachen zusammen und zog um. Diesen Teil hat sie nie bereut.

Als sie sich in New York kennenlernten, behauptete sie zunächst, Kellnerin zu sein, was in dem Moment ja auch stimmte. Über die ganze Yogageschichte sprach sie erst, als sie sicher sein konnte, dass er sie nicht auslachen oder für eine Spinnerin halten würde.

Die ernsthafte Yogaausbildung (im Gegensatz zum simplen Trainieren) begann Lee bei Rosa Gianelli, einer älteren Dame, die in den Sechzigern nach Paris gezogen war, um eine Schülerin von B.K.S. Iyengar zu werden. Iyengar war von Yehudi Menuhin nach Europa geholt worden, um das Yogaevangelium zu verkünden. Und Rosa war losgezogen und hatte ihre Familie monatelang alleingelassen, um bei ihm zu studieren. Einer ihrer ältesten Lehrer hatte Lee zu Rosa geschickt, und die hatte in der jungen Frau etwas gesehen, von dem sie wusste, dass es Iyengar gefallen würde – ihr Mitgefühl, ihre Ehrlichkeit und ihr Blick fürs Detail. Sie übernahm es persönlich, Lee zu unterrichten, und zwar kostenlos, so wie sie selbst ausgebildet wurde, Schritt für Schritt. Rosa unterwies Lee in den Asanas mit einer Sorgfalt, die ihre Schülerin manchmal in den Wahnsinn trieb. Sie arbeiteten stunden-, manchmal sogar tagelang an einer einzigen Pose, genauso, wie Iyengar es damals mit ihr gemacht hatte. Rosa brachte Lee die Dinge bei, indem sie ihre Körperhaltung korrigierte, aber auch verbal, durch zauberhafte und exakte Metaphern, die jede Bewegung, jede Geste zum Leben erweckten – sprach von der »Kuppel«, wenn sie den gewölbten Spann des Fußes meinte, und vom »Kopf der Kobra«, wenn Lee die Schultern nach hinten nehmen sollte. Rosas Sprache und ihre Intensität ließen Lee vergessen, dass sie sich in einem ach so gewöhnlichen Vorort-Häuschen auf Long Island befand. Sie nahm jeden Morgen den Zug aus der Stadt, ging dann zu Fuß zu Rosa, trank eine Tasse Instantkaffee mit ihr und aß ein Stück Stella d'Oro-Anisgebäck und ließ sich dann in eine andere Welt versetzen. Rosa bestand darauf, dass Lee sich auch mit den Sutras vertraut machte, und zwar so intensiv, dass Lee manchmal den Eindruck hatte, es wäre einfacher gewesen, das Medizinstudium doch noch abzuschließen. Gelegentlich stritten sie sich auch. Rosa stellte zu hohe Ansprüche, konnte fies sein und knauserte mit dem Lob. Und dennoch …

Lee hat großen Respekt vor der Ausbildung, den viele der Lehrer in ihrem Bekanntenkreis durchlaufen haben. Aber sie kann manchmal nicht anders, es kommt ihr so vor, als wäre das nur Magermilch im Vergleich zu der fetten Sahne jener Tage, die sie mit Rosa verbringen durfte.

Alan stand Yoga zunächst skeptisch gegenüber. Er schwor aufs Fitnessstudio. Lee weiß, dass er das nie zugeben würde, doch was ihn wirklich vom Yoga überzeugt hat, war Mula Bandha, dieser oft diskutierte kleine »Schließmechanismus«, der angeblich den Energiefluss zwischen der oberen und der unteren Körperhälfte unterbrechen soll und, in letzter Instanz, den Energiefluss zwischen Himmel und Erde. Alan war mit Sicherheit nicht der erste Mann in der Geschichte der Menschheit, der entdeckte, dass man *eine Menge* Energieflüsse im Körper unterbrechen kann, wenn man diese leichte Hebung des Beckenbodens erst einmal beherrscht. Die Vorzüge waren denen des Hanteltrainings wirklich weit voraus. Allerdings.

Sie beschwerte sich nun wirklich nicht. Sie hatte sowieso nie Lust auf Verhütung gehabt, und sobald Alan seine Bandhas unter Kontrolle hatte, mussten sie sich über die Pille oder Kondome keine Sorgen mehr machen. Und früher, vor den Zwillingen und bevor das Studio so viel Zeit in Anspruch nahm, damals, als sie scheinbar alle Zeit der Welt hatten … na ja, es gibt wirklich Schlimmeres, als eine, zwei, manchmal sogar drei Stunden lang die Grenzen von Alans Selbstkontrolle auszutesten. Allerdings.

Damals, als in ihrem Leben alles so glatt zu laufen schien, störte es Lee nicht, dass auch die Liebe für Alan zu einer Vorstellung wurde. »Hier, guck mal«, sagte er dann. »Schau mich an, Lee.« Und das tat sie nur zu gerne. »Mula Bandha, Baby. Viel Spaß damit!« Immerhin herrschte zwischen ihnen eine so große Verbundenheit, dass sie das Gefühl hatte, er gehörte ihr und sie gehörte ihm, es gehörte alles zu ihrer intimen Verbindung. Es ging nicht um sie oder ihn, es ging um sie beide.

Aber jetzt sieht sie seine kleinen Tricks und sein unfehlbares Timing kritischer. An den Nachmittagen, an denen er zuhause vorbeikommt, steht so langsam wieder der Showeffekt im Mittelpunkt, und sie hat den Eindruck, dass es ihm eher darum geht, Publikum zu haben. Ein zufälliger Beobachter würde es auch tun.

Das geht Lee beim Sex durch den Kopf, und es ist bestimmt kein gutes Zeichen, dass sie dabei an solche Sachen denkt.

»Jetzt sieh's dir an«, protzt Alan, als er ihn rauszieht. »Ich zähle jetzt bis zehn. Du wirst schon sehen!«

In Wirklichkeit geht es hier doch nur um sein Selbstwertgefühl, zumindest ist das ein Aspekt.

Ein paar Minuten später kommt sie zurück ins Bett, und er checkt gerade seine Nachrichten auf dem iPhone. Sie hasst dieses Ding. Alan scheint überhaupt nicht klar zu sein, dass er die Hälfte der Zeit, die er mit ihr spricht, nebenbei damit herumspielt – simst oder Mails checkt, oder was auch immer man damit so macht. Das unterbricht ihre Unterhaltungen, und er füllt die Lücken mit bedeutungslosen »Hms« und »Ja, ja, jas«, die ihr selbst dann, wenn sie ihn gerade nicht vor sich hat, verraten, dass er wieder damit zugange ist.

»Hast du bemerkt, wie sich die Jungen verändert haben?«, fragt sie.

»Ja, hm … ich weiß nicht. Wie denn?«

»Kannst du das Ding nicht mal für eine Minute weglegen, Alan? Wenigstens, solange wir uns unterhalten?«

»Weißt du, es verletzt mich wirklich, dass du so was zu mir

sagst. Glaubst du denn, ich kann nicht zwei Sachen gleichzeitig machen?«

»Ich bitte dich nur darum, mal damit aufzuhören, das ist alles.«

Er seufzt dramatisch, legt das Handy aber auf den Nachttisch. »Zufrieden?«

Es surrt. Vermutlich eine SMS.

»Also, hast du's bemerkt?«, fragt sie wieder.

»Was denn?«

»Die Jungen. Ist dir nicht aufgefallen, wie sehr die sich verändern?«

»Sie werden schließlich älter. Ich meine, ich weiß auch nicht. Sie sind jetzt größer. Die Pubertät setzt heutzutage früher ein, aber sie sind doch erst acht. Ich glaube nicht, dass es das ist.«

»Ich meinte eigentlich ihren Charakter. Sie streiten weniger. Zuerst habe ich's darauf zurückgeführt, dass Michael nicht mehr so aggressiv ist, aber ich glaube, Marcus hat sich auch verändert. Ihre Persönlichkeiten scheinen sich endlich auszugleichen und eine goldene Mitte zu finden. Und das hat angefangen, seit sie zum Yoga gehen.«

Alan verschränkt die Hände im Nacken und lehnt sich gegen das Kopfteil des Bettes. »Das hätte sich mit der Zeit doch ohnehin eingependelt. Ich würde nichts auf dieses Yoga-ist-die-Patentlösung-für-alles-Gerede geben. Wenn es gut für sie ist, fantastisch, aber es bringt doch nichts, so zu tun, als würde es ihren Charakter völlig verändern. Ich versuche noch immer, Marcus auf der Ukulele einen von meinen Songs beizubringen … vergeblich. Er hat einfach kein Interesse.«

»Ich glaube, wir haben Barrett unterschätzt. Wenn sie so was bei den Zwillingen erreichen kann, denke ich, dass sie wirklich Potential hat.« Sie legt den Kopf auf Alans Bauch, hart wie ein Brett. »Ich habe noch mal mit der Schule gesprochen, um zu sehen, ob wir dort nicht ein Yogaprogramm einrichten könnten. Vor allem für die Kinder, aber auch für die Lehrer. Mit Barrett als meiner Assistentin.«

»Barrett? Ich würde nicht allzu sehr auf sie setzen. Und außerdem unterschreibst du bald einen Exklusivvertrag. Dagegen solltest du nicht schon verstoßen, noch bevor die Sache im Kasten ist. Zhannette und Frank scheinen ihre Augen ja überall zu haben.«

Lee ist klar, dass sie in dieser Angelegenheit mit viel Feingefühl vorgehen muss. Sie will Alan nun wirklich nicht verscheuchen. »Ich weiß«, sagt sie. »Aber wie wäre es denn, wenn wir versuchen, etwas anderes auszuhandeln? Bisher haben wir zu allem schließlich nur Ja und Amen gesagt.«

»Machst du Witze, Lee? Du weißt doch, was für ein Gehalt die uns anbieten!«

»Ja, allerdings fanden sie meinen Unterricht toll, genau so etwas suchen sie schließlich. Damit haben wir ja wohl einen gewissen Spielraum, um mit ihnen zu verhandeln.«

Alan rollt sich aus dem Bett und geht wütend im Zimmer auf und ab. »Meine Güte, Lee. Jetzt komm mir doch nicht mit so was. Du hast hier alle Karten in der Hand, und ich bin nur der unbedeutende kleine Typ mit der Quetschkommode. Du willst feilschen? Bitte! Aber wenn du die Sache versaust, dann komm mir bloß nicht mit dem Gejammer über Schulgeld und Versicherungen ...«

»Ich wollte es nur mal zur Sprache bringen, Alan. Noch ist ja nichts entschieden.«

»Und eins sage ich dir: Wenn du es vermurkst, dann erwarte vor allem nicht, dass ich noch weiter herkomme und das hier für dich mache.«

»Was?«

»Du behandelst mich hier wie irgendeinen lächerlichen Gärtner, den du nur eingestellt hast, damit er's dir mal so richtig besorgt.«

»Was?«

»Du hast mich schon verstanden, Lee. Glaubst du etwa, Männer merken es nicht, wenn man sie nur als Objekt sieht? Glaubst du, es lässt mich kalt, dass du mich wie einen Callboy behandelst?«

Einerseits ist Lee so eingeschnappt, dass sie gar nicht weiß, was sie dazu sagen soll. Andererseits zweifelt sie beim Anblick von Alans tief gekränkter Miene dann doch an sich – an ihrer Wahrnehmung und ihren Beweggründen. Sie ist nach seiner Anschuldigung so durcheinander, dass sie beinahe aufatmet, als Alan aus dem Haus stürmt.

❁

Sybille Brent ist inzwischen im Mondrian ausgezogen und hat in Los Feliz ein »Landhaus« gemietet. Das Hotel sei lachhaft überteuert, hat sie Stephanie erklärt, was die sehr beruhigend fand. In diesem Geschäft weiß man nämlich nie, wer wirklich Geld hat und wer lediglich blufft. Über zu hohe Hotelpreise würde hingegen nur jemand klagen, der sich eigentlich alles leisten kann. Wären die Preise wirklich ein Problem gewesen, hätte sich Sybille vielmehr mit dem schlechten Service dort oder irgendeinem anderen Vorwand rausgeredet oder wäre bis zur Pleite einfach dortgeblieben.

Und dann ist da noch das »Landhaus«. Das liegt am Mountain Oak Drive, diskret ein wenig abseits der Straße. Das klassizistische Gebäude bietet eine atemberaubende Aussicht auf die Stadt und den Garten hinterm Haus, der noch das ursprüngliche Design aus den Dreißigern beibehalten hat.

»Ich finde es hier wirklich gemütlicher«, erklärt Sybille.

Sie sitzen unter der Pergola und schauen auf den terrassenförmig angelegten Garten hinunter, in dem drei Angestellte herumschnippeln und -harken. Der Pool liegt weiter unten, auf einem fast gefährlich wirkenden Vorsprung.

»Es ist atemberaubend«, haucht Stephanie.

»Es ist angemessen. Man sollte es ja kaum glauben, allerdings gibt es hier nur zwei Schlafzimmer, und zwar in entgegengesetzten Teilen des Hauses. Anderson kann hier tun und lassen, was er will. Ich vermute, das lässt ihn eher wie einen Dienstboten aussehen, doch das scheint ihn nicht zu stören.«

Soll das nun heißen, dass er auch wirklich ein Dienstbote ist? Stephanie ist nicht so sicher, aber das kann ihr ja eigentlich egal sein. Schließlich steht sie hier selbst auf der Gehaltsliste, ist also auch so etwas wie eine Angestellte.

»Das Haus wurde für eine Regisseurin und ihre ›beste Freundin‹ entworfen. Seitdem hat man den Bau wohl schon ein Dutzend Mal renoviert, doch er wirkt noch immer wie der Rückzugsort einer erfolgreichen männlichen Frau ohne viel Feingefühl oder Stil.«

Sich selbst meint Sybille damit unverkennbar *nicht*. An diesem Morgen trägt sie ein taubengraues Kleid, das einen perfekten Kontrast zu ihrem weißen Haar bildet und zauberhaft im Wind raschelt. Der Stoff kräuselt sich dabei wie die Oberfläche eines Sees. Sie nippt dann und wann an einer großen weißen Cappuccino-Tasse. Stephanie fragt sich, ob Sybille sie wohl um diese Uhrzeit herbestellt hat, damit unangenehme Fragen zum Thema Alkohol gar nicht erst aufkommen. Schwer zu sagen und kein Thema, über das man zu viel nachgrübeln sollte.

Stephanies Drehbuch liegt vor ihrer Gastgeberin auf dem Tisch, und früher oder später muss es wohl zur Sprache kommen. Je länger Sybille damit wartet, desto größer wird Stephanies Angst. Im Skript kann sie kleine pinke Klebezettel erkennen, und zwar Dutzende. Keine Ahnung, ob das gut oder schlecht ist, aber sie ist davon beeindruckt, wie intensiv Sybille den Text durchgearbeitet hat, unter welchen Gesichtspunkten auch immer.

Stephanie merkt, dass Sybille mitbekommen hat, wie sie auf das Drehbuch schielt.

»Mit dem Autor ging es ganz schön zur Sache, das kann ich Ihnen sagen.«

»Das wusste ich nicht. Es war sehr großzügig von Ihnen, mich da rauszuhalten.«

»Wir haben da einen jungen Mann, der ziemlich von sich selbst eingenommen ist. Er hatte einen absolut lachhaften Betrag im Sinn. Meine Liebe, die Konditionen, die Sie ihm zugesagt haben, legen Zeugnis von Ihrer Verzweiflung ab. Ich zitiere da nur meinen Anwalt. Ich hoffe, es stört Sie nicht, wenn ich das so sage.«

»Es trifft voll und ganz zu.«

»Haben wir da etwa versucht, jemanden auszustechen? Eine Rivalin?« Abwesend greift Sybille nach ihrer Kaffeetasse und starrt in die Ferne, in Richtung Pool, als würde die Antwort sie eigentlich nur am Rande interessieren.

»Das Ganze ist noch viel peinlicher. Es geht um einen Exfreund.«

»Ah.« Sanft setzt Sybille die Tasse wieder ab und rückt ein Croissant auf dem Teller vor sich zurecht. Von ihrem Aussehen her zu schließen ist damit wohl ihr Frühstück abgeschlossen. »Ein Mann also. Wie unerwartet.«

Ihr Ton verrät nicht, ob das jetzt ironisch gemeint war oder nicht.

»Es war also zum Teil ein Racheakt?«, hakt sie nach.

»Ich fürchte schon. Beziehungsweise habe ich irgendwie versucht, mich zu beweisen, auf ziemlich teure Art und Weise.«

»Das klingt, als wollten Sie sich dafür entschuldigen. Das ist bei mir wirklich nicht nötig, ich hoffe, das wissen Sie. Ich hatte angenommen, es sei offensichtlich, dass ich weitestgehend aus Rachegelüsten hier bin und weil ich mich beweisen wollte.

Ich finde das gar nicht peinlich. Es wäre viel erniedrigender, das alles zu verleugnen, doch das habe ich nicht vor. Für ein ertragreiches Leben braucht man schließlich eine gewisse Motivation. Und ich denke, dass Rache da kein schlechter Beweggrund ist. Solange keine Waffen mit im Spiel sind.«

»Eine äußerst befreiende Ansicht«, bemerkt Stephanie. Aus Angst, dass ihre Hand zittert, hat sie ihren Kaffee bisher nicht angerührt, aber jetzt hat sie das Gefühl, hier nichts befürchten zu müssen. Als sie nach der Tasse greift, stellt sie stolz fest, dass ihre Hand völlig ruhig ist. »Mein Gott«, entfährt es ihr. »Das ist ja ein Wahnsinnskaffee.«

»Aber das war doch klar, oder nicht? Um zum Punkt zu kommen, ich habe Ihren kleinen Autor einfliegen lassen und mich hier mit ihm getroffen. Anderson war natürlich dabei, und meine beiden Anwälte. Die Idee war, ihn ein wenig einzuschüchtern.«

»Sie stecken da ganz schön viel Geld rein.«

»Ich halte nichts von halben Sachen, und außerdem macht mir das Ganze einen Heidenspaß. Ich fand meinen Exmann mit seinem Geld und all der Macht immer viel zu tyrannisch. Jetzt bereitet es mir allerdings unendliches Vergnügen, selbst mit Dollarnoten herumzuwedeln.«

»Früher oder später«, wirft Stephanie ein, »werden Sie mir sagen müssen, was Sie von dem Drehbuch halten.«

»Ja, stimmt, nicht wahr?« Sie schiebt Tasse und Croissants beiseite, zieht das Manuskript zu sich heran und setzt eine runde lilafarbene Brille auf, die, wie alles andere bei Sybille, extra stylish und teuer aussieht. »Wie Sie sehen können, habe ich ein paar Anmerkungen gemacht. Ich denke, die Figuren brauchen alle noch mehr Tiefgang, und ihre Beweggründe müsste man detaillierter ausarbeiten. Die Mutter braucht mehr Glamour.«

»Im Buch war sie Kellnerin und medikamentensüchtig.«

»Um das Buch haben wir uns gekümmert«, erwidert Sybille. »Ich sehe die Mutter eher als Catherine-Deneuve-Typen. Wissen Sie, die habe ich bei einem Wohltätigkeitsball in Paris getroffen, und ich könnte ihr das Drehbuch schicken. Der Akzent lässt sich leicht erklären. Strukturell ist das Skript brillant, da müssen wir nichts mehr ändern. Ich habe es schon Kathryn Bigelow geschickt.«

»Wirklich?«

»Ich habe keine Lust, Zeit zu verschwenden, und Geld öffnet viele Türen, wie Sie wissen.«

Da die Figur des Vaters wohl Sybilles Exmann verunglimpfen soll, zögert Stephanie, ihn zur Sprache zu bringen. Aber es hilft ja alles nichts. »Was halten Sie von dem Vater?«

»Den haben Sie wunderbar hingekriegt. Was das betrifft, ändern wir nur noch eins, die Stunde findet in einem von diesen hocherhitzten Räumen statt, dann läuft ihm der Schweiß so richtig runter. Wir könnten jemanden wie Danny DeVito casten und ihn mit Typen umgeben, die aussehen wie Adonis. Das gibt einen schönen Kontrast. Am Ende des ersten Aktes fällt er in der Yogasitzung in Ohnmacht, schweißgebadet, mit hochrotem Kopf, unbemerkt von all den Schönheiten, die ihn völlig ignorieren.«

Stephanie macht sich auf einem mitgebrachten Block Notizen. Auf eine seltsame Art und Weise ergeben Sybilles Vorschläge tatsächlich einen Sinn. Jetzt, da sie dem Racheaspekt eine zentralere Rolle eingeräumt haben, hat sie auch weniger Hemmungen, selbst Vorschläge einzubringen.

»Wie wäre es statt einer Ohnmacht mit einem leichten Herzinfarkt?«

»Das gefällt mir. Außer, Sie haben den Eindruck, das könnte Mitleid erwecken.«

»Nicht, wenn man es richtig dreht. Und seinen lächerlichen Freund, den würde ich gerne Preston nennen.«

Sybille denkt darüber nach. »Ich wollte eigentlich Kenneth vorschlagen. Der kleine Kenneth. Aber mit Preston kann ich leben. Ehrlich gesagt gefällt mir der Name sogar. Ich glaube, wir sind wirklich ein gutes Team.«

»Das denke ich auch«, stimmt Stephanie zu. Und sie meint es ernst. Sie hätte nicht erwartet, bei diesem Projekt so viel Spaß zu haben.

Die ganze letzte Woche hat Katherine damit verbracht, sich einzureden, dass Edendale bestimmt doch nicht zumacht, wie rentabel ein Vertrag mit YogaHappens für Lee auch sein mag. Denn wenn man mal von den Saunen und den Handtüchern und dem ganzen Trara absieht, ist dieses Großkonzern-Flair doch eher unheimlich. Als Lee sie am Montagmorgen als Allererstes in ihr Büro bittet, glaubt Katherine daher ernsthaft, dass sie ihre Meinung geändert und die Typen dahin zurückgeschickt hat, wo sie hingehören.

»Dir wollte ich es als Erstes sagen«, beginnt Lee.

»Okay.«

»Ich habe bei YogaHappens unterzeichnet.«

Seltsamerweise verspürt Katherine in diesem Augenblick gar nichts. Wahrscheinlich wusste sie tief in ihrem Inneren, unter all den Hoffnungen, dass es genau so kommen würde. Sie starrt Lee an und sagt gar nichts.

»Ich weiß, dass es dir nicht gefällt …«

»Ob mir das gefällt oder nicht, tut hier nichts zur Sache, das hast du ja ziemlich deutlich gemacht.«

»Jetzt stell das doch bitte nicht so hin, als sei das alles ein abgekartetes Spiel.«

»War es denn nicht so?«

»Wenn es nach mir ginge, hätte ich die schon am ersten Tag hochkant rausgeschmissen. Das weißt du.«

»Nein, ehrlich gesagt weiß ich das nicht. Und es geht mich wohl auch nichts an, aber wenn es nicht ›nach dir geht‹, nach wem geht es denn dann? Es ist doch dein Laden. Und es ist dein Leben.«

»Aber ich kann doch nicht nur an mich denken, Kat. Ich habe Kinder. Und Alan.«

Alan. Na, das ist ja mal zum Schießen. Die Vorstellung, dass Alan bei einer Entscheidung auch nur ansatzweise Lees Wohl mit einbezieht, oder das von sonst irgendwem außer ihm selbst, ist ziemlich weit hergeholt.

»Und jetzt schau mich bitte nicht so an. Alan zieht morgen wieder bei uns ein.«

Diese Neuigkeiten haben für Katherine nur ein Gutes: Lee wirkt darüber nicht besonders glücklich. Sie stellt die frohe Botschaft vor wie einen Businessplan, und genau das ist es vermutlich auch.

»Wann habt ihr das denn beschlossen?«

»Wir haben alles durchgesprochen, waren zusammen essen, dann habe ich den Vertrag unterschrieben, und zum Schluss … hat sich das eben so ergeben.«

Lees Gesichtsausdruck und ihr seltsamer, entschuldigender Tonfall verraten Katherine ganz genau, wie das wirklich gelaufen ist. Oh Lee, würde sie jetzt gerne sagen, tu das doch bitte nicht. Alan hat sie also erpresst – wenn sie den Vertrag unterschreibt, kommt er wieder nach Hause. Plötzlich hört Katherine Musik. Sie schaut zum Yogaraum hinüber, wo Barrett mit einer anderen Assistentin trainiert. Nach Lees Ankündigung ist Katherine glücklicher denn je, dass sie trotz all ihrer jetzigen und früheren Fehler ihre Entscheidungen zumindest nicht von einem Mann abhängig macht.

»Wenn es das ist, was du willst, Lee, dann ist es vermutlich das Beste.«

»Wir müssen auch noch über dich reden. Da wir das Studio bald nicht mehr nutzen, verkaufen wir das Gebäude wahrscheinlich. Das ist zwar kein guter Zeitpunkt, doch Alan und ich sehen uns wirklich nicht als Vermieter.«

Eine leise Stimme in Katherines Innerem rät ihr, Lee zu erzählen, was sie weiß. Das wäre schließlich nur fair. Aber sie kann jetzt nicht noch mehr Probleme gebrauchen. Und der Überbringer schlechter Nachrichten ist schließlich immer der Schuldige.

»Das wäre auch nichts für mich«, antwortet sie daher. »Ist ja schon schwer genug, selbst einen Vermieter *zu haben.*«

»Ich habe mit einem Makler gesprochen, und etwa zwei Blocks von hier steht ein Gebäude mit Büro leer, das für dich ideal wäre. Die versuchen schon länger, es an den Mann zu bringen, und sind bestimmt flexibel mit dem Preis. Es ist allerdings näher an der Feuerwache, ist dir das unangenehm?«

»Keine Sorge, Conor ist nicht mehr in Silver Lake, den haben sie versetzt.«

»Wohin denn?«

»Ich habe nicht gefragt.« Sie kann es Conor nicht verübeln, wie er auf Phil reagiert hat. Aber es wäre doch nett gewesen, wenn er ein paar Tage später mal angerufen und sich erkundigt hätte, was eigentlich los war. Nicht, dass das eine perfekte Lösung gewesen wäre. Katherine hasst Typen, die es erst versauen und dann Entschuldigung um Entschuldigung blöken, und außerdem hat sie sich noch nie gerne gerechtfertigt, selbst wenn sie im Recht ist. Conor wurde schon einmal das Herz gebrochen, er versucht sich zu schützen. Sie weiß, wie es ist, wenn man sich neue Schmerzen ersparen will – selbst wenn das erst mal höllisch wehtut.

Katherine will Lee ungern so zurücklassen, also dreht sie sich auf dem Weg nach draußen noch einmal um und erklärt: »Ich werde nicht lange sauer sein, versprochen. Dir verdanke ich doch alles, Lee. Mein Leben, wenn man es recht betrachtet. Wenn du dich also entschieden hast, dann hoffe ich, dass alles so läuft, wie du es dir vorstellst.«

Sie wirft noch einen Blick in den Yogaraum, wo Barrett und die andere Praktikantin gegenseitig ihre Saltos begutachten. Barrett trägt ein winziges mädchenhaftes T-Shirt und hat das Haar zu Rattenschwänzchen zusammengebunden. Katherine fragt sich, ob sie schon von Alans Rückkehr gehört hat und was sie davon wohl hält.

❀

Imani sitzt am Pool und sieht dabei zu, wie Glenn in seiner engen grünen Badehose seine Bahnen zieht. Das hautenge, knappe Teil sieht an ihm zugleich sexy und streberhaft aus. Sie hat ihm andere Badehosen besorgt – ihm sogar vorgeschlagen, einfach nackt zu schwimmen –, aber er hat angefangen, diese Höschen zu tragen, als er in Dartmouth im Schwimmteam war, und will diese Gewohnheit jetzt nicht mehr ändern. Das erinnert ihn offensichtlich an seine glorreichen Sportlertage und lässt ihn ein wenig aggressiver schwimmen. Es könnte nicht perfekter sein.

Hätte Imani die Möglichkeit gehabt, sich ins Labor zu stellen und sich aus Einzelteilen den idealen Mann zusammenzuschustern, wäre das Ergebnis in jeder nur erdenklichen Hinsicht, in Aussehen und Körperform, das glatte Gegenteil ihres Ehemanns gewesen. Wo soll man da bloß anfangen? Am besten bei »A«.

Alter: Glenn ist dreiundvierzig, also sechzehn Jahre älter als sie. Sie hat nie groß auf das Alter ihrer Partner geachtet, vermutlich, weil ihre früheren Freunde in ihrer Altersklasse spielten. Sie fand es immer ein wenig gruselig, wenn Frauen sich mit wesentlich älteren Männern trafen.

Beruf: Imani wollte nun wirklich nie einen Schauspieler heiraten, Gott, nein. Sie hat genug von diesen Typen ausprobiert.

Wenn du erfolgreicher bist als sie, ist es aussichtslos und völlig unmöglich, und wenn sie erfolgreicher sind, kannst du ihnen nicht vertrauen, und es ist genauso aussichtslos, nur auf andere Art und Weise.

Aber ein Kinderchirurg? Normalerweise suchte sie sich stets Männer aus, die nicht ganz so clever waren wie sie. In dieser Hinsicht ist es doch besser, die Oberhand zu haben.

Gewicht: Glenn ist, wie man es auch dreht und wendet, dürr. Sie steht nicht unbedingt auf mollige Typen, aber ein Mann, der absolut alles herunterschlingen kann, ohne auch nur ein Gramm zuzunehmen, ist nervig und rücksichtslos und lässt dich an seiner Seite dick aussehen. Es hatte schon seine Gründe, dass von Sternberg die Dietrich im *Blauen Engel* mit all diesen pummeligen Schauspielerinnen umgeben hat.

Größe: Mit eins neunzig gehört Glenn eindeutig in die Kategorie »viel zu groß«. Er ist fast dreißig Zentimeter größer als sie und überragt sie auf gemeinsamen Fotos allzu deutlich. Sie weiß, dass Größe als sexy gilt, man damit Maskulinität und Macht und – seien wir doch mal ehrlich – einen großen Schwanz assoziiert, sie hingegen mochte immer eher Männer unter eins achtzig, diese kleinen, kompakten Fußballertypen mit perfekten runden, kleinen Hintern. Das ist auch praktischer – die kann man nämlich küssen, ohne dass sie vorher die Zugbrücke runterlassen müssen. Und die Proportionen ihrer Körper passen in ästhetischer Hinsicht einfach besser zusammen, entsprechen beinahe dem griechischen Ideal.

Hautfarbe: Lasst es uns mal so ausdrücken: Schwarze Männer haben Komplexe, sind nervenaufreibend und notorisch bindungsunfähig, und trotzdem muss Imani zugeben, dass sie beim Blick aus den großen braunen Augen eines Bruders stets dahingeschmolzen ist. Diese warme, offene, schwitzige Sinnlichkeit. Und dann war da fast immer augenblicklich dieses Gefühl der Zusammengehörigkeit, der großen gemeinsamen Erfahrung, egal, wie unterschiedlich ihr familiärer Hintergrund auch sein mochte. Nicht so ganz das, was ihr bei einem weißen Protestanten aus Columbus, Ohio, in den Sinn kommt.

Was noch? Ah, wie wäre es zum Beispiel damit, dass dieser Typ nicht fernsieht, mal abgesehen von ein paar größeren Sportereignissen? Oder dass er ein Fan von (sie bringt den Namen kaum über die Lippen) Jimmy Buffett ist?

Aber warum die Liste fortsetzen? Nach den Maßstäben einer Datingseite wäre ihre Beziehung zum Scheitern verurteilt, und dennoch funktioniert sie wunderbar. Imani ist völlig verrückt nach diesem Typen, und mit ihm verheiratet zu sein, hat ihr das Gefühl gegeben, als ob in ihrem Leben in jeder Hinsicht alles wunderbar läuft. Vielleicht zum allerersten Mal.

Er schwimmt herbei, schiebt sich am Beckenrand hoch und kommt dann aus dem Wasser, bis sein kompletter, zu großer, zu dürrer, zu wundervoller Körper hinter ihrem Stuhl steht und die Fliesen rund um den Pool volltropft.

»Komm ja nicht näher«, droht sie.

Als Antwort beugt er sich vor, umschließt ihre Brüste mit den Händen und küsst sie auf den Scheitel. »Zu nah?«, fragt er.

»Nö«, murmelt sie. »Genau richtig.«

»So wie du.« Er fährt mit den Fingern ihre Arme entlang. »Guck dir nur diese Muskeln an.«

»Chaturanga, Baby«, erwidert sie.

»Vielleicht sollte ich da auch mal mitmachen.«

»Das würde sowieso nicht hinhauen«, seufzt sie. »Bei deinen Arbeitszeiten. Und dann wärst du vermutlich auch ein Naturtalent und könntest auf Anhieb alles, womit ich mich schon seit Ewigkeiten abstrample, und das würde ich dir bestimmt übel nehmen. Und du bräuchtest auch eine extralange Matte.«

»Könnte ich nicht mit auf deine?« Er beugt sich zu ihr runter und flüstert ihr etwas ins Ohr, etwas über letzte Nacht.

Sie seufzt und stimmt zu: »Ja, das war es wirklich.«

Sie hat ihn gar nicht so genau verstanden, doch der Tonfall war unmissverständlich, und die letzte Nacht *war ja auch* wunderbar. Noch etwas absolut Erstaunliches. Mit den fünfunddreißig Ehejahren ihrer Eltern können sie zwar nicht mithalten, doch sie sind jetzt schon vier Jahre verheiratet, und das ist verglichen mit ihren früheren Beziehungen eine ziemlich lange Zeit.

Und es verwundert sie immer wieder, wie ihre Leidenschaft diese Phasen durchmachen kann, in denen sie sich zieht wie Kaugummi, nur um dann unbändig und wild wieder aufzulodern, so überraschend und frisch, als wäre es für beide das erste Mal, als würden sie ihre Körper wieder ganz neu entdecken. Die lange Pause nach der Fehlgeburt scheint schließlich einem sinnvollen Zweck zu dienen – so kommt es ihr zumindest beinahe vor. Besser als letzte Nacht kann es zwar kaum noch werden, aber selbst wenn die Sache jetzt ein wenig abkühlt, ist das noch immer okay. Denn die Liebe und Zärtlichkeit, die sie für Glenn empfindet, wird bleiben und sie tragen, bis die Leidenschaft wieder entflammt.

Vielleicht sollte sie ihn wirklich zum Yoga mitnehmen. Die Kurse machen Spaß, das wahre Vergnügen besteht allerdings darin, sich irgendwie innerlich zu öffnen, und das hat genauso viel Suchtpotential wie die neue Gelenkigkeit. Diese ganzen Übungen, bei denen man »den Brustkorb öffnen« soll und die sie am Anfang so bescheuert fand, zahlen sich inzwischen doch aus.

»Wie ist das Drehbuch denn so?«, erkundigt er sich beiläufig.

Sie weiß ganz genau, dass er das Skript letzte Woche an einem Abend durchgelesen hat, als es auf dem Esstisch herumlag. Er ist ein unersättlicher Bücherwurm, und obwohl er null Interesse an Popkultur und auch nur wenig Interesse an Filmen im Allgemeinen hat, ist er ein unheimlich guter Drehbuch-Leser. Er hat ein Gespür für Probleme im Aufbau und beim Tonfall der Dialoge, das sie immer wieder aufs Neue erstaunt. Allerdings zwängt er ihr nie seine Meinung auf, ohne sie vorher nach der ihren zu fragen. Er würde ihr nie zustimmen, nur um ihr einen Gefallen zu tun, doch er hält lieber den Mund, als ihr zu widersprechen.

»Viel besser als erwartet«, erklärt sie. »Ich dachte, das wäre so ein trostloses Independent-Projekt mit zu vielen Figuren und zu wenig Spannung. Aber die Geschichte hat Schwung. Und sie ist witzig. Ich hätte gar nicht gedacht, dass die Verfasserin so viel Humor hat.«

»Die vom Yoga?«

»Genau. Okay, also, jetzt bist du dran. Ich weiß, dass du's gelesen hast.«

»Es war bis zum Schluss interessant«, beginnt er. »Und witzig fand ich es auch. Irgendwie schienen alle ständig zu lügen, das ist für die Schauspieler sicher ein Riesenspaß.«

Wie kann er das bloß wissen? Es würde sie nicht wundern, wenn er in seinem Leben noch keine einzige Lüge erzählt hat, und sie weiß hundertprozentig, dass er noch nie vor der Kamera stand.

»Du hättest Regisseur werden sollen«, murmelt Imani.

»Zu viel Verantwortung«, winkt er ab. »Da operier ich doch lieber Kinder am Herzen.«

»Nur mit der Rolle habe ich's nicht so – schwarze Mimin gibt das Nachtclubgirl mit dunkler Vergangenheit. Etwas viel Klischee, meinst du nicht?«

Glenn schlingt sich das Handtuch um die Schultern, lässt sich am Ende ihres Stuhls nieder und massiert ihr die Füße. »Ich sehe dich eher in der Rolle der Freundin.«

»Davon war nicht die Rede.«

»Aber das ließe sich doch bestimmt einrichten.«

Als Becky Antrim vorbeikommt und sie zum Yoga abholt, setzt sie sich Glenn gegenüber und fängt an, ihn wegen der Badehose zu necken. Imani durchschaut, dass Becky vor allem deshalb so schamlos mit ihrem Angetrauten flirtet, weil er absolut nicht ihr Typ ist. Alles ganz harmlos, und sie macht das nicht Glenn zuliebe, sondern um Imani zu ihrem Geschmack bei Männern zu gratulieren.

Becky hält sich selbst lieber an die üblichen Verdächtigen – gut aussehend, aber schlimmer Finger, Typen, denen »Herzensbrecher« ins Gesicht geschrieben steht.

Irgendwann muss Imani sie sich mal vorknöpfen und ernsthaft mit ihr reden. Nach dem Yoga vielleicht, wenn sie gelöst und verwundbar ist. Glenn hat da einen Freund, einen Ex-Mitbewohner vom College, der seit einem Jahr wieder solo ist und für Becky perfekt wäre.

Zweiunddreißig, klein, schwarz, attraktiv, aber nicht zu schön. Er spielt wundervoll Saxofon und arbeitet mit seinem Jazzquartett am ganz großen Durchbruch. Und außerdem liebt er Yoga. Im Prinzip ist er also der Mann, den sich Imani im Labor gebastelt hätte, als sie noch jung und ahnungslos war.

»Und, was haben die Damen für heute geplant?«, erkundigt sich Glenn.

»Deine Frau Gemahlin entführt mich nach Silver Lake«, erklärt Becky. »In ein Studio, das sie mir bisher vorenthalten hat. Dabei hat sie mir so viel zu verdanken! Komm doch auch mit, Glenn. Attraktive Frauen en masse, die den Hintern in die Luft recken.«

»Ich hätte ja doch nur Augen für dich.«

»Das schmeichelt mir zwar gewaltig«, erwidert Becky. »Aber bitte nicht vor deiner Frau!«

❁

Früher oder später muss Lee ihre Mutter anrufen und ihr erzählen, dass Alan wieder bei ihr einzieht und sich die Dinge langsam normalisieren. Irgendwie widerstrebt es ihr, aber weil es im Haus so ruhig ist – die Kinder sind bei Freunden und Alan bereitet sich im Studio auf seinen Nachmittagsauftritt am Harmonium vor –, greift sie schließlich doch zum Hörer.

Bob geht ran. Ihr Stiefvater ist einer von diesen unruhigen Typen, die sich ständig räuspern. Vielleicht hat er chronische Nebenhöhlenbeschwerden oder so – zusätzlich zur chronischen »sozialen« Trinkerei –, allerdings hat Lee immer das Gefühl, dass er die nervigen Pausen einfach gern einlegt, damit jeder warten muss, bis er auf den Punkt kommt.

»Hm-hm, Lee. Schön, deine Stimme zu hören. Deine … hm-hm … Mutter hat mir erzählt, dass du dich scheiden lässt.«

Ellen hat Bob geheiratet, als Lee auf dem College war, sie standen sich also nie sehr nahe, aber er hat so eine Art, sich nur dann für sie zu interessieren, wenn es was zu kritisieren gibt. Er bringt stets alles durcheinander, und wenn er mal was richtig versteht, vergisst er die Hälfte wieder.

»Nein, Bob. Alan brauchte nur Zeit für sich, um an ein paar Projekten zu arbeiten.«

»Na ja, ich denke, die brauchen wir alle mal, solange es … hm-hm … wirklich nur das war.«

»Ja, Bob. Genau das war es.«

»Freut mich, das zu hören, mein Schatz.« Auf einmal klingt er so sanft, das ist die Stimme, mit der er an Feiertagen einen Toast ausbringt und die Lee manchmal zu hören bekommt, wenn er (gelegentlich) sentimental und weinerlich wird. Dann räuspert er sich und fügt hinzu: »Red dir das nur schön weiter ein.«

»Ist Ellen da?«

»Ich hol sie mal ans Telefon. Komm … hm-hm … uns doch mal besuchen; Lee. Wir brauchen ein wenig Hilfe mit diesem Bed-and-Breakfast-Scheiß von … hm-hm … deiner Mutter.«

Bob ruft seine Frau mit lauter und barscher Stimme. Auch wenn Ellen ihn immer als einen liebevollen Mann darstellt, ist er ihr gegenüber meist ziemlich schroff. »Deine Tochter ist dran. Ich sagte, es ist Lee! Lee, du meine Güte. Woher soll ich das wissen? Irgendwas mit ihrem Mann.«

»Lee, Schätzchen? Alles in Ordnung?«

»Ja, Mom. Alles läuft wunderbar. Ich rufe nur an, um dir Hallo zu sagen. Wie sieht es denn bei euch aus?«

»Oh, Schätzchen. Das wirst du mir jetzt wohl nicht glauben, doch es läuft wirklich, wirklich toll. Wir haben mit dem Umbau am Haus begonnen, und alles geht prima voran. Ich habe ein bisschen ausgemistet und noch ein paar Extra-Laken gekauft und so. Wir machen aus dem alten Hobbyraum unten im Keller einen Schlafsaal. Das klingt doch spannend, oder? Ich war schon seit Jahren nicht mehr unten, weil es da riecht und so, aber es ist wirklich ganz gemütlich. Wir haben einen ganzen Haufen Matratzen auf dem Boden ausgelegt, die haben wir einem Motel abgekauft, das pleitegegangen ist.«

»Okay.«

»Hey, komm mir jetzt nicht so, Lee. Wir hatten letzte Woche einen Fachmann für Schimmel und so was hier, der hat sich um die Wände und die Wasserflecken gekümmert. Und ich habe Bob gebeten, alle Matratzen mit Lysol einzusprühen. Je mehr Leute wir da unterbringen können, desto mehr Geld kriegen wir für die Gästezimmer oben zusammen.

Und Laurence und sein ›Kumpel‹ haben in der Scheune den Fußboden abgeschliffen und lackiert. Das ist ganz toll geworden, mein Schatz, richtig professionell. Das Ganze wird zu einem wahrhaft spirituellen Rückzugsort.«

»Ich bin froh, dass du die Sache durchziehst, Mom.« Lee hat kein gutes Gefühl bei dieser Unterhaltung. Die Stimme ihrer Mutter hat schon wieder diesen verletzten und gereizten Unterton, der immer Ärger nach sich zieht.

»Ich weiß schon, dass du nicht wirklich froh bist, aber für mich ist das ein nettes kleines Hobby. Versuch doch bitte, es nicht nur als Bedrohung zu sehen, mein Schatz. Das mache ich bloß, um ein wenig Geld zur Seite zu legen, für die Zwillinge. Es ist alles nur für euch.«

»Das weiß ich doch, Mom.«

»Laurence und Corey – oder wie auch immer der heißt – haben in der Scheune schon zwei Workshops abgehalten.«

Soweit sie wusste, war die Scheune weder isoliert noch beheizt.

»Das ist ja toll, Mom. Was denn für Workshops?«

»Danach habe ich ihn nun wirklich nicht gefragt. Er mag es nicht, wenn ich ihn zu sehr bedränge. Aber ich bin sicher, dass es ganz toll war. Wir hatten jedes Mal volles Haus.«

»Warst du denn nicht dabei?«

»Nein, es war ja nur für Männer. Und außerdem gehen Bob und ich auch gegen elf ins Bett, das war also ein bisschen spät für uns. Aber genug von meinem kleinen Triumph. Erzähl mir doch was von dir. Geht es dir gut? Du weißt ja, dass ich mir immer Sorgen um dich mache.«

»Es ist alles in Ordnung, Mom. Hier läuft es jetzt viel besser.«

»Ich wusste doch, dass es so kommen würde, Schatz. Ich liebe dich so sehr, das kannst du dir gar nicht vorstellen. Und ich *glaube* an dich. Wirklich.«

»Das weiß ich, Mom.«

»Ich bin mir zwar bewusst, dass es nicht so ist, aber das geht in Ordnung. Ich habe schon zu Bob gesagt, dass du ohne Alan letztlich viel besser dran bist. Er ist einfach nicht gut genug für dich. War er noch nie, und ich habe auch nie verstanden, was du an ihm findest, abgesehen vom Aussehen natürlich.«

»Mom, du solltest wissen, dass…«

»Nein, werd jetzt nicht wütend. Ich meine ja nur, dass du damals eine schwere Zeit durchgemacht hast – ich habe mir ja solche Sorgen gemacht –, und dann hast du eben geheiratet. Deine Schwester hat sich stundenlang die Augen ausgeweint, als sie erfahren hat, dass du ausgerechnet mit Alan den Bund der Ehe eingehen wolltest. ›Der ist doch ein absoluter Versager!‹, hat sie immer wieder gejault. Doch sie hat es überwunden. Und wir haben dir das auch nie vorgehalten. Man konnte ja schließlich nicht erwarten, dass deine Schwester mit Fieber zu deiner Hochzeit kommt.«

»Mom! Ich rufe an, um dir zu sagen, dass Alan wieder bei uns einzieht!«

Am anderen Ende der Leitung herrscht lange Schweigen, und Lee kann hören, wie ihre Mutter Bob auf den neusten Stand bringt. »Er macht was?«, knurrt Bob. »Und was geht mich das an?«

Schließlich scheint Ellen ihre Stimme wiedergefunden zu haben. »Mein Schatz, du weißt, dass ich dich unterstütze, egal, was du tust. Und wenn du sagst, dass du es wegen der Kinder machst, werden dich dafür alle bewundern. So erkläre ich den Leuten auch Bob.«

❀

Katherine kettet ihr Fahrrad auf dem Steg vor ihrem Haus vom Geländer los und schiebt es auf die Straße. Es ist ein fauler, ruhiger Sonntagnachmittag, und obwohl sie eigentlich vorhatte, rauszugehen und ein bisschen Sport zu treiben, Bagels zu kaufen und Kaffee zu holen, vor allem mal aus dem Haus zu kommen, unter welchem Vorwand auch immer, hat sie den Großteil des Tages dann doch in dem kleinen Zimmer verbracht, in dem sie die Nähmaschine und ihre Stoffe aufbewahrt, und an dem Kleid gearbeitet, das sie für Lee näht. Es ist eins der aufwendigsten Kleidungsstücke, das sie bislang zu entwerfen, geschweige denn zu nähen versucht hat, und je länger sie daran arbeitet, desto mehr Spaß macht es ihr. Es ist in Schwarz, Weiß und Silber gehalten und basiert lose auf einem geometrischen Abendkleid von William Tempest, in das sie sich verliebt hat, als sie es auf dem Cover der *Vogue* entdeckte. Sie benutzt so ziemlich jeden Kniff und Trick, den sie draufhat, und noch ein paar neue Techniken, die sie zum ersten Mal probiert, und falls sie es nicht im letzten Moment noch völlig ruiniert, könnte das Kleid wirklich umwerfend werden. Ein verstärktes Korsett – wer hätte gedacht, dass sie so was hinkriegt?

Sie hat zu diesem Kleidungsstück eine etwas merkwürdige Zuneigung entwickelt, fast wie zu einem Haustier, und es wird ihr schon schwerfallen, es wegzugeben.

Andererseits hat die Liebe zu diesem Kleid natürlich etwas mit ihrer Zuneigung zu Lee zu tun. Während sie es näht, sieht sie Lee darin vor sich, und sie weiß ganz genau, dass sie niemals die Geduld aufbringen würde, diese ganzen Kunstgriffe auszuprobieren, wenn sie an einem Projekt für sich selbst sitzen würde. Sie sieht das Kleid als eine Art Friedensangebot für Lee, oder vielleicht auch als Abschiedsgeschenk, eine Art Glücksbringer.

Der Nachmittag ist warm, und in den Straßen verspürt man dieses stille, verlassene Gefühl der Feiertage. Um diese Zeit fährt sie sonntags gerne mit dem Rad los, wenn es ruhig und mild ist und sie das Gefühl hat, die ganze Nachbarschaft für sich allein zu haben. Wenn sie die frische Luft auf der Haut und den Wind in ihrem Haar spürt, kann sie sich selbst einreden, dass sie nichts bereut.

Draußen ist es so schön, dass sie für eine Minute in Versuchung kommt, die Yogastunde ausfallen zu lassen und einfach immer weiter und weiter zu radeln, vielleicht sogar bis zum Griffith Park. Aber Lee hat gesagt, dass sie heute eine Ankündigung machen will, und obwohl sie keine Details verraten hat, geht es ja wohl offensichtlich um die Schließung des Studios. Katherine war in Edendale bei allen großen Veränderungen, bei allen Verbesserungen und Triumphen dabei, also sollte sie vielleicht auch hier nicht fehlen. Denn jetzt schließt sich der Kreis.

Sie hat wirklich versucht, sich davon zu überzeugen, dass die Veränderung für Lee trotz allem positiv ist. Mehr Geld, mehr Prestige, die Gelegenheit, mehr Stunden zu geben, ohne sich Sorgen ums Geschäftliche machen zu müssen. Doch sie wird das Gefühl einfach nicht los, dass Lee es dennoch nicht gemacht hätte, wenn es nicht darum gegangen wäre, Alan zu gefallen, ihn zurückzugewinnen. Und das ist wohl auch okay, überlegt sie – nicht ihr Bier –, aber würde Lee Alan überhaupt zurückwollen, wenn sie alle Informationen hätte?

Katherine hat schon seit Wochen damit zu kämpfen – sollte sie als gute Freundin Lee nicht erzählen, was sie weiß? Aber dann beruft sie sich immer wieder auf ihren Vorsatz, sich nur auf sich selbst zu konzentrieren und die Ehe von Lee und Alan ihren natürlichen Lauf nehmen zu lassen.

Sie radelt zum Studio hoch und kettet das Rad an den Zaun beim Bürofenster. Alan erscheint in der Tür, er trägt ein teures Yogahöschen in Grau und ein Trägershirt. Wie kann es nur sein, fragt sie sich, dass sie jemanden mit so einem unglaublichen Körper, diesen tollen Haaren und den maskulinen, wie in Stein gemeißelten Zügen so unattraktiv findet? Katherine hat sich selbst und anderen Leuten im Leben so einiges an Kummer bereitet, allerdings haben sie verheiratete oder sonst irgendwie gebundene Männer nie im Geringsten interessiert. Na ja, mal abgesehen von diesem üblen Typen, in den sie ein halbes Jahr lang verliebt war. Aber da wusste sie auch nicht, dass er verheiratet war, und hat ihn abserviert, sobald sie es rausbekam.

»Wirklich ein schöner Tag«, sagt Alan. »Kommst du zur Sitzung?«

»Das hatte ich eigentlich vor«, gibt sie zurück.

»Da wird Lee sich freuen«, meint er. »Die Ankündigung und so, das nimmt sie alles ganz schön mit. Immerhin bin ich da und spiele Musik dazu.«

Katherine verkneift sich die Antwort. Alans Tonfall ist scharf, als wollte er sie zu einer Bemerkung hinreißen, die er dann kommentieren kann. Auf dieses Spielchen lässt sie sich nicht ein, nein danke.

»Sie hat mir gesagt, dass du von unserer Entscheidung nicht gerade begeistert bist.«

Katherine zuckt mit den Achseln. »Das ist eure Sache, Alan.«

»Ach, dabei habe ich ganz stark das Gefühl, dass du dich bisher durchaus in unsere Sachen eingemischt hast. Ich liebäugle noch immer mit der Idee, meinen Anwalt mal die Bücher prüfen zu lassen.«

»Ich wünschte, du würdest dich dazu durchringen«, entgegnet Katherine. »Damit endlich Ruhe ist.«

»Hätte ich ja schon längst gemacht, doch das ist nicht gerade billig.«

»Angeblich verdient Lee ja bald genug, um solche Zusatzkosten locker zu decken.«

»Lee ist hier nicht die Einzige, die Geld nach Hause bringt, Katherine.« Er lehnt sich vor, und die langen Haare fallen ihm ins Gesicht. Das Haar und das teure Top und die vielen eitlen Details passen so gar nicht zu all der Wut und Kleinlichkeit. »Das solltest du dir mal hinter die Ohren schreiben. Und es tut mir ja wirklich leid, dass du deinen Massageraum verlierst, aber du findest sicher bald einen neuen. Falls die nicht rauskriegen, wofür man dich da hinter verschlossenen Türen wirklich bezahlt.«

Als Katherine ihren Massagebereich in Edendale eröffnete, hat sie ihre Miete bezahlt, indem sie Lee und Alan massierte. Lee hatte das vorgeschlagen, und obwohl Alan eigentlich dagegen war, hat er ihre Dienste dann öfter in Anspruch genommen als seine Frau. Daran denkt sie nur ungern zurück, denn sie musste die Avancen des nackten Alan mehr als einmal abwehren. Schließlich nahm sie ein Darlehen auf, um die Miete bezahlen zu können, und weigerte sich, weitere Termine für ihn zu machen. Es ist gar nicht so selten, dass männliche Kunden bei ihr ein wenig »Trost« suchen: »Ich Armer, sieh doch, wie schlecht es mir geht. Sei doch einfach mal nett zu mir!« Das langweilt sie inzwischen geradezu, und sie weiß, wie sie damit umzugehen hat, indem sie die Situation mit ein paar witzigen Sprüchen entschärft.

Aber sie fand es besonders übel, dass Alan es so hinstellte, als sei sie ihm das schuldig, quasi als Teil der Abmachung.

»Für so was werde ich doch nicht bezahlt«, gibt sie also zurück. »Wusstest du das nicht? Das mache ich kostenlos. Außer, mir wird ganz schlecht bei der Vorstellung, den Typen auch nur anzufassen.«

»Weißt du, was dein Problem ist?«, knurrt er. »Ich glaube, du kannst Männer generell nicht ausstehen. Du solltest es endlich zugeben, bring es einfach hinter dich. In Wirklichkeit liebst du Lee.«

»Na ja«, bemerkt sie und wirft sich die Tasche über die Schulter, »das wäre dann ja wenigstens einer von uns.«

Alan stürmt ins Studio, kommt allerdings sofort wieder zurück, so kindisch ist er eben. »Und lass dein Fahrrad bloß nicht da stehen, damit sieht der Hinterhof zugestellt aus. Die Typen von YogaHappens kommen vielleicht noch vorbei, und ich will nicht, dass sie das Studio wie eine Müllhalde vorfinden.«

Sie könnte ihr Rad einfach stehen lassen, und er würde mit Sicherheit den Mund halten aus Angst, dass sie sich bei Lee beschwert. Aber das Problem ist, dass man sich viel zu sehr daran gewöhnen kann, niemandem etwas schuldig zu bleiben. Also macht sie das Rad wieder los, stützt sich seitlich auf dem Sattel ab und rollt es auf den Bürgersteig hinaus. Sie kettet es an ein Straßenschild – außer Sichtweite des Studios, okay, Alan? – und zieht das Schloss dabei durch beide Reifen. Sie tätschelt den Sattel und murmelt: »Jetzt sei mal ein braves Mädchen und geh nirgendwohin. Ich bin gleich wieder da.«

Lee ist nach dem Telefonat mit ihrer Mutter so durcheinander und aufgebracht, dass sie zehn Minuten später als geplant in Edendale eintrifft. Im Yogaraum warten ziemlich viele Leute, und sie kann Alan für sie spielen hören. In gewisser Weise wärmt er sie damit auf. Er behauptet immer, das Harmonium nicht zu mögen – es ist perfekt für den Unterricht, man kann aber nicht viel aus dem Instrument herausholen –, er hat jedoch schnell ein Gefühl dafür entwickelt, und wenn er zu spielen beginnt, scheint er sich zu entspannen und in eine Art Trance zu verfallen. Und bei der eingängigen, repetitiven Melodie scheinen auch die Schüler in sich zu gehen.

Der wunderbare Klang seiner Musik beruhigt sie ein wenig. Alan ist nicht perfekt – genauso wenig wie sie –, das will sie auch gar nicht behaupten, ihre Mutter sollte ihm allerdings wirklich etwas mehr Anerkennung entgegenbringen, wo sie ihm gebührt, und was sein musikalisches Talent betrifft, hätte er es wirklich verdient.

»Lee«, ruft Tina aus der Ladenecke. »Ich weiß, dass du jetzt in die Stunde musst, aber hast du mal einen Moment?«

Neben Tina entdeckt sie Brian/Ständer, und wenn Lee es nicht besser wüsste (was heißen soll, dass sie da hoffentlich falschliegt), würde sie annehmen, dass er mit Tina flirtet. Oh Tina, bitte, würde sie jetzt gerne sagen, nicht dieser Typ. Denn mal abgesehen von seiner exhibitionistischen Ader dürfte er etwa zwanzig Jahre älter sein als die frischgebackene Absolventin.

»Hi, Lee«, grüßt er. »Ganz schön voll heute. Ich glaube, das wird eine tolle Stunde.«

»Sonntags weiß man nie, was kommt«, antwortet sie. »Doch so sieht es wohl aus. Freut mich, dass du auch hier bist.«

»Ich versuche, drei Mal die Woche dabei zu sein«, erklärt er. »Das hilft mir, meine spirituelle Seite zu finden. Vor allem die Musik. Da kann ich mich wirklich richtig öffnen.«

Hoffentlich nicht allzu sehr, würde sie am liebsten erwidern. »Wie schön. Was wolltest du denn mit mir besprechen?«

»Brian hat ein Problem mit unserem Warenangebot und ... vielleicht solltest du es ihr selbst erklären.«

Es wäre leichter, die paar Leute abzuzählen, die *kein* Problem mit den Sachen haben. Wenn Tina Kaugummis und Schokolade anbieten würde, wäre es vermutlich einfacher.

»Es ist keine große Sache«, beginnt er. »Aber es ist doch so, Lee, dass ihr hier überhaupt keine Produkte für Männer anbietet. Die Klamotten, die Kegel-Trainer, die Zehenringe, die Taschen. Alles für Frauen.«

Lee hasst solche Argumente. Fühlt er sich tatsächlich benachteiligt, oder will er einfach nur Ärger machen? Das Komische daran: Obwohl ihr gerade durch den Kopf geht, dass mit der Schließung des Studios auch dieses Theater mit dem Verkauf ein Ende hat, ist ihr auf einmal doch melancholisch zumute.

»Gibt es denn irgendwas Besonderes, was du gerne hättest?«

»Na ja, wenn ihr Damenunterwäsche und BHs führt, warum habt ihr dann keine Suspensorien?«

»Verstehe.«

»Das kommt sonst total sexistisch rüber, und wir Männer sind in den Kursen ohnehin schon in der Unterzahl.«

Oh Gott. Wo soll sie da bloß anfangen? Es ist doch wohl offensichtlich, dass er eben wegen der vielen Frauen ihre Kurse besucht. Kann es vielleicht sein, dass er das Gefühl hat, nicht genug Aufmerksamkeit zu bekommen? Ich habe da von ein paar Workshops in Connecticut gehört, die würden dir bestimmt gefallen, liegt ihr auf der Zunge. Ich habe den Eindruck, dass dir dort jede Menge Aufmerksamkeit zuteilwürde.

»Es gibt noch immer Vorurteile gegenüber Männern, die Yoga machen«, fährt er fort. »Lee, man braucht wirklich Mumm, um sich zu den Kursen zu trauen. Da muss man sich seiner Männlichkeit sehr sicher sein.«

»Oh Gott«, wirft Tina ein. »Ich wollte wirklich keinem zu nahe treten, das schwöre ich. Aber im Ernst, Brian, hier zweifelt niemand deine Männlichkeit an.«

Was auch schwierig wäre, wenn man ständig mit dem Beweis dafür konfrontiert wird. Lee würde Brian am liebsten ins Gesicht sagen, dass sie gerne höchstpersönlich für ihn Unterwäsche kauft, wenn er sie dann auch anzieht.

»Die Sache ist die«, erklärt Lee. »Ich verkünde das gleich offiziell in der Stunde, also werdet ihr es ja sowieso erfahren. Ich fürchte, es gibt hier nächsten Monat größere Veränderungen. Deshalb glaube ich nicht, dass du Bestellungen für … na ja, für überhaupt irgendetwas rausschicken solltest, Tina.«

Die Angesprochene verzieht ihr hübsches, spitzes Gesicht. »Du machst das Studio zu?«

»Ich fürchte ja, Tina. Es tut mir leid. Ich wollte es euch eigentlich erzählen, bevor ich es in der Stunde verkünde, aber ich war ein bisschen spät dran …«

Da ist Tina allerdings schon in Tränen ausgebrochen, den Rest sollte sie sich also lieber sparen. Brian nutzt die Gelegenheit, nimmt sie ganz fest in den Arm, streichelt ihr übers Haar, flüstert ihr tröstende Worte zu und starrt Lee düster an.

Es ist wirklich Zeit, mit der Sitzung anzufangen.

❀

Etwa nach der Hälfte der Stunde beginnt Katherine, die hypnotische Wirkung des Harmoniums und die von Alans improvisiertem Gesang dazu zu verspüren. Dass sie sich in seiner Musik so verlieren kann, sagt wirklich einiges über Alans Talent aus, wenn man ihre gegenseitige Antipathie bedenkt. Während seine Finger über die Tasten gleiten, pulsieren die Noten auf eine Art und Weise, die wirklich unter die Haut geht, und der leise Zischlaut, den das Instrument von sich gibt, wenn er mit der linken Hand pumpt, macht es noch leichter, nach Lees Vorgaben zu atmen. Ehrlich gesagt scheint zwischen dem Ehepaar eine viel tiefere Verbundenheit zu existieren, als Katherine es sonst so sieht. Sie kann sich nicht vorstellen, dass die beiden diese Prozedur zuhause geübt haben, sie ergibt sich einfach ganz selbstverständlich. Vielleicht ist das ein gutes Zeichen für ihre Beziehung. Man weiß ja nie so genau, wie es hinter verschlossenen Türen aussieht, und wenn diese Eintracht im Unterricht ein Hinweis darauf ist, wie es privat zwischen ihnen läuft, dann kann sie sich nur für Lee freuen.

Männer sind untreu. (Und es ist auch nicht so, als wäre sie in dieser Hinsicht ein unbeschriebenes Blatt.) Und einem selbstverliebten Gockel wie Alan gelingt es vermutlich, untreu zu sein, ohne etwas für die Person zu empfinden, mit der er seine Frau betrügt. Er zieht wieder bei Lee ein, und die arme Barrett muss allein ihre Wunden lecken. Manche Dinge bleiben unausgesprochen, im Dunkeln. Wenn Eheleute sich jede kleine Indiskretion beichten würden, wären die Scheidungsraten wahrscheinlich noch höher, als sie es ohnehin schon sind.

Und wenn sie sich jetzt die Gruppe so anschaut, kommt es ihr vor, als würde jeder schweben und tanzen, Lees Worten und Alans Musik lauschen und den Körper darauf reagieren lassen. Das gemeinsame Erlebnis des tiefen Ausfallschritts, des langen Streckens, dieses zauberhaften, stillen Schwebens, und die Magie von dreißig Menschen, die im Einklang atmen, erschaffen ein Gefühl der Gemeinschaft und des Zusammenhalts, das weit über alles hinausgeht, was man einfach so zerstören kann.

Es wird traurig sein, das zu verlieren. Natürlich gibt es noch jede Menge andere Studios, dieses Gemeinschaftsgefühl wird man dort allerdings nicht so leicht finden. Graciela und Stephanie sind gekommen, und Imani ist auch wieder aufgetaucht, dieses Mal mit Becky Antrim im Schlepptau. Am Anfang gab es das übliche Gemurmel und erstaunte Nach-Luft-Schnappen, aber schließlich haben sich alle wieder beruhigt.

Gegen Ende der Stunde holt Lee sie aus einer tiefen meditativen Savasana zurück und bittet sie, sich hinzusetzen, die Hände auf den Knien. Katherine weiß, was jetzt kommt, und spürt tief in ihrem Inneren eine leichte Anspannung. Damit wird es wirklich wahr. Es gibt kein Zurück mehr.

»Wie ihr alle wisst«, fängt Lee an, »reden wir hier in den Kursen oft davon, loszulassen. Die Anspannung loszulassen, uns von unseren Erwartungen freizumachen, die Angst abzuschütteln. Denn es ist tatsächlich so, dass man beim Yoga keine Fortschritte macht, wenn man Angst hat, hinzufallen, sich auf den Kopf zu stellen, albern auszusehen oder etwas mal nicht zu schaffen. Oder zu furzen, da wir schon dabei sind! Wenn ihr euch an euren ersten Kopfstand erinnert, dann wisst ihr sicher noch, dass man einiges an Zuversicht braucht, um die Füße vom Boden zu lösen. Dann stellt man aber plötzlich fest, dass man noch immer steht, nur eben nicht so wie sonst.

Aber ihr wisst auch, dass diese Veränderungen der Körperhaltung nur ein Mittel sind, um tiefere Veränderungen zu erzielen. Ich habe im Leben jetzt einen Punkt erreicht, an dem es an der Zeit ist, weiterzuziehen, und deshalb muss ich mich von etwas lösen, das ich liebe. Genauer gesagt, von diesem Studio.

Alan und ich haben die Möglichkeit, in einem anderen Rahmen zu unterrichten und zu musizieren, und deshalb schließen wir Edendale in zwei Wochen.«

Katherine hatte keine Ahnung, was sie erwarten sollte, doch auf Stille war sie nicht vorbereitet. Sie schaut Lee an und zuckt mit den Achseln.

»Hat irgendjemand eine Frage?«, fügt Lee hinzu. Eine Hand schießt in die Luft. »Carol?«

»Ich habe hier letzte Woche meine Sonnenbrille verloren, und ich habe mich gefragt, ob die wohl jemand gefunden hat.«

»Wie sieht sie denn aus?«, erkundigt sich eine dunkelhaarige Frau, die während der Savasana häufig eindöst.

»Die war aus der Drogerie, aus billigem rotem Plastik, aber sie ist mir ans Herz gewachsen.«

»Wir gucken mal bei den Fundsachen«, verspricht Lee. »Noch weitere Fragen?«

»Ich glaube, ich habe noch zwei Sitzungen auf meiner Zehnerkarte«, wirft Roger ein. »Was mache ich denn damit?«

»Diese Fragen besprechen wir dann im Einzelnen, wenn sie sich ergeben«, erklärt Lee. Katherine hat gehört, dass Alan sich dafür schon etwas ausgedacht hat.

»Ich nehme mal an, dass ihr die Matten und ein paar von den anderen Sachen verkauft, oder? Habt ihr schon eine Vorstellung, wie da die Preise aussehen?«

»Darüber solltest du nächste Woche mit Tina sprechen. Ich werde versuchen, mit ihr etwas auszuarbeiten.«

Die meisten haben schon angefangen, ihre Matten zusammenzurollen, und Lees Blick verrät Katherine, dass sie sich ein bisschen albern vorkommt, weil sie aus der Ankündigung so eine große Sache gemacht hat. Es gibt allerdings ein paar traurige Gesichter, und dann hebt Andrea, die jetzt schon seit Jahren Stammkundin ist, die Hand. Sie sieht ein wenig schockiert und verloren aus.

»Wolltest du noch etwas fragen, Andrea?«

»Was – was sollen wir denn jetzt machen?«

»Wie meinst du das?«

»Was sollen wir denn jetzt ohne dich machen?«, fragt sie noch einmal.

In diesem Moment bricht Tina wieder geräuschvoll in Tränen aus und rennt zu Brian, um sich trösten zu lassen.

Nach der Stunde beschließen Stephanie, Graciela, Imani und Becky, noch ins Café Crème auf der anderen Straßenseite zu gehen, und sie fragen Katherine, ob sie nicht dazustoßen möchte. Katherine ist klar, dass Lee sie gerne an ihrer Seite hätte, um mit ihr darüber zu reden, wie es gelaufen ist. Das würde ihr sicher helfen, das alles zu verdauen, aber im Moment fühlt Katherine sich ihren anderen Freundinnen weitaus mehr verbunden. Es kommt ihr vor, als hätte Lee sie alle verraten und als müssten sie deshalb zusammenhalten. Abgesehen davon ist Katherine schon ewig ein Riesenfan von Becky Antrim. Die Gelegenheit, mit ihr bei einem Caffè Latte zu plaudern, wird sie sich nicht entgehen lassen.

Das Wetter ist noch immer super, und als sie die Straße überqueren, sieht sie, dass die Leute sich nach ihnen umdrehen und das Handy herausholen, um Fotos von Becky zu schießen. Wie ist das wohl, so ein Leben auf dem Präsentierteller, unter ständiger Beobachtung?

Oder anders gefragt, warum will bloß irgendjemand so leben? Becky scheint sich damit abgefunden zu haben. Halb ignoriert sie die Gaffer, halb lässt sie die Blicke einfach an sich abperlen, aber diese stolze Haltung zieht nur noch mehr Aufmerksamkeit auf sich.

Im Café Crème holen sie sich ihre Getränke und setzen sich draußen an einen Tisch.

»Irgendwie«, beginnt Stephanie, »hätte ich nicht gedacht, dass Lee die Sache wirklich durchzieht. Wie lange wusstest du das schon, Kat?«

»Sie hat's mir vor ein paar Tagen erzählt. Den Vertrag hat sie schon unterschrieben.«

»Sie ist so gut, ich bin noch immer total platt«, wirft Becky ein. »Und ich bin die untreueste Yogaschlampe der Stadt, auf mein Urteil könnt ihr euch also verlassen.«

»Ich verstehe nur nicht, warum sie nicht auch weiter hier unterrichten kann«, bemerkt Graciela.

»YogaHappens nimmt sie nur mit Exklusivvertrag«, erläutert Katherine. »Auf die Art und Weise ist sie für die viel wertvoller. Und sie übernehmen auch Alan, er wird für sie im Unterricht spielen.«

»Der ist echt süß«, wirft Imani ein.

Zu diesem Thema verkneift sich Katherine jeglichen Kommentar.

»Also, wisst ihr«, meint Stephanie, »ich habe ja immer gedacht, man hat verschissen, sobald ein Vertrag erst mal unterzeichnet ist. Aber alles, was man braucht, ist ein guter Anwalt. Die Frau, die unseren Film produziert, hat ein Juristenteam, das offensichtlich alles wieder hinkriegt. Die hauen dich aus jedem Vertrag raus.«

Becky nippt an einer riesigen Tasse Kaffee, den sie, wie Katherine bemerkt hat, mit einem doppelten Schuss Espresso aufgepeppt hat. Eben ein hochkarätiger Filmstar. Sie verschüttet ein wenig von dem Gebräu, das auf ihrem T-Shirt landet und von ihr mit einer Serviette abgetupft wird. Ist doch erstaunlich, dass jemand so glamourös und berühmt und gleichzeitig so völlig locker und ungekünstelt sein kann.

»Eine Freundin von mir«, erklärt Becky, »hatte ein kleines Studio in Santa Monica. Eine treue Anhängerschaft, rappelvolle Kurse. Alan Cumming hat mich vor ein paar Jahren zu ihr mitgenommen. Wie auch immer, jedenfalls hat YogaHappens ihr einen dicken, fetten Vertrag angeboten und sie gezwungen, ihr Studio zuzumachen, nur um ein paar Monate später zu behaupten, sie hätte gegen die vereinbarten Bedingungen verstoßen. Es ging da um ein paar lächerliche Sachen, die sie im Unterricht gesagt hat, vermutlich wegen der blöden Wasserflaschen. Sie musste den Vertrag neu verhandeln, und am Ende konnte sie nur noch die Hälfte des ursprünglichen Angebots herausschlagen. Die haben in Denver damit angefangen und die Nummer dann hier durchgezogen. Ich hätte wirklich gedacht, dass sich das inzwischen rumgesprochen hat.«

»Wie schäbig!«, empört sich Stephanie. »Doch das hätte man sich ja denken können.«

»Hat sie die Besitzer schon kennengelernt? Zhannette mit Zh und Frank mit A, nehme ich mal an. Ich habe gehört, das sollen richtige Freaks sein.«

Obwohl Lee keine konkreten Zahlen erwähnt hat, weiß Katherine, dass die gebotene Summe schwindelerregend hoch sein muss. Und dazu kommt noch der Vertrag mit Alan. Es erscheint ihr also logisch, dass dieses Angebot, das zu schön ist, um wahr zu sein, tatsächlich nur ein Köder ist, eine Falle. Und Alan hat sie da hineingelockt. Sie erpresst, um genau zu sein.

Sie fühlt wieder Wut in sich aufsteigen, diesmal aber nicht auf Alan oder YogaHappens, sondern auf niemand anderen als sich selbst. Sie hätte Lee schon vor langer Zeit erzählen sollen, was sie weiß. Sie trinkt aus und steht vom Tisch auf. Diesen Fehler wird sie nicht noch einmal machen. Sie kann wenigstens weitergeben, was sie gerade erfahren hat.

»Ich muss noch mal ins Studio«, erklärt sie und rauscht davon. Auf dem Weg über die Straße versucht sie, nicht zu rennen, allerdings kann sie sich nicht davon abhalten, einen schnellen Schritt einzulegen, der eher ans Laufen grenzt.

Lee ist noch immer da, im Yogaraum, sie räumt auf und unterhält sich mit Alan. Katherine würde ja lieber mit Lee allein reden. Sie öffnet die Glastür.

»Du warst so schnell weg«, sagt Lee. »Eigentlich wollte ich dich noch nach deiner Meinung fragen. Was denkst du, wie ist es gelaufen?«

»Es ging doch ganz gut. Ich meine, viele waren geschockt, aber was will man machen … Hör mal, Lee, ich hatte gerade eine Unterhaltung mit Graciela und Stephanie, und … egal, jedenfalls hat Becky Antrim da was über YogaHappens erzählt … Kann ich kurz mit dir darüber sprechen?«

»Natürlich.«

Alan hat mit dem Rücken zu ihnen die Blöcke an der Wand gestapelt und dreht sich jetzt um. »Du kannst mit uns beiden reden«, korrigiert er. »Das ist unser gemeinsames Projekt, das scheinst du immer wieder zu vergessen.«

Als Katherine später an diesen Moment zurückdenkt, wird ihr klar, dass sie wohl wirklich ein bisschen wirr geklungen hat. Sie hat das Ganze zu hastig hervorgebracht, und vielleicht ein wenig zu hysterisch. Die verrückten Besitzer, die unlauteren Geschäftsmethoden. Die Tatsache, dass Stephanie mit jemandem zusammenarbeitet, der sie aus einem Vertrag mit dem Teufel heraushauen kann, wenn es sein muss. Sie hat die

Informationen, über die sie verfügte, nicht gut genutzt. Also war es im Nachhinein nicht überraschend, dass Alan ihr vorwarf, sich das alles nur auszudenken, in einem verzweifelten Versuch, aus purem Eigennutz die Schließung zu verhindern.

Er geht zu Lee rüber und legt ihr den Arm um die Schultern. »Hast du echt geglaubt, wir würden dir das abkaufen?«, fragt er.

Lee sagt nichts dazu. Aber das muss sie auch gar nicht. Der Blick, den sie Katherine zuwirft, spricht Bände. Sie hat Mitleid mit ihr. Mitleid, weil Katherine so weit gehen muss, um sie umzustimmen. Ihre Freundin hat es genau verstanden. Lee und Alan sind wieder ein Team, und wenn Alan sich zum Kapitän aufschwingt, dann muss Lee ihm den Rücken freihalten. Paare. Das passiert immer wieder, und wenn Katherine selbst irgendwann dazu in der Lage ist, eine feste, dauerhafte Beziehung einzugehen, wird sie sich wahrscheinlich auch so verhalten.

Sie verlässt den Yogaraum und schleicht nach draußen. Du musst einfach lernen, die Dinge zu akzeptieren, die du nicht ändern kannst, ob sie dir gefallen oder nicht. Sie wird eine Runde mit dem Fahrrad drehen und sich abreagieren. Dann wird sie zufrieden nach Hause fahren und das Kleid für Lee fertignähen.

Sie geht die Straße entlang, doch auf halber Strecke zu dem Schild, an dem sie ihren Drahtesel angekettet hat, merkt sie, dass das Rad weg ist.

❀

Während Graciela im Café Crème an ihrem Eistee nippt, wird ihr auf einmal klar, wie sehr die prominente Gesellschaft sie einschüchtert. Sie ärgert sich über sich selbst, immerhin ist sie jetzt offiziell auch jemand, der in seinem Bereich einen Namen und Prestige hat, jemand, dessen Talent gewürdigt wird. Sie hat Hunderte von anderen Tänzerinnen aus dem Feld geschlagen und den Job bei einem großen Videodreh ergattert. Sie wurde von Beyoncé höchstpersönlich ausgesucht. Als sie die große Dame (genau so nennt Graciela sie in Gedanken) bei der ersten Probe traf, hat die sie genau unter die Lupe genommen, den Kopf geschüttelt und gesagt: »Ich glaube, da habe ich einen Fehler gemacht.« Graciela blieb fast das Herz stehen, allerdings hat Beyoncé nur gelacht und gemeint: »Bleib locker. Doch du siehst einfach so toll aus, es wird nicht leicht, direkt neben dir zu tanzen.«

Graciela weiß nicht, ob das so beabsichtigt war, aber der Kommentar hat ihr Selbstbewusstsein gestärkt, sie fühlt sich Beyoncé jetzt fast ebenbürtig. Und sie hat danach noch besser getanzt, als wollte sie beweisen, dass all die Erwartungen an sie auch gerechtfertigt waren.

Seitdem sind Graciela Gerüchte zu Ohren gekommen – geflüsterte Bemerkungen des Choreografen –, dass man überlegt, sie als Hintergrundtänzerin für die anstehende Tour zu engagieren. Das wäre noch einmal ein absoluter Karrieresprung. Sie darf gar nicht daran denken.

Und deshalb sollte man schließlich meinen, dass diese Frauen sie nicht ganz so sehr einschüchtern sollten. Und dennoch hört sie, wenn sie den Mund aufmachen und etwas zur Unterhaltung beitragen will, in Gedanken jedes Mal die Stimme ihrer Mutter, die sie kritisiert und ihr an den Kopf wirft, wie dämlich und nutzlos sie doch ist. Zu dumm, dass das Echo ihrer Worte noch immer so laut erklingt wie eh und je.

»Ich hasse einfach die Taubenhaltung«, erklärt Becky gerade. »Wisst ihr, woran die mich immer erinnert? Daran, bäuchlings auf einem richtig billigen Klappbett zu liegen – ihr wisst schon, so ein Teil, bei dem sich dir die Metallstange in den Bauch bohrt.«

Imani prustet laut los. »Schätzchen, wann hast du denn bitte schön das letzte Mal auf einem billigen Klappbett gelegen?«

»Nur zu deiner Information, im College war ich mit einem Typen zusammen, der in einer WG gewohnt hat, und da habe ich im Wohnzimmer auf dem Klappsofa geschlafen. Den hätte ich mal lieber heiraten sollen.«

»Klingt irgendwie romantisch«, meint Stephanie.

»Hm-hm«, stimmt Imani zu. »Und jetzt lass uns mal darüber reden, warum du da auf dem Bauch lagst.«

Vielleicht hat sie sich nur die Haare geföhnt, würde Graciela am liebsten einwerfen. Keine brillante Bemerkung, aber wenigstens etwas. Doch was, wenn es genauso lahm klingt, wie es ihr jetzt gerade vorkommt? Was, wenn keiner lacht? Wenn Daryl hier wäre, könnten sie wenigstens gemeinsam schweigen, er sagt in einer großen Runde auch selten etwas. Ihre Unsicherheit ist eine Gemeinsamkeit, die sie zusammenschweißt.

»Mir ging das mit der Taube früher auch so«, stimmt Stephanie zu, und der passende Moment für Gracielas Bemerkung ist damit verstrichen. »Aber dann habe ich mir einfach vorgestellt, dass ich mit einem weichen Kissen unter der Brust daliege.«

»Oh Gott«, stöhnt Becky, »wenn ich anfangen würde, mir meine Hüften als ›weiches Kissen‹ vorzustellen, stünde wohl direkt eine Panikattacke an.«

Graciela wartet noch immer auf den Tag, an dem sie die Erfolge des letzten Monats endlich verdaut hat und glauben kann, dass sie es wirklich verdient, mit diesen Frauen befreundet zu sein, und dass sie für sie nicht nur eine Art Schoßhündchen ist. (*Como una animala.*) Offensichtlich ist es bis dahin noch eine Weile hin.

Vor einiger Zeit hätte Graciela wenigstens darauf zählen können, dass Stephanie sie in so einer Situation unterstützt, aber seit Imani von deren Drehbuch so begeistert ist, fühlt sich Graciela noch mehr als Außenseiterin.

»Und wo Lee das schon erwähnt hat«, grinst Imani. »Bei welcher Übung habt ihr die meiste Angst zu pupsen?«

»Halasana«, seufzt Stephanie. »Jedes Mal.«

»Burrito-asana«, entgegnet Becky. »Vor allem mit Sour Cream.«

»Ja, klar«, grinst Imani. »Was weißt du schon von saurer Sahne, du Spargeltarzan?«

»Ihr *gringas*«, wirft Graciela ein. »Was wisst ihr schon von Burritos?«

Zu ihrer großen Erleichterung lachen alle. Dann klingelt ihr Handy, und sie steht vom Tisch auf, um dranzugehen. Es ist Katherine, und ihre Stimme klingt leise und zögerlich, als wäre sie ziemlich durcheinander.

»Bist du noch in Silver Lake?«, fragt sie.

»Noch immer hier im Café Crème«, bestätigt Graciela. »Was ist denn los?«

Am anderen Ende der Leitung herrscht lange Schweigen, und dann murmelt Katherine: »Ich unterbreche ja nur ungern, aber könntest du mich vielleicht nach Hause fahren?«

Graciela ist erleichtert, dass sie einen Grund dafür hat, das Café und ihre einschüchternden Freundinnen zu verlassen, vor allem, weil sie vorher noch etwas zur Unterhaltung beigetragen hat. »Ich bin gleich da«, verspricht sie Katherine. Sie geht zurück zum Tisch, greift nach ihrer Tasche und der Yogamatte und entschuldigt sich dafür, dass sie schon losmuss.

»Jemand muss Katherine nach Hause bringen«, erklärt sie. Sie schüttet den letzten Rest Eistee hinunter. »Es war wirklich toll, dich kennenzulernen«, sagt sie zu Becky. »Ich weiß, das klingt jetzt so was von uncool, aber ich bin ein Riesenfan.«

Becky verzieht die Lippen zu ihrem berühmten Schmollmund. Wie oft hat Graciela den schon im Fernsehen oder

Kino gesehen. »Wir hatten ja kaum Gelegenheit, uns ein bisschen zu unterhalten«, seufzt der Superstar, und es klingt so, als meinte Becky es wirklich ernst.

Graciela merkt, dass sie rot wird, wie ein Kind, das man für eine unbedeutende Kleinigkeit lobt.

»Imani hat mir erzählt, dass du in Beyoncés neuem Video tanzt«, fährt Becky fort. »Ich würde ja zu gerne mal hören, wie die wirklich so ist.«

»Jetzt lass sie doch gehen«, wirft Imani ein. »Das kann sie dir ja beim nächsten Mal erzählen. Oder du fragst einfach mich.«

Auf dem Weg zum Auto wird Graciela klar, dass sie von Becky zwar eingeschüchtert war, die Schauspielerin hingegen unbedingt hören wollte, was sie zu berichten hatte. Wer hätte das gedacht? Vielleicht war Becky ihr gegenüber ja sogar selbst ein wenig schüchtern.

Katherine sitzt auf einer Bank, ein paar Häuser vom Studio entfernt. Sie trägt ihr fröhlich gelbgemustertes Sommerkleid und winkt und lächelt, als sie Graciela sieht, die aber trotzdem sofort merkt, dass etwas nicht stimmt.

»Alles in Ordnung?«, fragt sie.

»Mich sollte eigentlich jemand nach Hause mitnehmen, hat dann allerdings gekniffen. Ich könnte auch zu Fuß gehen, doch ich bin nach der Sitzung ein bisschen müde und ich wäre fast eine Stunde unterwegs.«

Graciela ist klar, dass das längst noch nicht alles ist, sie will die Masseurin aber nicht drängen. Natürlich sind wegen der Schließung des Studios alle aufgewühlt, Katherine hat hingegen den meisten Grund zur Sorge. Sie hat hier ihr Geschäft, und außerdem kennt sie Lee von allen am längsten.

Die Tänzerin fährt gemächlich den Hügel hoch und sieht dabei zu, wie die Gegend langsam immer ruhiger und schöner wird. Katherine hat zwar mal erwähnt, dass sie ein tolles Haus hat, doch Graciela hätte nicht erwartet, dass sie in so einer luxuriösen und exklusiven Nachbarschaft wohnt. Was verdienen Masseure überhaupt?

»Das ist es«, sagt Katherine und zeigt auf einen zauberhaften kleinen Bungalow, der halb hinter violetten Bougainvillearanken verborgen ist.

»Wow«, entfährt es Graciela. Dieses Haus hat etwas unglaublich Romantisches an sich, und dass Katherine hier allein wohnt, verstärkt den Eindruck eigentlich nur. Graciela fragt sich wirklich, warum das Singledasein ihr neuerdings so reizvoll erscheint. Wenn sie solo wäre, würde sie sich ja doch nur einsam fühlen und die Hälfte der Zeit damit verbringen, nach einem Mann zu suchen, das weiß sie ganz genau.

»Keiner kann fassen, dass ich wirklich hier wohne. Es erscheint logischer, wenn man weiß, dass die mich hier jeden Augenblick rausschmeißen können. Und so, wie es bei mir im Moment läuft, wohl auch rausschmeißen werden.«

»Ätzender Tag?«

»Kann man so sagen.«

»Das mit der Schließung des Studios muss für dich echt hart sein. Glaubst du, Lees Entscheidung war falsch?«

Katherine scheint darüber nachzudenken, nicht so, als wäre sie sich über ihre eigene Meinung unsicher, sondern vielmehr so, als wüsste sie nicht, ob sie wirklich darüber reden will. »Ich denke, sie hat die Entscheidung aus den falschen Gründen getroffen.«

»Alan?«, hakt Graciela nach. Sie ist selbst ein wenig überrascht, dass sie das sagt. Das Thema Alan wollte sie eigentlich nicht anschneiden, aber es ist ihr so rausgerutscht.

Katherine schüttelt den Kopf und lacht dann traurig. »Stille Wasser sind offensichtlich tief. Was hältst du von ihm?«

Sobald Graciela Katherines Frage hört, wird ihr klar, dass sie schon lange darauf gewartet hat, mal darüber reden zu können. Sie hat Alan nur selten erlebt, aber wenn, dann ist ihr an seinem Verhalten etwas aufgefallen, das ihr bekannt vorkommt, ein demonstrativ zur Schau getragenes Selbstbewusstsein, das nicht sonderlich überzeugt. Sie hat mitbekommen, wie er seine eigenen Fähigkeiten zur Sprache bringt, wenn jemand Lees Unterricht lobt, selbst wenn das gar nichts zur Sache tut. Das hat sie bei Daryl auch schon bemerkt und immer versucht, dafür Entschuldigungen zu finden. Alan dabei zuzusehen hat ihr klargemacht, wie verzweifelt das aussieht und wie unangenehm es für Lee sein muss. Dennoch ist sie noch nicht bereit, über das alles zu sprechen. »Ich denke, es ist gut, dass sie wieder zusammen sind, wenn es das ist, was Lee wollte. An ihrer Stelle würde ich ihm allerdings nicht völlig vertrauen, das ist alles.«

Katherine sieht sie an und sagt dann sanft: »Erzähl mir bloß nicht, dass er versucht hat, dich anzubaggern.«

»Das ist es nicht. Ich meine, er macht immer so kleine Bemerkungen, wenn er mich sieht, allerdings ignoriere ich das einfach.«

»Entschuldige, wenn ich das jetzt so sage, aber bei deiner Figur und dem Gesicht kriegst du doch bestimmt eine Menge ›kleiner Bemerkungen‹ zu hören.«

»Conor ist mir nie mit so was gekommen«, erwidert Graciela. Noch so ein Kommentar, der ihr einfach rausgerutscht ist.

Katherine blickt durch die Windschutzscheibe und öffnet dann die Beifahrertür.

»Warte mal«, ruft Graciela. »Was ist mit Conor denn bloß passiert? Er ist verrückt nach dir, das weißt du doch, oder?«

Katherine schließt die Tür zwar nicht, lässt sich aber wieder auf den Beifahrersitz sinken. »Conor ist mit Sicherheit nicht ›verrückt‹ nach irgendwas, ich kenne niemanden, der so klar im Kopf ist wie er. Er hat Angst davor, dass man ihm wehtut. Und ich habe Angst davor, ihm wehzutun.«

»Tatsächlich? Das hat also nichts damit zu tun, dass er vielleicht dir wehtun könnte?«

Katherine schaut Graciela müde an. »Ich würde dich ja reinbitten, doch es ist furchtbar unordentlich und außerdem ist mir die Diätcola ausgegangen.«

Ich habe im Leben vielleicht nicht alles im Griff, denkt Graciela, und ich bin vielleicht nicht die Hellste oder Kultivierteste. Aber ich bin keine *animala*, und wenn ich Becky Antrim etwas über den größten Promi der Welt erzählen kann, was sie noch nicht weiß, dann kann ich auch Katherine sagen, dass sie sich völlig albern benimmt. »Die Unordnung ist mir egal«, erklärt sie. Sie schnallt sich ab. »Und Diätcola trinke ich eh nicht. Wir beide müssen uns mal unterhalten. Du bittest mich jetzt rein und erzählst mir die ganze Geschichte.«

Mit diesen Worten steigt sie aus dem Auto und marschiert den Gehweg zu Katherines Haus entlang. Als sie hinter sich keine Schritte hört, dreht sie sich um und sagt: »Katherine, jetzt komm schon. Ich akzeptiere kein Nein, und ich gebe auch nicht so schnell auf. Was glaubst du denn, wie ich an den Videojob gekommen bin?«

❀

»Du denkst doch nicht etwa, dass an Katherines Geschichte über YogaHappens was dran ist, oder doch?«

»Was denn? Dass die Firma zur Achse des Bösen gehört? Mein Gott, Lee. Guck dir doch nur mal an, wie viel Geld die uns anbieten.«

»Vielleicht ist es ja wirklich eine Falle«, überlegt Lee. »Wir schließen das Studio, und dann …«

»Schatz«, wirft er ein. »Das sind doch Verschwörungstheorien. Die Drogenfantasien eines Hippies. Katherine würde alles behaupten, um dich hier zu halten. Der kannst du doch nicht ernsthaft glauben.«

Das Studio-Telefon klingelt, und er tritt hinaus in den Empfangsbereich, um abzuheben. Als er in den Yogaraum zurückkehrt, glühen seine Wangen.

»Stimmt irgendwas nicht?«

»Das war die Privatsekretärin von Zhannette und Frank. Du wirst es nicht glauben!«

Sie treten vom Vertrag zurück, fährt es Lee durch den Kopf, und sie verspürt mehr Erleichterung als Bedauern.

»Sie haben uns für nächste Woche nach Laurel Canyon zu sich nach Hause eingeladen. Auf einen Cocktail.«

Lee hütet sich, ihre Enttäuschung zu zeigen. »Oh. Wie schön. Das wird sicher interessant, oder?«

»Schön? Interessant? Machst du Witze? Diese Leute leben so zurückgezogen, dass selbst Chuck und Dave sie noch nie getroffen haben. Das ist einfach riesig. Der absolute Wahnsinn!«

»Dann sollte ich da wohl besser nicht im T-Shirt aufkreuzen, hm?«

Stephanies Nachbarin Billie hat drei Töchter – Dannie, Frankie und Bobbie. Die Älteste lebt inzwischen in einem anderen Staat, aber Bobbie wohnt näher dran, in San Francisco. Und trotzdem scheint sie ihre Mutter nie zu besuchen, genau wie die anderen. Anfang der Woche hat jemand aus Billies Fitnessstudio Stephanie angerufen (sie steht auf Billies Notfall-Liste). Man hat ihr erklärt, dass ihre Nachbarin in den Hot-Yoga-Sitzungen regelmäßig umkippt. Im Studio macht man sich Sorgen, dass sie möglicherweise ernsthaft dehydriert und dass ein Herzinfarkt-Risiko besteht. Aber bevor sie rechtliche Schritte einleiten, hatten sie gehofft, ein Familienmitglied könnte die alte Dame davon abbringen, die Yogastunden zu besuchen.

Stephanie hat mit Billie geredet, doch als das nichts fruchtete, hat sie heimlich Bobbies Nummer an sich gebracht und sie angerufen. Die war am Telefon erstaunlich nett (Stephanie hatte geglaubt, dass die Töchter alle mit ihrer Mutter zerstritten sind, warum schauen sie sonst nie vorbei?) und erschien, man höre und staune, ein paar Tage später tatsächlich in L.A.

Als sie bei Stephanie klingelte, um sich für den Anruf zu bedanken und dafür, dass sie sich um ihre Mutter kümmert, kleine Besorgungen für sie macht etc., trug sie eine Jeans und eins von diesen Feinripp-Männerunterhemden, die Stephanie immer an prollige Schlägertypen erinnern. Bei dem geschlechtsneutralen Outfit, dem schlanken, muskulösen Körper, dem Bürstenschnitt und der Tatsache, dass Billie ihr erzählt hat, ihre jüngste Tochter sei Klempnerin, hatte Stephanie eigentlich jemanden erwartet, der … aggressiver war? Stattdessen ist Bobbie – »entschuldige, aber Roberta ist mir lieber« – eine Frau Ende dreißig mit tollen blauen Augen, absolut angenehmen Umgangsformen und sanfter Stimme. Stephanie bat sie herein, und sie entdeckte bei ihr diese unerwartete Verletzlichkeit, die ihr schon bei vielen (ja, warum um den heißen Brei herumreden) Mannweibern in ihrem Bekanntenkreis aufgefallen war. Viele Frauen scheinen mit ihrem Look ja ihrem Charakter entgegenzuwirken. Roberta (»Bobbie« passt trotzdem besser zu ihr) setzte sich Stephanie breitbeinig gegenüber und redete sich den Kummer über ihre Mutter von der Seele, vor allem, weil die so ein Dickkopf ist. Falls Stephanie sich wundern sollte, warum sie oder ihre Schwestern hier nie erscheinen, das sei deshalb, weil Billie es ihnen verboten habe – die Leute sollten nicht wissen, dass sie schon so alte Töchter hat.

»Machen wir uns doch nichts vor«, seufzte Roberta, den Tränen nahe, »das sind erste Anzeichen von Demenz. Ich habe versucht, sie davon zu überzeugen, dass sie nach San Francisco mitkommt. Meine Freundin, dieses Miststück, ist gerade ausgezogen, also habe ich ein Zimmer frei. Doch du kannst dir ja vorstellen, was Billie dazu gesagt hat.«

Als Stephanie ihr vorschlug, einen Happen essen zu gehen, war Roberta einverstanden, bestand allerdings darauf, sie einzuladen. Das sei das Mindeste, was sie tun könnte.

Sie gingen zu dem gemütlichen, aber selbstverliebten Lokal in Melrose, das nur einen Katzensprung von Stephanies Wohnung entfernt liegt und in dem sie oft am Drehbuch für *Above the Las Vegas Sands* gearbeitet hat.

Der schnippische kleine Kellner, der sie sonst immer wie eine Touristin behandelt, ist heute mal richtig freundlich. Vielleicht schüchtert ihn Robertas Bizeps ein, der weitaus gestählter als sein eigener ist.

»Wie sind denn hier die Burger?«, fragt Roberta, während sie noch die Karte studiert.

»Na ja, um ehrlich zu sein«, entgegnet Stephanie, »bin ich seit einem Jahr Vegetarierin, und die haben hier erst vor acht Monaten eröffnet.«

»Noch einmal: Wie sind denn hier die Burger?«

»Absolut köstlich. Vor allem der mit den Zwiebeln.«

Erst als Roberta den Cheeseburger bestellt, fällt Stephanie auf, dass sie schon seit Wochen nicht mehr auf ihr Anti-Preston-Mantra zurückgegriffen hat. Es nicht mehr gebraucht hat. Nicht, dass sie nicht an ihren Ex gedacht hat, aber seit sie mit dem Trinken aufgehört hat, seit sie für Sybille an dem Drehbuch arbeitet, hat sie seinetwegen nicht mehr diese Verzweiflung verspürt oder diese Rachegelüste, all das. Einfach nur glücklich zu sein ist doch eigentlich die beste Rache, nur dass sie es jetzt nicht mehr als Rache sieht. Es ist wirklich schön, ihr Leben wieder im Griff zu haben. Und nichts von alldem hat etwas mit Preston zu tun.

»Ist doch witzig«, bemerkt Stephanie. »Das Wort ›Cheeseburger‹ habe ich immer als Mantra vor mir her gesummt, wenn ich an meinen Exfreund denken musste. Irgendwie hat mir das geholfen, das Ganze zu überwinden.«

»Wenn ich an meine Exfreundin denke, dann kommt mir auch immer dasselbe Wort in den Sinn, doch bei mir funktioniert das gar nicht. Vielleicht brauche ich auch ein neues Mantra.«

»Was ist es denn jetzt?«

»Fotze.« Roberta zuckt mit den Achseln. »Sie hat mich wegen einer zwanzig Jahre alten Eiskunstläuferin verlassen.«

»Ich wusste nicht, dass es lesbische Eiskunstläuferinnen gibt«, entfährt es Stephanie, und sie fürchtet noch im selben Moment, ihr Gegenüber vielleicht beleidigt zu haben.

»Pah, die ist nicht einmal eine richtige Lesbe, wenn du mich fragst. In einem halben Jahr ist die lieber wieder mit einem Mann zusammen. Eine richtige Eiskunstläuferin ist sie übrigens auch nicht, wenn ich jetzt so darüber nachdenke. Was ist denn mit Mr Cheeseburger passiert?«

»Das weiß ich nicht einmal so genau, deshalb hat mir das alles ja so wehgetan. Wir waren drei Jahre lang zusammen. Er meinte, ich wäre kühl und abweisend.«

»Wie ich das hasse, wenn die meinen, sie müssten dir die Schuld zuschieben, anstatt der Tatsache ins Auge zu sehen, dass sie selbst unzuverlässige, untreue Flittchen sind.«

Als der Kellner Stephanies grünen Salat bringt, kommt der ihr auf einmal fade und wenig appetitlich vor. So gar nicht das, wonach ihr gerade der Sinn steht. Roberta beißt in ihren Cheeseburger und nickt begeistert. Als der Kellner dann fragt: »Kann ich den Damen noch etwas bringen?«, wischt sich Roberta über den Mund und erklärt: »Bringen sie ihr als Beilage noch den Zwiebelburger. Mit Schweizer Käse.«

Stephanie will gerade protestieren, da wird ihr auf einmal klar, dass ihr die Vorstellung vom Vegetariertum viel besser gefällt, als wirklich Vegetarierin zu sein. (Warum hat sie sich hier sonst reingeschlichen, wenn sie schon ordentlich einen im Kahn hatte, und heimlich die Burger runtergeschlungen?) Aber das alles ist Roberta offensichtlich so was von egal, dass sie die Sache einfach auf sich beruhen lässt.

»Ich habe da wegen deiner Mutter eine Idee«, erklärt sie stattdessen. »Anstatt ihr das mit dem Yoga völlig auszureden, könnte ich vielleicht versuchen, sie in ein anderes Studio mitzunehmen. Ich gehe da in eins in Silver Lake, das ist super, aber kein Hot Yoga. Und die Lehrerin nimmt unglaublich Rücksicht darauf, wie verschieden jeder Körper ist. Sie hat auch eine medizinische Ausbildung. Billie hat sie mal kennengelernt.«

Roberta lässt ihren Burger sinken. »Stimmt irgendwas nicht?«

»Eigentlich nicht. Wieso?«

»Wie meine Mutter sagen würde: Du siehst auf einmal so aus, als hätte jemand auf dein Grab getreten.«

»Mir ist plötzlich wieder eingefallen, dass das Studio ja zumacht, mehr nicht. Ich werd es wirklich vermissen, und zwar sehr.« Und dann sind da auch noch die Umstände, unter denen Billie Lee getroffen hat, doch an jenen unseligen Moment will sie lieber nicht zurückdenken. Sie kann nicht wissen, ob Billie ihrer Tochter von der ganzen Sache erzählt hat (vermutlich nicht), obwohl Stephanie ziemlich sicher ist, dass Roberta sie dafür nicht verurteilen würde. »Aber zwei Wochen machen sie noch weiter. Vielleicht hättest du auch Lust, mitzukommen?«

»Ich fahre morgen oder so wieder nach San Francisco. Und allein schon die Vorstellung, meiner Mutter dabei zuzusehen, wie sie sich einen Fuß hinters Ohr schiebt – darüber möchte ich wirklich nicht beim Essen reden. Vielleicht, wenn ich das nächste Mal in der Stadt bin.«

»Du kommst wieder?«

»Es bringt doch nichts, mit diesem Theater wegen ihres Alters weiterzumachen, und ich kann mich immer weniger darauf verlassen, dass sie mich mal besuchen kommt. Also werden wir uns jetzt wohl öfter über den Weg laufen.«

Der schnippische Kellner bringt Stephanies Burger. Sie hält ihn hoch. »Lass uns einen Toast ausbringen. Auf Cheeseburger!«

Roberta stößt mit ihrem Burger an. »Auf die Cheeseburger dieser Welt!«

❁

Seit Tagen hat sich Katherine die Unterhaltung mit Graciela durch den Kopf gehen lassen. Sobald sie im Haus waren, fragte Graciela sie, was wirklich mit Conor passiert war, und warum, und was sie dagegen tun wollte. Es war eigentlich richtig lustig, mit anzusehen, mit welchem Nachdruck sie darauf bestand, von ihr Antworten zu bekommen. Fast so, als würde sie eine Rolle spielen, wie ein Kind, das plötzlich seine Eltern zur Rede stellt. Es war eine Rolle, die nicht hundertprozentig passte, aber vielleicht hat Katherine sich gerade deshalb völlig geöffnet, Graciela von ihrer Angst wegen ihrer Vergangenheit erzählt, der Sorge, wie Conor darauf wohl reagieren würde, und sich dann dazu gezwungen, ihr – obwohl es die reinste Qual war – von dem Vorfall mit Phil zu erzählen, der ganzen blöden, scheußlichen, peinlichen Verkettung unglücklicher Umstände.

Graciela hat sie einen nervtötenden Moment lang schweigend angeschaut und dann gesagt: »Katherine, das verrate ich dir ja nur ungern, doch du bist nicht halb so unzuverlässig und übel, wie du gerne glauben möchtest. Du bist einer der geradlinigsten und verlässlichsten Menschen, die ich kenne. Sieh dich doch mal um. Die Person, die in diesem Haus lebt, ist nicht außer Kontrolle, verrückt oder selbstzerstörerisch. Schreib Conor eine Mail. Erzähl ihm, was passiert ist. Du musst dich nicht einmal entschuldigen. Und sag mir Bescheid, wenn du es hinter dir hast.«

Katherine hat es bereits ein paar Mal versucht, ist allerdings jedes Mal an Entschuldigungen, faulen Ausreden und den verrückten Einzelheiten gescheitert.

Jetzt liegt sie im Bett, draußen wird es langsam hell, und sie kann durchs Fenster beobachten, wie das Licht am Himmel erblüht, zauberhaft und seltsam. Das Blau scheint erst intensiver zu werden, nur um dann in blassere Töne überzugehen. Jetzt würde sie den Tag am liebsten anhalten, an genau diesem Punkt, wenn er noch ruhig und friedlich ist, kühl und voller Möglichkeiten. Graciela hat recht. Natürlich hat sie keine Angst davor, Conor wehzutun. Zumindest nicht nur. Sie ist wie gelähmt vor Angst, er könnte ihr wehtun, sie abweisen, sie hilflos zurücklassen. Es ist ja nicht so, als wäre ihr das noch nie passiert. Doch das ist nicht so schlimm, wenn man sich mit einem Freak trifft, bei dem von Anfang an klar ist, dass er es früher oder später vermurkst.

Aber wie viele Möglichkeiten bietet der Tag denn, wenn man sich nicht ein wenig aus dem Fenster lehnt? Wenn man kein Risiko eingeht, muss man die Dinge eben so nehmen, wie sie kommen.

Sie steht auf und geht ins Wohnzimmer. Dort steht ihr Computer, ein uralter Mac, so riesig und klobig, mit einem so winzigen Monitor, dass er eher wirkt wie ein Relikt aus alter Zeit und wunderbar zu ihren ganzen Vintage-Klamotten und der Dekoration passt. Sie lässt sich im Lotussitz auf dem Stuhl nieder und fängt an zu tippen.

Lieber Mr Ross,
1. Schönes Wetter haben wir im Moment, hm? 2. Mein Fahrrad wurde vor dem Yogastudio gestohlen. 3. Letztens habe ich im Fernsehen *Casablanca* gesehen und mich mal wieder so richtig ausgeheult. 4. In meiner Vergangenheit gibt es vieles, was ich gerne ändern würde, aber das geht nun mal nicht. Deshalb versuche ich einfach nur, dieselben Fehler nicht noch einmal zu machen. 5. Die Sonne geht gerade auf, der Horizont glüht in tiefem Orange, und um ehrlich zu sein, Mr Ross, würde ich jetzt alles geben, um Sie hier bei mir zu haben.
Brodski

Jetzt, jetzt, jetzt, bevor die Sonne aufgeht und das ganze Licht in den Raum fällt. Sie drückt auf den Senden-Knopf und macht sich dann einen Kaffee.

❁

Sehnig und Hydrant haben immer wieder betont – bis es schließlich fast schon beleidigend wurde –, was für eine große Ehre es ist, wenn Zhannette und Frank jemanden zu sich nach Hause in Laurel Canyon einladen. Irgendwann hatte Lee das Gefühl, dass die beiden einfach unglaublich eifersüchtig sind, weil Lee und Alan – zwei unwürdigen Neulingen – diese Ehre zuteilwird. Normalerweise laden die keine Lehrer zu sich ein. Keiner der Angestellten erhält eine persönliche Einladung.

»Du regst dich nur unnötig auf«, beschwert sich Alan. »Wahrscheinlich, weil du wegen des Treffens ein nervliches Wrack bist.«

Irgendwie stört dieser Ausdruck Lee, vor allem, da nicht sie, sondern Alan wegen der Verabredung so nervös ist. Er hat eine halbe Stunde hin und her überlegt, was er anziehen soll, und sich dabei die ganze Zeit im Nacken gekratzt. Er hat sogar das surrende Geräusch ignoriert, mit dem sein Handy den Eingang einer SMS anzeigt, was ungefähr alle zehn Minuten passierte, seit er vorbeikam, um Lee und die Jungen abzuholen. Sein Freund Benjamin war offensichtlich nicht begeistert, als er ihm erzählt hat, dass er in zwei Wochen auszieht, vor allem, weil er einen Mitbewohner rausgeschmissen hat, um für Alan Platz zu machen. Sie fahren jetzt mit den Kindern zum Studio, lassen sie dort bei Barrett, und dann geht es weiter nach Laurel Canyon. Die Zwillinge sind hinten angeschnallt, die Klimaanlage läuft, und die Autofenster sind offen. Reine Verschwendung und nicht sehr ökologisch, allerdings eine der kleinen Nachlässigkeiten, die Lee sich von Zeit zu Zeit erlaubt, vor allem, wenn Alan so gestresst ist.

»Denk einfach daran, egal, wie reich und erfolgreich die sind, es sind auch nur Menschen.«

»Ich hätte sie jetzt nicht für Götter gehalten«, entgegnet Lee.

»Mein Gott, Lee. Kannst du die Ironie nicht mal für eine Stunde oder so beiseitelassen? Ich weiß ja, dass du das reinste Nervenbündel bist, aber jetzt komm schon. Versuch nicht, mich auch noch nervös zu machen.«

Lee würde ihn am liebsten verbessern und darauf hinweisen, dass sie kein »Nervenbündel«, sondern ein »nervliches Wrack« ist, doch es ist wohl besser, das Thema zu wechseln. Bssst. Noch eine SMS.

»Wie viele Nachrichten schickt der dir denn?«, fragt Lee.

»Er ist total verrückt. Ich habe ihm doch erklärt, dass es nur vorübergehend ist. Ich habe nie gesagt, dass wir uns scheiden lassen, weder zu ihm noch zu sonst irgendwem. Die Leute sind so was von spießig, als ob das gleich eine Riesensache sein muss, wenn man mal eine Verschnaufpause braucht.«

Irgendwie findet Lee diese Bemerkung beunruhigend, aber

sie lässt es gut sein. Lass los, lass los, lass los. Sieh einfach nach vorne.

»Freut ihr euch auf die Stunde?«, fragt sie ihre Söhne.

Die Frage löst Michaels und Marcus' neueste Lieblingsbeschäftigung aus, nämlich zu sehen, wer von ihnen am lautesten »Om« singen kann. Das ist zwar nervig, aber auch niedlich, und auf jeden Fall viel besser als das ständige Schubsen und Drängeln und Schieben, das vor dem Yoga bei ihnen angesagt war. Als die Lautstärke schon beinahe unerträglich wird, fällt Lee in den Chor mit ein, als würden sie alle zusammen singen, und dann kommt noch Alans dröhnender Bass hinzu. Okay, denkt sie, nichts ist perfekt. Doch in solchen Augenblicken sind wir eine glückliche kleine Familie. Und wenn sie Edendale dafür schließen muss, dann soll es eben so sein. Letztlich ist das hier wichtiger.

Bevor sie das Studio betreten, greift Lee nach Alans Hand und küsst ihn. »Ich bin kein nervliches Wrack, wenn du bei mir bist«, flüstert sie.

Er lehnt sich an ihre Schulter und sagt: »Dann gib mir doch ein bisschen von deiner Ruhe ab. Ich bin nämlich ziemlich angespannt.«

Barrett sitzt hinter dem Rezeptionstresen, schreibt mit der einen Hand etwas auf und tippt mit der anderen auf ihrem BlackBerry herum. Wie die meisten hier war sie in letzter Zeit ein wenig mürrisch und schweigsam, und ehrlich gesagt kann Lee es ihr nicht verdenken. Mit so etwas hatte sie schon gerechnet. Aber sie hat ihr Bestes gegeben, um jeden irgendwo anders unterzubringen, und gestern Abend hat sie Barrett eine E-Mail geschickt. Es ist zu neunzig Prozent sicher, dass die Schule sie einstellt, um drei Mal die Woche im Rahmen des Sportunterrichts Yogastunden zu geben. Es hat sie getroffen und verwundert, dass Barrett darauf nicht geantwortet hat. Jetzt schaut sie nicht einmal hoch, als die beiden das Studio betreten.

Die Kinder rennen hinter den Empfangstisch, und Alan betritt durch die Glastür den Yogaraum, das iPhone in der Hand.

»Bereit für das Chaos?«, fragt Lee und macht eine Kopfbewegung in Richtung der Jungen.

Barrett zuckt mit den Achseln. »Warum nicht?«

»Hast du gestern Abend meine E-Mail gekriegt?«

»Ja, habe ich. Danke.«

»Dafür habe ich mich wirklich reingehängt, Barrett, das weißt du. Das war gar nicht so einfach. Für die Schule wird das eine tolle Sache, aber für dich ist es doch auch super.«

»Ich habe ja gerade danke gesagt.«

»Schon, allerdings würde es mich mehr überzeugen, wenn du mich dabei ansiehst.«

Jetzt summt auch Barretts Handy. Wie wäre es mal mit einer psychologischen Studie über die nervigsten Klingeltöne und Handygeräusche und warum die Leute sich gerade die aussuchen? Barrett liest die Nachricht und schaut dann zu Lee hoch, blickt ihr direkt in die Augen. »Danke schön«, faucht sie. Dann greift sie nach dem Block, auf dem sie herumgekritzelt hat, und stürmt hinaus auf den Gehsteig.

»Launenalarm! Launenalarm!«, skandieren Michael und Marcus. Diesen Spruch benutzen Lee und Alan zuhause schon seit Jahren.

Lee tritt hinter den Tresen, um einen Blick in den Computer zu werfen. Da ist dieses Surren schon wieder! Bildet sie sich das langsam ein? Nein, Barrett ist ohne ihr Handy verschwunden, das liegt jetzt auf dem Tisch und brummt und blinkt. Lee schiebt es beiseite und bemerkt dabei, dass das Display über eine eingegangene Nachricht informiert.

Von Alan.

Interessant.

Das Haus von Zhannette und Frank ist eins dieser Wunder der modernen Architektur und schmiegt sich im Laurel Canyon an den Hang eines Hügels. Von der Straße aus wirkt es eher wie ein winziges gläsernes Kästchen, zu klein, um darin auch nur zu stehen. Offensichtlich eine optische Täuschung. Aber selbst von hier unten strahlt es, obwohl es doch von anderen Häusern umgeben ist, ein Gefühl von Ruhe und Gelassenheit aus, zwei Dinge, die Lee jetzt gut gebrauchen könnte.

Auf dem ganzen Weg hierher hat Alan vor sich hin geplappert, es ging vor allem um Veränderungen, die er zuhause vornehmen will – im Wesentlichen will er im Keller einen Fitnessraum einrichten. Das sieht er als Investition in die Zukunft, da er anfangen will, sich aktiver und aggressiver um Auftritte zu bemühen, sobald sie den Edendale-Klotz nicht mehr am Bein haben und stattdessen mehr Geld auf dem Konto. Ihm schien gar nicht aufzufallen, dass sie die ganze Zeit kaum etwas gesagt hat. Tatsächlich überkam Lee auf einmal ein seltsames und willkommenes Gefühl von innerem Frieden, als sie mit Alan ins Auto gestiegen ist und angefangen hat, über ihre Entdeckung nachzudenken. Was sie da gesehen hat – denn mehr ist da schließlich nicht –, war Barretts BlackBerry mit einer Nachricht von Alan. Lee hat doch schon so oft SMS von Barrett bekommen, oder nicht? Wäre es deshalb nicht riskant, voreilige Schlüsse zu ziehen und Anschuldigungen vorzubringen? Ja, wäre es.

»Der helle Wahnsinn, oder?«, bemerkt Alan und sieht andächtig zum Haus hoch.

»Ich würde mir da ja Vorhänge zulegen«, erwidert Lee.

»Die haben wahrscheinlich nichts zu verbergen.«

»Jeder hat irgendwas zu verbergen, Alan.«

Sie steigen die steile Treppe hinauf und werden oben von

einem dünnen Mann mit Bürstenschnitt erwartet. Ganz klar ein Yoga-Fanatiker, das kann Lee an seiner Figur erkennen, und eindeutig auch in manch anderer Hinsicht ein Fanatiker, wie sein allzu leuchtender, unbewegter Blick verrät. »Sie müssen Lee und Alan sein«, grüßt er mit ausgestreckter Hand. »Ich bin James. Zhannette und Frank freuen sich darauf, Sie kennenzulernen. Sie warten bereits.«

»Kommen wir etwa zu spät?«, fragt Alan.

James runzelt amüsiert die Stirn. »Sieben Minuten, Alan. Kaum der Rede wert. Keine Sorge, die beiden wissen, dass Sie zum Unterricht auf die Minute pünktlich erscheinen werden.«

»Der Verkehr«, murmelt Alan.

James legt ihm die Hand auf den Arm, und sein Blick wird noch intensiver. »Machen Sie sich deshalb keine Gedanken, in Ordnung?«

Es ist Lee wirklich ein Trost, dass sie nicht für diesen schrecklichen Sieben-Minuten-Fauxpas verantwortlich ist. Wie man sie hier behandelt, macht jedenfalls deutlich, dass es sich um ein geschäftliches Treffen und nicht um ein geselliges Beisammensein handelt, falls es dahingehend noch irgendwelche Zweifel gab. Wann hat Lee zum letzten Mal einen Gast zurechtgewiesen, weil er ein paar Minuten zu spät kam? Weil er zu spät kam, Punkt?

Was Lee im Inneren des Hauses als Erstes auffällt, ist die Temperatur. Es kommt ihr vor, als wäre es die perfekteste Temperatur, die sie je gespürt hat. Es muss hier eine komplexe Klimaanlage geben, die Wärme, Luftfeuchtigkeit und Ionen reguliert. Vielleicht auch die Gerüche. Es liegt da ein Duft in der Luft, ein wenig wie nach Rosen, aber zarter. Und man kann auch leise Töne vernehmen, die irgendwo zwischen einem Windspiel und entferntem Vogelzwitschern liegen. Selbst in diesem Moment, in dem ihre Gemütsverfassung nicht so besonders ist, fühlt sich Lee durch die Atmosphäre beruhigt und bestärkt.

Das Haus ist so sauber, der Marmor und die polierten Holzfußböden glänzen, und es ist so minimalistisch eingerichtet – man kann kaum glauben, dass hier wirklich jemand wohnt. Von innen wird klar, dass man gar keine Vorhänge braucht, so üppig und großzügig wurde der Garten bepflanzt. Das Haus erinnert ein wenig an ein Terrarium, doch bei der Ausstrahlung des Bauwerks ist nicht ganz klar, ob man sich im Inneren des Terrariums befindet oder von draußen hineinschaut.

Das Wohnzimmer ragt am hinteren Teil des Gebäudes hervor wie der Bug eines Schiffes, und vor der Glaswand erwarten sie, eingerahmt vom milchig weißen Himmel, Zhannette und Frank. Sie sitzen auf unsichtbaren Stühlen, vermutlich aus Plexiglas, und scheinen deshalb in dem Raum zu schweben, der seinerseits wieder zu schweben scheint.

Sie stehen gleichzeitig auf und treten vor, um Lee und Alan zu begrüßen. Nach dem ganzen Tamtam, ihrem Ruf, dem Haus, den Namen und dem Rosenduft in der Luft hatte Lee eigentlich zwei gertenschlanke Gurus in weißen Roben erwartet. Zu ihrer großen Überraschung ist Frank jedoch ein ganz normaler Durchschnittstyp, vermutlich Ende fünfzig. Er trägt Jeans und einen Pullover auf nackter Haut. Aus dem V-Ausschnitt schaut ein wenig graues Brusthaar hervor, und über dem eng geschnallten Gürtel deutet sich ein kleines Bäuchlein an.

Zhannette ist eine dieser Frauen, die sich unglaublich gut gehalten haben, sie sieht aus, als würde jeder Zentimeter ihres Körpers ständig mit teuren Behandlungen verwöhnt und erhalten – weiches Haar, ein zauberhafter Teint, perfekte Nägel. Aber irgendetwas an ihren Zügen und an der Form von Gesicht und Körper – ein wenig stämmig und fleischig – lässt vermuten, dass sie in diesen Reichtum nicht hineingeboren wurde. Sie dürfte etwa fünfzig sein, aber wer kann das schon sagen? Sie trägt Jeans und eine von diesen weißen Blusen, die wie eine 600-Dollar-Version von Business-Hemden für Männer aussehen. Alles an ihr wirkt so sauber, und man erahnt, dass sie eine dünne Schicht einer teuren und zart duftenden Feuchtigkeitscreme aufgetragen hat.

Sie legt die Hände wie zum Gebet zusammen und neigt vor Lee und Alan ein wenig den Kopf, als wäre das hier die übliche Begrüßung. Mal im Ernst, ein Händedruck würde völlig reichen.

»Sie haben so eine Aura«, wendet sich Zhannette an Lee. »Zauberhaft, dieses Leuchten, wie ein glitzernder Abendstern am klaren Nordhimmel.«

Dafür sollte Lee sich jetzt wohl bedanken, der Kommentar scheint jedoch eher darauf abzuzielen, Zhannettes Scharfsinnigkeit zu unterstreichen, und weniger ein Kompliment für den Gast zu sein. »Im Auto war es so warm«, antwortet Lee daher. »Daran wird es wohl liegen.«

»Ist sie nicht wunderbar, Frank? Wir sind so froh, Sie mit an Bord zu haben. Sie beide. James bringt uns gleich eine Erfrischung. Nehmen Sie doch Platz.«

Es gibt vier identische Plexiglasstühle, und als Alan sich auf einem davon niederlassen will, sagt Frank: »Das ist meiner.«

»Oh, tut mir leid.«

Frank ist einer dieser schwerbeschäftigten Businessmen, die eigentlich immer ein Dutzend anderer Dinge zu tun hätten. Dieses Treffen hält er wohl eher für eine lästige Verpflichtung, die er des Geschäfts wegen auf sich nehmen muss, oder um seine Frau bei Laune zu halten. Obwohl irgendetwas an Zhannettes Aussehen Lee vermuten lässt, dass Antidepressiva da ganz gut nachhelfen.

»Wir freuen uns schon so lange darauf, Sie endlich einmal zu treffen«, erklärt Zhannette. »Sobald wir von Ihrem Studio gehört hatten, habe ich zu Frank gesagt: ›Diese wundervollen Menschen brauchen wir einfach.‹ Lassen Sie mich eines klarstellen: Sie hatten vielleicht das Gefühl, irgendwo im Verborgenen zu schuften, doch man hat sie bemerkt, und Menschen wie uns war es sehr wohl bewusst, dass es Sie gibt! Ich möchte alles über Sie wissen, Lee. Alles.

Aber zunächst einmal fragen Sie sich bestimmt, wie wir zur spirituellen Branche gekommen sind. Willst du es ihnen erklären, Frank?«

Er verschränkt die Arme vor der Brust, so dass sie jetzt auf seinem Bäuchlein ruhen, offensichtlich Zeichensprache für »erzähl du es ihnen«, denn Zhannette fährt fort:

»Vor etwa zehn Jahren haben sich für uns endlich alle Puzzleteilchen zusammengefügt, Lee. Ich will Sie nicht mit den Einzelheiten langweilen, aber sagen wir es einfach so, dass wir auf einmal zu den geachtetsten Menschen der Stadt gehörten. Können Sie sich überhaupt vorstellen, wie schwierig das am Anfang ist? Wenn Geld und Erfolg einen plötzlich in die Stratosphäre katapultieren? Alan, ich nehme einmal an, dass Sie nicht wissen, wie es ist, reich zu sein, zu jeder A-List-Party eingeladen zu werden und nach Marokko zu fliegen, nur weil da ›irgendwer‹ seinen Geburtstag feiert. Ich weiß, für jemanden wie Sie, Lee, mag das fantastisch klingen, und gut, ich will es auch gar nicht leugnen – zum Teil ist das auch so. Die ganze Wahrheit ist allerdings immer ein wenig anders als das, was die glitzernde Oberfläche vermuten lässt.«

Sie klatscht in die Hände und neigt noch einmal ein wenig den Kopf, auch wenn nicht ganz klar ist, vor wem sie sich da verneigt. Vor der Wahrheit? Der glitzernden Oberfläche?

»Damals, als wir einfach nur reich waren, führten wir ein recht sorgenfreies Leben. Aber wenn man in die Kategorie aufsteigt, in der wir uns jetzt befinden, Lee, dann nehmen Verpflichtungen und Druck entsprechend zu. Halten Sie doch einen Moment inne, Alan, und denken Sie kurz darüber nach: Wenn Sie die Möglichkeit hätten, zu tun, was auch immer Sie wollen, wie viele Entscheidungen müssten Sie dann von Minute zu Minute treffen? Dutzende? Hunderte würde eher hinkommen, Alan. Lassen Sie es sich einmal durch den Kopf gehen.

Aber wissen Sie was, Lee? Widrigkeiten habe ich immer direkt die Stirn geboten. Ich habe nie zugelassen, dass so eine Krise mich überrollt und runterzieht. So viele Megareiche werden von den Schwierigkeiten ihrer Position überwältigt, genau wie diese bedauernswerten, armen Menschen, die vom Tsunami aufs Meer hinausgerissen wurden.«

James erscheint mit einem Tablett, auf dem er Saft und durchsichtige Schälchen mit Obst bringt. Er stellt es auf ein Glastischchen neben Zhannette, aber sie beachtet weder ihn noch das Tablett. Schade eigentlich, denn Lee hat solchen Durst, und zu Mittag hat sie auch nicht gerade viel gegessen.

»Also habe ich angefangen zu meditieren. Und von dem Augenblick an, als ich zum ersten Mal einen tiefen meditativen Zustand erreicht hatte – und dafür habe ich wirklich Talent –, konnte ich den Weg vor mir sehen. Darf ich Ihnen verraten, wie Sie auf mich wirken, Lee? Ich möchte Sie nicht in Verlegenheit bringen – ich weiß ja, wie bescheiden Sie sind, ich kann es in Ihrer wunderschönen Aura lesen –, doch ich weiß auch, dass ich Ihnen gegenüber ehrlich sein darf.

Sie sind ein wahres Kunstwerk. Nein, das sind Sie wirklich. Und Sie auch, Alan.« Sie streckt die Hände aus und greift nach denen von Lee und Alan. »Und wenn man mal darüber nachdenkt, waren es auf der ganzen Welt immer wohlhabende und privilegierte Menschen, die Kunst gekauft haben, damit sie geschützt und jedem zugänglich gemacht werden konnte. Und genau damit habe ich angefangen, Lee. Ich habe die wunderbarsten, meisterhaftesten Kunstwerke der Welt aufgekauft. Die Dinge, die wirklichen Wert haben. Dinge wie Sie.«

Sie lässt die Hände sinken und gibt James, der offensichtlich irgendwo im Hintergrund gewartet und zugeschaut hat, ein Zeichen. Er erscheint, und Zhannette sagt: »Mein Lieber, könntest du das bitte wieder mitnehmen? Ich habe jetzt keinen Durst. *Namaste.*« Augenblicklich verschwindet das Tablett.

»Aber was macht man mit Kunst, Alan? Oh, jetzt schauen Sie nicht so besorgt drein, ich meine nicht Sie, ich meine das im Allgemeinen. Was macht jemand, der es sich leisten kann, Kunst zu erwerben, damit? Na ja, er bewahrt sie entweder im Verborgenen auf oder er stellt sie in einem Museum aus. Und hier kommt YogaHappens ins Spiel. Sehen Sie, die Erlebniszentren sind unsere Museen. Und deshalb sind sie so fantastisch, Lee. Sie sind Museen, Alan. Und ich weiß, dass wir für Menschen wie Sie vermutlich zu viele Regeln und Vorschriften und so weiter haben, aber wenn man es recht bedenkt – hat das Getty-Museum die etwa nicht? Oder der Prado? Oder der Louvre? Wie soll man all die wunderbaren Dinge dort, die zauberhaften Objekte, die sie ausstellen, sonst vor den Menschen schützen, für die sie da sind?

Ich weiß, ich rede viel, aber ich möchte wirklich, dass Sie verstehen, woher wir kommen. Auch uns kommt das Gerede zu Ohren, Lee – es erreicht uns selbst hier in unserem Landhaus, und auch unten in Malibu, wo wir unseren Hauptwohnsitz haben –, die Leute sagen: ›Oh, Zhannette und Frank nehmen den kleinen Yogastudios die besten Lehrer weg.‹ Nun, zum einen nehmen wir sie nicht einfach weg, wir kaufen sie für teures Geld, und zum anderen, wenn ein wunderbarer, unbezahlbarer Picasso wie Sie, Lee, oder eine zauberhafte kleine Skizze wie Sie, Alan, in irgendeinem modrigen Trödelladen in der Provinz vor sich hin gammeln würde, würden Sie ihn dann nicht auch retten wollen, wenn es in Ihrer Macht stünde?

Habe ich nicht recht, Frank?«

Frank breitet die Arme aus. »Nächsten Monat erhöhen wir den Stundenpreis auf 38 Dollar«, erklärt er.

»Er ist der Geschäftsmann, Lee. Ich mische mich da nicht ein, und das müssen Sie auch nicht. Das ist das Tolle daran. Verstehen Sie, was ich meine, Alan? Ich beneide Sie um die Lage, in der Sie sich befinden. Nein, wirklich. Das ist wie bei meinen Hunden. Manchmal sehe ich sie an und denke: Führen die nicht ein tolles Leben? Das Fressen erscheint einfach so in ihren Näpfen!

Übrigens, mein Name. Das sollten wir vielleicht erst mal klären, okay? Als ich zum Buddhismus übergetreten bin, fand ich Janet einfach nicht mehr passend. Das war in Ordnung in Milwaukee, wo ich aufgewachsen bin, doch jetzt fühlte ich mich wie ein ganz neuer Mensch und wollte deshalb einen Namen, der zu mir passte. Also, ich war in Paris, und die ganzen kleinen Damen in den Modehäusern sagten ständig ›Miss Janet hier‹ und ›Miss Janet da‹, allerdings sprachen sie es natürlich ›Zhannette‹ aus. Waren Sie schon mal im Ausland, Lee? Es klingt so zauberhaft, wenn Franzosen Englisch sprechen, selbst bei ganz einfachen Menschen. Also habe ich diese Form meines Namens angenommen und die Schreibweise eben geändert.

Aber jetzt rede ich schon die ganze Zeit. Bitte. Haben Sie irgendwelche Fragen, Alan? Was ist mit Ihnen, Lee? Gibt es irgendetwas, das Sie gerne wissen möchten?«

»Ja, um ehrlich zu sein, habe ich tatsächlich eine Frage«, verkündet Lee. Sie dreht sich zu Alan um und sagt: »Du hast Barrett gefickt, oder?«

Wie konntest du mir das nur antun?«, jault Alan.

»Was meinst du denn bloß?«

»Vor Zhannette und Frank? Hast du den Gesichtsausdruck nicht gesehen? Denen war es so peinlich, die wussten gar nicht, was sie machen sollten.«

»Glaubst du wirklich, dass Frank und Janet mich auch nur im Geringsten interessieren? Starte einfach den Wagen, Alan. Lass den Motor an und fahr mich nach Hause.«

»Zum Glück hat sie genug soziale Kompetenz, um so zu tun, als hätte sie nichts gehört.«

»Zum Glück ist sie so krankhaft von sich selbst eingenommen, dass sie es nicht einmal bemerkt hätte, wenn ich dich durch eins dieser Fenster gestoßen hätte. Danach war mir nämlich eigentlich.«

»Du ziehst voreilige Schlüsse.«

»Lass den Wagen an, Alan.«

»Ich versuche ja, meine Schlüssel zu finden.«

»Dann such eben schneller.«

Alans Yogahose hat so viele Reißverschlüsse und winzige Täschchen, dass er gar nicht mehr weiß, wo er schon nachgeguckt hat. Was haben sich die Designer dabei bloß gedacht, fragt sich Lee: eine eigene Tasche für jede einzelne Münze?

»Und auf die eigentliche Frage hast du auch noch nicht geantwortet«, fügt sie hinzu.

»Ich habe nicht vor, auf so etwas auch noch zu reagieren.«

»Und ob du das tun wirst. Und zwar jetzt sofort.« Lee hat sich seit so vielen Jahren in Gleichmut und Ruhe geübt, hat in ihre Wut hineingeatmet, sich von ihr gelöst, sich entspannt, losgelassen. Aber plötzlich steigt in ihr ein ganz neues Gefühl rasenden Zorns auf, beinahe so, als würde sie die Kontrolle über ihre Gedanken verlieren und über das, was sie tut. Es ist tatsächlich auch eine körperliche Empfindung, ein Kribbeln in Armen und Beinen und auf der Kopfhaut. »Falls du die Frage vergessen haben solltest, wiederhole ich sie gerne noch einmal: Du hast Barrett gefickt, oder?«

»Ich habe nicht mit ihr *geschlafen*, Lee«, beteuert er und zieht die Schlüssel aus einem Täschchen unterhalb des Knies hervor. »Und wir haben auch keine *Affäre*.«

»Oh mein Gott«, stöhnt Lee. »Oh mein Gott. Mit anderen Worten: Es war einfach nur Sex.« Sie drückt auf dem Knopf des Handschuhfachs herum, und als das nicht aufgeht, wühlt sie in ihrer Handtasche herum, bis sie ihre Schlüssel gefunden hat. »Sie ist doch noch ein Kind, Alan! Sie geht noch aufs College!« Sie öffnet das Handschuhfach und sucht darin herum, bis sie die Zigarettenschachtel gefunden hat, die sie dort an dem Abend verstaut hat, als Alan vor Monaten auszog. Sie wusste doch, dass sie die irgendwann noch einmal brauchen würde. »Und sie ist der Babysitter unserer Kinder. Das ist so … verdammt … abgelutscht, das absolute Klischee.«

»Was zum Teufel machst du da?«

»Das ist doch wohl offensichtlich«, knurrt Lee. »Ich stecke mir eine Zigarette an.« Die Marlboro zuckt in ihrem Mund, während sie nervös versucht, ein Streichholz anzuzünden. »Und sobald ich mir die angesteckt habe, werde ich sie rauchen. Und zwar komplett, bis zum Scheißfilter.«

»Bist du verrückt geworden? Was, wenn Zhannette und Frank dich sehen?«

»Glaubst du im Ernst, die würden mich auch nur im Entferntesten interessieren? Hast du wirklich gedacht, ich hätte auch nur die geringste Absicht, für die zu arbeiten? Die sind so was von übel. Ich meine, er ist der typische miese Firmenhai, und sie ist so verwirrt, dass sie mir fast leidtut, aber der Versuchung widerstehe ich nur zu gern. Sie hat uns gerade mit ihren Hunden verglichen, Alan. Was in deinem Fall übrigens zutrifft, wenn auch aus anderen Gründen, als sie annimmt.«

Alan lässt den Motor an, fährt langsam los und schaut dabei nach oben, um sicherzugehen, dass man sie vom Haus aus nicht gesehen hat. Lee öffnet das Fenster, steckt den Kopf hinaus und ruft: »Hey, Janet, ich rauche hier eine Zigarette, willst du auch mal ziehen?«

»Du hast ja völlig den Verstand verloren! Du bist so was von aggressiv.«

»Und was bist du, wenn du ein Mädchen fickst – ein Mädchen, Alan –, das für uns arbeitet? Für mich?«

»Es war ja nur drei oder vier Mal.«

»Oh, wie schön. Das ist also alles? Nur drei oder vier Mal? Mein Gott, ich denke, in dem Fall zählt es ja gar nicht, oder? Dann kann ich das ja einfach vergessen. In diesem Fall kannst du gerne wieder bei uns einziehen, dann können wir ein glückliches kleines Paar spielen und für diese Tiertrainer arbeiten. Wau, wau, Schätzchen. Das hättest du mir schon viel früher sagen müssen! Wenn ich gewusst hätte, dass es nur drei oder vier Mal war, hätte ich mich doch gar nicht so aufgeregt, Liebling. Das wäre mir doch ganz egal gewesen! Und wahrscheinlich ist es Barrett ebenso egal, oder? Die hat ja sicher auch keine Gefühle, oder etwa doch? Und ich bin sicher, du hast ihr auch nicht erzählt, dass wir uns scheiden lassen, oder? Nur damit du ihr an die Wäsche gehen kannst.«

»Das habe ich ihr nicht erzählt. Wenn sie sich irgendwie zusammengereimt hat, dass ...«

»Du bist so ekelhaft. Du bist absolut das Letzte. Und weißt du, was an alldem das Schlimmste ist? Hast du auch nur eine Ahnung, Alan? Meiner Mutter war die ganze Zeit klar, dass du ein Widerling bist, und ich habe es nicht geschnallt. Ich war blind vor Liebe oder Blödheit oder Selbstgerechtigkeit, denn ich bin ja so ein guter und verdammt ausgeglichener

Mensch. Und deshalb muss ich jetzt nicht nur meine Meinung über dich revidieren, sondern auch noch meine Mutter als jemanden anerkennen, der mehr Durchblick und bessere Menschenkenntnis hat als ich. Und das kann ich nicht ertragen!«

»Wir haben einen Vertrag mit YogaHappens abgeschlossen, Lee. Der ist schon unterschrieben. Die Sache ist durch. Du weißt, was das heißt, oder?«

Lee ist inzwischen leicht außer Atem, und vom Rauch ist ihr ein wenig schlecht und schwindelig. »Das weiß ich, Schatz«, sagt sie nun ein wenig sanfter. »Das weiß ich allerdings.« Sie wirft die halbgerauchte Zigarette aus dem Fenster. Wenn sie sich schon schlecht benimmt, dann kann sie auch genauso gut ihren Müll in die Landschaft werfen. Sie schüttelt die Schachtel, bis die restlichen Glimmstängel herausfallen. »Das heißt, dass ich einen wirklich, wirklich guten Anwalt brauche. Und weißt du was? Zufällig kennt Stephanie, eine meiner treuesten Schülerinnen, genau so einen. Und während der sich um diesen Wisch kümmert, kann er für mich auch gleich eine absolut fantastische Scheidung aushandeln.«

Sie rubbelt die Hände gegeneinander, bis sie voller Tabak sind, und reibt den dann Alan ins Gesicht. »Unserer Ehe kannst du also in der Pfeife rauchen!«

❁

In vielerlei Hinsicht ist Graciela erleichtert, dass der Dreh jetzt vorbei ist, selbst wenn ihr im Leben noch nie etwas so viel Spaß gemacht hat. Noch nie zuvor. Und es war nicht nur das tollste Erlebnis bislang, sondern auch die größte Herausforderung und die dankbarste Aufgabe. Aber gleichzeitig war es auch jeden Tag aufs Neue anstrengender als alles, was sie bisher erlebt hat. Sie ist körperlich ausgelaugt und emotional an ihre Grenzen gegangen, und es gab Momente, da hat sie befürchtet, sie würde es einfach nicht packen. Sie hat wirklich und wahrhaftig damit angefangen, einige der Schritte im Schlaf durchzugehen, hat im Bett um sich geschlagen und die Arme und Beine zu einer Musik herumgeschleudert, die nur sie hören konnte. Sie hat Daryl oft mitten in der Nacht aufgeweckt. Sie konnte kaum fassen, wie lieb er trotzdem war, wie sehr er sie bei dieser Sache unterstützt hat, die ganze Zeit, seit sie mit den Proben angefangen hat. Manchmal sah sie in ihm ein wenig Wut oder Verbitterung aufflackern, doch er hat sich zusammengerissen, und das ist schließlich das Wichtigste. Während der Drehwochen hatte er oft schon gekocht, wenn sie nach Hause kam, und auch eine Flasche Wein für sie aufgemacht. Dann massierte er sie und servierte ihr das Abendessen. Vor all diesen Monaten gab es da den Moment, als sie dachte, sie müsste gehen. Aber auf einmal passt einfach alles zusammen.

Für eine Zeit lang.

Auf dem Weg zu Lees Neueröffnungs-Yogastunde lässt sie sich das alles durch den Kopf gehen.

Gestern hat sie einen Anruf bekommen, man hat ihr erklärt, wie begeistert der Cutter von ihrer Arbeit beim Dreh ist und dass alle darüber reden, wie super der Clip wird. Noch besser als erwartet. Weiß sie überhaupt, wie toll ihr dieses Silberkorsett steht? Wie ihre Haare mit dem ganzen Licht und der Windmaschine aussehen? Das neue *Single Ladies*, so nennen sie das Video jetzt.

Sie will sich nicht allzu sehr darauf versteifen, wenn allerdings auch nur ein paar dieser Lobeshymnen gerechtfertigt sind und das Video auch nur ansatzweise die vorhergesagte Begeisterung auslöst, dann wäre das für sie ein absoluter Karrieresprung. Und da sie die Lebenserwartung einer Tänzerkarriere kennt, tut sie gut daran, das alles in sich aufzusaugen und zu genießen, solange es andauert.

Der Choreograf rief gestern an, ließ sich immer und immer

wieder über das Video aus, nur um dann beiläufig (beiläufig!) zu erwähnen, dass er ihre Agentin kontaktiert hat, um ihr einen Job als Tänzerin bei Beyoncés bevorstehender Tour anzubieten. Zehn Minuten, nachdem sie aufgelegt hatte, rief ihre Agentin an. Das Geld ist der Hammer, im Vergleich zu dem, was sie bisher verdient hat, und sie wird damit mehr im Rampenlicht stehen, als sie es sich je erträumt hätte. Natürlich halten sich die Tänzer mehr im Hintergrund, sie sind nur da, um Beyoncé zu unterstützen, aber nach dem Video und diesem Angebot behandelt die Agentin, die ihr nie besonderen Enthusiasmus entgegengebracht hat, Graciela plötzlich wie ihre vielversprechendste Musterschülerin, zeigt sich übereifrig, redet davon, eine »harte Linie zu fahren«, und nennt sie »Süße«.

»Ich will keine harte Linie«, hat Graciela klargestellt. »Ich will sicher sein, dass ich den Job kriege.«

Wenn sie den Vertrag und damit ein regelmäßiges Einkommen hat, könnte sie mit Daryl zusammen wegfahren, das haben sie in all der Zeit, die sie schon zusammen sind, noch nie gemacht. Vielleicht nach Hawaii. Und sie könnte es sich leisten, jemanden einzustellen, der ein, zwei Mal im Monat bei ihrer Mutter putzt. So könnte sie sie unterstützen, ohne dabei ihre eigene psychische Verfassung aufs Spiel zu setzen. Und dann wären da noch die Jalousien für die Wohnung.

Gestern Abend war sie diejenige, die für Daryl ein ganz besonderes Abendessen zubereitet hat – ein kompliziertes Rezept ihrer Mutter. Sie hat den ganzen Nachmittag damit verbracht, einzukaufen und zu kochen, und die Wohnung sieht einfach toll aus. Auf dem ganzen Tisch hat sie Blumen verteilt. Sie hat Daryl beim Essen von der Tour erzählt. Das Erste, was er sagte, war: »Wie lange wirst du denn weg sein?«

»Ich weiß nicht«, musste sie zugeben. »Die ganzen Details kenne ich noch nicht. Aber die meinten, es gäbe zwischen einigen Terminen auch Pausen. Es ist also nicht so, als wäre ich sechs Monate am Stück unterwegs. Außerdem kannst du mich ja auch mal begleiten.«

»Du bist jetzt wirklich auf einem ganz anderen Level, oder? Kannst du mich dann noch immer lieben? Wirst du noch immer zu mir gehören?«

»Immer«, versprach sie.

Dann hob er sie hoch und trug sie zum Bett hinüber. Als sie sich liebten, war er zuerst so einfühlsam und zärtlich. Es gab einen Moment, da dachte sie, dass er Tränen in den Augen hatte. »Wirst du weiterhin mir gehören?«, flüsterte er ihr wieder ins Ohr.

»Ja«, flüsterte sie zurück.

»Wirklich?«, hakte er nach.

»Ja«, bestätigte sie jetzt ein wenig lauter.

Doch er fragte sie wieder und wieder, nicht so, als hätte er ihre Antwort nicht gehört, sondern eher so, als würde er es einfach nicht glauben. Als würde sie ihn anlügen und er hätte sie bei der Lüge ertappt. Was er da mit ihr anstellte, war so intensiv und verzweifelt, dass es sie zuerst unglaublich antörnte. Er ergriff von ihr Besitz, und da war mehr Leidenschaft im Spiel als sonst, so war es zwischen ihnen schon lange nicht mehr. Aber mit der Zeit verwandelte es sich in etwas anderes, als ob die Verzweiflung ihn übermannen würde, nicht, als ob er sie zu sehr liebte, sondern vielmehr, als würde er sie für etwas bestrafen, was sie getan hat. Sie versuchte, so zu tun, als würde es ihr gefallen, als wäre alles in Ordnung, obwohl sie wusste, dass es das ganz und gar nicht war, obwohl er ihr wehtat.

Nachdem es vorbei war, rollte er sich auf seiner Seite des Bettes zusammen und fing an zu weinen. »Es tut mir so leid«, beteuerte er immer und immer wieder, bis schließlich sie diejenige war, die ihn tröstete und sich bei ihm entschuldigte, auch wenn sie sich nicht ganz sicher war, wofür eigentlich.

Sie erreicht Edendale und sucht nach einem Parkplatz. Sie

wird all die negativen Gefühle und Zweifel beim Yoga verarbeiten. Das hilft ihr immer, einen klaren Kopf zu kriegen. Was ihre Beziehung angeht, wird sie sich bald so einigen Tatsachen stellen müssen, so einige Entscheidungen treffen müssen, aber nicht jetzt, jetzt braucht sie das hier. Ein paar Mal den Sonnengruß durchgehen, neunzig Minuten Meditation in Bewegung. Im Moment muss das reichen.

❀

Imani ist auf dem Weg zu Lees Kurs, als ihr Handy klingelt. Sie hört ruhig zu, bedankt sich und schaltet das Telefon aus. Ihr erster Reflex ist, eine Kehrtwende zu machen und nach Hause zurückzufahren. Glenn ist die meiste Zeit des Tages im OP, in Notfällen kann sie ihn aber manchmal erreichen. Als sie die Fehlgeburt hatte, hat er sein Bestes gegeben, um ihr das Gefühl zu geben, dass es auch sein Verlust war. Er wollte einen Teil der Bürde tragen, wollte es leichter für sie machen, sichergehen, dass sie nicht ganz allein mit diesem Schicksalsschlag, dieser Schuld umgehen muss. Damals konnte sie das gar nicht richtig akzeptieren oder wirklich verstehen, was er damit meinte. Sie war diejenige gewesen, der es nicht gelungen war, ihr Baby zu schützen.

Aber in den letzten drei Monaten hat sich etwas verändert, und jetzt weiß sie, was er meinte. Sie hat sich in ihrem eigenen Schmerz und ihrer eigenen Verzweiflung gesuhlt und dabei ganz vergessen, dass es ja auch sein Kind war. Diesen Fehler wird sie nicht noch einmal machen.

Sie sucht nach einer Stelle, an der sie umkehren kann, der Verkehr ist jedoch dicht und reißt sie mit, also kann sie nichts anderes tun, als in der bisherigen Richtung weiterzufahren. Vielleicht ist es ja so am besten, schießt es ihr durch den Kopf, und sie wird ruhiger. Sie wird den Kurs trotzdem mitmachen. Yoga war ihr großer Trost, und sie kann sich auch jetzt darauf verlassen, dass die Stunde sie zur Ruhe kommen lässt. Und das braucht sie nun mehr als alles andere. Und wenn sie dann in Savasana daliegt, fällt ihr vielleicht auch ein, wie sie es Glenn am besten sagen kann. Während der Sitzung wird sie die passenden Worte finden, und dann wird sie üben, wie sie es ihm am besten beibringt. Sie geht für den Rest der Fahrt schon mal den möglichen Text durch:

Ich will wirklich nichts überstürzen …

Ich will ja nicht die Pferde scheu machen …

Ich will lieber realistisch bleiben, was die Chancen angeht …

Sie erreicht Edendale und findet einen Parkplatz direkt vor der Tür – heute ist wirklich ihr Glückstag!

Ich muss dir etwas sagen, Glenn, und ich will nicht, dass du …

Sie greift nach der Yogamatte auf dem Rücksitz. Scheiß drauf, denkt sie. Sie weiß ganz genau, was passieren wird. Sobald sie Glenn sieht, wird sie losquieken: »Es ist wirklich das, was wir dachten! Wir kriegen ein Baby!«

❁

Für Stephanie ist das einzig Blöde daran, so viel Zeit mit Sybille zu verbringen, dass sie sich langsam an den ganzen Luxus gewöhnt. (Das Gute daran ist alles andere.) An den Wagen mit Chauffeur, zum Beispiel. Was könnte verschwenderischer, unnötiger, dekadenter und verwöhnter sein? Und was könnte besser sein? Stephanie war völlig perplex, als Sybille zugestimmt hat, sie zu Lees Kurs zu begleiten. Ihre Produzentin hat ihr aber erklärt, dass sie in L.A. ist, um Spaß zu haben, und da es ihr mit ihrem privaten Pilateslehrer langsam langweilig wird, kann sie genauso gut mal etwas Neues ausprobieren. Sie hatte nicht einmal was dagegen, als Stephanie erklärte, dass ihre ältere Nachbarin auch mitkommt. »Der schulde ich noch einen Gefallen«, musste Stephanie zugeben. »Sie hat mal was für mich getan, als ich … an einem Tiefpunkt angelangt war.«

»Die haben wir schließlich alle mal«, meinte Sybille. »Selbst ich hatte meine dunklen Stunden. Bringen Sie sie einfach mit.«

»Ich freunde mich auch gerade mit ihrer Tochter an«, fügte Stephanie hinzu. Was zwar nicht ganz stimmt, doch sie würde sich freuen, wenn es so wäre.

Also fährt sie zum »Landhaus« in Los Feliz hoch, und dann quetschen sich Sybille, Stephanie und Billie auf den Rücksitz der Limousine. Sybille trägt unverhohlen einen Ausdruck gruseliger Faszination zur Schau, während sie Billies Geplapper lauscht.

»In dem anderen Yogastudio, in das ich vorher gegangen bin, haben sie mich rausgeekelt, weil ich einfach zu gut war. Hat Stephanie Ihnen das erzählt? Die Lehrer haben mich als Konkurrenz empfunden.«

»Ganz bestimmt.«

»Das passiert immer wieder. Aber was soll's? Und da dieses Studio ein wenig abseits liegt, trete ich da vielleicht keinem auf die Füße. Ich wette, Sie sind auch richtig gut. Schauen Sie sich nur mal diese langen, dünnen Beine an.«

»Danke«, erwidert Sybille. »Allerdings finde ich, ich könnte schon noch ein bisschen dicker auftragen.«

»Aber meine Liebe, sie wollen doch kein Muskelprotz werden!«

»Ich meinte eigentlich meine Bräunungscreme.«

»Mich fragen sie ja immer, ob ich operiert bin«, schwatzt Billie munter weiter. »Ist doch eigentlich ein Kompliment, oder? Ich bin auch nicht grundsätzlich dagegen, aber vor meinem Fünfzigsten würde ich mich nie unters Messer legen. Und bis dahin ist ja noch ein wenig Zeit. Sind wir bald da? Ich muss endlich ein wenig meditieren.«

Als Billie zu schnarchen beginnt, wendet sich Stephanie an Sybille und erklärt ihr, dass Lee ihr ewig dankbar für den Kontakt zu ihren Anwälten sein wird. Sie erwähnt nicht direkt, dass Sybille auch die Rechnung für die Sache mit dem YogaHappens-Vertrag übernommen hat. Das soll Lee selbst ansprechen, wenn sie möchte, und Stephanie ist aufgefallen, dass Sybille von Zeit zu Zeit eine unerwartete Bescheidenheit an den Tag legt.

»Das war unglaublich großzügig von Ihnen. Ich weiß noch immer nicht so genau, warum Sie sich darauf eingelassen haben.«

»Erstens habe ich Sie wirklich gern. Sie unterschätzen Ihr Talent, Ihre Fähigkeiten und Ihr einnehmendes Wesen, und das ist so viel sympathischer, als wenn man sich selbst zu wichtig nimmt. Und deshalb wollte ich Ihrer Freundin gerne helfen, da Ihnen die Sache offensichtlich am Herzen lag. Und zweitens war dieser Frank Bauunternehmer in Las Vegas. Daher stammt das ganze Geld. All die langen Jahre meiner schrecklichen Ehe habe ich mit einem Bauunternehmer zusammengelebt, deshalb wusste ich, dass es einfach sein würde, etwas über ihn herauszufinden, ihm damit zu drohen und ihn so zum Rückzug zu zwingen. Insgesamt hat das Team dafür nur etwa zwanzig Stunden in Rechnung gestellt. Auf diesem Gebiet kennen meine Anwälte sich aus. Was meinen Sie denn, wie ich mit so einer Scheidungsvereinbarung davongekommen bin? Immerhin war ich diejenige, die eine Affäre hatte.

Und übrigens, die letzte Bearbeitung des Drehbuchs hat mich ziemlich überrascht.«

Auf diese Bemerkung hatte Stephanie schon gewartet und hat die Antwort deshalb parat. »Es war nicht so ganz das, was wir besprochen hatten«, erwidert sie. »Ich hoffe, es macht Ihnen nichts aus.«

»Nein, das war brillant. Sie haben meine ganzen übertriebenen Vorschläge ein wenig abgemildert. Und ich respektiere die Tatsache, dass Sie das vorher nicht mit mir besprochen haben. Ich hätte nämlich Einwände gehabt. Als ich es dann allerdings gelesen habe, wurde mir plötzlich klar, dass mir tatsächlich etwas daran liegt, auch einen guten Film zu machen – viel mehr als daran, einfach nur meinen Exmann ins Lächerliche zu ziehen.«

»Dann bleibt es also beim Drehbeginn im Oktober?«, fragt Stephanie.

»Definitiv. Ich habe gehört, dass wir vermutlich mit mehreren Monaten, vielleicht sogar Jahren rechnen können, in denen wir Rückschläge einstecken und Verzögerungen hinnehmen müssen, aber ich bin ziemlich hartnäckig. Und ich hoffe, meine Beharrlichkeit hilft mir auch durch diese Yogastunde.«

»Jetzt seien Sie doch nicht albern«, entgegnet Stephanie. »Sie können so viel oder so wenig machen, wie Sie möchten. Lee gibt zwar Übungen vor, aber es steht Ihnen frei, nur das zu tun, wonach Ihnen der Sinn steht.«

Sybille schaut aus dem Fenster, als müsste sie das erst einmal verdauen. »In diesem Fall«, murmelt sie, »setze ich euch beide vielleicht einfach nur ab und versuche, einen Termin für eine Massage zu kriegen.«

❀

Katherine ist fast die ganze Nacht aufgeblieben und hat das Kleid für Lee fertiggenäht. Es sollte ja eigentlich ein Abschiedsgeschenk werden, doch jetzt ist es eben ein Willkommensgeschenk zu ihrer Rückkehr. Nicht, dass Lee irgendwo hingegangen wäre. Es ist eher so, als wäre Katherine selbst weg gewesen. Es versetzt ihr noch immer einen Stich, wenn sie an Lees Reaktion auf ihre Warnung vor YogaHappens denkt. Aber diesen Groll hat sie lange genug gehegt. Es ist Zeit, sich von einer weiteren Bürde zu befreien.

Sie streift das Kleid über und betrachtet sich im Spiegel. Es ist atemberaubend, allerdings nicht ihr Stil. Sie wird das eine oder andere daran ändern müssen, aber es wird an Lee fantastisch aussehen. Jetzt, wo Alan und sie offiziell getrennt sind, wird sie ein paar Ausgehklamotten brauchen. Vielleicht könnten sie beide ja gemeinsam durch die Clubs ziehen.

Wo wir gerade beim Thema sind – es sind schon drei Wochen verstrichen, seit sie Conor die Sonnenaufgangs-Mail geschickt hat. Kein Mucks. Es hat sie gewundert, dass er nicht geantwortet hat, doch sie kann es auch verstehen. Zumindest hat sie inzwischen aufgehört, ihre E-Mails einmal pro Stunde zu checken, um zu sehen, ob er sich gemeldet hat. Vielleicht sollte es eben nicht sein.

Sie zieht das Kleid aus, faltet es sorgfältig zusammen, schlägt es in Seidenpapier ein und legt es in eine Schachtel. Sie liebt all diese kleinen Details, die in gewisser Weise so altmodisch wirken – das Einschlagpapier und die Kleiderschachtel mit Griff. Die wird sie Lee heute nach der Stunde überreichen.

Sie schlüpft in ein blassblaues Sommerkleidchen, an dem sie vor einigen Tagen eine kleine Schönheits-OP vorgenommen hat. Nicht sonderlich chic, aber eher ihr Geschmack.

Es wird ein warmer Tag, und als sie für den Kurs ihre Yogamatte und die Wasserflasche zusammensucht, schaut sie aus dem Fenster, zu den Hängen der Hügel und über das glitzernde Silver Lake Reservoir hinweg. Wem will sie denn was vormachen? Es wäre schon toll, diese Aussicht und dieses Haus mit jemandem zu teilen. Manchmal verspürt sie deshalb eine tiefe Sehnsucht. Doch mit so etwas kann sie umgehen. Sie kommt auch allein klar.

Sie sperrt ihre Tür ab, und da hört sie irgendwo die Straße runter ein Klingeln. Vielleicht ein Eiswagen, obwohl sie hier in der Gegend noch nie einen gesehen hat. Die Bougainvillea überwuchert alles so sehr, dass sie die Straße von hier aus nicht richtig erkennen kann. Die sollte sie wirklich mal stutzen. Da hört sie das Bimmeln wieder, jetzt näher, und es kommt ihr irgendwie bekannt vor. Das klingt fast so wie die Klingel an ihrem …

Sie tritt auf den Gehsteig und schaut die Straße hinunter, und da entdeckt sie ihn – Conor. Er strampelt auf einem großen Hollandrad den Hügel hoch –, es ist nicht pink, sondern grün und hat eine riesige rote Schleife am Lenker. Conor schnauft und grinst und winkt ihr zu.

Ich kann nicht, denkt sie. Es geht mir doch gerade so gut. Es wird nicht funktionieren, und am Ende müssen wieder alle leiden.

»Brodski!«, ruft er keuchend. »Weißt du, wie lange ich gebraucht habe, um dieses Rad aufzutreiben? Tut mir leid wegen der Farbe, aber Rosa hätte noch mal zwei Wochen länger gedauert. Und ich fand, so lange solltest du nicht ohne fahrbaren Untersatz bleiben!«

Nein, nein, nein, warnt die Stimme in ihrem Kopf. Und dann schlüpft Katherine aus ihren Sandalen, lässt alles fallen, was sie in der Hand hat, und rennt auf ihn zu. Ihr Herz klopft, als würde es zerspringen.

✿

Lee hatte eigentlich auf großen Andrang gehofft, aber es sind nur an die fünfzehn Leute zur Sitzung gekommen. Vielleicht sind einige der Schüler noch immer wütend, weil sie erst die Schließung angekündigt hat, nur um ihre Meinung dann wieder zu ändern und alles zurückzunehmen. Oder vielleicht sind sie einfach aus dem Rhythmus, nachdem Lee dann tatsächlich für zwei Wochen geschlossen hatte, um mit den Kindern wegzufahren und ihnen alles so gut zu erklären, wie sie nur konnte. Dass sich ihr Leben nun verändern würde, dass Lee und

Alan hingegen immer ihre Eltern sein würden, ihre wahre Familie, selbst wenn sie nun dauerhaft nicht mehr zusammenleben würden, und nicht nur vorübergehend, wie ursprünglich geplant. Für immer. Was das betraf, musste auch sie selbst ganz schön schlucken, aber je eher sie sich von dem »vielleicht besteht ja doch noch eine Möglichkeit …« löst, desto früher wird der Heilungsprozess einsetzen.

Fünfzehn ist eigentlich eine ganz gute Anzahl, und die anderen werden sicher auch bald wieder hierher finden. Einige der Schüler, denen sie sich am meisten verbunden fühlt, sind immerhin gekommen, um sie zu unterstützen. Jetzt liegen alle mit geschlossenen Lidern in Savasana da, und sie geht herum, legt allen die Hand auf die Augen und berührt sie sanft an der Schläfe.

»Danke, dass du hier bist«, flüstert sie jedem zu und gibt so etwas von sich preis, zieht aber auch Stärke aus ihnen allen. Graciela streckt die Hand aus und greift nach der ihren, als sie sie berührt, ein Lächeln umspielt Stephanies Lippen, und Imani flüstert zurück: »Ich muss dir nachher unbedingt was erzählen.«

Es wäre einfach perfekt, wenn Katherine auch hier wäre, doch Lee kann verstehen, dass sie noch etwas Abstand braucht. Sie wird ihr so viel Zeit geben, wie nötig ist.

Die Yogalehrerin kehrt zu ihrem Platz vor der Gruppe zurück, lässt sich im Lotussitz nieder, die Hände auf den Knien, und legt die Hände zu einem losen Bhudi Mudra zusammen. Sie schließt die Augen und versucht, ihren Atem mit dem der Gruppe in Einklang zu bringen, aber plötzlich spürt sie, wie Panik ihr fast die Kehle zuschnürt. Noch müssen so viele Einzelheiten geklärt werden, so viele Knoten entwirrt. Was wird das nur für die Jungen heißen? Und wie soll sie bloß nach vorne sehen und mit allem allein klarkommen? Sie hat sich selbst immer gerne als eine starke, unabhängige Frau gesehen, doch in Wirklichkeit war sie schon so lange einem anderen Menschen verbunden – und zwar dem falschen –, dass sie nicht sicher ist, ob sie das alles schafft.

Sie presst die Finger ein wenig mehr zusammen und atmet so ruhig und gleichmäßig, wie sie nur kann. Sie bittet die Gruppe, sich auf die Seite zu rollen, sich hinzusetzen, ihre Dankbarkeit auszudrücken, und öffnet dann die Augen.

Das Erste, was sie sieht, ist Katherine. Sie steht auf der anderen Seite des Raumes, eine Kleiderschachtel in der einen und Conors Pranke in der anderen Hand. Die beiden grinsen, und ihre Wangen glühen auf unmissverständliche Weise.

Es gibt Momente im Leben, da begreift man, dass man es schaffen wird, egal wie schwierig die unmittelbare Zukunft auch ausschauen mag. Man kann sie ruhig und entschlossen angehen. Vielleicht kommt man nicht ungeschoren davon, aber man wird es schaffen. Das Leben sieht vielleicht nicht ganz so aus, wie man es geplant hat, doch man weiß genau, dass man nicht allein sein wird. Und als Lee in die sanften Augen ihrer Freundin blickt, ist genau so ein Moment.

Okay, denkt sie, dann lasst uns mal anfangen.